SUSAN CLIFF

La passagère clandestine

Traduction française de
CAROLE PAUWELS

BLACK ROSE

HARLEQUIN

Collection : BLACK ROSE

Ce roman a déjà été publié en 2019

Titre original :
WITNESS ON THE RUN

HARPERCOLLINS FRANCE
83-85, boulevard Vincent-Auriol, 75646 PARIS CEDEX 13
Service Clients — www.harlequin.fr
ISBN 978-2-2805-1070-7 — ISSN 1950-2753

Édité par HarperCollins France.
Composition et mise en pages Nord Compo.
Imprimé en juillet 2024 par CPI Black Print (Barcelone)
en utilisant 100% d'électricité renouvelable.
Dépôt légal : août 2024.

FSC www.fsc.org
MIXTE
Papier issu de sources responsables
FSC® C159065

Pour limiter l'empreinte environnementale de ses livres, HarperCollins France s'engage à n'utiliser que du papier fabriqué à partir de bois provenant de forêts gérées durablement et de manière responsable.

1

11 décembre
- 10° – 62° N

Tala Walker était une femme en cavale.

Elle avait fui le Canada six mois auparavant, sans se retourner.

À présent, elle vivait sous une fausse identité à Willow, en Alaska. Elle louait une chambre dans une paisible pension de famille. Chaque jour, elle se levait tôt et se rendait à pied au bar-restaurant où elle travaillait.

Ce n'était pas le Pérou, mais elle se sentait en sécurité.

Ce matin-là, c'était le chaos au travail. Il y avait des canettes de bière partout sur le comptoir et les tables, et du verre brisé au sol. Ça empestait l'alcool et la cigarette.

Elle soupira, tout en secouant la tête. Walt avait probablement organisé une fête d'enfer la nuit dernière.

Une fois de plus.

Il lui suffit d'un rapide détour par le bureau, situé au bout du couloir, pour découvrir le responsable de ce désordre. Ivre mort, il ronflait sur le canapé défraîchi, son torse aussi large qu'une barrique se soulevant et s'abaissant au rythme de sa respiration.

Tala ne se donna pas la peine de le réveiller. Walt était son patron, le propriétaire de l'établissement et le cuisinier auto-désigné. S'il voulait dormir sur son lieu de travail, c'était sa prérogative.

Ce n'était pas la première fois qu'elle était obligée d'ouvrir seule. Elle pouvait très bien se débrouiller avec les premiers clients du matin, d'autant qu'on avançait vers les jours sombres de l'hiver et que la fréquentation se faisait rare.

Elle commença par enlever tous les détritus, puis elle passa l'éponge sur les tables et lava le sol. Ce faisant, elle se surprit à penser à Duane, le mari qu'elle avait fui, et qui s'adonnait également à la boisson. Mais son ivresse n'était pas aussi inoffensive que celle de Walt.

Refoulant ces pensées amères, elle se concentra sur ses tâches matinales. Les routiers qui fréquentaient l'établissement étaient tatillons sur la qualité du café, et elle s'enorgueillissait de servir un breuvage à la hauteur de leurs attentes.

À 6 heures, Tara alluma tous les néons, retourna la pancarte où était inscrit « Fermé » du côté « Ouvert » et déverrouilla la porte principale.

Peu après, une voiture de police noir et blanc s'arrêta sur le parking. Un agent en uniforme bleu marine en sortit. Cette vision lui rappela immédiatement Duane, mais elle avait aujourd'hui de toutes autres raisons de craindre la police.

Cependant, elle savait qu'il n'était pas là pour elle. Les flics aussi aimaient le café, et Walt ne leur faisait jamais payer.

— Bonjour, marmonna l'agent en se hissant sur un tabouret de bar.

Tala posa un mug devant lui et le remplit. La crème et le sucre étaient à portée de main du client.

— Vous voulez autre chose ? demanda-t-elle.

— Ça ira.

En proie à l'envie familière de prendre la fuite, elle se contenta de hocher la tête et de s'éloigner de quelques pas.

Attrapant un chiffon, elle se mit à essuyer le comptoir

pour se donner une contenance. Elle n'essaya pas d'engager la conversation avec l'agent de police. Elle ne le faisait avec personne.

On ne pouvait pas dire qu'elle débordait d'amabilité. Walt ne cessait de lui répéter qu'elle aurait de meilleurs pourboires si elle faisait l'effort de sourire de temps en temps.

Quelques minutes plus tard, trois ouvriers entrèrent. Les routiers constituaient le plus gros de leur clientèle, mais on y voyait un peu de tout.

Ces types-là avaient l'allure fatiguée de bûcherons ou de foreurs pétroliers. Les durs à cuire dans leur genre n'étaient pas inhabituels dans ces contrées, ni là d'où elle venait. Étant née dans une réserve des Territoires du Nord-Ouest, elle était accoutumée aux rudes travailleurs.

Ravie de cette distraction, elle apporta trois mugs aux nouveaux venus, ainsi que trois menus. Mais, tandis qu'elle leur servait leur café, elle remarqua qu'un des hommes échangeait un coup d'œil avec l'agent de police et elle eut la curieuse impression que ces deux-là se connaissaient.

— Vous n'avez pas encore décidé ? demanda-t-elle.

L'homme le plus proche d'elle avait des cheveux blond cendré et des yeux bleus injectés de sang. Ses amis avaient les cheveux sombres. L'un avait un visage long et maigre, avec un bouc. L'autre était légèrement en surpoids, avec des taches de rousseur qui lui donnaient un air d'adolescent.

— Trois petits déjeuners complets, annonça le premier.

Tala récupéra les menus.

— Je vous apporte ça tout de suite.

L'agent de police la suivit des yeux tandis qu'elle s'éloignait de leur table.

— Je vous ressers du café ? demanda-t-elle.

— Ça ira, merci.

Elle se retira dans la cuisine et augmenta la température du gril.

Elle avait à moitié envie de réveiller Walt. Quelque chose ne tournait pas rond. Ces types la rendaient nerveuse.

Elle essaya de se convaincre que son imagination lui jouait un mauvais tour.

Non, son passé n'était pas en train de la rattraper.

Non, Duane n'avait pas retrouvé sa trace.

Elle prit une profonde inspiration et commença à battre les œufs. Le temps qu'elle en ait terminé avec les saucisses et les toasts, elle avait retrouvé un semblant de sérénité.

Lorsqu'elle leur apporta les plats, ils se comportèrent comme des hommes normaux. Tandis qu'il mordait dans son toast, le blond la détailla de la tête aux pieds, avec une expression égrillarde. Ce n'était pas la première fois qu'un client la regardait de cette façon, et elle ne se laissa pas intimider.

— Davantage de café ? proposa-t-elle.

L'homme aux taches de rousseur hocha la tête, en enfournant une énorme part de nourriture.

Elle remplit à nouveau son mug, tout en notant qu'il avait meilleur appétit que ses compagnons. Il semblait aussi plus détendu.

— Autre chose ? demanda-t-elle.

Le blond grimaça un sourire, comme s'il pensait à une anecdote amusante.

Elle attendit quelques instants avant de s'éloigner, consciente qu'il la suivait des yeux.

Sa tenue de serveuse se composait d'une robe rayée bleu ciel et blanc et d'un tablier blanc. Elle portait invariablement des tennis en toile blanche et tirait ses longs cheveux en chignon à la base du cou. Certains clients étaient irrespectueux, mais les comportements libidineux étaient rares. La plupart des routiers qui fréquentaient le bar-restaurant étaient des hommes mariés proches de la retraite, pas de jeunes chiens fous. Ils ne l'ennuyaient pas.

Jusqu'à présent, un seul client avait retenu son attention. Il était calme. Toujours un peu en retrait, il ne discutait pas avec les autres. Pour un routier, il était jeune et athlétique. Il lui donnait de bons pourboires et ne lui adressait jamais de clins d'œil appuyés. Il n'essayait pas non plus de plaisanter. D'ailleurs, il souriait encore moins qu'elle.

Tandis qu'elle réarrangeait les tartes et gâteaux dans la vitrine réfrigérée, l'agent de police s'en alla, non sans avoir jeté quelques pièces à côté de son mug vide.

Les trois hommes ne tardèrent pas à le suivre, après avoir payé en espèces.

Tala se rembrunit tandis qu'elle débarrassait leur table. Seule l'une des assiettes était vide, ce qui était étrange. D'ordinaire, les ouvriers dévoraient leur repas jusqu'à la dernière miette.

Avec un hochement d'épaules, elle jeta le contenu des assiettes dans la poubelle. Celle-ci était pleine, à cause de la soirée de la veille.

Tout en pestant contre Walt, Tala enfila sa veste, prit la poubelle et attrapa les clés au passage. La benne à ordures se trouvait dans un coin du parking. Il avait fallu la cerner d'une barricade en bois, à cause des ours. Elle se hâta dans cette direction, détacha le cadenas et ouvrit la barrière.

Des voix masculines lui parvinrent, portées par le vent qui s'enroulait autour de ses jambes couvertes d'un collant chair beaucoup trop fin pour la saison. Il faisait toujours un noir d'encre à l'extérieur, et l'air sentait la neige.

Tandis qu'elle faisait basculer le sac-poubelle dans le réceptacle, elle entendit un bruit qu'elle n'eut aucune peine à identifier.

Un coup de feu.

À bout portant.

C'était une arme de petit calibre.

Elle connaissait les armes, son père lui ayant appris à tirer. Duane aussi pratiquait le tir, non sans un certain enthousiasme d'ailleurs.

Le son était parfaitement reconnaissable.

Et glaçant.

S'accroupissant, elle regarda autour d'elle pour essayer de localiser la source du tir.

À travers les fenêtres, les lumières du restaurant éclairaient trois silhouettes sur le parking, à moins de vingt pas.

Le blond qui lui avait lancé un coup d'œil égrillard brandissait un pistolet. L'un de ses compagnons de petit déjeuner gisait à terre. Le policier se tenait à côté du tueur. Son badge scintillait comme une étoile dans un ciel nocturne.

Elle se rapetissa davantage, en posant une main sur sa bouche pour réprimer un cri de panique. Elle avait envie de prendre ses jambes à son cou, mais elle avait peur de se faire repérer.

Deux hommes chargèrent le cadavre dans le coffre d'une voiture, tandis que l'agent de police montait la garde. Il lui tournait le dos et surveillait la rue. À l'évidence, il ne savait pas qu'elle était là.

Quelqu'un referma le coffre, et le flic se retourna, l'air contrarié.

— Réglez le problème, dit-il en désignant le restaurant.

La réponse du blond se perdit dans le vent.

Tala resta cachée, tremblant de terreur. Le flic marcha jusqu'à sa voiture et monta à bord. Après quelques instants d'hésitation, les deux hommes se dirigèrent vers l'entrée en façade.

Elle jeta un coup d'œil à la porte de service, qui était toujours entrebâillée. Ils pouvaient ressortir par là à tout moment et la trouver...

L'instinct de fuite était désormais impossible à ignorer.

Jaillissant de sa cachette, elle traversa le parking à toute allure.

Dans sa précipitation, elle trébucha sur un butoir en béton qu'elle n'avait pas vu et tomba lourdement. Des gravillons s'enfoncèrent dans ses paumes et ses genoux. Ça faisait un mal de chien, mais elle n'avait le pas le temps de s'apitoyer sur son sort.

Sans perdre un instant, elle se releva et reprit sa course.

De l'autre côté de la route se trouvait une vaste aire de repos pour les poids lourds. C'était le seul endroit où elle pouvait se réfugier. Son cœur battait si fort à ses oreilles qu'il lui était impossible d'entendre si quelqu'un la suivait.

Normalement, elle adorait courir. Elle avait fait partie de l'équipe de cross-country au lycée et à l'université. Elle pouvait courir des kilomètres sans se fatiguer.

Elle atteignit un groupe de semi-remorques. Ils étaient quatre ou cinq garés en épi, moteur coupé, tandis que les chauffeurs se reposaient dans leur cabine.

Elle se dissimula derrière l'un des camions et tenta de retrouver son souffle.

L'adrénaline déferlait si fort dans ses veines que celles-ci lui semblaient sur le point d'exploser. Sa vue lui jouait des tours. Tout ce qui se trouvait dans sa vision périphérique était flou. C'était comme si le destin avait décidé qu'elle devait voir uniquement ce qui se trouvait en face d'elle.

TEMPÊTE DE NEIGE.

C'était tout ce qu'elle pouvait lire.

L'inscription figurait en lettres décoratives sur la portière passager d'un camion gris. Son moteur ronronnait comme un tigre. Entre la cabine et la remorque, il y avait assez de place pour dissimuler quelqu'un.

Elle chercha son souffle.

Les vapeurs de gazole lui tournaient la tête. Elle ne savait pas du tout où se trouvaient les tueurs, ni s'ils l'avaient suivie.

Voyons... Quelles étaient ses options ?

Elle pouvait courir jusqu'à l'immeuble le plus proche et appeler à l'aide. Ou elle pouvait monter à bord du *Tempête de neige*.

Elle se mordilla l'ongle du pouce. Si elle s'éloignait de la rangée de camions, elle serait de nouveau à découvert. Elle n'était pas certaine d'arriver saine et sauve à destination.

Et si elle se faisait tirer dessus ou tombait dans les mains de ce flic ?

Elle choisit le camion.

Tremblant de tous ses membres, elle se glissa dans l'intervalle étroit derrière la cabine. Il y avait une barre métallique à laquelle s'accrocher, des fils électriques à éviter et, sous ses pieds, une plaque d'acier. C'était dangereux, mais elle était désespérée.

Pourvu que le chauffeur ne puisse pas me voir.

Il risquait de la débarquer et de la laisser là, ou d'appeler la police. Et elle n'avait vraiment pas envie de subir un interrogatoire.

Elle s'était déjà cachée dans un camion auparavant. Le jour où elle avait quitté Duane, elle était montée dans la remorque d'un camion arrêté à une station-service, dans la banlieue de Carcross. Elle pensait aller vers le sud et la Colombie-Britannique. Au lieu de quoi, le camion avait pris la route du nord. Et c'était ainsi qu'elle s'était retrouvée en Alaska, sans argent et sans papiers. Elle s'était servie d'une carte d'identité volée pour trouver du travail et louer une chambre.

Jusqu'à présent, sa plus grande peur avait été que Duane la retrouve et la ramène chez eux. Maintenant, elle était confrontée à un tout autre genre de problème. Les hommes qu'elle fuyait faisaient passer son ex pour un enfant de chœur.

Elle raffermit sa prise autour de la barre de métal, tandis que le camion se mettait en mouvement.

Le parking se mua en un brouillard grisâtre, avant de céder la place à l'asphalte. Puis ils se retrouvèrent bientôt sur l'autoroute, et la vitesse engendra un froid glacial qui pénétra son collant fin.

Sa veste était conçue pour les températures arctiques. Elle avait remonté la fermeture jusqu'au cou et rabattu sur sa tête la capuche doublée de fourrure. Mais ses mains nues commençaient à s'engourdir, et ses pieds lui faisaient l'effet de blocs de glace.

Aussi intense qu'il fût, elle s'exhorta à supporter son inconfort. Elle devait rester cachée le plus longtemps possible.

Il fallait aussi qu'elle reste consciente. Si elle se laissait glisser vers un état d'hypothermie et tombait sur la route...

Eh bien, ce serait une erreur pour le moins fatale.

Fermant les paupières, elle invoqua la force de ses ancêtres.

Le sang des guerriers Yellowknife coulait dans ses veines. Pendant des siècles, son peuple avait survécu sous des climats polaires, sans tout le confort moderne. Elle pouvait bien supporter un peu de vent froid.

2

Cameron Hughes délibéra pendant au moins dix minutes avant de démarrer le moteur.

Il n'avait pas prévu de se rendre au bar-restaurant de Walt. En fait, il s'efforçait de l'éviter. Pour être plus précis, il évitait une des serveuses.

Et c'était d'autant plus surprenant qu'elle n'avait jamais manifesté le moindre intérêt pour lui. Elle prenait ses commandes et lui servait son café avec une brusque efficacité. Elle ne flirtait pas. Elle ne lui adressait même jamais le moindre sourire. Il n'avait aucune raison de garder ses distances avec elle.

Bien qu'elle n'eût rien fait pour l'encourager, il se sentait mal à l'aise en sa présence. Son calme et son joli visage le déstabilisaient.

La dernière fois qu'il était venu, il s'était surpris à la fixer et il avait réalisé, non sans culpabilité, qu'il était attiré par elle. Il avait alors décidé de ne pas retourner chez Walt.

Ce matin-là, en voyant le néon dans la vitrine, il avait eu envie de s'arrêter pour prendre son petit déjeuner. Il savait pourtant ce qui se passerait. Il détournerait le regard quand la serveuse s'approcherait et il l'observerait dès qu'elle aurait le dos tourné.

La nuit dernière, il avait pensé à elle, au lieu de penser à Jenny.

Il regarda la photo de sa femme, fixée sur le tableau de bord. Jenny lui souriait, sans le juger.

Secouant la tête, il démarra.

Jenny voulait peut-être qu'il tourne la page et aille de l'avant, mais il n'était pas prêt.

Il quitta l'aire de repos et se dirigea vers l'autoroute. Il avait une playlist composée de plus de titres qu'il n'en écouterait jamais, et quelques livres audio en attente. Il affectionnait les romans policiers, où les méchants étaient arrêtés grâce à des preuves solides permettant de conclure efficacement l'enquête.

Si seulement la vraie vie ressemblait à la fiction.

Ce matin, il avait envie de rouler en silence. Il y avait peu de circulation, et le temps était beau.

En proie à une étrange agitation, il essaya de se concentrer sur les voies désertes devant lui.

Il avait besoin d'exercice. Il s'arrêterait à la salle de sport de Fairbanks, ouverte vingt-quatre heures sur vingt-quatre. Il soulèverait de la fonte, courrait quelques kilomètres...

Faisant rouler son cou sur ses épaules, il continua à conduire. Il avait parcouru une trentaine de kilomètres quand il entendit un bruit bizarre.

Il vérifia dans ses rétroviseurs et ne vit rien. Quelques minutes plus tard, le bruit se reproduisit.

Que diable se passait-il ?

On aurait dit que quelque chose frappait l'arrière de la cabine. Un câblage électrique qui se serait détaché ne ferait pas ce bruit.

Repérant un peu plus loin une longue zone de dégagement d'urgence, il s'arrêta, bascula le levier de la boîte automatique sur « neutre » et enclencha le frein à main.

Il faisait encore sombre, et il prit sa torche avant de descendre.

Tout d'abord, il inspecta l'arrière de la remorque, qui semblait parfaitement verrouillée. S'accroupissant, il balaya le faisceau lumineux sous le châssis. À première vue, les essieux étaient intacts. De même que les pneus.

Ne voyant rien d'anormal, il se releva et inspecta l'espace derrière la cabine. À sa grande surprise, il aperçut une touffe de fourrure grise.

Un loup ?

Il cilla, et sa vision s'ajusta, lui permettant d'identifier la silhouette.

Ce n'était pas un loup mais une femme.

Bon sang ! Il y avait une femme sur le dispositif d'attelage.

Un passager clandestin.

C'était la première fois qu'il en avait un.

— Sortez de là, dit-il. C'est dangereux.

L'inconnue ne bougea pas. Elle était recroquevillée comme un animal pris au piège et tremblait violemment.

Il s'efforça de parler d'un ton radouci.

— Venez. Je ne vous ferai pas de mal.

Elle ne répondit pas.

Peut-être ne parlait-elle pas anglais. Il était difficile de juger de son appartenance ethnique, car une grande partie de son visage était cachée sous une capuche bordée de fourrure. Elle semblait avoir les yeux noirs.

Cam éteignit la torche et la glissa dans sa poche. La jeune femme était vraisemblablement là depuis qu'il avait quitté l'aire de repos. Sans doute était-elle en hypothermie, incapable de bouger.

Tandis qu'il se penchait dans l'espacement, les bras tendus, elle s'inclina vers l'autre côté pour tenter de lui échapper. Il lui saisit le bras et l'attira vers lui.

Elle ne lutta pas, mais elle ne collabora pas non plus.

Dès qu'il l'eut sortie de sa cachette et relâchée, elle s'effondra. Ses jambes étaient d'une pâleur cadavérique. En dehors de sa parka grise, elle n'était pas habillée en rapport avec la saison.

Étouffant un juron, il la prit dans ses bras.

Elle était grande et mince, mais son inertie la rendait plus lourde. Il la porta jusqu'à sa portière restée ouverte, se hissa sur le marchepied et la déposa sur le siège conducteur. Contournant celui-ci par l'arrière, en se faufilant dans l'espace couchette, il déposa l'inconnue sur le siège passager.

Et maintenant ?

Il attrapa une couverture et couvrit son corps tremblant. Elle portait un collant couleur chair, déchiré aux deux genoux. Cette vision activa sa mémoire.

Il connaissait ces jambes.

Surpris, il leva les yeux vers son visage et eut un choc.

C'est elle.

La serveuse de Walt. Celle qui l'attirait et qu'il s'était promis d'éviter.

Se laissant tomber sur son siège, il se massa pensivement la mâchoire.

En d'autres circonstances, il aurait appelé la police et les aurait laissés se débrouiller avec le problème. Mais il répugnait à agir de la sorte avec cette femme. Ce n'était pas une inconnue. Son premier instinct était de l'aider, pas de la dénoncer.

Il ferma sa paupière et augmenta le chauffage. Puis il ôta sa veste et la posa sur elle, pour ajouter une couche supplémentaire de chaleur. Sa vie ne lui semblait pas en danger, mais il était inquiet.

— Avez-vous besoin d'aller à l'hôpital ?

Elle secoua la tête avec véhémence.

Après une brève hésitation, il enclencha la première et commença à rouler. Il ne pouvait pas l'abandonner sur le bord de la route.

Il surveilla ses progrès à mesure qu'il montait vers le nord. Elle frissonnait de moins en moins. Un peu de couleur était revenue à ses joues. Ses doigts se décrispèrent autour de la couverture, et son expression s'adoucit. Elle ne souriait pas, mais ce n'était pas inhabituel chez elle, ni surprenant compte tenu des circonstances.

— Vous travaillez chez Walt, remarqua-t-il.

Elle parut surprise qu'il l'ait reconnue. Mais tous les routiers qui s'arrêtaient chez Walt l'auraient reconnue. On parlait beaucoup d'elle sur la CB. Les jolies femmes étaient rares dans ces contrées hostiles.

— Pourquoi vous êtes-vous cachée sur mon camion ?

— J'avais besoin de partir.

Elle inspecta ses paumes, qui étaient sévèrement égratignées.

— Vous êtes blessée ?

Elle cacha ses mains sous la couverture.

— Ce n'est rien. J'ai trébuché et je suis tombée.

Cam savait qu'elle ne lui disait pas tout. Jamais elle n'aurait pris le risque de voyager dans ces conditions, et au péril de sa vie, si elle n'avait pas eu une bonne raison.

— Vous fuyez quelqu'un ?

Elle regarda dans le rétroviseur latéral, comme si elle redoutait d'être suivie.

— Je devrais peut-être appeler la police, suggéra-t-il.

— Non, s'exclama-t-elle. S'il vous plaît.

— Pourquoi pas ?

— Si vous ne voulez pas me conduire, déposez-moi. Je marcherai.

Il lui lança un coup d'œil incrédule. Elle préférait mourir de froid plutôt que de prendre contact avec les autorités ?

— La ville la plus proche est à trente kilomètres d'ici.

— Je ferai du stop.

— Vous avez des ennuis ?

Les yeux emplis de larmes, elle s'empressa de tourner la tête vers la vitre.

— Vous êtes flic ou quoi ? demanda-t-elle d'un ton agressif.

— J'ai l'air d'un flic ?

— Vous n'avez pas l'air d'un routier.

— Je ne suis pas flic.

Plus maintenant. Il avait démissionné quelques mois après

le décès de Jenny. Il avait cessé de croire en la justice. Il avait perdu foi en lui-même.

Un silence inconfortable s'installa entre eux. Le fait qu'elle soit ainsi sur la défensive pouvait être une indication de culpabilité ou une manifestation de peur.

Cam ne posa pas d'autres questions. Il savait par expérience que les interrogatoires agressifs poussaient les victimes à se replier sur elles-mêmes.

De toute façon, ça n'avait aucune importance, car il n'avait pas l'intention de s'impliquer. Les problèmes de cette fille ne le regardaient pas.

— Je vous ai vu au restaurant, dit-elle.

Il s'éclaircit la gorge.

— Ah bon ?

— Vous commandez toujours une omelette, des toasts au pain complet et du café noir.

Il fut surpris qu'elle se souvienne de lui. Il n'avait pas dû aller chez Walt plus de cinq ou six fois. L'idée qu'il ait attiré son attention lui plaisait.

Il détourna le regard.

Elle était vraiment séduisante, avec une silhouette fine et un joli visage. Sa présence emplissait la cabine d'une étonnante charge électrique, et il sentait une vague de chaleur l'envahir à chaque fois que leurs regards se croisaient.

Cela faisait trop longtemps qu'il était seul sur la route.

— Où allez-vous ? demanda-t-elle.

— Vers le nord.

— Fairbanks ?

— Pour commencer.

— Je peux venir avec vous ?

Il régnait à présent dans la cabine une température d'étuve. Cam baissa le chauffage et réfléchit quelques instants.

Elle attendit sa réponse en silence.

— Je peux vous emmener jusqu'à Fairbanks, dit-il. Ensuite, à vous de vous débrouiller.

— Merci, dit-elle d'un ton brusque.

Il marmonna quelque chose d'incompréhensible, et le silence retomba.

La route était longue jusqu'à Fairbanks, et il n'avait pas l'intention de passer le temps à parler de tout et de rien.

De toute façon, il ne savait plus comment engager la conversation avec une femme. Moins elle parlerait, plus il lui serait facile de l'ignorer. Il n'avait qu'à garder l'esprit et les yeux sur la route.

Une partie de lui avait envie de la regarder, et même de faire plus que ça. Cela faisait trois ans qu'il vivait comme un moine. S'il s'était isolé en Alaska, ce n'était pas sans raison. Il avait renoncé à tout confort, y compris à la compagnie des femmes. Il ne s'imaginait pas avoir à nouveau des rendez-vous galants. Il lui était quasiment impossible d'imaginer une nuit de plaisir.

Quasiment.

Il savait qu'elle ne proposait rien. Elle n'était pas une de ces aventurières des parkings qui offraient leurs charmes aux routiers. Et, de toute façon, il n'avait pas pour habitude de profiter des femmes vulnérables.

L'homme qu'il était autrefois, le bon mari, le policier consciencieux, n'aurait jamais envisagé de tirer profit de son désespoir. L'homme qu'il était devenu était dénué d'émotions. Il était l'ombre de lui-même, anesthésié par le deuil. Et pourtant, il se surprenait à souhaiter un dérivatif à la monotonie de son existence. Il rêvait d'un contact humain.

Il observa le visage souriant de Jenny sur son tableau de bord. Son expression ingénue ne changeait jamais. Elle n'aurait pas approuvé son style de vie en reclus, ni sa volonté de se morfondre.

Mais elle était morte et elle n'avait pas son mot à dire.

3

Tala regrettait de lui avoir demandé s'il était flic.

Elle aurait mieux fait de se taire et de le laisser conduire. Il avait menacé d'appeler la police, mais il n'avait pas pris son téléphone ni sa CB. Il ne s'était pas non plus arrêté sur le bas-côté en lui ordonnant de descendre. Il s'était inquiété pour sa santé, comme toute personne consciencieuse l'aurait fait, et elle avait paniqué.

Elle ne pouvait pas lui dire ce qui s'était passé au restaurant. Il la conduirait aussitôt au poste de police le plus proche, en insistant pour qu'elle signale le crime.

Elle n'avait pas l'intention de tomber dans ce piège. Non, elle allait plutôt courir jusqu'à ce qu'elle se sente en sécurité. Courir, c'était quelque chose qu'elle savait faire.

Elle se recroquevilla sur le siège, vaguement nauséeuse. Elle aurait voulu ne jamais venir en Alaska. Elle regrettait d'avoir quitté le Canada comme une voleuse dans la nuit. À présent, elle se trouvait dans un beau pétrin et elle ne savait pas comment s'en sortir.

Elle coula un regard en biais à l'homme au volant.

Elle n'avait pas menti en disant qu'il ne ressemblait pas à un routier.

Il y avait quelque chose de différent en lui, en dehors de son beau visage. Elle ne parvenait pas à déterminer de quoi il s'agissait. Il avait l'air suffisamment rude et sauvage pour se fondre dans le paysage. Il portait une chemise en flanelle et des bottes à bouts renforcés. Il avait des cheveux châtain foncé qui bouclaient sur son col, et une barbe bien entretenue. Son regard noisette était mélancolique, et elle n'avait pas l'impression qu'il souriait souvent.

C'était un homme dans la force de l'âge, au physique particulièrement avantageux.

Il était aussi marié. Il portait un simple anneau d'or à l'annulaire gauche. Elle ne l'avait pas remarqué quand il était venu au restaurant.

Le restaurant.

Elle ne pourrait jamais y retourner. Comme elle pensait à Walt, son cœur se serra. Elle n'avait pas réfléchi au danger qu'il pourrait courir. Il était endormi quand elle était entrée dans son bureau.

Et si ces types l'avaient tué ?

La culpabilité, la honte et la peur la frappèrent toutes à la fois, la submergeant.

— Comment vous appelez-vous ? demanda le chauffeur.

— Tala.

— Tala ? Est-ce d'origine amérindienne ?

Dans sa détresse, elle avait oublié de mentir sur son nom. Depuis six mois, elle était devenue Abigail Burgess.

— Nous ne disons pas Amérindiens au Canada.

— Que dites-vous ?

— Membres des Premières Nations.

Il tourna brièvement la tête vers elle.

— Ainsi, vous êtes canadienne ?

— Oui.

Maintenant qu'elle avait gaffé, elle pouvait tout aussi bien dire la vérité.

— Je suis née à Yellowknife.

— Il y a des routes de glace à Yellowknife ?

— Oui.

— Vous y êtes déjà allée ?

— Non.

— J'ai toujours été attiré par ces pistes créées sur des lacs gelés. D'ailleurs, j'aime beaucoup rouler sur la Dalton Highway, qui possède une section de route de glace près de Prudhoe Bay, sur la côte nord de l'Alaska, au-dessus du cercle polaire arctique.

Elle n'avait pas réalisé qu'il était un routier de l'extrême. Elle comprenait mieux maintenant pourquoi il lui faisait penser à un alpiniste. Les deux activités requéraient des nerfs d'acier. Seuls les conducteurs les plus aguerris pouvaient rouler sur une couche de glace recouvrant les eaux arctiques.

— Je m'appelle Cam, au fait. Cameron Hugues.

— Enchantée, dit-elle, par réflexe.

C'était bizarre d'avoir une conversation normale après ce qu'elle avait vécu.

— D'où êtes-vous originaire ?

— Tacoma, Washington.

— Depuis quand êtes-vous en Alaska ?

— Trois ans. J'avais besoin de... changer d'air.

C'était quelque chose qu'elle pouvait comprendre.

À moins qu'il ne sous-entende qu'il voulait fuir ses responsabilités. Peut-être avait-il laissé une femme et des enfants quelque part. Il n'avait pas l'air violent, mais elle ne le connaissait pas. Elle ne pouvait pas juger de sa personnalité en se fondant sur ses manières polies et ses généreux pourboires. Son air de brave type pouvait être trompeur. Après Duane, elle n'accordait plus facilement sa confiance.

Le court échange prit fin, révélant l'étendue de sa curiosité envers elle. Mais c'était bien ainsi. Elle était soulagée par son manque d'intérêt. Elle n'avait pas envie de parler.

Le soleil se leva au-dessus de l'horizon, tandis qu'ils continuaient à rouler vers le nord sur l'autoroute. De chauds rayons pénétraient par la vitre.

Quelques heures auparavant, Tala était persuadée qu'elle allait mourir de froid. Elle avait tapé du poing contre la cabine pour appeler à l'aide. Si Cam ne s'était pas arrêté pour voir de quoi il était question, elle serait sans doute morte.

Elle tourna les yeux vers le rétroviseur latéral. Elle doutait qu'ils soient suivis. La route derrière eux semblait dégagée. Les tueurs n'avaient pas dû la voir s'enfuir.

Pour le moment, elle était en sécurité – grâce à Cam.

Repoussant la couverture, elle ôta sa veste. Son collant était fichu. Ses genoux étaient égratignés. Elle avait des fragments de gravillons incrustés dans la chair. Ses mains étaient abîmées aussi. Elle avait besoin de se laver.

— Il y a une trousse de premiers soins dans la boîte à gants, dit Cam, sans qu'elle n'ait rien eu à demander. J'ai aussi un cabinet de toilette à l'arrière. Faites comme chez vous.

Elle jeta un coup d'œil par-dessus son épaule et découvrit dans l'alcôve une couchette et un mini-réfrigérateur.

— Vous dormez là ?

— Quand c'est nécessaire.

Attrapant la trousse de premiers secours, elle se leva et s'aventura dans l'espace étroit.

Une porte coulissante conduisait à une salle d'eau de la taille d'un placard. C'était minuscule mais propre. Elle se lava les mains dans le lavabo, avant de s'inspecter dans le miroir. Ses cheveux s'étaient détachés de son chignon. Elle passa les doigts dans les mèches emmêlées pour y remettre de l'ordre. Puis elle nettoya ses égratignures avec de l'antiseptique, appliqua une pommade cicatrisante et apposa des pansements sur les plaies les plus profondes.

— Il y a des boissons et des sandwichs dans le réfrigérateur, dit Cam, tandis qu'elle retournait à l'avant de la cabine.

Elle prit une bouteille d'eau.

— Vous voulez quelque chose ? proposa-t-elle.
— Non, merci.

Le silence planait dans la cabine depuis des kilomètres.

C'était étrange d'être assise à côté d'un inconnu, sans échanger le moindre mot. Mais Tala n'avait pas envie de faire la conversation. Partager des informations personnelles avec lui semblait pour le moins imprudent.

Elle se sentait curieusement troublée par sa présence.

Si seulement il n'était pas aussi beau.

Ne pouvant prétendre ne pas avoir remarqué son charme rude et viril, elle ne voulait surtout pas se faire surprendre en train de l'observer. De nombreux routiers, y compris ceux qui étaient mariés, n'hésiteraient pas à faire des avances à une auto-stoppeuse. Cam n'avait pas laissé paraître qu'il attendait d'elle des faveurs sexuelles. Il n'avait pas l'air d'un prédateur.

Bougeant le moins possible sur son siège, elle s'efforça de ne pas imaginer le pire.

— Vous pouvez changer de station, si vous voulez, proposa-t-il soudain. Sinon, j'ai des livres audio.
— Des livres audio ?
— Enregistrés sur un lecteur MP3.

Elle hocha la tête pour indiquer qu'elle avait compris. Il y avait un lecteur branché dans le port USB de son autoradio. Elle le prit et fit défiler les titres. La saga *Millénium* de Stieg Larsson figurait en tête de liste. Les autres titres correspondaient à des romans policiers, des récits de faits divers ou des chroniques criminelles.

— C'est ce que les tueurs en série écoutent ? demanda-t-elle.

Il eut une moue d'incompréhension.

— Désolée. Je plaisantais.

Il lui coula un regard en coin.

— J'imagine que ma sélection est assez sombre.
— C'est très bien.

— Je choisis des livres qui me permettent de rester éveillé.

Elle déposa le lecteur sur le tableau de bord.

— Je n'ai jamais écouté de livres audio. De toute façon, il n'en existe pas pour les livres que j'aime.

— Comment cela ?

— Je lis des romans graphiques... Il y a des dessins.

Elle rougit, comme si c'était quelque chose dont elle devrait avoir honte. Duane disait toujours que ses bandes dessinées n'étaient pas de vrais livres. Mais Duane ne lisait jamais rien. Alors, que pouvait-il en savoir ?

— Où trouvez-vous des romans graphiques ?

— Au Canada, je les empruntais à la bibliothèque municipale. Ici, j'ai pu en acheter quelques-uns chez un bouquiniste, mais ce n'est pas facile à trouver.

— Depuis combien de temps êtes-vous en Alaska ?

— Six mois.

Il ne lui demanda pas pourquoi elle était venue. De toute façon, elle ne le lui aurait pas dit.

— À quoi ressemble le Canada ?

— C'est froid.

Sa réponse le fit sourire.

— Vous y étiez serveuse aussi ?

— Oui. Jusqu'à mon mariage.

— Vous êtes mariée ?

— Ça n'a pas marché.

— C'est lui que vous fuyez ?

— Ça ne vous regarde pas.

Un muscle joua dans sa mâchoire, marquant son mécontentement, mais il abandonna le sujet.

Elle croisa les bras sur sa poitrine, pour masquer le tremblement de ses mains.

Même si elle n'était pas naturellement timide ou peureuse, elle avait appris à éviter les conflits avec les hommes. Elle était parvenue à fuir Duane et son tempérament violent mais, ce matin, elle s'était de nouveau retrouvée dans une situation dangereuse. Le fait d'avoir été témoin d'un meurtre n'avait pas amélioré son opinion du genre humain, et elle s'attendait presque à ce que Cam se déchaîne contre elle.

Voyant qu'il gardait son calme, elle relâcha son souffle. Son premier instinct fut de s'excuser, mais elle le réprima. Ils devaient établir quelques règles. Certains sujets étaient proscrits. Elle ne pouvait pas lui dire pourquoi elle fuyait.

Heureusement, Cam ne s'offusqua pas de son irritabilité et ne l'interrogea pas davantage. Il continua à conduire, impassible comme une statue. Il ne dépassa pas la limitation de vitesse et ne prit pas de risques inutiles.

Ils entrèrent bientôt dans le parc national de Denali, abritant le plus haut sommet d'Amérique du Nord, ainsi qu'une réserve d'oiseaux et de mammifères. Tournée vers sa vitre, Tala put admirer la beauté sauvage du paysage composé de montagnes, de forêts et de glaciers.

Ils s'arrêtèrent vers midi pour déjeuner. Cam lui donna un sandwich et une boisson pris dans le mini-réfrigérateur. Puis il enfila sa veste et sortit vérifier son chargement. Surprise de voir à quel point elle avait faim, elle mordit avec enthousiasme dans son sandwich.

Il revint, le visage rougi, apportant une vague de froid, et dévora son sandwich. Puis ils reprirent la route.

Tala songea au dernier homme qui lui avait offert un repas : Walt. Il avait toujours été gentil avec elle. Le jour où elle était entrée dans son restaurant, il l'avait engagée immédiatement. Il l'avait nourrie et lui avait donné un peu d'argent à la fin du service.

Le souvenir de cette générosité lui rappela qu'il y avait des hommes bons dans le monde. Des hommes comme son père, qui l'avait élevée pour qu'elle soit forte, qu'elle puisse lutter et se suffire à elle-même.

Elle se demanda si, ayant vécu plus longtemps, il l'aurait déçue.

Cam avait l'air d'un homme bon. Peut-être un peu trop, avec son attitude imperturbable et ses saines habitudes alimentaires. Elle songea qu'il risquait d'appeler la police après que leurs routes se seraient séparées. Si quelque chose était arrivé à Walt, Cam en entendrait forcément parler. Il voudrait aider les autorités et leur raconterait tout : son prénom, sa nationalité, son lieu de naissance... C'était suffisant pour qu'on puisse l'identifier.

Elle avait fui une scène de crime. Elle pouvait être arrêtée pour cette simple raison.

S'efforçant de ne pas céder à la panique, elle se mordilla l'ongle du pouce.

Peut-être n'irait-il pas voir la police. C'était un routier, pas un boy-scout. Elle sentait en lui une certaine forme de détachement à son égard, ce qui était logique pour un homme marié qui voulait rester fidèle à son épouse.

Il la conduisait jusqu'à Fairbanks, rien de plus. Lorsqu'ils seraient arrivés à destination, elle serait livrée à elle-même. Et elle n'avait aucune idée de ce qu'elle ferait.

Elle ne connaissait personne en Alaska, en dehors de Walt, de ses collègues et de sa logeuse. Elle n'avait pas de famille ici. Elle n'avait pas vu sa mère depuis des années. En revanche, elle avait été proche de son père, mais il était décédé depuis plus de dix ans. Il lui manquait toujours.

Cillant pour chasser ses larmes, elle s'obligea à tempérer son anxiété et à se concentrer sur le présent.

De majestueuses montagnes se dressaient au loin. Elle n'avait pas encore eu le temps de visiter la région, mais elle était passée par Denali tandis qu'elle se rendait à Anchorage. Le paysage était vraiment à couper le souffle.

Son père aimait passionnément la nature et la vie à l'extérieur. En traversant ces magnifiques paysages, elle ne pouvait s'empêcher de penser à lui. « Vis simplement, lui répétait-il, ne prends que ce dont tu as besoin. »

Elle ferma les paupières et s'accrocha à cette pensée aussi longtemps qu'elle le put. Lorsqu'elle les rouvrit, elle se sentait à nouveau forte.

4

Fairbanks
- 17° – 65° N

Passé Denali, le trajet devint moins plaisant.

Un camion s'était couché en travers de la route verglacée, aux abords de McKinley Peak, provoquant un gros embouteillage. La circulation était bloquée sur des kilomètres dans les deux sens. En l'absence d'itinéraire de délestage, il était impossible de se sortir de cette situation. Il leur avait donc fallu attendre pendant des heures.

Tala ne se plaignit pas du retard. D'ailleurs, elle ne dit pas un mot.

Ils arrivèrent dans la banlieue de Fairbanks à la tombée du jour.

— Où dois-je vous déposer ? demanda Cam.

— Où vous voudrez.

Il avait mauvaise conscience de la laisser à un coin de rue, alors qu'il commençait à se faire tard.

— Vous avez de la famille dans le coin ?

— Non.

— Des amis ?

— Je peux me débrouiller toute seule.

Il avait envie de lui demander comment, même si cela ne le regardait pas.

Apparemment, elle ne possédait aucun effet personnel en dehors de sa parka, même pas un sac à main. Si elle restait dehors dans le froid, elle trouverait sans doute quelqu'un d'autre pour l'emmener.

Quelqu'un qui serait probablement animé de mauvaises intentions...

— Je vais trouver du travail.

— Quel genre de travail ?

Cette question lui fit plisser les paupières.

— Pas le genre que vous croyez.

— Vous avez besoin de changer de vêtements, avant de chercher un emploi.

Passant les doigts sur son collant filé, elle soupira.

— Ça va aller. Ne vous inquiétez pas pour moi.

C'était justement là qu'était le problème. Il s'inquiétait pour elle.

En acceptant de la conduire, il avait pris certains risques. Par exemple, en décidant, au mépris de tout bon sens, de ne pas appeler la police. À présent, il ne pouvait pas se contenter de s'en aller comme ça.

Qu'elle le veuille ou non, il se sentait obligé de veiller sur elle. S'il ne le faisait pas, il y penserait toute la nuit. Il inventerait les pires scénarios, l'imaginant en train de monter dans la voiture d'un inconnu, ou mourant de froid.

Il n'avait pas été capable de sauver Jenny, et jamais il ne s'en remettrait. Cette impuissance... Ce déchirant sentiment de la futilité de l'existence...

À proprement parler, il n'avait pas à sauver Tala, mais il pouvait au moins lui offrir un abri pour la nuit et lui donner un peu d'argent le lendemain matin pour qu'elle s'achète des vêtements. Elle n'aurait aucun mal à trouver du travail. Elle était jeune et pleine de ressources. Elle survivrait. Ce n'était pas grand-chose pour lui, mais ça pouvait faire toute la différence pour elle. Un minimum d'efforts de sa part pourrait empêcher Tala de commettre un acte désespéré.

— Vous avez faim ? demanda-t-il.

Elle s'humecta les lèvres mais ne répondit pas.

— Je dois d'abord livrer ma cargaison, puis nous pourrons dîner.

— Vous n'êtes pas obligé de m'offrir un repas.

— Je sais.

Ses yeux s'étrécirent de suspicion.

— Pourquoi êtes-vous aussi gentil avec moi ?

— Pas pour la raison à laquelle vous pensez.

— Non ?

— Non.

Elle croisa les bras sur sa poitrine, toujours méfiante.

— Qu'en penserait votre femme ?

Il la dévisagea avec perplexité.

— Ma femme ?

— Vous n'êtes pas marié ?

— Non.

— Mais vous portez une alliance.

D'un geste absent, il fit tourner l'anneau d'or autour de son annulaire. Il avait presque oublié sa présence.

— Je ne suis plus marié.

— Que s'est-il passé ?

— Elle est morte.

Ses lèvres s'entrouvrirent de surprise, puis son expression se radoucit.

— Je suis désolée.

— Tout va bien, dit-il en s'éclaircissant la gorge.

Prononcer ces mots n'était pas chose facile, même après trois ans, mais il avait appris à ravaler ses larmes.

Peut-être Tala ressentit-elle de la pitié pour lui, car elle ne rejeta pas son invitation à dîner.

Il continua jusqu'à l'entrepôt pour livrer sa marchandise. Demain, il prendrait une nouvelle cargaison, avant de continuer vers Dalton.

Cette route n'était pas une partie de plaisir. Entre la neige, le verglas, le blizzard, les zones propices aux avalanches et les virages en épingles à cheveux, on y défiait la mort à chaque instant.

Et pourtant, il savourait chaque kilomètre.

Il était venu en Alaska pour conduire sur les routes gelées. Rien n'accélérait les battements de son cœur comme la Dalton Highway. Il n'y avait rien de plus excitant, de plus addictif...

À part peut-être le sexe.

Cela faisait si longtemps qu'il n'avait pas eu de relation avec une femme qu'il avait presque oublié l'effet que ça procurait. Il était resté fidèle à la mémoire de Jenny et il ne se sentait pas encore prêt à tourner la page.

Il n'avait pas menti à Tala au sujet de ses intentions. Il ne faisait pas preuve de gentillesse envers elle dans l'espoir d'obtenir ses faveurs. Certes, elle était incroyablement attirante, mais il ne se voyait pas faire l'amour avec elle. Il était évident qu'elle avait des ennuis, et c'était de protection qu'elle avait besoin. Pas de séduction.

Il revint à la cabine, revigoré par l'air froid. La température était idéale pour circuler sur route gelée. Il se mit au volant et démarra.

Il y avait un petit fast-food réputé non loin de là, et il décida de s'y arrêter. C'était plein à craquer malgré l'heure tardive. Tala garda sa capuche rabattue sur la tête en entrant. Elle choisit une table dans un renfoncement au fond de la salle, tout en jetant des coups d'œil inquiets autour d'elle.

Cam savait qu'ils n'avaient pas été suivis depuis Willow. Il avait regardé dans le rétroviseur à intervalles réguliers.

Sans doute la nervosité de Tala était-elle un effet secondaire d'un traumatisme passé, et non une indication de danger imminent. Mais il décida néanmoins de se tenir sur ses gardes.

La serveuse arriva très vite. Il commanda un burger au saumon, des frites et du thé glacé. Tala demanda des nuggets de poulet et un soda à la cerise. Lorsque leur commande arriva, il lui proposa de partager les frites, car il y en avait une trop grande quantité.

— Vous semblez manger sainement, remarqua-t-elle.

— J'essaye.

— Cela semble inhabituel pour un routier.

— J'ai grandi dans une ferme au nord de l'État de Washington. Mes parents m'ont sensibilisé au développement durable et à l'agriculture biologique. Nous mangions la nourriture que nous produisions.

Il haussa les épaules.

— Ça m'est resté.

Tala hocha la tête en signe de compréhension.

— Nous mangions les animaux que mon père capturait.

— Il était chasseur ?

— Il faisait un peu de tout, chasseur, pêcheur… C'était dur en hiver, mais nous avons toujours mangé à notre faim.

— Vous ne viviez que de la terre ?

— Oui.

Cam ne put cacher sa surprise. Il avait toujours pensé que son enfance était atypique. Mais le fait de manger des produits de la ferme, plutôt que de la mauvaise nourriture industrielle, ne pouvait se comparer à une existence dans les Territoires du Nord-Ouest.

— Il est mort quand j'avais seize ans, reprit Tala. Il n'en avait que quarante.

— Mince !

— Il a eu une bonne vie. Courte mais pas gâchée.

— C'est ce que vous voulez aussi ?

Elle secoua la tête.

— Je préférerais suivre l'exemple de ma grand-mère. Elle a vécu jusqu'à quatre-vingt-neuf ans. Elle avait coutume de dire que mon père avait usé toute sa vie en la moitié du temps imparti parce qu'il ne tenait pas en place. Il n'arrêtait jamais de travailler.

— Quel âge avez-vous ?

— Vingt-cinq ans. Et vous ?

— Trente-quatre, marmonna-t-il.

— C'est un bon âge, dit-elle en picorant une frite.

Cam s'efforçait de ne pas se laisser captiver, mais n'y parvenait pas. Elle avait un léger accent qu'il trouvait charmant. Et elle était intéressante, en plus d'être belle.

Une vague de désir déferla en lui, échauffant son sang et accélérant son pouls.

Alarmé par sa réaction, il songea qu'il ferait bien de freiner des quatre fers et d'arrêter de poser des questions d'ordre personnel. Ce n'était pas un rendez-vous galant.

Elle plongea une paille dans sa bouteille de soda et but une gorgée, attirant son attention sur ses lèvres pleines et roses.

— Et vous ? demanda-t-elle.

— Et moi, quoi ?

— Préférez-vous une vie courte ou longue ?

Il eut une petite moue évasive et continua à manger.

— Vu votre métier, je dirais courte. D'un autre côté, vous mangez sainement et vous prenez soin de votre corps.

Elle l'enveloppa d'un regard appréciateur.

— Vous faites du sport, non ?

— Je ne le fais pas pour vivre plus longtemps.

— Non ?

— Je suis assis dans un camion toute la journée. Je deviendrais fou si je ne faisais pas d'exercice.

— Ce n'est pas normal de passer autant de temps enfermé dans un véhicule.

Cam ne pouvait dire le contraire.

Le manque d'activité ne dérangeait pas certains routiers. Ils avaient chacun leurs mauvaises habitudes : fumer et grignoter sans relâche étaient des moyens courants de rester éveillé. Pour lui, les longues heures sans bouger étaient difficiles, mais ça faisait partie du métier. Il en acceptait les restrictions comme les libertés, savourant le danger et la solitude.

Il n'était pas devenu routier pour avoir la vie facile. Il

l'avait fait pour pouvoir déconnecter avec le reste du monde et avec lui-même.

De même, il ne pratiquait pas le sport à haute dose pour combattre l'inactivité. Il le faisait pour apaiser son chagrin, se punir d'être vivant et trouver le sommeil la nuit. Plus c'était épuisant, mieux c'était. Ça avait fini par devenir une obsession, et il s'était obligé à ralentir l'année dernière, après s'être fait un claquage à la cuisse.

Ils avaient presque fini de dîner quand deux agents en uniforme entrèrent. Cam les regarda avec indifférence, songeant vaguement à sa vie d'avant. Tala se leva de table après que les deux policiers se furent arrêtés au bar.

— Je dois aller aux toilettes.

En son absence, Cam paya l'addition. Les agents, qui avaient commandé leur café à emporter, ressortirent.

Cam tambourinait du bout des doigts sur la table.

Le temps commençait à lui sembler long. Soudain, il remarqua que Tala avait emporté sa parka, ce qui était bizarre.

Il se demanda si elle ne lui aurait pas faussé compagnie.

Ce ne serait pas un grand choc. Elle lui avait demandé de la conduire jusqu'à Fairbanks, et ils étaient arrivés à destination.

Curieux malgré tout, il partit à sa recherche. Les toilettes des femmes se trouvaient au bout du couloir. Il s'arrêta derrière la porte et tendit l'oreille un moment. Puis il l'ouvrit. Il n'y avait que deux stalles et un lavabo sous un grand miroir.

— Tala ?

Pas de réponse. Juste un bref soupir.

— Les agents sont partis, si c'est ce qui vous inquiète.

— Je sors dans un instant.

Contrarié, il retourna dans le couloir. Que lui arrivait-il ? C'était une chose de risquer la mort sur des routes gelées, mais c'en était une tout autre d'aider une fugitive.

Tala émergea des toilettes quelques secondes après, en feignant l'innocence.

Ils marchèrent côte à côte sur le parking et approchèrent de son camion. Tournant la tête dans sa direction, il remarqua ses lèvres pincées et son teint livide.

Il ne lui demanda pas pourquoi elle se cachait de la police. Elle ne le lui aurait probablement pas dit, et il n'était pas sûr de le vouloir. Il ne pouvait pas se permettre de se laisser entraîner dans ses ennuis, quels qu'ils soient. Il devait repartir demain.

Elle marqua un temps d'arrêt, sa respiration dessinant de petits nuages dans l'air froid.

— Merci.

— Je n'ai rien fait.

— Vous avez fait beaucoup. Je ne l'oublierai pas.

Il réalisa qu'elle essayait de lui dire au revoir. Il secoua la tête en signe de protestation.

— Venez avec moi. Je sais où nous pourrons passer la nuit gratuitement.

— Où ?

— Aux chalets d'Ann.

Les chalets d'Ann étaient situés à proximité d'un grand centre commercial. Tala pourrait se reposer cette nuit et chercher du travail demain.

— Pourquoi est-ce gratuit ?

— Je coupe du bois pour elle à chaque fois que je viens à Fairbanks. Nous faisons du troc.

Tala le dévisagea avec insistance, cherchant sans doute à deviner s'il lui mentait. En fait, il arrangeait un tout petit peu la vérité. Ann lui accordait une réduction, mais il séjournait rarement dans son complexe hôtelier. Et il coupait du bois parce qu'il aimait ça, pas pour économiser de l'argent.

— Est-ce que nous faisons du troc aussi ?

Il rit, avant de comprendre que c'était une question sérieuse. Elle voulait savoir ce qu'il attendait d'elle et elle avait raison d'être prudente. Bien peu d'hommes lui offriraient un lit sans avoir l'intention de le partager avec elle.

Il soutint son regard.

— Non. Pas du tout, répondit-il avec sincérité.

— Pourquoi m'aidez-vous ?

Il eut l'impression qu'une main de glace lui broyait le cœur. Il ne pouvait répondre honnêtement à cette question. Il lui était impossible de parler de Jenny et de sa propre incapacité à la sauver.

Il ouvrit la portière du côté passager.

— Je ne vous ai pas sauvée du froid pour vous laisser geler ailleurs.

Elle ne parut pas satisfaite de sa réponse, mais elle monta dans le camion. Il s'installa au volant et mit le contact.

Un peu vieillots, les chalets étaient charmants, et même romantiques.

Même si l'endroit n'était pas à proprement parler un relais pour routiers, il était connu de ceux-ci car la propriétaire était la veuve d'un routier. Son mari était mort sur la Dalton Highway quelques années auparavant, prisonnier d'une avalanche.

Cam avait entendu parler d'elle l'hiver dernier, via la CB. Des routiers lançaient un appel pour aider Ann. Elle avait notamment besoin de quelqu'un pour couper son bois de chauffage. Cam avait sauté sur l'occasion.

Quittant la route principale, il se dirigea vers les chalets, se gara sur le parking situé à l'arrière des bâtiments et entra dans le bureau tandis que Tala attendait dans le camion.

Il n'y avait personne à la réception, et il agita la cloche. Ann apparut. Elle le faisait penser à la Mère Noël, avec ses cheveux blancs bouclés et ses lunettes rondes à monture métallique.

— Tiens, mais on dirait mon bûcheron préféré, dit-elle avec un grand sourire. Comment allez-vous, mon garçon ?

— Bien. Beaucoup de travail. Comme toujours.

— Vous avez déjà pris la Dalton Highway, cette saison ?

— J'y vais demain.

— Vous serez prudent.

— Bien sûr.

Ann vérifia les réservations sur son ordinateur.

— Il ne me reste qu'un chalet pour deux personnes. Les singles sont en cours de rénovation et sont tous fermés.

Cam sortit son portefeuille d'un geste hésitant. Tala accepterait-elle de partager la chambre avec lui ?

— Je peux vous le faire au prix d'un single s'il n'y a que vous.

Cam rougit d'embarras.

— En fait, j'ai une invitée.

Ann lui accorda sa réduction habituelle et lui tendit sa clé. Si elle s'interrogea sur la personne qui l'accompagnait, elle fut suffisamment discrète pour ne rien laisser paraître.

Cam retourna au camion et fit signe à Tala de le suivre. Il s'arrêta devant le chalet numéro 4, qui se trouvait au bout de la première rangée. Il ouvrit la porte et alluma la lumière. C'était une pièce confortable, avec des lits jumeaux, une cheminée et une salle de bains.

Le cœur battant à tout rompre, il attendit la réaction de Tala, mais celle-ci ne fit aucun commentaire. S'asseyant sur le lit au fond de la pièce, elle rebondit sur le matelas pour tester sa fermeté.

— Le lit a l'air bon, dit-elle.

Étrangement embarrassé, Cam se dirigea vers la cheminée. Il y avait un panier plein des bûches qu'il avait fendues la dernière fois. Il s'accroupit et, les mains tremblantes, prépara le feu.

Il ne comprenait pas pourquoi il était si nerveux. Ils étaient là pour dormir, rien de plus. À supposer qu'il soit capable d'une tentative de séduction, ce dont il doutait, il ne ferait rien. Il avait donné sa parole à Tala.

Elle se leva et ôta sa parka.

— Je vais prendre une douche.

Il la regarda disparaître dans la salle de bains. La porte

se referma derrière elle avec un clic. Il reporta son attention vers le feu. Lorsque les flammes furent suffisamment fortes, il se leva et s'épousseta les mains. Il se dirigea ensuite vers la fenêtre. Il y avait du bois empilé près du billot de coupe. Il envisagea de sortir fendre du bois. Tala pourrait apprécier l'intimité ainsi offerte.

Malgré lui, son regard se porta vers la salle de bains, et il ne put s'empêcher de l'imaginer nue. Ses cheveux noirs imbibés d'eau, constellant de milliers de gouttelettes son corps luisant de savon.

La course de son sang s'accéléra dans ses veines, provoquant dans son corps une réaction presque oubliée. Ainsi, il pouvait encore ressentir cela, à défaut d'autre chose. Il était encore capable de désir.

Il se passa la main sur les yeux, mais les images persistèrent. Il se tenait à dix pas d'une femme nue. Il entendait l'eau couler, l'imaginait ruisselant sur son corps.

Des pensées érotiques emplissaient son esprit, où s'entremêlaient souvenirs et fantasmes. Il se rappelait ce que cela faisait de rejoindre une femme sous la douche. De boire les gouttelettes d'eau sur sa peau. De la soulever contre la paroi carrelée et de la prendre.

Il serra les poings, tandis qu'une envie douloureuse gonflait dans son entrejambe. Il ne savait pas quoi faire, ni où regarder. Il avait peur que Tala ne sorte brusquement de la salle de bains et découvre son érection.

Il s'assit sur le bord du matelas, le cœur battant à tout rompre, et s'efforça de penser à des choses rébarbatives. Mais ça ne servit à rien. Il était déjà trop emporté.

Il essaya de respirer calmement, en serrant et desserrant les poings. Malheureusement, son désir ne reflua pas. Il s'était refusé trop longtemps le plaisir. Son corps se rebellait.

Il faut que je sorte de là.

Bondissant, il alla dehors et s'emplit les poumons d'air

froid, tout en observant le ciel. C'était une belle nuit claire et glaciale. Bientôt, il se sentit mieux.

Désireux de se dégourdir les jambes, il commença à jogger. Il fit quelques tours de la propriété. Sa lourde respiration, mêlée aux claquements rythmés de ses semelles sur la neige tassée, dessinait dans l'air froid de petits nuages de buée.

Lorsqu'il eut retrouvé le contrôle de son corps, ses pensées s'éclaircirent.

Il retourna près du billot de coupe, à l'extérieur du chalet. Il y avait un gros tas de bois sous un auvent. C'est là qu'était aussi rangée la hache.

Il déposa une bûche sur le billot et abattit la hache, la fendant en deux. Il répéta inlassablement la manœuvre, jusqu'à ne plus penser à rien.

5

Tala se réfugia dans la salle de bains et verrouilla la porte.

Même si Cam lui avait clairement fait comprendre qu'il n'avait pas l'intention de coucher avec elle, son cœur battait la chamade, sans qu'elle ne puisse rien pour le contrôler.

Je n'aurais jamais dû venir ici.

À présent, elle se sentait prise au piège. Elle était à sa merci.

Et s'il tentait quand même quelque chose ?

Le pauvre homme avait perdu sa femme. Il était seul. Il était jeune, fort et en bonne santé. C'était normal qu'il recherche la compagnie féminine.

Et elle lui plaisait.

Elle le voyait dans ses yeux. Quand il la regardait, elle ressentait des picotements le long de la colonne vertébrale. Car elle le trouvait attirant aussi.

Observant dans le miroir sa propre expression empreinte d'anxiété, elle se sentait prise entre deux feux.

Elle regrettait de ne pas lui avoir demandé de la conduire à l'aéroport. Elle aurait pu dormir dans la salle d'attente. Cela aurait manqué de confort, mais elle avait connu pire.

Cam ne la retenait pas contre son gré, évidemment. Elle avait accepté de rester avec lui. Elle ne le considérait pas comme une menace physique.

En fait, elle n'avait pas peur de lui, mais des hommes en général. Elle avait peur de baisser sa garde ou de s'attacher.

Elle n'avait pas échappé à Duane pour dépendre à nouveau d'un homme. Elle ne pouvait pas commettre cette erreur une fois de plus.

Elle s'écarta du miroir et ôta ses vêtements. Tandis qu'elle se glissait sous la douche, des souvenirs de la matinée s'insinuèrent dans son esprit.

À nouveau, elle fut saisie de frissons, alors que l'eau était brûlante. Elle savait qu'il lui aurait suffi de fermer les yeux pour revivre la scène du parking et elle préféra ne pas s'attarder sur ces images traumatisantes.

Lorsqu'elle eut terminé de se rincer, la tête lui tournait, et elle se sentait vaguement nauséeuse. Elle sortit de la douche et s'enveloppa dans une serviette.

Elle n'avait rien d'autre à porter en dehors de son uniforme. Son collant était fichu, et elle le jeta à la poubelle. Puis elle lava ses sous-vêtements. Comme ils étaient en polyamide, ils seraient secs d'ici au lendemain matin. Elle les suspendit à la patère derrière la porte.

Elle était réticente à quitter la salle de bains sans vêtements, mais tant pis, elle n'aurait qu'à se coucher avec sa serviette.

Peut-être Cam ne se rendrait-il compte de rien. Peut-être n'était-il pas intéressé à ce point.

On lui avait souvent dit qu'elle était jolie, mais elle avait aussi entendu le contraire. Duane passait son temps à lui hurler de fermer sa sale bouche ou de bouger ses fesses maigrichonnes, et ces critiques incessantes avaient entamé sa confiance en elle.

Elle se sentait de plus en plus tendue. D'un côté, elle avait envie que Cam la trouve attirante mais, de l'autre, elle redoutait qu'il tente quelque chose. En tout cas, elle espérait qu'il ne prendrait pas sa quasi-nudité pour un signe d'encouragement.

Après avoir inspiré profondément, elle ouvrit la porte et s'aventura hors de la salle de bains.

À sa grande surprise, Cam n'était pas dans la chambre.

Rajustant sa serviette autour d'elle, Tala se posta devant la cheminée, où brûlait un feu vif et réconfortant. Tandis qu'elle se passait les doigts dans les cheveux, les laissant sécher à l'air libre, elle prit conscience d'un bruit familier.

Quelqu'un coupait du bois.

Elle s'approcha de la fenêtre et écarta le rideau.

Cam maniait la hache à grands gestes puissants, fendant les bûches à une vitesse impressionnante. Quand le tas à ses pieds commençait à devenir trop volumineux, il allait alors empiler les bûches sous l'abri. Puis il recommençait.

À en juger par son expression torturée, il cherchait à évacuer sa frustration. Elle supposa qu'il aimait toujours sa défunte épouse et n'en avait pas fait le deuil.

Attristée pour lui, elle quitta la fenêtre et s'assit pour natter ses cheveux. Elle ne s'était pas coiffée ainsi depuis qu'elle avait quitté le Canada, parce qu'elle ne voulait pas avoir l'air d'une Amérindienne. Mais elle était fière de ses origines. Le sang de ses ancêtres coulait avec force en elle, et rien ne l'effacerait jamais.

Cam revint, apportant un courant d'air froid. Il était essoufflé, et son visage était rougi par l'effort. Il tenait un sac de voyage à la main.

Après avoir rapidement observé la tenue de Tala, il ouvrit le sac et en sortit une chemise en flanelle. Il la lui tendit en évitant son regard.

— Vous pouvez mettre ça pour dormir.

Elle accepta la chemise avec gratitude.

— Je vais prendre une douche, marmonna-t-il, avant de disparaître dans la salle de bains.

Une fois la porte refermée, Tala porta la chemise à son nez et inspira. Il s'en dégageait une fraîche et réconfortante odeur de lessive.

Elle l'enfila et boutonna tous les boutons, puis elle se glissa dans le lit et observa le plafond orné de poutres.

Ses pensées divaguèrent quelques instants, avant de s'arrêter sur l'essentiel. Elle imagina Cam nu sous la douche. Tout son corps était-il musclé ou bien sa force se concentrait-elle dans ses bras ? Était-il poilu, avec une épaisse toison sur le torse pour s'assortir à sa barbe ?

Cette pensée la fit sourire. Il avait sûrement des défauts physiques. Après tout, il n'était qu'un homme comme les autres.

Lorsqu'il sortit de la salle de bains, elle fut obligée de réviser son jugement. Il était torse nu et portait un pantalon de jogging en molleton gris chiné. Jamais elle n'avait vu d'homme aussi magnifiquement bâti. Des larges épaules aux hanches étroites, en passant par les reliefs superbement sculptés de l'estomac, tout en lui dégageait une impression de puissance et de force.

Il éteignit la lumière et se dirigea vers l'autre lit, en l'ignorant.

Tandis que le silence s'installait dans la pièce, elle écouta le bois craquer et grésiller dans la cheminée.

Il était évident qu'il n'essayerait pas de la rejoindre dans son lit. Elle n'avait pas à s'inquiéter qu'il lui réclame des faveurs sexuelles en échange du trajet jusqu'à Fairbanks. Peut-être avait-elle confondu de la simple gentillesse avec du désir.

Elle aurait dû être soulagée par le respect dont il faisait montre. Maintenant qu'elle savait à quoi s'en tenir avec lui, elle pouvait se détendre. Et pourtant, pour une raison qu'elle ne s'expliquait pas, elle se sentait triste et agitée. En dépit de la fatigue qu'elle éprouvait, le sommeil se refusait à elle.

Elle se tourna vers Cam dans l'obscurité. La lumière du feu ne suffisait pas à éclairer son visage mais, si elle ne voyait pas ses traits, elle percevait sa tension. La raison de cette tension lui échappait. Il n'avait pas semblé anxieux avant d'entrer dans le chalet. C'était uniquement quand elle était allée se doucher qu'il était sorti couper du bois frénétiquement.

— Vous dormez ? demanda-t-elle.

— Non, répondit-il d'un ton sec.

La brutalité de sa réponse fit sourire Tala.

— Vous avez besoin de quelque chose ? demanda-t-il.

— Je ne voulais pas vous déranger.
— Ce n'est rien.
— Qu'est-il arrivé à votre femme ?
Il garda si longtemps le silence qu'elle eut l'impression qu'il n'allait pas répondre.
— C'était un accident de voiture, lâcha-t-il enfin. Elle est restée dans le coma quelques mois.
— Elle ne s'est jamais réveillée ?
— Non.
— Je suis désolée.
Il ne dit rien.
— C'est pour cette raison que vous êtes venu en Alaska ?
— Oui.
— Vous vouliez échapper aux mauvais souvenirs.
Il se tortilla nerveusement sur le matelas.
— J'ai pensé que, si je changeais de vie, je pourrais continuer à avancer.
— Ça a marché ?
— Parlons plutôt de vous.
— De moi ?
— Vous avez bien une raison de fuir.
Ce fut au tour de Tala de rester silencieuse.
— Vous ne voulez pas m'en parler ?
— Non.
— Vous ne me faites pas confiance ?
Il ne s'agissait pas de cela.
À cet instant, dans l'intimité du chalet que baignait la douce lueur des flammes dans la cheminée, elle avait confiance en lui. Elle savait qu'il ne lui ferait pas de mal, ni ne chercherait à tirer avantage d'elle. Mais elle ne pouvait s'attendre à ce qu'il la sorte de ce guêpier. Elle devait se débrouiller toute seule.
— Je ne veux pas vous impliquer, finit-elle par répondre.
— Pourquoi pas ?
— Ce n'est pas votre problème.
— Je peux peut-être vous aider.

Elle secoua la tête.

— Il faut simplement que je me fasse discrète pendant quelque temps. Je l'ai déjà fait. Mais ça va aller. Je vais trouver du travail.

— Où ?

— Dans un restaurant.

— Un restaurant sans flics ni routiers. Bonne chance.

— Je ne m'inquiète pas pour les routiers.

— Vous devriez, parce qu'ils vont vous reconnaître.

— Et alors ?

— Ils vont parler de vous sur la CB.

— Mais non.

— Bien sûr que si. Ils le font déjà. Je les ai entendus.

— Que disent-ils ?

— Des choses flatteuses. Parfois un peu crues.

Les sales types ! Tala serra les poings. Si les routiers parlaient d'elle à la radio, elle risquait d'avoir des problèmes. N'importe qui pouvait capter ces fréquences, y compris les flics et les tueurs. Mais Walt était peut-être sain et sauf, et personne ne la recherchait.

— Je suis sûr que vous trouverez du travail à l'horizontal, faute d'autre chose.

Tala se redressa sur le lit, les paupières étrécies. Pourquoi l'insultait-il ?

Son premier mouvement de colère passé, elle comprit qu'il n'agissait pas ainsi par méchanceté, mais pour l'aider.

— Vous essayez de me faire peur pour que j'aille voir la police.

— C'est ce que vous avez de mieux à faire.

— Pourquoi vous souciez-vous de moi ?

Il croisa les mains derrière la tête.

— Je ne sais pas.

Tala se recoucha et serra un oreiller contre sa poitrine. Cam était bien intentionné, mais elle n'avait aucune confiance dans la police.

Elle pouvait se débrouiller toute seule. Cam se sentait responsable d'elle parce qu'il l'avait véhiculée, et à présent elle était comme… une marchandise qu'il voulait livrer à bon port et en un seul morceau.

Mais elle savait bien qu'il ne s'attarderait pas. C'était un routier. Dès demain matin, il reprendrait le volant.

Elle ferma les yeux et tenta de se reposer mais, lorsque le sommeil l'emporta enfin, des visions de violence ne tardèrent pas à l'assaillir.

Tala se réveilla en hurlant, la couverture enroulée autour des chevilles. Tout en battant des pieds pour se libérer, elle agita les mains et entra en contact avec quelqu'un. Ce n'était pas Duane, comme dans son cauchemar, mais Cam.

Il passa un bras autour de ses épaules.

— Chut… Tout va bien. Je suis là.

— J'ai rêvé que Walt était dans la benne à ordures, dit-elle d'une voix étranglée par les larmes. Il était mort.

— Ce n'était qu'un mauvais rêve, la rassura Cam.

Il y avait un paquet de mouchoirs en papier sur la table de chevet, à côté d'une bouteille d'eau fraîche. Elle se moucha et but une gorgée d'eau.

— Duane était là aussi. Il m'a frappée.

— Duane est votre mari ?

— Il l'était.

— Vous avez divorcé ?

— Pas légalement, mais je l'ai quitté.

— Parce qu'il vous frappait ?

L'estomac de Tala se noua. C'était une question très personnelle, mais ils n'étaient plus désormais des inconnus l'un pour l'autre. Ils avaient dépassé ce stade.

Elle n'avait jamais révélé à personne les violences qu'elle avait subies durant son court mariage. Elle avait trop honte. Son père l'avait élevée pour qu'elle soit forte et fière. Elle n'était pas une victime. Elle était une battante, une survivante. Et pourtant, Duane était parvenu à lui ôter tout cela.

Peut-être le fait d'en parler l'aiderait-il à se retrouver.

Duane ne méritait pas qu'on le protège. Elle ne pouvait excuser son comportement et elle en avait assez de garder ce secret.

— Il était violent, dit-elle dans un souffle. Moralement et physiquement.

— Vous voulez en parler ?

Envahie par un calme étrange, elle hocha la tête.

— Il est devenu de plus en plus autoritaire et violent à mesure que le temps passait. C'était si graduel que je ne m'en suis pas rendu compte tout de suite. Ou je n'ai pas voulu reconnaître les signes avant-coureurs. Puis le vernis a craqué, et je ne pouvais plus me voiler la face.

— Qu'entendez-vous par « le vernis a craqué » ?

— Eh bien, il a changé tout de suite après notre mariage. Nous avons emménagé dans une région très rurale, et il a commencé à me traiter comme sa propriété plutôt que comme sa femme. Il ne voulait pas que je quitte la maison sans sa permission. Un jour, je suis allée en douce à la bibliothèque. Lorsque je suis rentrée, il m'a frappée.

— Qu'avez-vous fait ?

— Rien. J'étais trop surprise pour réagir. Il a pleuré et m'a suppliée de lui pardonner, en jurant qu'il ne recommencerait plus.

— Mais il a recommencé.

— Oui.

— Est-ce que c'est un flic ?

Cette question fit sursauter Tala.

— Comment le savez-vous ?

— Juste une intuition, comme ça. Continuez.

— Nous sommes restés ensemble encore quelques mois, jusqu'à ce qu'il pique une crise de jalousie et cache mon sac pour que je ne puisse aller nulle part. C'est là que j'ai compris que ça n'allait pas s'améliorer. J'ai rassemblé quelques affaires au milieu de la nuit, pendant qu'il dormait, et je suis partie.

— Comment êtes-vous arrivée en Alaska ?

— Je me suis cachée dans un camion. Je pensais que le chauffeur se dirigeait vers le sud, mais il est allé vers l'ouest. Et me voilà !

— Vous êtes ici illégalement ?

— Pas vraiment. Avez-vous entendu parler du Jay Treaty ?

— Non.

— C'est un traité qui autorise les membres des Premières Nations à circuler librement entre le Canada et les États-Unis. Mais je n'ai pas ma carte tribale pour prouver mon statut. J'ai tout laissé au Canada.

— Je suis heureux que vous ayez réussi à vous échapper.

— Moi aussi.

Tala détourna le regard, pensive.

Cam ne semblait pas la mépriser d'avoir eu un mari violent. Elle savait que ce n'était pas sa faute, mais elle se sentait en partie responsable de ce qui lui était arrivé. Elle aurait dû se rendre compte de la véritable nature de Duane, avant de se précipiter dans ce mariage. Elle aurait dû identifier les menaces plus tôt.

Elle ferma les yeux pour évacuer les mauvais souvenirs. Sa relation avec Duane était terminée. Elle l'avait quitté et elle n'aurait plus jamais à souffrir de ses mauvais traitements.

Malheureusement, elle s'était mise dans un nouveau pétrin.

Un frisson la parcourut. Elle avait repoussé la couverture au milieu de son cauchemar. Ses jambes étaient nues et froides.

Tout comme le torse de Cam, réalisa-t-elle dans un sursaut. L'anxiété l'avait empêchée de s'en rendre compte avant. La lumière chatoyante du feu qui pétillait dans l'âtre révélait une scène intime. Ils étaient sur un lit ensemble, assez proches pour se toucher. Il était torse nu, et elle portait sa chemise sans l'ombre d'un sous-vêtement.

Elle remonta la couverture en rougissant.

— Je devrais vous laisser dormir, dit-il.

— Ne partez pas, murmura-t-elle, s'il vous plaît.

Il la regarda, les sourcils froncés. La proximité avec elle semblait le mettre mal à l'aise, et il se demandait probablement ce qu'elle attendait de lui.

Tala avait elle-même du mal à le déterminer.

Elle savait qu'il n'avait pas fait le deuil de sa femme et n'était pas intéressé par une aventure. Ou pas intéressé par elle. Quoi qu'il en soit, elle se sentait en sécurité avec lui.

Elle ne voulait pas l'impliquer dans ses problèmes, mais elle pouvait lui demander une petite faveur.

— Pouvez-vous me tenir dans vos bras ?

Il laissa échapper un soupir rauque, comme si cette pensée le torturait.

— Uniquement jusqu'à ce que je m'endorme, précisa-t-elle. Rien de plus.

— Je ne pense pas que ce soit une bonne idée.

Elle chercha à déchiffrer son expression dans le noir, ne sachant pas ce qu'il voulait dire. Une étrange étincelle s'alluma alors dans les yeux de Cam.

Il n'était pas aussi désintéressé qu'il voulait le laisser croire.

Elle formula sa demande autrement.

— Je peux vous serrer dans mes bras ?

Après une brève hésitation, il roula sur le côté, lui tournant le dos. Elle se blottit contre lui, appréciant le simple plaisir d'un contact humain, sans avoir à s'inquiéter d'éveiller son désir. Il suffisait à Cam de rester couché là et d'être son ours en peluche, sans que cela ne l'engage à rien.

Elle passa un bras autour de lui et ferma les yeux.

Le corps de Cam était chaud et puissamment musclé, et formait comme un écran protecteur. Elle sentait sous sa paume les battements de son cœur, forts et réguliers.

Lorsqu'il posa la main sur la sienne et entrelaça leurs doigts, la gorge de Tala se noua d'émotion.

Cela faisait longtemps qu'elle n'avait pas éprouvé une

telle sensation de paix et de contentement. La présence de Cam emplissait en elle une place vide dont elle avait ignoré l'existence jusqu'à présent.

Elle savoura la situation aussi longtemps qu'elle le put, avant de s'endormir.

6

12 décembre
- 15° – 65° N

Cam s'habilla dans le noir.

Il enfila son jean sur un caleçon long thermique et glissa les pieds dans des brodequins de travail à bout renforcé. Sa chemise de flanelle fournissait une chaleur minimale contre le froid, mais il ne prit pas sa veste. Il avait envie de sentir la morsure de l'hiver.

Il avait neigé pendant la nuit, et la neige fraîche s'écrasait sous ses semelles tandis qu'il traversait le parking. L'air gelé emplissait ses poumons et pénétrait ses vêtements.

Il se dirigea vers la réception, qui était ouverte mais déserte. Une odeur de café fraîchement passé l'accueillit. Il emplit deux gobelets, et prit des sachets de sucre et de crème.

— J'ai aussi des céréales, dit Ann en émergeant d'une autre pièce.

— J'ai les mains pleines. Je reviendrai.

— Je peux vous les apporter.

Une onde de chaleur monta le long de son cou à la pensée d'Ann venant jusqu'à sa porte et découvrant Tala dans son lit. Il se sentait comme un adolescent qui ne voulait pas que sa mère découvre que sa petite amie avait dormi sur place.

— Ce n'est pas la peine.

La vivacité de sa réponse fit sourire Ann.

— Merci d'avoir coupé du bois.

— J'aime ça.

Elle hocha la tête, et Cam s'empressa de déguerpir.

Il n'avait aucune raison d'être embarrassé. Il n'avait rien fait de mal. Il avait dormi avec Tala sans franchir la ligne jaune.

Et, même si leur nuit n'avait pas été innocente, qu'est-ce que cela aurait changé ?

Ann en avait probablement vu d'autres depuis qu'elle louait ses chalets. Elle ne serait sûrement pas choquée en découvrant sa ravissante jeune invitée.

À moins qu'elle ne le croie marié. Après tout, il portait toujours son alliance.

Cette évocation le fit tiquer. Il l'avait remise quelques semaines auparavant, après une désastreuse fête de Thanksgiving chez ses parents. Sa mère avait invité une des amies de Jenny – une amie célibataire – dans le but évident de les faire se rencontrer. Il était parti le plus vite possible, en prétendant avoir une livraison à faire.

Des femmes avaient déjà flirté avec lui auparavant, et il n'avait rien ressenti. Pas le moindre frémissement de tentation. Il n'éprouvait donc pas le besoin d'afficher la preuve de son absence de disponibilité.

Cette fois-là, c'était différent. Il n'était pas intéressé par l'amie de Jenny. Il pensait à la serveuse de Walt, quelqu'un qu'il connaissait à peine, et il avait été frappé par une sensation de manque et de tristesse.

Ça l'avait frappé de plein fouet comme une avalanche, lui coupant le souffle. Il avait cherché son alliance et l'avait glissée à son doigt. Tout à coup, il avait ressenti le besoin de se protéger contre cette attirance qu'il éprouvait pour la serveuse.

Cam emporta le café au chalet et posa les gobelets sur le manteau de la cheminée. Il remua les cendres et ajouta du bois.

Le bruit réveilla Tala. Elle s'assit dans le lit avec une soudaineté suggérant qu'elle avait oublié où elle était. Elle croisa son regard, le reconnut et s'étendit à nouveau, l'air rassuré.

À l'évidence, elle lui faisait confiance, ce qui se comprenait puisqu'il n'avait rien tenté pendant la nuit.

Mais, si elle avait pu lire dans ses pensées au petit matin – et même maintenant –, elle n'aurait pas été aussi sereine. Il avait envie de l'embrasser pour lui faire oublier la peine que lui avait causée son mari et lui montrer comment un homme digne de ce nom traitait une femme.

Une vive chaleur envahit son cou à cette pensée. Évidemment, il n'essayerait pas de la séduire. Il n'était pas prêt pour ce genre d'intimité. Et c'était d'ailleurs pour cela qu'il continuait à porter son alliance.

— Je vous ai apporté du café, dit-il. Voulez-vous aussi des céréales ?

Elle hocha la tête, tout en se levant.

Elle était sexy dans sa chemise de flanelle chiffonnée, avec ses yeux ensommeillés et ses longues jambes.

Lorsqu'elle tira sur l'ourlet, pour s'assurer qu'elle était couverte, il détourna le regard. Il savait qu'elle était nue en dessous. Il avait vu la culotte bleu ciel qu'elle avait mise à sécher dans la salle de bains. Il n'avait pas pu s'empêcher de la toucher ce matin, en se disant que c'était pour vérifier si elle était sèche. En réalité, il avait envie de sentir le contact avec l'étoffe, de l'imaginer sur la peau de Tala.

Tandis qu'elle se dirigeait vers la salle de bains, il relâcha son souffle. Il fallait qu'il se reprenne avant de se mettre dans l'embarras.

S'éclaircissant la gorge, il quitta le chalet et s'emplit les poumons d'air frais.

Il y avait deux coupelles de céréales munies d'un couvercle sur le comptoir. Lorsque Cam les rapporta à la chambre, avec deux cuillères en plastique, Tala était assise près du feu et sirotait son café.

Ils partagèrent le petit déjeuner en silence.

Cam n'était pas pressé de reprendre la route malgré l'inconfort qu'il éprouvait en la présence de Tala.

Avant de quitter la ville, il tenait à s'assurer qu'elle était en sécurité. Il ne s'attendait pas à être aussi concerné par sa condition, mais ils étaient face à des circonstances inhabituelles.

Ils avaient partagé vingt-quatre heures ensemble. Ils s'étaient confié des choses personnelles… Ils s'étaient même tenu la main.

— Vous avez une autre livraison à faire ? demanda-t-elle.

Il hocha la tête.

— Je dois aller chercher la marchandise ce matin.

— Vous allez dans quelle direction ?

— Au nord.

Ce n'était pas un voyage qu'elle pouvait faire avec lui. La Dalton Highway était la portion de route la plus meurtrière d'Alaska.

— Vous pourriez rester ici, dit-il, sur une impulsion.

— À Fairbanks ?

— Dans ce chalet.

Elle écarquilla les yeux de surprise. Visiblement, elle ne s'attendait pas à ce qu'il lui fasse cette offre. Lui non plus, d'ailleurs.

— Comme je vous l'ai dit, je connais la propriétaire. Elle pourrait vous engager.

— Vous la connaissez bien ?

— Son mari était routier. Il a trouvé la mort sur la Dalton. Depuis, je lui rends de menus services.

— Vous aimez aider les femmes ?

— J'aime couper du bois.

— Il y a autre chose que vous aimez faire pour elle ?

Cette question le fit sourire.

— Comme quoi ?

— Vous savez bien quoi.

— Elle a dépassé les soixante-dix ans. Ma générosité ne va pas aussi loin.

Tala posa son gobelet de café et soupira.

— Ces chalets ne sont pas bon marché. Même si elle m'engage, je n'aurai pas les moyens de rester ici.

— Je peux vous prêter de l'argent. Vous me rembourserez plus tard.

Elle secoua vigoureusement la tête.

— Laissez-moi au moins vous acheter des vêtements de rechange. Vous n'avez rien à vous mettre.

Cam se gara sur le parking du supermarché et accompagna Tala à l'intérieur. Elle lui avait emprunté son pantalon de jogging en molleton gris mais, même en resserrant au maximum le cordon de la ceinture, il lui pendait encore sur les hanches. Ses tennis blanches, fournies avec son uniforme de serveuse, étaient faites pour l'intérieur uniquement. Elle avait besoin de bottes fourrées et de vêtements d'hiver.

En prenant un chariot, Cam fut envahi par le souvenir de ses samedis de shopping avec Jenny à Seattle. Ils étaient bien ensemble. Ils étaient heureux et sereins.

S'efforçant de penser à autre chose, il se dirigea vers le rayon des vêtements pour femme, où Tala passa en revue les portants. Elle choisit un legging noir et un ample sweat-shirt. Lorsqu'il lui fit signe de continuer, elle ajouta un jean dans le chariot. Ils déambulèrent dans un autre rayon proposant des chaussettes et des sous-vêtements. L'air embarrassé, elle choisit du coton blanc basique.

— C'est tout ce que vous voulez ? demanda-t-il.

— Vous n'êtes pas obligé d'acheter tout le magasin.

— C'est un Walmart. Tout y est bon marché.

— Je vais avoir une dette envers vous.

— Considérez cela comme un cadeau.

— Pas question ! répondit-elle d'un air solennel. Je vous rembourserai.

Cam admira la fierté de Tala, même si son entêtement l'agaçait.

La perspective de la retrouver à son retour de Dalton le séduisait, et cela n'avait rien à voir avec sa proposition de le rembourser. Il avait envie de la revoir, en dépit de la méfiance que lui inspiraient les femmes.

— Vous devriez me laisser vous présenter à Ann.

Elle continua à déambuler à côté de lui, sans répondre. Il décida de voir cela comme un bon signe. Elle n'avait pas refusé tout net.

Ils arrivèrent au rayon chaussures, et il l'aida à chercher une paire confortable et adaptée au climat.

— Vous vous souvenez de ce que vous avez dit à propos de la nécessité d'avancer ? demanda-t-elle.

— Ouais.

— Moi aussi, je dois avancer.

— La vérité, c'est que vous fuyez vos problèmes.

— Et ce n'est pas votre cas ?

Il ne répondit pas.

Bien sûr qu'il fuyait.

— Si vous restez au même endroit, votre passé vous rattrape, dit-elle.

Elle se tourna pour étudier l'autre côté du rayon.

— Lorsque je suis arrivée en Alaska, je suis allée de ville en ville, en faisant du stop. Je ne me sentais en sécurité que lorsque j'étais en mouvement. Il a fallu un mois avant que je m'installe à Willow.

Il faillit lui dire qu'elle n'avait plus à fuir. Il pouvait l'aider. Il avait été flic. Son frère l'était toujours. Il pouvait enquêter sur le mari de Tala, et sans doute le faire arrêter.

Toutefois, il se garda d'en parler à Tala, conscient que ça se passerait mal. Il était évident qu'elle ne faisait pas confiance à la police. Elle se méfierait de lui si elle apprenait qu'il avait été patrouilleur.

Il avait aussi ses propres problèmes de confiance, particulièrement en ce qui concernait la famille. Le fait d'appeler son frère le mettrait en butte à des questions inconfortables. Il avait pris ses distances avec tout le monde à Washington et n'avait pas parlé à Mason depuis Thanksgiving.

Tala s'accroupit pour atteindre le bas du rayon et attrapa une paire de bottes. Doublées de fausse fourrure, elles semblaient robustes et chaudes. Elle s'assit par terre pour les essayer.

— Elles me vont.

Il approuva d'un grommellement.

— De quoi d'autre avez-vous besoin ?

Elle fit quelques allers-retours dans l'allée pour tester le confort des bottes, puis les ôta.

— C'est plus que suffisant, Cam.

— Vous n'êtes pas obligée de me rembourser.

— J'y tiens. Combien de temps serez-vous sur la Dalton ?

— Trois jours, je pense.

— Vous avez un portable ?

— Bien sûr, mais il n'y a pas de réseau sur cette portion de route. Vous pourrez me laisser un message.

— Donnez-moi le numéro.

Il lui tendit une carte de visite où le numéro était indiqué. Elle la glissa dans la poche de poitrine de sa chemise en flanelle.

Ils se dirigèrent ensemble vers l'avant du magasin. Tala ajouta dans le chariot quelques produits de soin et de toilette ainsi qu'un sac à dos en toile.

Cam n'avait pas vraiment besoin de faire des courses, mais il prit quelques snacks. Il commençait à y avoir du monde maintenant, et l'attente en caisse fut plus longue qu'il ne l'escomptait.

Après qu'il eut payé en espèces, Tala désigna les toilettes.

— Je vais aller me changer là.

Cam se dirigea vers la cafétéria située près de l'entrée et s'assit dans un recoin. Un écran de télévision fixé au mur diffusait des informations locales. Il écouta avec intérêt le bulletin météo. On prévoyait de la neige, comme d'habitude. Puis une photo de Tala apparut sur l'écran.

Le sang de Cam se glaça immédiatement. Le reporter parlait d'une serveuse qui avait disparu d'un restaurant à Willow. La photo avait été prise dans l'établissement, probablement par un client. Tala se tenait au comptoir, à côté de Walt.

Sur le sous-titre accompagnant la photo, on lisait :

Abigail BURGESS.

On demandait aux téléspectateurs d'appeler le commissariat de police de Willow s'ils avaient des informations.

La diffusion n'avait duré qu'une soixantaine de secondes. Cam battit des paupières, et le sujet disparut, comme s'il ne s'était agi que d'un effet de son imagination.

Abigail ?

Il essaya de se rappeler s'il avait déjà entendu le prénom de Tala. Ce n'était pas courant, et il ne l'aurait pas oublié. Elle avait dû lui mentir. Il était déçu, mais pas particulièrement surpris.

Il réfléchit à ce nouveau rebondissement. On ne mentionnait pas de crime, commis par elle ou quelqu'un d'autre. Elle n'avait pas de famille dans la région pour signaler sa disparition, et cela ne faisait que vingt-quatre heures qu'elle avait disparu. Et cependant, son histoire figurait déjà aux actualités du matin.

Que diable s'était-il passé chez Walt ?

Elle s'était réveillée au beau milieu de la nuit en hurlant. Elle avait parlé d'un cauchemar où Walt se retrouvait dans une benne à ordures. Mort.

Mal à l'aise, il jeta un coup d'œil du côté des toilettes.

Elle mettait trop de temps à se changer. Ou elle avait filé pour éviter d'avoir à lui dire au revoir, ou elle était confrontée à de nouveaux problèmes.

Il se leva et s'approcha de la porte des toilettes, où des femmes qui n'étaient pas Tala entraient et sortaient. Était-elle passée à côté de lui alors qu'il avait les yeux rivés à l'écran de télévision ?

Non. Elle ne pouvait pas avoir quitté le magasin, à moins qu'il n'y ait une autre issue.

Soudain, il remarqua une jardinerie dans le coin opposé. Bon sang ! À tous les coups, il y avait une sortie de ce côté-là.

Il traversa la jardinerie et franchit les portes extérieures, scrutant les parages, à la recherche d'une fille rapide comme une louve, avec une parka doublée de fourrure.

Là-bas.

Elle se trouvait sur le parking et elle n'était pas seule. Un homme lui tenait le haut du bras et semblait l'emmener de force.

Elle tourna la tête, et Cam croisa son regard pendant quelques secondes. Puis l'homme, qui devait être son mari, la tira en avant. Elle trébucha et faillit tomber.

Cam vit rouge.

Il était déjà sur le fil du rasoir, empli d'une tension coléreuse. La voir ainsi malmenée eut raison de sa retenue.

Il se précipita vers eux, décidé à se présenter de façon musclée.

7

Tala avait vérifié son reflet dans le miroir avant de rejoindre Cam. Le jean slim flattait ses jambes, et le sweat-shirt était chaud et confortable.

Un mélange d'émotions faisait briller son regard : peur, excitation, espoir...

Elle aimait bien Cam, mais elle ne pouvait accepter son invitation à rester au chalet. Ce n'était pas l'endroit idéal pour se cacher. Elle avait besoin d'un hôtel anonyme et bon marché, où personne ne posait de questions.

De plus, son instinct lui disait de continuer à se déplacer. Elle devait fuir jusqu'à ce qu'elle se sente en sécurité.

Elle devait aussi se méfier de ses sentiments. Elle ne connaissait pas suffisamment Cam pour lui faire confiance. D'ailleurs, elle ne serait pas surprise qu'il commence à se raviser à la minute où leurs chemins se sépareraient. Il pensait encore beaucoup trop à sa femme.

Le cœur lourd, elle enfila sa parka. Elle n'avait pas envie de faire tout de suite ses adieux à Cam. Avec lui, elle se sentait sexy et pimpante. Et surtout, il lui communiquait un sentiment de sécurité.

Se détournant du miroir, elle attrapa son sac à dos et quitta les toilettes. Scrutant la foule à la recherche de Cam, elle découvrit quelqu'un d'autre.

L'agent de police de Willow.

Il était en civil, mais elle n'eut aucun mal à reconnaître son visage. Il se tenait à moins de vingt pas, la bouche étirée en un sourire menaçant, lui bloquant le passage vers la sortie.

Le cœur battant à tout rompre, elle tourna les talons et s'élança dans la direction opposée. Elle entra dans la jardinerie, en s'efforçant de ne pas paniquer. L'endroit était rempli de plantes d'intérieur et d'herbes aromatiques. Même en hiver, les habitants de l'Alaska adoraient faire pousser des tas de choses.

Remarquant un panneau de sortie, elle pressa le pas et manqua de trébucher sur un nain de jardin en céramique. Elle fut bientôt dehors.

De là où elle se trouvait, elle ne pouvait pas voir le camion de Cam, mais cela n'avait pas d'importance. Elle devait découvrir un moyen de s'échapper sans l'impliquer.

Elle se mit à courir, prenant de la vitesse à chaque foulée. Malheureusement, elle fut interceptée avant d'avoir atteint la route. Un homme jaillit de derrière une voiture en stationnement et poussa un chariot devant elle.

Elle allait trop vite pour s'arrêter. Elle évita le chariot, mais entra en collision avec l'homme et tomba au sol avec lui. Lorsqu'elle essaya de se relever, il lui saisit le bras. Il était mince mais fort. Lorsqu'il se remit sur ses pieds, en la soulevant avec lui, elle reconnut l'un des tueurs du restaurant.

De sa main libre, il brandit un couteau, et elle cessa aussitôt de se débattre.

— En avant, ordonna-t-il.

Elle obtempéra, en déglutissant avec peine. D'un regard par-dessus son épaule, elle vit Cam émerger de la jardinerie. Il se rua dans leur direction. Elle ne voulait pas qu'il soit blessé, mais elle avait besoin de son aide.

Son ravisseur continuait à l'entraîner, en lui tordant cruellement le bras.

Cinq.

Elle compta les secondes avant que Cam frappe.

Quatre.

L'homme à côté d'elle continuait à marcher à grandes enjambées, en regardant droit devant lui.

Trois.

Cam était presque sur eux.

Deux.

Elle se libéra d'un grand geste brusque et se jeta à terre comme si une bombe allait exploser. Et c'était un peu le cas.

Cam était la bombe. Il explosa avec une force brutale, frappant le ravisseur à la nuque. L'homme vacilla en avant et laissa tomber son couteau. Il parut choqué mais ne s'écroula pas et se retourna pour se battre, les poings levés en guise de protection.

Cam lui asséna un nouveau coup, dans la mâchoire cette fois, et il n'en fallut pas plus. L'homme tourna comme une toupie et s'effondra à terre.

La bouche tordue de fureur, Cam donna un coup de pied dans le couteau pour l'envoyer plus loin. Puis il tendit la main à Tala et l'aida à se relever.

— Vous allez bien ?

Elle se redressa, testant la solidité de ses genoux.

— Oui.

Le parking n'était pas désert. Il y avait des voitures qui passaient, des gens qui allaient et venaient…

Tala chercha des yeux l'agent de police. Il n'était pas là, mais quelqu'un d'autre émergea d'un recoin sombre. C'était l'homme qui lui avait lancé un regard égrillard au restaurant. Sa veste ouverte laissait voir un pistolet glissé dans sa ceinture.

Cam fit aussitôt passer Tala derrière lui.

— Qu'est-ce qui se passe ici ? demanda l'homme.

Terrifiée, Tala s'agrippa au bras de Cam. Ce dernier ne répondit pas.

Une voiture passa dans la rangée voisine, ses phares

illuminant la scène. L'homme ferma sa veste. Il jeta un coup d'œil agacé au spectateur involontaire, puis il poussa son acolyte avec le bout de sa botte.

— Lève-toi.

L'homme à la silhouette émaciée se redressa lentement. L'autre le soutint pour l'aider à marcher. Tout en s'éloignant, il jeta un regard menaçant à Cam par-dessus son épaule. Puis ils disparurent dans les ténèbres du parking.

Peu après, un vieux modèle de SUV, peut-être un Ford Bronco, partit dans la direction opposée. Il y avait d'autres véhicules en circulation, et il était difficile de juger lequel d'entre eux transportait les hommes qui les avaient attaqués.

Cam récupéra le sac à dos de Tala.

— Nous devrions retourner à l'intérieur pour appeler la police, suggéra-t-il.

— Non ! C'est impossible.

— Pourquoi cela ?

— Il y avait un autre homme dans le magasin. Il est avec eux.

— Très bien, dans ce cas nous appellerons depuis mon camion.

Elle ne protesta pas, car elle voulait quitter les lieux le plus vite possible.

Ils traversèrent le parking à longues enjambées. Cam lui ouvrit la portière, et elle grimpa à l'intérieur, en lui reprenant le sac à dos des mains.

— S'il vous plaît, dit-elle, tandis qu'il se mettait au volant. Allons-y.

Un muscle joua dans la mâchoire de Cam. Il tourna la clé de contact et démarra.

Frappée de plein fouet par le contrecoup, Tala se mit à trembler de façon incontrôlable. Les yeux emplis de larmes, elle remonta les genoux sous son menton et songea à Duane, le dernier homme qui avait été violent avec elle. Une fois, il lui avait dit qu'il allait la tuer. Elle ne savait pas s'il le pensait, ni s'il était capable de commettre un meurtre.

Lorsque Tala releva la tête, ils étaient garés le long d'un trottoir, à proximité d'un garage automobile. Il y avait un café et une librairie de l'autre côté de la rue.

Cam coupa le moteur et lui adressa un lent regard.

— Il faut que j'appelle la police, dit-il.

De nouvelles larmes lui montèrent aux yeux, qu'elle chassa en battant des paupières.

— Je n'ai rien à leur dire.

— Mais ce type vous a quand même menacée avec un couteau.

— Il le niera.

— Était-ce votre mari ?

— Non.

— C'était l'autre, alors ?

— Non plus. Mais vous ne devriez pas vous en mêler. La police ne fera rien. Au pire, ils vous arrêteront pour agression.

— Foutaises.

— Vous avez attaqué le premier.

— J'avais une bonne raison !

La véhémence de Cam la fit tiquer.

Elle n'avait pas voulu le mettre en danger, mais c'était arrivé. À présent, il était dans la ligne de mire des tueurs. Ils connaissaient son camion. Ils avaient vu son visage…

Elle n'aurait pas dû faire les courses avec lui. Elle n'aurait pas dû se confier à lui comme elle l'avait fait.

Elle saisit la poignée de la porte, prête à bondir à l'extérieur.

Cam la dévisagea intensément, cherchant à lire en elle.

Il ne décrocha pas sa CB. Elle ne bougea pas.

Au bout d'un long moment, il rompit le contact visuel avec elle et regarda au loin. Elle savait que ce n'était pas le genre d'homme à bafouer délibérément la loi et qu'elle lui demandait d'agir contre ses principes.

— Je veux vous aider, dit-il. Mais vous devez me dire la vérité.

— Je ne vois pas pourquoi je vous mentirais.

— Vraiment, Abigail ?

Elle en eut le souffle coupé pendant quelques instants.

— Où avez-vous entendu ça ?

— À la télévision, pendant que vous étiez aux toilettes. On parlait d'une serveuse de Chez Walt qui avait disparu, Abigail Burgess.

— Ils ont donné des nouvelles de Walt ?

— Non.

Elle se tordit les mains sur l'estomac. Elle devait raconter son histoire à Cam, ou en tout cas une partie. Il était déjà impliqué et il avait le droit de savoir où il avait mis les pieds. Mais, si elle en disait trop, il était évident qu'il appellerait la police.

— Lorsque je suis arrivée en Alaska, je n'avais pas de papiers d'identité et je ne pouvais pas trouver de travail. J'ai donc volé le portefeuille d'une femme qui avait les cheveux noirs, et à peu près mon âge. C'est elle qui s'appelle Abigail Burgess. Mon vrai prénom est Tala.

— Qui sont ces hommes ?

— Je ne sais pas. Ils sont venus au restaurant hier.

— Vous croyez qu'ils travaillent pour votre mari ?

Tournant la tête vers la vitre, elle observa les flocons qui tourbillonnaient dans la rue.

Sans le vouloir, Cam venait de lui fournir le mensonge parfait. Pour lui, il coulait de source que Duane était derrière ça. Une seule et même personne ne pouvait quand même pas avoir autant de malchance.

— Sans doute, répondit-elle d'un ton évasif.

— Comment vous ont-ils retrouvée ?

— Ils ont dû nous suivre depuis Willow.

— Personne ne nous a suivis.

Nerveuse, elle s'humecta les lèvres, tout en réfléchissant à toute allure.

— Quelqu'un a peut-être parlé de nous sur la CB.

— Vous n'avez pas un portable qu'ils peuvent tracer ?

— Il est resté au restaurant. Je suis partie en laissant mon sac, mes clés… Tout.

Cam resta un moment silencieux, l'air sceptique.

— Vous ne me croyez pas.

— Je crois que vous avez un mari violent et que vous êtes dans une situation compliquée. Mais je ne comprends pas que vous refusiez de faire appel à la police.

— Je vous l'ai dit, il est policier.

— Au Canada. Pas ici.

— J'ai un casier judiciaire, annonça-t-elle à contrecœur.

— Pour quelle raison ?

— Désobéissance civile.

Il haussa un sourcil.

— C'est tout ?

— Je ne me suis jamais présentée au tribunal. C'est suffisant pour me faire extrader vers le Canada si je porte plainte ici.

— Je vois, dit-il, tout en massant d'un air absent sa main droite.

Ses articulations étaient enflammées et écorchées.

— Vous avez besoin de glace.

— Ça va. Je mettrai de la neige dessus dans une minute.

Elle se sentait coupable de l'avoir attiré dans ce pétrin. Il avait été blessé à cause d'elle, mais il aurait pu prendre une balle. Ces hommes étaient visiblement déterminés à tuer à nouveau. Ils avaient fait tout ce chemin depuis Willow pour l'éliminer en tant que témoin.

— Vous ne pouvez pas rester ici, déclara Cam.

Elle manifesta son accord d'un murmure.

— Où irez-vous ?

— Dans le Montana. J'y ai de la famille.

— Vous y serez en sécurité ?

— Je le crois.

Sa mère, son beau-père et ses deux demi-frères y vivaient dans une réserve. La police tribale les protégerait.

Elle doutait que les tueurs soient capables de la retrouver là-bas. Ils ne connaissaient même pas son véritable nom.

— Comment vous y rendrez-vous ?

— En faisant du stop.

Il crispa les mâchoires de déplaisir.

— C'est une idée stupide.

— Vous en avez une meilleure ?

— Oui, mais vous l'avez rejetée.

— Je pourrais vous accompagner.

— Sur la Dalton ?

— Pourquoi pas ?

— C'est trop dangereux.

— Et rester ici ne l'est pas ?

— Les conditions climatiques sont extrêmes. Les routes sont traîtresses. Il y a sans arrêt des tempêtes, des chutes de neige, des avalanches… Si vous avez une panne ou un accident, vous pouvez geler avant que les secours arrivent.

— Je viens des Territoires du Nord-Ouest, Cam. Le froid ne me fait pas peur. Mon peuple a vécu sous des climats polaires pendant des centaines d'années.

— Pas dans un semi-remorque.

— Ils vivaient dans des wigwams recouverts de terre et d'écorces, sans aucune source de chaleur. Votre camion est un hôtel quatre étoiles comparé à ce type d'habitat.

— Vous avez vécu dans un wigwam ?

— Non. J'ai grandi dans un mobile home. Mais j'ai déjà campé dans la neige. Mon père était un expert de la vie au grand air. Il m'a appris des tas de techniques de survie en hiver. Je suis capable d'affronter des conditions climatiques difficiles.

Cam se passa une main dans les cheveux en soupirant.

Elle sentit venir la capitulation. Il ne voulait pas l'abandonner derrière lui, seule et sans protection.

Et peut-être, songea-t-elle, tandis qu'elle voyait son regard s'attarder tout le long de son corps, avait-il aussi besoin de quelqu'un dans son lit pour oublier sa femme.

— Je ne peux pas me permettre d'être distrait sur la route.

— Je ne vous dérangerai pas.

— Mais oui, c'est ça, marmonna-t-il, tout en la détaillant intensément.

— Je resterai à l'arrière. Je ne ferai pas de bruit.

— Et quand nous reviendrons ? Que se passera-t-il ?

— Je ne sais pas.

— Je ne pourrai pas vous emmener au Montana.

— Je ne vous l'ai pas demandé.

— Je vais travailler exclusivement sur la Dalton au cours des prochains mois.

— Je trouverai une solution, dit-elle, un peu plus confiante à présent.

Cam crispa les bras autour du volant.

— Très bien, dit-il en relâchant son souffle. Vous pouvez m'accompagner cette fois-ci. Mais vous devrez rester hors de vue le plus possible. Nous passerons au gîte d'étape de Coldfoot. Je vous préviens, c'est très rustique.

— J'aime ce qui est rustique.

— Il y a des hébergements séparés pour les hommes et les femmes. Nous ne serons pas ensemble.

Elle hocha la tête.

Il mit le contact, la mâchoire serrée, comme s'il était irrité par cet arrangement.

— Je dois faire vérifier quelque chose sur mon camion, dit-il, avant de plonger la main dans sa poche, à la recherche de quelques dollars. Prenez un café en attendant. Je surveillerai les parages.

Tala sourit de soulagement et se pencha pour déposer un baiser sur sa joue barbue.

— Merci, Cam. Vous êtes un homme bon.

Il marmonna, le cou soudain rougi.

Tala sortit et ferma la portière, remontant sa parka pour se prémunir du vent froid. La température monterait un peu après le lever du soleil, mais la différence ne serait pas flagrante. Les journées d'hiver étaient froides et courtes.

Cam démarra en projetant quelques gravillons et, tandis

qu'il parcourait les quelques mètres le séparant de l'entrée du garage, Tala traversa la rue.

Délaissant le café, elle poussa la porte de la librairie voisine. Un vieil homme à lunettes la salua dans sa moustache, et elle flâna dans les rayons, les mains dans les poches.

Après quelques minutes de recherches, elle trouva, sur une étagère tout en bas, une petite pile de romans graphiques. Elle prit le premier, dont la couverture était couverte de poussière, et commença à le feuilleter.

8

Cam entra dans l'atelier du garage et laissa le moteur tourner.

Son camion avait besoin d'une révision avant qu'il puisse poursuivre sa route. Cela prendrait à peu près une heure, et sa présence n'était pas nécessaire. Il aurait très bien pu accompagner Tala à la librairie, mais il avait besoin de rester seul pour réfléchir.

Il n'avait pas le droit de transporter des passagers sans autorisation et, si un contrôleur de la sécurité repérait Tala avec lui, il risquait d'avoir des ennuis.

Il ne savait pas ce qui lui avait pris d'accepter de l'emmener.

Enfin si, il le savait, mais il était surpris de le faire. Il avait totalement succombé à son charme, en dépit de tout bon sens. Il laissait ses émotions prendre le dessus.

Il n'était plus lui-même depuis qu'il avait découvert cette passagère clandestine. Toutes les décisions qu'il avait prises depuis étaient hasardeuses.

D'habitude il n'était pas du genre à bafouer les règles, mais cela faisait si longtemps qu'il était comme anesthésié…

Avec elle, il se sentait vivant et il avait envie de s'accrocher à cette sensation. Il n'était pas prêt à la laisser s'en aller.

S'il partait sans elle, il savait qu'il la perdrait. Il le ressentait au plus profond de lui. Elle fuirait Fairbanks, et il ne la reverrait plus. Il ne saurait jamais ce qui aurait pu se passer entre eux.

Observant la photo souriante de Jenny sur le tableau de

bord, il réalisa qu'il l'oubliait peu à peu. Son visage n'était plus aussi clair qu'autrefois dans son esprit. Sa voix ne surgissait plus dans sa tête aussi souvent. Il n'entendait plus l'écho de son rire cristallin...

Au bout d'un long moment, il détacha la photo du tableau de bord et la glissa dans la boîte à gants. Puis il ôta son alliance et la rangea avec la photo.

Sans plus réfléchir, il attrapa son portable et descendit du camion.

Adressant un signe de tête au mécanicien, il sortit du garage. Des flocons de neige tourbillonnaient autour de lui, avant d'aller rejoindre la poudreuse amoncelée au sol.

Déroulant sa courte liste de contacts, il sélectionna le numéro de son frère aîné, Mason, qui était inspecteur au Département de police de Seattle.

Mason répondit à la deuxième sonnerie. Il n'avait pas l'air ravi, ce qui n'était pas une surprise.

— Cam, dit-il simplement.

— Mason.

— Où es-tu ?

— Fairbanks, annonça-t-il, en levant les yeux vers le ciel menaçant. Tu as le temps de parler ?

— Tu as envie de me parler maintenant ? Vraiment ?

Cam ne répondit pas. Il se sentait coupable et il savait qu'il valait mieux laisser son frère déverser sa bile, plutôt que de foncer tête baissée en prétendant qu'il n'avait rien fait de mal.

— Tu n'avais pourtant rien à me dire à Tacoma, insista Mason.

— Je me sentais pris au piège.

— Ridicule ! Personne ne t'a piégé. Maman a invité une amie de Jenny, et tu as paniqué.

— C'était un guet-apens, répliqua Cam.

— Et alors, tu n'étais pas obligé de traiter cette pauvre fille comme si elle avait la peste, ni de partir aussi vite. Maman était bouleversée. Je crois bien qu'elle a pleuré.

Cam jura entre ses dents.

— Je lui enverrai des fleurs.

— À qui ? À l'amie de Jenny ?

— Non, à maman. L'amie de Jenny ne m'intéresse pas. Ni aucune des autres femmes que maman essaye de me jeter dans les bras. Je sais que ça part d'une bonne intention, mais il faut qu'elle arrête.

— Elle le fera quand tu arrêteras de vivre comme un reclus.

— Je ne t'ai pas appelé pour que tu me fasses la leçon.

— Tu crois que tu es la seule personne au monde à avoir perdu quelqu'un ? continua Mason. Tu es le seul à être malheureux ? Le seul dont la vie ne s'est pas déroulée comme tu l'espérais ?

Cam essaya de tempérer sa colère et n'y parvint pas.

— Ne te compare pas à moi, mon vieux. Ta femme est toujours en vie. Simplement, elle ne veut plus de toi.

C'était un coup bas, et Cam regretta ses paroles aussitôt.

Le silence de Mason lui indiqua que la pique avait atteint sa cible. Leurs conversations étaient souvent tendues, et c'était pour cette raison que Cam évitait d'appeler. Il aurait tellement voulu qu'il n'y ait pas autant d'animosité entre eux. Autrefois, ils se soutenaient l'un l'autre au lieu de s'enfoncer.

— Je suis désolé, dit Cam d'un ton bourru. Ce n'était pas fair-play.

— Tu es un crétin, tu le sais, ça ?

— J'ai besoin de ton aide.

Mason soupira lourdement, mais il ne raccrocha pas.

— À propos de quoi ?

— J'ai rencontré une femme.

— Tu as rencontré une femme !

— Elle était cachée derrière la cabine de mon camion, et je l'ai conduite jusqu'à Fairbanks.

— Tu es ivre, c'est ça ? Tu t'es soûlé avec tes copains routiers.

— Je ne suis absolument pas ivre ! protesta Cam.

Puis il lui livra une version abrégée de sa rencontre avec

Tala, en omettant la nuit qu'ils avaient passée ensemble dans le chalet. C'était trop personnel.

— Je crois qu'elle a des ennuis et je voudrais que tu jettes un coup d'œil à ses antécédents.

— Elle s'appelle comment ?

— Tala.

— T-A-L-A ?

— Je suppose.

— Il me faut plus d'informations que ça.

Il lui donna tous les détails dont il se souvenait, y compris son identité d'emprunt.

— Elle est de Yellowknife au Canada. Elle a de la famille dans le Montana. Son mari est flic. Je n'ai que son prénom : Duane.

— À quoi ressemble-t-elle ?

— Un mètre soixante-quinze environ, une soixantaine de kilos, les cheveux noirs, les yeux marron. Très jolie.

— Quel âge ?

— Vingt-cinq ans.

Mason ricana.

Cam ne releva pas et lui fournit une courte description des deux hommes du parking.

— Pourquoi me demandes-tu de faire ça ? voulut savoir Mason. Tu pourrais t'adresser à la police locale.

— Elle ne veut pas.

— Ce n'est pas bon signe, Cam. Pas bon signe du tout. Tu veux savoir ce que je pense ?

Il n'attendit pas de réponse.

— Je crois que tu as perdu les pédales. Tu étais sur le fil du rasoir depuis trois ans et tu as plongé.

— J'ai fait ce que j'ai pu.

— Tu crois ça ? Cette fille pourrait être une criminelle ou une adolescente qui a fugué.

— Ce n'est pas une adolescente. Je n'ai quand même pas perdu les pédales à ce point-là.

— Pourquoi veux-tu que je me renseigne sur elle si tu lui fais confiance ?

— Je veux l'aider.

Cam se passa la main dans les cheveux et soupira.

— Je l'aime bien.

— Je suis content d'apprendre que tu n'es pas mort sous la ceinture, Cameron. Mais je m'inquiète pour ta santé mentale.

Cam s'impatienta.

— Tu vas faire des recherches ou pas ?

— À une condition.

— Laquelle.

— Tu viens à la maison pour Noël.

Cam retint un grommellement face à cette exigence. Les fêtes de fin d'année étaient toujours une période difficile pour lui. Retourner à la maison lui rappelait Jenny. Elle était décédée la dernière semaine de décembre.

— Eh bien ? insista Mason.

— Tu me tortures, protesta Cam.

— C'est maman que tu tortures.

Cam dit à Mason d'aller se faire voir, et Mason lui rétorqua la même chose. C'était exactement comme autrefois.

— D'accord, capitula Cam. Je viendrai. Fais-moi un texto dès que tu as des infos sur Tala. Je serai sur la Dalton et je ne pourrai peut-être pas te répondre tout de suite.

— Ce n'est pas grave. Fais attention à toi.

— Pas de problème.

Cam raccrocha et glissa son portable dans sa poche, l'esprit plus léger. Il s'attendait à ce que Mason lui fasse des reproches et le malmène un peu, ce qui avait été le cas. Mais il avait aussi accepté de l'aider. Leur conversation s'était terminée sur une note positive.

Il ramassa une poignée de neige et recouvrit ses phalanges douloureuses, en grimaçant sous la sensation de froid et de picotements. Puis il retourna dans la zone de réception du garage, d'où il pouvait voir la librairie et le café, et réfléchit à sa conversation avec son frère.

Mason exagérait un peu, mais il ne mentait pas. Il est vrai que sa réaction à Thanksgiving avait été excessive. Sa mère adorait se mêler de la vie de ses fils, et elle n'acceptait pas qu'il se soit retiré de la société. Elle voulait qu'il revienne à Tacoma, qu'il s'installe avec une femme gentille et qu'ils mènent tous deux une vie longue et heureuse.

Elle voulait la même chose pour Mason, qui l'avait également beaucoup déçue. L'année dernière, son frère avait été la cible de ses efforts de marieuse. Elle avait invité Lisa pour Thanksgiving, dans un effort pour réunir le couple séparé. Cela n'avait pas fonctionné. Peu après leur séparation, Lisa avait commencé à sortir avec un pompier. Mason avait feint l'indifférence, mais Cam n'était pas dupe. Son frère détestait perdre, et la dissolution de son mariage l'avait dévasté.

Cam ne savait toujours pas pourquoi Lisa était partie. Mason ne voulait pas en parler, et Cam était quasiment un fantôme en termes de relations familiales. Il était l'ombre de lui-même depuis le décès de Jenny, engoncé dans son propre chagrin, déconnecté de tous ceux qui se souciaient de lui.

Il se sentait coupable d'abandonner son frère dans une période de nécessité, mais cette culpabilité n'avait pas suffi à le faire agir. C'était un poids supplémentaire à porter, un autre sentiment à fuir.

Il tourna ses pensées vers Tala, dont les ennuis lui offraient une diversion étonnamment bienvenue. En se concentrant sur les problèmes de sa passagère, il n'avait pas à se préoccuper des siens. Elle était d'une compagnie agréable, ravissante à regarder et intéressante à écouter.

Il comprenait les préoccupations de son frère face à sa demande d'enquête. L'histoire de Tala ne tenait pas debout. Elle lui cachait quelque chose, refusant de répondre à certaines de ses questions. Son mari avait envoyé des hommes de main à sa poursuite, au lieu de venir lui-même. Ça semblait curieux.

En plus d'être un mari violent, était-il aussi un flic corrompu nanti de relations peu recommandables ?

Peu lui importait que l'ex de Tala soit dangereux. Il aimait bien cette fille et il avait envie de l'aider. Il ne pouvait nier qu'il avait envie d'elle, mais il ne chercherait pas à entamer une relation avec elle. En effet, il ne pouvait pas se permettre de s'attacher. Cela ne ferait que lui causer un nouveau chagrin. Tomber amoureux d'elle pourrait vraiment lui faire perdre les pédales. Mais c'était peut-être ce qu'il cherchait : le chaos total plutôt que la froide apathie.

Il ne leur serait pas possible de partager une chambre à Coldfoot, et il n'avait pas à s'inquiéter de retenir ses pulsions ce soir. Après Deadhorse se trouvait Prudhoe Bay, une zone fortement industrialisée, peuplée de scientifiques et de foreurs pétroliers. On y trouvait de nombreux hôtels, et ils pourraient partager une chambre privée au bout de la route de glace, aux confins de la civilisation.

Lorsque son camion fut prêt, Cam retrouva Tala au café, assise devant une tasse de thé et une pile de livres. Elle se tourna vers la porte quand il entra et parut soulagée de le voir.

— J'ai dépensé un peu de votre argent pour des livres, dit-elle.

— Excellente idée. Vous avez trouvé quelque chose d'intéressant ?

— Oui.

— Vous voulez toujours venir avec moi ?

— Bien sûr !

Il n'essaya pas de la dissuader à nouveau. S'ils couraient au désastre, eh bien qu'il en soit ainsi.

— Je vais au dépôt maintenant, chercher la marchandise.

— Vous livrez quoi ?

— Je ne sais pas. Je le découvrirai sur place.

Quelques instants plus tard, il lui ouvrait la portière du côté passager. Elle se faufila vers la couchette avec sa pile de livres. Elle devrait y rester jusqu'à ce qu'ils aient quitté Fairbanks.

Un chargement de matériaux pour le bâtiment attendait Cam au dépôt. Il sécurisa la cargaison et signa les différents documents, ravi de cette mission. Il avait transporté bien pire : des charges exceptionnelles, des produits chimiques dangereux… Le tout devant être livré le plus rapidement possible pour ne pas ralentir la lucrative activité des pipelines.

Le commerce du pétrole était prépondérant en Alaska, et l'or noir coulait par tous les temps. Les mois les plus froids de l'année étaient les plus actifs, car les routes de glace permettaient de franchir la courte distance entre Deadhorse et Prudhoe Bay. Quand la glace fondait, la route était fermée. Les livraisons se faisaient alors par air ou par mer.

Cam remplit son réservoir avant de quitter la ville. La totalité de la Dalton Highway pouvait se traverser en une longue journée, si on commençait suffisamment tôt, et si le temps était de la partie. Mais il s'y prenait un peu tard, selon les critères des routiers, et les flocons qui tombaient sans discontinuer réduisaient la visibilité. Il aurait de la chance s'ils atteignaient Coldfoot, le point médian, en début de soirée.

Tala, qui était restée sur la couchette à lire un de ses romans graphiques, passa la tête à l'avant.

— Je peux sortir ?

— Bien sûr, répondit Cam en haussant les épaules.

Personne ne pourrait la voir dans cette pénombre neigeuse. De toute façon, la plupart des chauffeurs gardaient les yeux sur la route et s'occupaient de leurs propres affaires. Il ne s'inquiétait pas de se faire dénoncer par un autre routier.

Elle s'installa sur le siège passager.

— Je dois me baisser si nous croisons quelqu'un ?

— Pas la peine.

— Et si le soleil se lève ?

— Je vous dirai quoi faire. S'il continue à neiger, nous sommes tranquilles.

— Tant mieux.

Elle lui adressa un sourire timide.

— Je préfère être assise à côté de vous.

Concentré sur sa conduite, Cam ne fit pas de commentaire, mais il la vit observer dans le rétroviseur extérieur l'autoroute derrière eux. Elle avait déjà fait la même chose sur le trajet entre Willow et Fairbanks.

— Vous pensez qu'ils nous suivent ? demanda-t-il.

Elle parut surprise par sa question.

— Ils peuvent emprunter cette route ?

Cam haussa les épaules, fataliste.

— Ils pourraient essayer. Il n'y a pas de point de contrôle à l'entrée de la Dalton Highway.

— Donc, n'importe qui peut rouler sur la route de glace ?

— En principe oui, mais les gens ne s'y risquent pas. C'est trop dangereux. Il faut des aménagements spéciaux pour éviter que les pièces du moteur gèlent.

Un silence embarrassé tomba sur la cabine, tandis que le jour se levait. Il était presque 10 heures, mais il n'y avait que six heures de lumière par jour dans ce secteur. À Deadhorse, à la fin de la route, il n'y en aurait plus que deux.

Cam se trouvait sur une longue portion droite quand un SUV noir apparut derrière lui. En alerte, il se redressa sur son siège, l'œil rivé au rétroviseur. Il avait un pistolet dans une boîte fermée à clé, mais celui-ci se trouvait dans la partie nuit, hors de portée. C'était un souvenir de ses années dans la police, soigneusement remisé avec les photos de Jenny.

Tandis que le SUV changeait brutalement de voie, il envisagea de demander à Tala d'aller chercher son arme. Puis il renonça à cette idée. Échanger des coups de feu à cette vitesse sur une autoroute enneigée serait stupide.

Tala suivit son regard, l'air inquiet.

Le SUV arriva à leur hauteur. Cam aperçut le visage de deux jeunes hommes, avant que le véhicule se rabatte devant eux. Des autocollants de snowboard couvraient le pare-chocs arrière.

Cam relâcha son souffle, soulagé.

Il s'agissait tout simplement de touristes.

Il n'y avait pas de menace.

Il tourna la tête vers Tala qui semblait secouée.

— Ça va ?

Elle s'humecta les lèvres.

— Oui, dit-elle d'une toute petite voix.

— Je peux m'arrêter.

— Non. Continuez à rouler.

Il n'argumenta pas. Elle semblait anxieuse et sur la défensive. Elle redoutait peut-être qu'il ne change d'avis si elle montrait des signes de faiblesse.

— Je n'étais pas comme ça avant, marmonna-t-elle.

— Comme quoi ?

— Effrayée de tout, à sursauter dès que je vois une ombre.

— Il faut être fort pour admettre qu'on a peur.

— Je ne me sens pas forte en ce moment.

— Vous venez d'être agressée. Ne soyez pas aussi dure avec vous-même.

Elle hocha la tête et prit une grande inspiration.

— De quoi avez-vous peur ? demanda-t-elle.

— De rien, bien sûr, plaisanta-t-il.

Elle rit, ce qui brisa un peu la glace.

Il avait oublié combien il aimait entendre le rire d'une femme, et elle avait un sourire extraordinaire. Elle était éblouissante.

Il détourna le regard et s'éclaircit la gorge.

— Ma question était sérieuse, dit-elle.

— J'ai peur de m'attacher.

— À une autre femme ?

Il haussa les épaules, même si elle avait vu juste. Il avait peur des femmes, des rendez-vous galants, des sentiments...

— Vous avez peur de la laisser s'en aller, suggéra Tala.

C'était une intuition dérangeante, impossible à nier.

Bien sûr, Jenny était au cœur du sujet. S'il rencontrait quelqu'un d'autre, il serait obligé d'aller de l'avant. Il devrait surmonter son deuil au lieu de s'y complaire.

— Vous avez raison, reconnut-il.

— Vous voulez en parler ?

— Non.

Elle lui lança un regard réprobateur.

— Ce n'est pas comme ça que vous allez avancer.

Il n'avait pas envie d'avancer. Surtout si cela signifiait qu'il devait mettre son âme à nu.

— Dites-moi quelque chose de facile.

— Comment cela ?

— Un joli souvenir, par exemple.

Il réfléchit un moment.

— D'accord, j'en ai un.

Tala joignit les mains, à l'écoute.

Cam s'en étonna. La plupart des femmes ne seraient pas aussi impatientes d'entendre parler d'une ex. Ce constat lui fit comprendre que Tala le voyait comme un ami, et rien de plus. Elle ne s'était pas blottie contre lui la nuit dernière parce qu'elle voulait son corps, mais parce qu'elle avait besoin de réconfort.

Cette pensée le rassura. Il serait plus facile de résister à la tentation si elle ne l'encourageait pas. Il n'essayerait pas de franchir la ligne avec une femme qui n'était pas intéressée par lui. Elle pouvait conserver ses secrets, et il pouvait continuer à s'accrocher à son chagrin comme à un bouclier derrière lequel se cacher.

— Elle était institutrice, dit-il.

— Quelle classe ?

— Cours moyen.

— Donc, des élèves de neuf - dix ans.

— Exactement.

Elle attendit qu'il poursuive, l'air bienveillant.

— Durant sa première année d'enseignement, un de ses élèves est tombé malade. Il a été admis au Seattle Children's Hospital, et sa famille avait besoin d'une aide financière. Elle a donc décidé de lever des fonds en organisant une course de boue.

— Ça consiste en quoi ?

— C'est une course de cinq kilomètres, avec des défis à relever. Elle m'a convaincu d'y participer avec elle. Il fallait plonger dans la boue, escalader des murs... Des choses comme ça.

— Ça semble amusant.

— Ça l'était. Nous avons passé un bon moment. Jenny a promis de plonger dans la fosse de boue si nous atteignions une certaine somme. Elle a atteint son but et l'a même dépassé, car c'était le genre de personne qui pouvait convaincre n'importe qui. Elle avait un enthousiasme débordant.

Il marqua une pause et jeta un coup d'œil à Tala.

— Vous voyez ce que je veux dire ?

— Oui.

— Bref, à la fin de la course, elle a tenu parole. Elle a plongé dans la fosse de boue et, en ressortant, elle était méconnaissable. On ne voyait que des yeux bleus et des dents blanches. J'ai pris une photo pour qu'elle puisse la montrer à sa classe.

— Ils ont apprécié ?

— Beaucoup.

La gorge de Cam se serra, tandis que ce joyeux souvenir laissait place à la tristesse.

— Ils sont tous venus à ses funérailles.

— Ses élèves, vous voulez dire ?

Il hocha la tête.

— Le jeune garçon pour qui elle avait levé des fonds avait guéri entre-temps, et il est venu avec sa famille. Ils avaient tous apporté des cartes de sympathie écrites à la main, des dessins et des petits présents.

— Ça a dû être difficile.

La poitrine nouée par la même douleur qu'il avait ressentie trois ans auparavant, Cam serra les doigts autour du volant, jusqu'à ce que ses articulations blanchissent.

— C'est pour ça que je ne parle jamais d'elle.

— Si vous gardez vos sentiments verrouillés en vous, ça fait encore plus mal.

— Mouais...

Après un silence, Tala reprit :

— J'ai une idée : parlez-moi de ses défauts.

— Elle n'en avait pas.

— Allons donc ! Elle ne laissait pas traîner ses serviettes sur le sol de la salle de bains ? Elle ne buvait pas le jus d'orange directement à la bouteille ?

— Ça, c'est moi.

— Elle était parfaite ? Vous ne vous disputiez jamais ?

— Bien sûr qu'on se disputait.

— À propos de quoi ?

Il soupira, en secouant la tête.

— Des choses stupides. Je voulais qu'elle passe plus de temps à la maison. Elle était trop occupée avec ses élèves et ses collègues. Elle avait beaucoup d'amis. Tout le monde l'appréciait.

Il marqua une pause infime, avant de terminer sa phrase.

— Les hommes l'appréciaient.

— Ça vous ennuyait ?

— Oui, beaucoup. Elle aimait flirter.

Tala écarquilla les yeux d'intérêt.

— Vraiment ?

— Il fallait toujours qu'elle pose la main sur le bras d'un type, qu'elle rie aux éclats à ses blagues... Elle flirtait beaucoup avec mon frère.

— Et lui, que faisait-il ?

— Rien. Il appréciait ça, ce salaud.

Elle rit de son expression outrée.

Cam ne rit pas avec elle, mais il sentit le poids de la tristesse s'envoler.

Cela faisait longtemps qu'il n'avait pas pensé à la nature charmeuse de Jenny. Ce n'était qu'un désagrément mineur entre eux, vite oublié.

Ils se disputaient à propos de choses plus importantes aussi, des sujets très personnels comme le bon moment pour fonder une famille. Cam ne se sentait pas prêt. Il avait envie de voyager.

N'était-ce pas ironique ? À présent, il ne faisait que voyager, mais il n'allait nulle part.

L'entrée de la Dalton Highway se matérialisa au loin. Une fois qu'il se serait engagé sur cette route, il n'y aurait pas moyen de faire demi-tour.

— C'est ça ? demanda Tala.

— C'est ça.

Elle saisit les accoudoirs de son siège, comme si elle se préparait à affronter une vertigineuse descente dans une attraction foraine.

Elle semblait fonder beaucoup d'espoir sur ce voyage. Probablement parce qu'elle s'imaginait que ce serait plus sûr pour elle de l'accompagner, plutôt que de rester à Fairbanks.

Si seulement elle pouvait avoir raison !

9

Les premiers cinquante kilomètres sur la Dalton furent monotones. Les talus enneigés, bordés ici et là de quelques arbres, ne pouvaient se comparer aux splendides paysages du parc national de Denali.

Tala se trémoussa sur son siège, à la recherche d'une position confortable.

Régulièrement, elle jetait un coup d'œil dans le rétroviseur latéral. Même si Cam avait exprimé des doutes quant à la possibilité que quelqu'un les suive, elle voulait rester en alerte. En la traquant depuis Willow jusqu'à Fairbanks, les tueurs avaient montré leur intention de la chasser coûte que coûte. Ils n'allaient pas se laisser décourager aussi facilement.

Tournant la tête vers Cam, elle demanda :

— Que faisiez-vous, avant de venir en Alaska ?

Il garda les yeux fixés sur la route.

— J'ai fait beaucoup de choses différentes.

— Par exemple ?

— J'ai travaillé dans la fonction publique.

— Vous faisiez quoi ?

— Sécurité des routes, contrôle de la circulation...

— Vous dépendiez du ministère de l'Équipement et des Transports ?

— Pas exactement. Avant d'aller à l'université, je travaillais à la ferme.

— Vous avez étudié quoi ?
— La sociologie.
Elle ouvrit de grands yeux.
— La sociologie !
— Pourquoi est-ce si difficile à croire ?
— Parce que vous conduisez un camion. Je ne connais pas de travail plus asocial.
— Vous vous faites une idée fausse des routiers.
— Vraiment ?
— Nous ne sommes pas antisociaux. Nous communiquons en permanence par radio. Nous avons notre propre langage, notre propre réseau. C'est une communauté très soudée.

Sa radio était branchée et réglée sur le volume le plus bas. Elle avait vaguement entendu des conversations mais n'y avait pas prêté attention. Et Cam n'avait pas pris une seule fois le micro depuis qu'elle était avec lui.

— Vous parlez souvent aux autres routiers ?
— Bien sûr.
— De quoi ? Des femmes ?
Il secoua la tête.
— J'essaye de rester professionnel. Il y a des femmes routiers qui écoutent. Certains types s'en moquent, mais pas moi.
— Vous parleriez librement s'il n'y avait que des hommes ?
— Probablement pas.
— À qui parlez-vous de choses personnelles ?
— Personne.
— Vous n'êtes proche de personne ? insista-t-elle.
— Mon frère.
— Plus âgé ou plus jeune ?
— Il a deux ans de plus que moi.
— Où vit-il ?
— Seattle.
— Moi, j'ai trois frères. Deux demi-frères, et un par alliance. Ils vivent dans le Montana avec ma mère. Je ne les ai pas vus depuis des années.

— Pourquoi ?

— C'est une longue histoire.

— La route est longue.

Tala songea qu'il se livrerait peut-être davantage si elle lui en apprenait plus sur elle.

— Mes parents ont divorcé quand j'avais dix ans. Ils n'étaient plus heureux ensemble. Mon père était de Yellowknife, et ma mère de Stony Plain, près d'Edmonton.

— C'est au Canada ?

— Oui. Edmonton est une grande ville, dans la province d'Alberta. Ça n'a rien à voir avec les Territoires du Nord-Ouest.

Tala essaya de penser à une analogie qu'il comprendrait.

— Imaginez une fille de New York épousant un type de la campagne.

Il hocha la tête.

— Je vois.

— Ils se sont rencontrés à l'université. Mon père n'y est allé que pendant un semestre, mais ça lui a suffi pour tomber amoureux de ma mère. Ils se sont mariés, et il l'a amenée à Yellowknife.

Tala soupira.

— Je suppose qu'elle s'attendait à avoir une vie différente. Ma grand-mère disait qu'elle était la plus jolie fille de Stony Plain et qu'elle avait beaucoup d'admirateurs.

— Vous lui ressemblez ?

— C'est ce que les gens disent. Quoi qu'il en soit, nous rendions visite à sa famille une fois par an. À un moment, elle a renoué avec un ancien petit ami et elle a décidé de quitter mon père pour lui. Il lui a dit qu'elle pouvait partir, mais qu'elle ne pouvait pas m'emmener.

— Vous aviez envie de partir ?

— Non. Je me plaisais à Yellowknife et j'adorais mon père.

— Donc, vous êtes restée.

— Je suis restée. Ma mère s'est installée dans le Montana

et a fondé une nouvelle famille. Je passais un mois avec eux chaque été.

— Comment était-ce ?

— Difficile. Je me sentais mise à l'écart et je ne m'entendais pas avec mon beau-père. Je le haïssais d'avoir détourné ma mère de son foyer et j'en voulais à mes petits frères d'avoir une mère alors que je n'en avais pas. Le seul que j'appréciais, c'était Bear.

— Bear ?

— Le fils de mon beau-père.

Elle rougit.

— J'étais vaguement amoureuse de lui.

Cam haussa un sourcil.

— Il vous a encouragée ?

— Pas du tout. Il m'ignorait. Un jour, ma mère m'a surprise en train de l'espionner, et nous nous sommes fait disputer. Mon beau-père a puni Bear, alors qu'il n'avait rien fait. Mon père n'était pas ravi non plus. L'été suivant, il m'a gardée avec lui. Puis il est mort, et je suis allée vivre avec ma grand-mère. Elle est décédée à son tour, il y a trois ans. Ma mère et mes frères sont venus aux funérailles, mais je ne les ai pas revus depuis.

— Êtes-vous toujours en contact ?

— J'envoie des messages à ma mère via Facebook, mais on ne se parle pas souvent. Je ne lui ai même pas dit que j'avais quitté Duane.

— Pourquoi cela ?

Tala se mit à triturer une de ses nattes.

— Je ne sais pas. Je lui en ai tellement voulu quand elle a quitté mon père… Je l'ai tenue à l'écart pendant des années. Ça me semble hypocrite de lui demander de l'aide maintenant.

— Ce n'est pas hypocrite.

— Mais je l'ai jugée tellement durement.

— Vous n'étiez qu'une enfant. Comment vouliez-vous réagir ?

Elle essaya de mettre ses pensées en mots.

— Ce que j'ai vécu avec Duane a changé ma façon de voir

les choses. J'ai compris que ce n'était pas juste de faire peser toute la responsabilité du divorce sur ma mère.

— Parfois, une seule des deux personnes est responsable. Votre ex, par exemple. Il vous a frappée. Ce n'est pas une faute partagée. Il est le seul coupable.

— J'aurais pu agir différemment.

— En faisant quoi ? En vous rabaissant, en vous laissant battre et humilier ?

Elle regarda quelques instants par la vitre, pensive.

— Je ne cherche pas d'excuses à Duane. Je dis simplement que je comprends mieux ma mère. Je sais ce que c'est que d'épouser la mauvaise personne et de se sentir piégée.

Cam se concentra sur l'autoroute, la bouche pincée.

Elle eut l'impression qu'il ne verrait pas d'inconvénients à rencontrer Duane dans une ruelle sombre, mais il ne le dit pas à voix haute, et elle en fut soulagée. Elle en avait plus qu'assez de la violence.

Elle n'était pas sûre de pouvoir réparer sa relation avec sa mère. Si seulement elle n'avait pas été aussi rebelle et intransigeante... Ses petits frères étaient des adolescents à présent. Bear travaillait dans les forces de l'ordre. Son beau-père était un homme au physique imposant. Elle ne se considérait peut-être pas comme un membre de leur famille, mais elle serait en sécurité avec eux.

Ils dépassèrent un panneau indiquant Coldfoot 289 miles.

— Combien de temps cela prendra-t-il pour aller jusque-là ? demanda-t-elle.

— Environ huit heures. Cela dépend du temps et des conditions de circulation. Normalement, il est possible d'aller jusqu'au bout en seize heures, mais nous ne sommes pas supposés le faire.

— Pourquoi ?

— Il est interdit de conduire plus de quatorze heures d'affilée.

— Donc, vous êtes obligé de vous arrêter à Coldfoot ?

— Nous sommes obligés de faire des pauses, et Coldfoot est le seul endroit qui dispose de l'équipement nécessaire.

— Où se trouve l'arrêt final ?

— Deadhorse marque la fin de la route goudronnée. Après, c'est de la glace pure jusqu'à Prudhoe Bay.

— Nous allons rouler sur la glace ?

— Probablement. Il faut tester son épaisseur chaque semaine. Si tout va bien, on peut rouler dessus.

— Et sinon ?

— L'accès est restreint.

— Et vous devez ramener la cargaison à Fairbanks ?

— Pas si tôt dans la saison. On peut la laisser au dépôt de Deadhorse, et quelqu'un d'autre fera la livraison dès que les conditions le permettront. Les marchandises s'empilent là-bas. L'année dernière, j'ai passé deux semaines à faire l'aller-retour sur la route de glace. Quand ça commence à fondre au printemps, ils ferment tout.

— J'ai entendu parler de Prudhoe Bay. C'est sur la liste des sites où se produisent fréquemment des fuites pétrolières.

— Seriez-vous une militante écologiste ?

— Je l'ai été. J'ai commencé à m'engager dans la défense de l'environnement après la mort de mon père.

— Que lui est-il arrivé ?

— Il s'est noyé en traversant une rivière gelée. Elle se trouvait sur une portion de terre qui avait été fermée à cause de la contamination à l'arsenic causée par la mine d'or. On en avait découvert dans l'eau potable. Cela faisait des années qu'ils essayaient de l'assainir. Ils testaient un équipement géothermique qui avait fait fondre une partie de la glace sous la surface. Mais ils ne l'avaient pas signalé, car personne n'était supposé passer par là.

— Et la glace s'est brisée quand votre père a traversé ?

Elle hocha la tête.

— La compagnie minière m'a versé une compensation.

J'ai utilisé l'argent pour payer mes études à l'université d'Edmonton.

— Qu'avez-vous étudié ?

— Les sciences de la terre. J'étais en troisième année quand ma grand-mère est tombée malade. Elle avait vécu la plus grande partie de sa vie à Yellowstone. Les médecins m'ont dit que son cancer de l'estomac était une conséquence d'un lent empoisonnement à l'arsenic.

— Je suis désolé.

— Je ne me suis pas mise en colère après l'accident de mon père. J'étais peut-être trop jeune ou trop désorientée. Mais la mort de ma grand-mère m'a durement frappée.

Cam rétrograda en abordant une courbe serrée.

Tala se crispa, anticipant un dérapage latéral vers le bas-côté. Il manœuvra avec confiance, s'extrayant d'un virage qui paraissait impraticable, avant d'attaquer une côte.

Elle relâcha son souffle en tremblant.

— Continuez, dit Cam en lui glissant un coup d'œil.

— J'ai étudié l'impact de la pollution sur les communautés des Premières Nations et j'ai commencé à m'impliquer avec les protestataires locaux. J'ai rencontré Duane lors d'une manifestation. Il était là parce qu'il haïssait le gouvernement, et pas du tout parce qu'il se souciait du peuple des Premières Nations ou de l'environnement. Mais je ne l'ai réalisé que plus tard.

Hésitante, elle marqua une pause et s'humecta les lèvres.

— Vous êtes sûr de vouloir entendre ça ?

— Pourquoi pas ?

— C'est un sujet un peu délicat.

— Et alors ?

— Nous ne nous connaissons pas si bien que ça.

— Ça commence à venir.

Elle lui lança un coup d'œil incertain.

Si Cam voulait éviter de s'attacher, ils devraient éviter de partager des informations aussi personnelles.

Mais peut-être n'avait-il pas aussi peur de l'intimité qu'il le prétendait. Ou peut-être son seul but était-il de la mettre dans son lit...

Quoi qu'il en soit, elle se sentait obligée de lui parler d'elle. Il avait risqué sa vie pour l'aider. Elle pouvait bien faire la conversation.

Et elle devait bien reconnaître qu'une partie d'elle avait envie d'un lien plus étroit. Le confort émotionnel qu'il était capable de lui apporter était exceptionnellement tentant.

— Duane vibrait de colère et de rébellion, reprit-elle. Ça me plaisait. J'en voulais au monde entier, et lui aussi. Nous voulions tout détruire. Mais il avait aussi un côté doux, aussi incroyable que ça paraisse.

— Ça ne m'étonne pas.

— Il me faisait des cadeaux et me portait une attention constante. Il était obsessionnel, mais je trouvais ça romantique.

— Quel âge aviez-vous ?

— Vingt ans. Nous sortions ensemble depuis six mois quand il a été muté à Carcross, dans le Yukon. Il m'a demandé de venir vivre avec lui. J'ai refusé parce que nous n'étions pas mariés. Il est revenu avec une bague le lendemain.

Cam haussa un sourcil, mais ne dit rien.

— Nous nous sommes décidés trop vite, reconnut Tala d'un ton coupable.

— Je ne juge pas.

— Vous avez attendu longtemps avant de vous marier, Jenny et vous ?

— Nous sommes sortis ensemble pendant deux ans, mais j'ai su tout de suite que c'était la bonne. J'aurais pu lui faire ma demande plus tôt.

Elle s'éclaircit la gorge avant de continuer :

— Entre Duane et moi, ça a été compliqué depuis le début. Il n'était pas heureux de son affectation à Carcross. Nous ne connaissions personne en ville. Il buvait trop et ne dormait pas assez.

— Combien de temps avez-vous été mariés ?

— Un peu plus de trois ans. J'ai trouvé un emploi de serveuse, uniquement pour sortir de la maison. Il n'y avait pas beaucoup de femmes dans le coin, et Duane considérait tous les hommes comme des rivaux. Parfois, il m'accusait de les encourager. Il se garait devant le café et me surveillait depuis sa voiture. Finalement, j'ai été obligée de démissionner.

— Il savait que vous étiez trop bien pour lui.

Tala croisa les bras sur sa poitrine et réfléchit quelques instants à cette hypothèse. Duane manquait de confiance en lui, ce qui le rendait paranoïaque et accusateur.

— Il ne l'a jamais dit, mais c'était peut-être ce qu'il pensait. En revanche, il me dénigrait sans cesse. Il me disait des choses vraiment méchantes.

— À propos de votre physique ?

— Oui.

Cam l'observa un moment, avant de reporter son attention sur la route.

— Vous êtes superbe. S'il disait le contraire, c'est que c'est un menteur.

Le compliment lui fit monter le rouge aux joues. Elle le savait sincère. L'admiration éclairait ses yeux quand il la regardait, mais il éprouvait aussi un réel intérêt pour sa personne. Il se souciait de ce qu'elle disait.

Des hommes l'avaient déjà complimentée, y compris Duane, mais elle ne se rappelait pas la dernière fois que l'un d'eux l'avait fait se sentir spéciale.

Les serveuses n'étaient pas très respectées. De nombreux clients détaillaient son corps comme si elle était au menu, ou lui réclamaient un sourire en échange d'un pourboire. Elle s'y refusait. Sourire sans raison ne lui venait pas naturellement.

Cam ne souriait pas beaucoup non plus. Il semblait déterminé à s'accrocher à son deuil, comme si lâcher prise serait une insulte à la mémoire de sa femme. Il s'était condamné à une vie de solitude sur la route. Il ne restait jamais au même endroit, mais il n'avançait pas vraiment.

Alors que son regard se posait machinalement sur les mains de Cam, elle remarqua qu'il avait retiré son alliance, mais ne fit aucun commentaire.

Une heure plus tard, Cam s'arrêtait en bas d'une descente abrupte.

— Il faut que j'installe les chaînes, expliqua-t-il.

— Vous avez besoin d'aide ? demanda Tala en espérant avoir ainsi l'occasion de se dégourdir les jambes.

— Vous êtes supposée rester hors de vue.

— C'est vrai, dit-elle en se tortillant sur son siège.

Il n'empêche qu'elle aurait adoré sortir. Rester immobile n'avait jamais été son fort.

— Pas de problème.

Sa réponse fit sourire Cam, comme s'il savait qu'elle avait des fourmis dans les jambes. De toute façon, il partageait son besoin d'activité physique. Dans le cas contraire, il n'aurait pas mis autant d'enthousiasme à couper du bois pour des veuves âgées et solitaires.

— Mettez votre parka.

— C'est vrai ?

— Vous pouvez marcher le long du côté passager. C'est tout.

Tala poussa un petit cri d'excitation en attrapant sa parka. Elle ne prit pas la peine de remonter la fermeture à glissière, parce qu'elle avait envie de sentir le froid revigorant.

Cam ne portait pas de veste, juste des gants. Il avait laissé le moteur tourner pendant qu'il travaillait. Tala fit quelques allers-retours le long du bas-côté, puis elle regarda Cam installer les chaînes, charmée par la vue de ses puissantes épaules et de ses bras musculeux.

En le voyant grimacer tandis qu'il mettait en place le

dernier dispositif, elle ramassa une poignée de neige et s'avança vers lui.

— Comment va votre main ?

— Très bien, répondit-il d'un ton bourru.

— Laissez-moi voir.

Il ôta son gant. Ses articulations étaient légèrement gonflées. Tala les recouvrit de neige et chercha son regard. Même s'il faisait froid, il avait l'air d'avoir chaud. Il avait les joues rouges, les yeux brillants... Le travail physique avait réchauffé son sang.

Elle maintint la neige en place aussi longtemps qu'elle le put. Quand elle eut fondu, elle porta la main de Cam à ses lèvres pour y déposer un baiser de réconfort.

Le regard de Cam s'enflamma, et Tala sentit son pouls s'accélérer. Peut-être avait-il ôté son alliance parce qu'il était prêt à passer à autre chose... avec elle.

— Que faites-vous ? demanda-t-il d'un ton cassant.

Elle libéra la main de Cam en rougissant.

— Rien.

Un camion apparut en sens inverse, émergeant d'un brouillard neigeux. Tala distingua la silhouette du chauffeur, ce qui voulait dire que ce dernier pouvait les voir.

Laissant échapper un juron, Cam la prit par la taille et l'adossa contre le flanc de son camion. Sa parka était ouverte, et elle sentit la pression de son torse contre sa poitrine.

Elle leva les yeux vers lui, en s'humectant les lèvres.

Un muscle joua dans la mâchoire de Cam, mais il ne s'écarta pas. Qu'il se sente prêt ou pas émotionnellement, son désir était évident. Il brillait dans ses yeux et irradiait entre eux.

Il en avait besoin, et elle aussi. Et cependant, il semblait ne pas savoir comment faire avec elle.

Tala se demanda s'il savait que l'attirance était mutuelle ou s'il attendait qu'elle lui donne un signal clair.

Elle noua les bras autour de son cou.

Le regard de Cam descendit vers ses lèvres. Puis il inclina la tête.

Elle glissa les doigts dans ses cheveux tandis qu'il l'embrassait. Les flocons de neige accrochés à sa barbe se mirent à fondre au contact de sa peau. Elle ouvrit la bouche pour accueillir sa langue.

Il laissa échapper un grognement sourd, et son baiser prit un tour plus passionné. Les mains agrippées à ses hanches, il la plaqua contre la paroi métallique et se pressa fébrilement contre elle.

Tala eut un gémissement d'encouragement. Elle voulait plus que ça. Et il le lui donna. Avec une audace et une volupté renversantes, il explora sa bouche, tandis que ses mains la couvraient de caresses impatientes, son érection appuyant à la jonction de ses cuisses.

Il mit fin à leur baiser et se recula. L'air froid emplit l'espace entre eux. Il avait encore les yeux embrumés et la respiration haletante.

— Montez, lança-t-il en lui ouvrant la portière.

Elle se hissa sur le marchepied métallique, déconcertée.

Il claqua sa portière et fit le tour du côté conducteur. Lorsqu'il se mit au volant, ses mâchoires étaient serrées. Les joues en feu, elle ôta sa parka.

Il lui coula un regard en coin, s'attardant sur ses jambes.

— Allez derrière, dit-il entre ses dents.

— Pourquoi ?

— J'ai besoin de me concentrer.

— Je ne vous dérangerai pas.

Il lui décocha un regard signifiant qu'elle le dérangeait déjà. Consciente que c'était elle qui avait voulu quitter la cabine, qui avait incité Cam à l'embrasser, et que rien ne se serait passé si elle était restée à Fairbanks, elle ne protesta pas.

Se levant du siège passager, elle se glissa dans le coin nuit.

Tandis qu'elle s'étendait sur la couchette, elle comprit qu'il lui était encore plus difficile d'ignorer ses besoins physiques.

Cela faisait longtemps qu'un homme ne l'avait pas touchée. Elle n'avait pas non plus cherché à se caresser elle-même. Son corps était entré en hibernation après qu'elle eut échappé à son mariage désastreux.

Cam l'avait ramenée à la vie. Elle avait oublié ce que cela faisait de recevoir l'attention d'un homme.

Elle attrapa un de ses romans graphiques tandis qu'ils attaquaient l'ascension de la colline. Ça l'ennuyait de ne pas pouvoir regarder la route, mais l'ignorance était peut-être une bénédiction. L'inclinaison semblait alarmante, le moteur regimbant sous l'effort.

Elle comprit que Cam était en colère contre elle car elle représentait une tentation, et contre lui-même car il avait cédé à cette tentation. Mais il n'avait pas crié sur elle, ni fait quelque chose de violent. Il ne l'avait pas blâmée ou rabaissée. Il avait accepté la situation comme elle était et trouvé une solution leur permettant de continuer à rouler.

Il avait su garder son calme, et c'était très réconfortant.

Le fait de pouvoir s'isoler pour lire, chose que Duane lui reprochait constamment, était tout aussi réconfortant, à un autre niveau.

Elle se concentra sur l'histoire, les illustrations, les personnages... En dépit des conditions de circulation précaires, elle se sentait à l'aise et en sécurité.

... Et terriblement désirée.

Cam avait envie d'elle. Il la désirait tellement qu'il avait dû l'éloigner de sa vue, afin de pouvoir continuer à travailler.

Riant sous cape, elle tourna une page.

10

12 décembre
- 17° – 67° N

Le franchissement d'Atigun Pass était toujours aussi épuisant nerveusement.

Il était nécessaire d'augmenter progressivement la vitesse, afin d'accomplir l'ascension. Ralentir faisait courir le risque d'une dangereuse glissade en arrière. S'il était victime d'une avarie mécanique, il ne pourrait pas s'arrêter. Le poids de son chargement ferait patiner ses roues. Un faux mouvement pouvait les envoyer dans le vide. C'était déjà arrivé auparavant, et ce genre d'accident ne laissait aucun survivant.

Il était soulagé que Tala ait accepté de voyager à l'arrière, car ce tronçon de route requérait une concentration absolue. Même si ce n'était pas sa faute, elle représentait une distraction. Il ne pouvait se permettre de lancer des regards en biais à sa bouche ou de rêvasser sur le baiser qu'ils avaient échangé. Il devait garder l'esprit clair.

Lorsqu'il arriva en haut de la colline, il relâcha son souffle de soulagement et fit jouer ses doigts.

D'un coup d'œil à l'arrière, il vit que Tala était couchée sur le ventre. Il ne la voyait pas en entier, uniquement ses fesses, mises en valeur par la toile délavée de son jean et la découpe des poches rehaussées de strass.

Il s'imagina empoignant ses hanches et se pressant contre elle.

Déglutissant avec peine, il reporta son attention sur la route. Il avait légèrement dévié de sa trajectoire. Il se remit en ligne, d'un geste calme et précis.

Bon sang ! Cette femme était dangereuse à bien des égards.

Ce matin, il avait risqué sa vie pour la sauver de ses agresseurs. Et voilà qu'il lui suffisait d'un coup d'œil pour que le désir le submerge. S'il n'y prenait pas garde, il finirait au fond du ravin.

Durant les heures qui suivirent, Cam se focalisa sur sa conduite. Il pouvait toutefois entendre de subtils mouvements sur la couchette : murmure des pages tournées, changements de position. Tala bougeait beaucoup. Il se demanda si elle faisait des efforts pour rester concentrée sur son livre, si elle était distraite par le souvenir de leur baiser et imaginait d'autres scénarios.

Maintenant qu'il savait qu'elle ressentait le même désir que lui, ce serait plus difficile de lui résister. Il s'était trompé en imaginant qu'elle n'était pas attirée par lui. Au cours de la journée, il avait commencé à noter des signes d'intérêt. Elle regardait beaucoup par la vitre, mais elle le regardait aussi. Elle regardait son corps comme si elle avait envie de le toucher. Elle observait ses mains comme si elle voulait qu'il la touche.

Il n'en avait été vraiment sûr qu'après l'avoir embrassée. La façon dont elle lui avait répondu avait levé ses doutes. Elle s'était accrochée à ses cheveux en gémissant et avait dévoré sa bouche.

Serrant les dents, il baissa sa vitre pour laisser entrer une bourrasque d'air frais, espérant ainsi se vider la tête de toute pensée érotique.

Tandis que la lumière déclinait, annonçant un nouveau coucher de soleil précoce, Tala posa son livre.

— Vous pouvez allumer la lumière, fit Cam.

— Ça va comme ça.

— Vous avez faim ?

— Je peux attendre.

Il ne lui dit pas qu'ils étaient encore à des heures de Coldfoot. Comme la plupart des routiers, il préférait rouler aussi longtemps qu'il le pouvait sans s'arrêter, et il n'y avait d'ailleurs pas beaucoup d'endroits où s'arrêter sur cette portion de la Dalton.

Tala s'était enveloppée dans sa couverture de laine. Ça masquait son corps, et c'était probablement mieux ainsi.

Bientôt, l'obscurité envahit la cabine. La respiration calme et régulière de Tala lui apprit qu'elle s'était endormie. Une étrange chaleur envahit sa poitrine. C'était entre la satisfaction et la tendresse. Tala n'accordait pas facilement sa confiance, mais elle se fiait suffisamment à lui pour s'endormir à l'arrière de son camion. Elle était sûre qu'il la protégerait.

Il n'était pas certain de mériter cet honneur, ni d'être capable d'assurer longtemps sa sécurité. Cette responsabilité le dépassait. Il y avait trop d'émotions en jeu. Il ne pouvait pas se permettre de s'attacher à une femme en danger. Il ne voulait pas contrôler son destin, ou prendre des décisions dans des situations de vie ou de mort.

Il avait fait cela avec Jenny, et ça l'avait presque détruit. Tout le monde était arrivé à la conclusion que les machines auxquelles elle était reliée ne faisaient que prolonger l'inévitable. Tout le monde était prêt à lui dire adieu, sauf lui. Il préférait le statu quo et les faux espoirs plutôt que cette fin poignante.

Tala dormit paisiblement pendant plus d'une heure, puis elle commença à remuer. Elle marmonna quelque chose d'inintelligible et donna des coups de pied, comme si elle fuyait une menace. Puis elle s'assit brusquement. Ses yeux étaient écarquillés, ses lèvres entrouvertes de détresse.

— Vous rêviez, dit-il.

Sa respiration était haletante, et elle chercha son souffle.

— Oui.

— Tout va bien. Vous êtes en sécurité.

— Est-ce que quelqu'un nous suit ?

Drapant la couverture autour de ses épaules, elle la tint étroitement serrée contre sa poitrine.

— Coldfoot est encore loin ?

— Nous y serons dans une heure environ. Vous pouvez venir devant.

Elle emporta la couverture avec elle sur le siège passager. Lorsqu'elle eut attaché sa ceinture de sécurité, elle lui lança un regard intrigué.

— Nous devons mettre votre histoire au point, déclara Cam.

— Mon histoire ?

— Vous ne pouvez pas dire aux gens que vous êtes une passagère clandestine.

— Et pourquoi devrais-je dire quoi que ce soit ?

Cette question, qu'il était bien placé pour comprendre, le fit sourire. Il avait passé les trois années précédentes à éviter les interactions sociales chaque fois que c'était possible.

— Il vaut mieux avoir quelque chose à répondre, si jamais quelqu'un posait des questions. Le mieux est de rester le plus proche possible de la vérité. Vous pourriez dire que vous êtes serveuse, et qu'un travail vous attend à Prudhoe Bay. Les hôtels-restaurants cherchent toujours du personnel.

— D'accord.

— Nous verrons s'il y a du monde à notre arrivée. Si c'est plein à craquer, nous devrions pouvoir aller et venir sans attirer l'attention.

— Et pourquoi devrions-nous attirer l'attention ?

Cam haussa un sourcil, l'air entendu.

— Oh ! parce que je suis une femme ?

— Une femme jeune et belle, dans un endroit où il n'y a que des hommes.

Elle garda quelques instants le silence, observant la route enneigée.

— Vous aussi, vous êtes un bel homme. Est-ce qu'ils vous font parfois des avances ?

— Qui ?

— Les autres hommes.

— Non ! s'exclama-t-il en rougissant. Bien sûr que non, voyons !

Elle eut un sourire malicieux.

— Vous en êtes sûr ? Peut-être que vous attirez l'attention à vous tout seul. Certains de ces routiers ont peut-être le béguin pour vous.

— Si c'est le cas, je ne veux pas le savoir.

Elle éclata de rire, très contente d'elle, et il comprit qu'il ignorait ce que cela faisait d'être l'objet d'un désir importun.

En tant que serveuse, elle était probablement confrontée à des comportements libidineux et à des mains baladeuses. Après avoir échappé à un mari violent, elle devait se méfier des hommes. Et pourtant, elle les servait avec une calme efficacité. Il admirait sa force de caractère. Il fallait beaucoup de courage pour tenir tête aux routiers et leur servir leur café d'une main qui ne tremblait pas.

— Et s'il n'y a pas beaucoup de monde ?

— Je pourrais prétendre que nous ne sommes pas arrivés ensemble.

— Vous risquez des ennuis ?

— Je ne pense pas.

— Mais vous préféreriez ne pas attirer l'attention.

— Exactement.

Cam rétrograda à l'abord d'une nouvelle côte. Dès qu'ils furent hors de danger, il regarda dans sa direction.

— Je ne pensais pas vous offenser en disant que vous attireriez l'attention.

— Ça ne m'a pas offensée. J'ai l'habitude.

— D'être regardée ?

— Mais pas vraiment vue.

Il hocha la tête en signe de compréhension. Il savait bien ce que les hommes voyaient quand ils la regardaient : de longues jambes, de longs cheveux et une bouche pulpeuse. Quant à lui, il était bien sûr sensible à sa beauté de surface, mais il avait vu aussi d'autres choses en elle : force, détermination, esprit de lutte...

— Moi, je vous vois, dit-il, après une pause.

Elle lui sourit.

— Je sais.

Avant qu'ils atteignent Coldfoot, les flocons avaient laissé la place à une tempête de neige. La visibilité était réduite à presque rien.

Cam avançait au pas sur le dernier tronçon de route, ravi que ce soit en ligne droite jusqu'à leur destination. Lorsqu'ils arrivèrent au gîte d'étape, la soirée était déjà bien avancée, et il était épuisé.

Heureusement, le parking était bondé. D'autres camions venaient de s'arrêter. Le restaurant rustique était rempli d'hommes affamés. Cam attrapa sa parka et prit quelques billets dans son portefeuille.

— Voici le plan, dit-il en donnant l'argent à Tala. Vous payez votre hébergement et vous vous installez pendant que je m'occupe du dîner. Je vous apporterai un plateau.

— Comment saurez-vous où je suis ?

— Il y a un bâtiment séparé pour les femmes. Il abrite un grand dortoir avec plusieurs couchettes. Je frapperai à la porte.

— Où allez-vous manger ?

— Au comptoir.

Bien qu'elle ne parût pas ravie par cet arrangement, elle ne dit rien. Elle mit l'argent dans sa poche et rabattit la capuche de sa parka sur sa tête, afin de masquer son visage.

Puis elle remarqua un autocar qui se garait à côté du camion. « Aventures arctiques » était inscrit sur le côté.

— Il y a des touristes qui passent la nuit ici ? demanda-t-elle, entre surprise et inquiétude.

— Seulement le week-end, répondit Cam en se massant la mâchoire.

Il avait oublié qu'on était samedi.

— Ils font le voyage jusqu'à Coldfoot et ils repartent.

— N'importe qui peut s'inscrire ?

— Je suppose.

Tala fronça les sourcils.

— Que fait-on ? demanda-t-elle.

— On s'en tient au plan prévu.

Elle pressa les lèvres sur sa joue barbue, y laissant une trace de chaleur et de douceur.

— Soyez prudent.

— Vous aussi.

Elle prit son sac à dos et sortit de la cabine. Il y avait un bureau à proximité, avec à la fenêtre un panonceau où était inscrit « LIBRE ».

Cam attendit quelques minutes avant de quitter à son tour le camion.

Le restaurant était bondé, même à cette heure tardive. Il prit une place au comptoir et observa les clients. À ses yeux, ils ressemblaient à des touristes et des routiers normaux. Il n'aperçut pas les deux malfrats auxquels il s'était confronté dans la matinée. S'ils étaient là, ils se fondaient dans le décor.

Il commanda deux assiettes de pâtes avec du poulet grillé et des brocolis, dont une à emporter.

Réglé sur une chaîne d'information en continu, un téléviseur aux lignes démodées était installé en hauteur sur un bras articulé. Cam regarda le bulletin météo en attendant d'être servi. Le temps serait froid et clair.

Il sortit son téléphone de sa poche pour vérifier les messages de Mason. Son frère lui avait envoyé un texto pour le moins énigmatique.

Info importante. Appelle-moi.

Cam se rembrunit en observant l'écran. Si c'était si important que ça, pourquoi son frère ne l'avait-il pas écrit ? Il savait bien qu'il n'y avait pas de réseau ici.

Avec un soupir, il se leva et s'approcha de la caisse. Il n'y avait qu'un téléphone fixe, et l'accès n'était pas gratuit. Il acheta une carte de dix dollars et appela son frère à Seattle.

— C'est qui ? marmonna Mason.

— Cameron.

En arrière-plan, il entendit un froissement de draps et le murmure d'une voix féminine.

— Je te rappelle suite à ton message.

— Attends une seconde.

Cam entendit les pas de Mason résonner sur le plancher brut.

Son frère vivait dans un ancien entrepôt transformé en loft, dans un quartier à l'abandon près du sulfureux Red-light District. C'était un logement inhabituel, qui semblait tout droit sorti d'un film d'horreur. Mason disait que c'était un style « industriel ». Tout le monde qualifiait l'endroit de « glauque ».

— Tu as de la compagnie ?

— Non.

— J'ai cru entendre une voix.

— C'était la télé.

— Tu n'as pas la télé.

— J'ai Internet. La diffusion en streaming.

— En streaming ? On appelle ça comme ça, maintenant ?

— Je t'expliquerais bien comment ça marche, mais ça fait trop longtemps que tu vis en Alaska pour comprendre la technologie.

Cam grommela d'incrédulité et fit passer le combiné d'une oreille à l'autre.

— Je n'ai que cinq minutes. C'est quoi, ton info ?

— J'ai trouvé une Tala Walker dans une base de données criminelles. Elle a un casier.

— Je sais.

— C'est marrant, tu ne m'as rien dit.

— Elle a dit que c'était un délit mineur.

— Pas exactement.

L'estomac noué d'angoisse, Cam attendit que son frère continue.

— Elle a été arrêtée, il y a neuf mois, dans une manifestation à Whitehorse, au Canada. Quelques centaines de personnes protestaient contre le projet d'extension d'un pipeline d'une compagnie pétrolière locale. Ça a commencé de façon pacifique, mais ça a vite tourné au chaos. Une unité de police anti-émeute a dû intervenir pour maîtriser les activistes les plus agressifs, et ça s'est très mal passé. D'après le rapport de police, ta petite amie a agressé un officier.

— De quelle façon ?

— Elle l'a frappé à la tête avec une bouteille de bière. Il a eu des points de suture. Et ce n'est pas tout.

— Je t'écoute.

— Elle a passé une nuit en prison et a été libérée le lendemain, après avoir reconnu les faits. Mais elle ne s'est pas présentée au tribunal, ce qui est une très grosse erreur. Si elle n'avait pas raté l'audience, elle aurait pu s'en tirer avec une tape sur la main. Maintenant, c'est une fugitive. Il y a un mandat d'arrêt contre elle.

— Son mari se trouvait-il dans la manifestation ?

— Je ne sais pas. Je n'ai pas creusé assez le dossier. En fait, j'ai mieux à faire que de t'assister dans ta nouvelle entreprise d'autodestruction.

— Et qu'est-ce que tu as de mieux à faire, à part t'occuper de cette inconnue dans ta chambre ?

— Ce n'est pas...

— Ah bon, ce n'est pas une inconnue ? Ça dure depuis longtemps entre vous ?

Mason soupira.

— Tu as l'intention d'ignorer l'info que je viens de te donner ?

— Non. Je la prends au sérieux.

— Donc, tu vas laisser tomber cette fille ?

— Je n'ai pas dit ça.

— Je comprends. J'ai vu sa photo. Elle est canon. Mais c'est une criminelle recherchée, pas une victime innocente. Elle est en cavale.

— Tu as trouvé quelque chose sur le mari ?

— Duane Laramie, vingt-six ans. C'est un agent des douanes stationné à Carcross, près de la frontière entre le Canada et les États-Unis. Pas de casier. Mais il possède une impressionnante collection d'armes. Il en a sept d'enregistrées. Certaines pour la chasse, d'autres pour sa protection personnelle.

Cette nouvelle inquiéta Cam tout autant que ce qu'il avait appris sur Tala.

— Et à propos de ce restaurant à Willow ?

— Ah, oui. J'ai parlé à un des adjoints du shérif. Je lui ai dit que j'enquêtais sur un enlèvement. D'après lui, il n'y a pas eu d'agression, mais la serveuse s'est enfuie en laissant son sac. Dedans, il y avait une carte d'identité volée.

Cam se passa la main sur le visage.

— Il faut que je te laisse. Mon temps est presque écoulé.

— Quel est ton plan ?

— Pour ce soir ?

— Et demain.

Cam ne répondit pas. Il n'avait aucune intention de laisser tomber Tala, quoi que son frère ait dit. Peut-être attirait-elle les ennuis, mais ça n'avait aucune importance. Il continuait à avoir envie d'elle. Quand il la regardait, il ne voyait pas une menteuse ni une criminelle. Il voyait une femme belle et désirable. À chaque fois qu'ils se touchaient, son cœur s'emballait.

— Cam ? insista son frère.

— Je n'ai pas encore décidé.

Il avait besoin que Tala lui fournisse davantage d'informations. Il lui poserait quelques questions et jaugerait ses réponses. Si elle ne se montrait pas honnête avec lui, il devrait repenser leur arrangement.

Cependant, il ferait peut-être mieux de garder ses distances. Elle n'était pas la candidate idéale pour une aventure sans lendemain.

L'homme qu'il était autrefois n'aurait pas envisagé l'idée de faire l'amour avec une fugitive qui agressait les flics.

L'homme qu'il était aujourd'hui n'en avait même pas honte.

Il se sentait vivant.

— Sois prudent, dit Mason.

— Promis, répondit-il en sachant qu'il mentait.

11

Coldfoot
- 13° – 67° N

Tala entra dans la pièce vide et regarda autour d'elle.

Il y avait quatre lits étroits, écartés l'un de l'autre de quelques mètres et flanqués d'une table de chevet avec une lampe.

Elle verrouilla la porte derrière elle et posa son sac à dos sur le lit le plus proche. Puis elle inspecta la salle de bains, qui contenait un simple lavabo et une cabine de douche. Elle ne vit pas de draps de bain, uniquement quatre petites serviettes de toilette.

La partie chambre était glaciale, et la décoration était déprimante. Lino gris au sol, murs blancs, couvre-lit en chenille beige.

Elle croisa les bras sur sa poitrine en frissonnant. Ce n'était pas grave. Elle avait déjà séjourné dans des endroits bien pires que celui-ci et elle ne craignait pas le froid. Elle s'était endurcie dans la nature sauvage de Yellowknife. Une fois, elle avait passé la nuit dans un trou que son père avait creusé dans la neige afin de les protéger d'un soudain blizzard.

Ses yeux s'emplirent de larmes à cette évocation. Duane ne lui manquait pas, mais elle avait le mal du pays. Elle avait laissé tous ses effets personnels à Carcross. Des objets d'artisanat sans valeur transmis de génération en génération. Des outils que son père avait fabriqués de ses propres mains. Les couvertures et les tapis de sa grand-mère.

Elle passa les dix minutes suivantes recroquevillée sur le lit, à se lamenter sur son sort. Puis, mettant sa tristesse de côté, elle se leva et chercha dans son sac à dos une tenue de rechange. Elle pourrait utiliser son legging et son sweat-shirt en guise de pyjama.

Emportant sa trousse de toilette, elle s'enferma dans la salle de bains. Ses cheveux n'avaient pas besoin d'être lavés, et elle se contenta de les relever avec une pince, avant de se déshabiller hâtivement et de se glisser dans la cabine.

L'eau était agréablement chaude et, les yeux fermés, elle la laissa longuement ruisseler sur son corps aux muscles fatigués. Puis elle prit son flacon de gel douche et commença à se frictionner. Ses mains caressèrent ses seins, s'attardant sur la pointe. Une envie monta au creux de son ventre, pulsant entre ses jambes. Elle se mordilla la lèvre inférieure, hésitant à se donner du plaisir.

Elle résista finalement à la tentation, se rinça et coupa l'eau. Les baisers passionnés et les regards brûlants de Cam l'avaient émoustillée, et le livre qu'elle avait lu cet après-midi ne l'avait pas apaisée. Il était étonnamment explicite, avec une série de scènes érotiques. Un des dessins représentait une femme nue, étendue sur le dos. C'était un fantasme masculin typique : seins parfaits, taille fine, cascade de cheveux… Son visage était crispé par l'extase. La tête du héros était entre ses cuisses.

C'était un dessin magnifique en dépit du sujet. Ou peut-être à cause de lui. Tala n'en était pas sûre. Elle n'avait jamais goûté à ce genre de plaisir.

Après qu'elle eut reposé le livre, l'image avait continué de la hanter. Elle s'était demandé si l'acte lui-même était aussi agréable que la représentation de l'artiste le laissait entendre. Duane n'avait jamais essayé ce genre de choses, et elle ne le lui avait pas demandé. Vers la fin de leur relation, elle s'était soustraite le plus possible au devoir conjugal, le manque de finesse au lit de Duane étant devenu le cadet de ses soucis.

Cam lui paraissait être un amant généreux, avide de satisfaire, et capable de prendre son temps. Il n'hésiterait probablement pas à l'embrasser partout où elle le souhaiterait. Il se pourrait même qu'il le fasse sans qu'elle ait à le demander. Elle sentit ses joues s'empourprer à cette pensée.

Elle sortit de la cabine et s'essuya du mieux qu'elle le put avec une des serviettes.

L'air froid lui donnait la chair de poule, mais ce n'était pas grave. Elle avait besoin de se calmer. En frissonnant, elle enfila une culotte propre, des chaussettes et le legging. Elle ne s'embarrassa pas de soutien-gorge sous son sweat-shirt. Pour finir, elle libéra ses cheveux et commença à les brosser. Ce faisant, elle entendit de l'agitation de l'autre côté de la porte.

Des voix.

Elle se figea, écoutant les bruits de pas étouffés et les murmures. Plusieurs personnes se trouvaient dans la chambre.

Affolée, elle serra ses effets personnels contre sa poitrine. Il n'y avait pas de fenêtre dans la salle de bains, aucun moyen de s'enfuir. Et il n'y avait rien qu'elle puisse utiliser comme une arme.

Elle ouvrit la porte et regarda dehors. Deux femmes inconnues la dévisagèrent. L'une avait des cheveux noirs avec des mèches violettes et bleues. L'autre était plus âgée, avec de courts cheveux gris. Elles portaient toutes les deux des blousons de cuir noir avec des écussons brodés.

— Bonjour, dit la plus âgée avec un sourire hésitant. Je suis Fran. Et voici ma fille, Lily.

— Tala, répondit-elle avec un signe de tête.

Elle se dirigea vers le lit qu'elle avait choisi précédemment et commença à ranger son sac à dos.

— Vous êtes routier ? demanda Fran.

— Non. Je fais du stop jusqu'à Prudhoe Bay, où j'espère trouver un emploi de serveuse.

— Nous sommes avec le groupe de touristes, expliqua Fran en désignant les écussons sur son blouson.

Tala déchiffra ce qui était inscrit :

CLUB MOTOCYCLISTE LES DIABLES DE DENALI.

— Nous faisons la Dalton à moto chaque été. Cette année, nous avons décidé de faire le voyage en autocar pour voir à quoi ça ressemble en hiver.

Tala plia son jean et le rangea.

— Tous les occupants du car font partie de votre club ?

— Oui. Les autres membres sont tous des hommes. Lily est la plus jeune.

Lily leva les yeux au ciel en réponse à la déclaration emplie de fierté de sa mère, mais Tala trouva ça mignon. Elle était aussi soulagée par cette information. Si tout le monde dans le car faisait partie du club des diables de Denali, ça voulait dire que les tueurs ne se trouvaient pas parmi eux. Ça lui faisait une préoccupation de moins pour ce soir.

— Vous devriez dîner avec nous, dit Fran. Ça vous évitera de vous retrouver avec les routiers.

— Ils ne me dérangent pas.

Un coup frappé à la porte interrompit leur conversation. Tala voulut aller ouvrir, mais Fran était plus proche. Elle ouvrit à Cam.

Elle semblait médusée par la vue de cet homme grand et musclé dans le hall.

Cam eut un signe de tête courtois et regarda par-dessus l'épaule de Fran.

— J'ai apporté votre dîner, dit-il à Tala d'un ton bourru.

Tala s'avança et, au lieu de faire les présentations, sortit dans le hall et ferma la porte derrière elle.

— Vous vous êtes fait des amies ? demanda Cam.

— Le car de touristes transporte tout un club de motards. Il n'y a personne d'autre à bord.

— C'est bien.

Elle étudia son beau visage. Il semblait tendu et fatigué. Ses épais cheveux sombres étaient en bataille, ses yeux injectés de sang. Il y avait quelque chose d'étrange dans son regard, une froide suspicion qu'elle n'avait pas vue auparavant. C'était comme s'il avait décidé, durant l'heure où ils avaient été séparés, qu'elle ne méritait pas tout le mal qu'il se donnait.

Elle sentit son cœur se serrer à cette pensée.

Elle aurait voulu pouvoir le prendre dans ses bras, passer la main dans ses cheveux, calmer ses inquiétudes et soulager sa fatigue...

— Vous allez vous coucher ? demanda-t-elle.

— Je vais peut-être soulever un peu de fonte avant.

— Il y a une salle de sport ?

— Juste un banc de musculation et un vélo d'appartement.

— Je peux vous accompagner ?

— Non. Ce ne serait pas prudent.

Elle ne protesta pas. Elle aurait bien aimé se dégourdir les jambes, mais elle comprenait sa position. Il avait pris un risque en l'amenant ici. Il était préférable qu'elle se fasse discrète, comme prévu.

— Départ à 6 heures, demain, dit-il d'un ton brusque.

— Je serai prête. Dormez bien.

Il lui lança un regard irrité. Peut-être regrettait-il de s'être mêlé de ses problèmes. Ou peut-être avait-il besoin de prendre un peu ses distances.

Elle retourna dans la chambre, déstabilisée par son comportement. Lily et Fran l'accueillirent avec des expressions avides de curiosité.

— C'est votre petit ami ? demanda Fran.

— Non. Je fais juste la route avec lui.

— Maintenant, je comprends pourquoi la compagnie des routiers ne vous dérange pas, dit Lily.

Fran échangea un clin d'œil avec sa fille.

— Moi non plus, je n'y verrais pas d'inconvénients s'ils étaient tous comme ça.

Les deux femmes éclatèrent de rire.

Tala ne se joignit pas à elles et alla s'asseoir sur son lit, morose. Elle évita de croiser leur regard, et elles ne lui posèrent pas d'autres questions. Dès qu'elles furent sorties, elle dévora le repas que Cam lui avait apporté. Puis elle alla se laver les dents et se glissa entre les draps, parfaitement réveillée.

Elle n'aurait pas dû faire de sieste. Elle allait se tourner et se retourner toute la nuit.

Elle essaya de lire, mais ne parvint pas à se concentrer sur l'histoire, revenant sans cesse aux illustrations érotiques.

Agacée, elle fourra le livre au fond de son sac, en marmonnant.

Lorsque Fran et Lily revinrent, Tala ferma les paupières et fit mine de dormir. Elles étaient sympathiques, mais elle n'avait pas envie de parler.

Quelqu'un éteignit les lumières, et le silence se fit.

Tala ne pouvait s'empêcher de penser à Cam, à ses baisers brûlants et à ses mains hardies. Une chaleur moite monta entre ses jambes. Elle serra les cuisses, incapable de faire disparaître son envie. Elle ne pouvait pas se caresser avec deux autres personnes dans la pièce.

Au bout d'un long moment, elle renonça à dormir. Quittant son lit, elle prit ses chaussures à la main et trottina en chaussettes jusqu'au couloir.

Elle n'avait aucun endroit où aller, bien sûr. Elle ne pouvait pas faire un tour dehors sous une tempête de neige et par des températures en dessous de zéro. Les lumières du restaurant étaient éteintes. Elle avait entendu Lily se plaindre qu'il n'y avait pas de bar. Il n'y avait même pas de connexion Internet.

Les instructions de Cam étaient claires : elle devait rester dans sa chambre. Elle ne pouvait se permettre de partir à sa recherche, en frappant aux portes de tous les bungalows.

Et que dirait-il si elle le trouvait ? « Excusez-moi, je sais que vous êtes de mauvaise humeur, mais pouvez-vous me faire ce qu'il y a à la page 36 ? »

Elle retint un rire, tandis qu'elle s'aventurait vers le bout du couloir. Il y avait de la lumière, et ça l'intriguait.

Elle s'avança à pas de loup, guidée par des bruits métalliques, et s'arrêta devant une porte ouverte sur la gauche.

Cam se trouvait dans la pièce, seul. Étendu sur le dos, sur un banc de musculation, il soulevait une barre au-dessus de son torse, les bras étendus au maximum, puis l'abaissait en relâchant son souffle. Ses muscles saillaient sous l'effort, et sa peau luisait de sueur. En haut, en bas. En haut, en bas… C'était impressionnant.

Malgré la fraîcheur qui régnait dans la pièce, il portait un simple T-shirt gris, mais il ne semblait pas avoir froid. Ses jambes étaient couvertes d'un pantalon de jogging gris anthracite. Des chaussures de sport avaient pris la place de ses bottes à bouts renforcés. L'ourlet de son T-shirt s'était soulevé, et l'élastique de son boxer était visible.

Les pieds plantés de chaque côté du banc, les cuisses largement écartées, il offrait aux yeux de Tala une vue imprenable sur son entrejambe. L'étoffe souple de son pantalon ne masquait en rien sa virilité.

L'apercevant, Cam reposa la barre sur son support et s'assit. Il souleva le bas de son T-shirt pour s'essuyer le visage, lui laissant ainsi découvrir ses abdominaux parfaits.

Il ne semblait pas ravi de la voir, mais il était trop tard pour battre en retraite. Elle venait de se faire surprendre en train de le reluquer. Autant qu'elle reste et qu'elle assume.

— Que voulez-vous ? demanda-t-il.

— Je ne pouvais pas dormir, répondit-elle en s'avançant dans la pièce.

Il haussa un sourcil.

— Et vous pensez que me regarder vous aidera à trouver le sommeil ?

— Probablement pas.

Elle soupira.

— En fait, je me disais que nous pourrions parler. Tout à l'heure, j'ai eu l'impression que quelque chose n'allait pas.

— Vous m'avez bien dit que vous aviez été arrêtée pour désobéissance civile, dit-il tout à trac.

— Oui.

— C'est tout ? Rien d'autre ?

Mal à l'aise, Tala sentit son estomac se nouer.

— Pourquoi posez-vous la question ?

— Parce que je prends un risque en voyageant avec vous. Et j'ai le droit de savoir avec qui je m'implique.

Cette exigence n'était pas déraisonnable. Et ça lui plaisait qu'il déclare s'impliquer. Peut-être une conversation franche l'aiderait-elle à se sentir mieux et à briser la tension entre eux.

— Les charges étaient : désobéissance civile et agression d'un officier, reconnut-elle.

— Vous avez plaidé coupable ?

— Je ne me suis pas présentée au tribunal.

— Pourquoi ?

— Je ne voulais pas mentir sous serment.

— Comment cela ?

— Laissez-moi vous expliquer depuis le début. Je m'étais rendue à une manifestation à Whitehorse avec Duane. Il ne voulait pas me laisser y aller seule, et j'avais désespérément envie de sortir de la maison. Je pensais que ça nous ferait du bien à tous les deux. Comme au bon vieux temps.

— Mais ça n'a pas été le cas ?

— Non. Il a enfilé une cagoule noire dès que nous sommes arrivés sur place, parce qu'il ne voulait pas être reconnu. Il y avait une foule énorme, avec des policiers lourdement équipés. Très vite, Duane s'est montré vraiment agressif.

— Plus que d'habitude ?

— Oui. Je voulais partir, mais il a refusé. Nous suivions un groupe de types masqués comme lui. Ils renversaient des poubelles et cassaient ce qui leur tombait sous la main. Tout à coup, Duane a jeté sa bouteille de bière sur l'un des policiers. Il l'a touché à la tête. Je me suis précipitée vers l'officier pour voir s'il allait bien. Lorsque je me suis agenouillée à côté de lui, deux autres policiers m'ont plaquée à terre et menottée.

— Que faisait Duane pendant ce temps ?

— Il s'est enfui dans la direction opposée.

— Et pourquoi les flics ont-ils pensé que vous étiez responsable ?

— Je n'arrêtais pas de répéter que j'étais désolée et... j'avais peur de dire autre chose.

— Vous vouliez porter le chapeau ?

— Je n'ai pas fait de déposition dans un sens ou dans un autre. J'ai suggéré à mon avocat commis d'office de demander un report, et on nous l'a accordé. Duane m'a dit qu'il perdrait son emploi si je disais la vérité. En revanche, si je plaidais coupable, j'écoperais d'un travail d'intérêt général.

— Quelle foutaise ! L'agression d'un policier est punie beaucoup plus lourdement. Même au Canada.

Tala fut surprise par sa conviction.

— Vous semblez bien connaître la loi.

— Un petit peu, répondit-il d'un ton dégagé. J'ai été flic.

Envahie par un sentiment de panique et de trahison, Tala sentit son sang se glacer. Elle lui avait dit des choses tellement personnelles...

Des choses qui pouvaient l'incriminer.

Elle n'aurait jamais dû lui faire confiance.

— Vous m'avez menti !

Il se leva du banc, dépliant sa haute silhouette.

— Je n'ai pas menti.

— Je vous ai demandé si vous étiez flic, et vous avez dit non.

— Je ne le suis plus. J'ai démissionné.

— Mais vous me l'avez caché pour une bonne raison. Vous saviez que je ne resterais pas avec vous si vous me disiez la vérité.

— Parce que vous n'avez pas de secrets, peut-être ?

rétorqua-t-il d'un ton coléreux. Vous n'avez pas parlé des charges très graves qui pèsent contre vous. Et je ne sais même pas ce que vous fuyez.

Elle retint une protestation, même si la critique lui semblait injuste. Elle n'avait pas retenu l'information pour le tromper, mais pour le protéger.

— Vous n'êtes pas aussi innocente que vous le prétendez, insista-t-il.

— Je ne prétends rien du tout !

Il s'avança, envahissant son espace personnel.

— Je ne suis pas stupide, Tala. Je sais que vous n'êtes pas venue ici pour discuter.

Ça la démangeait de le gifler. Il proférait des accusations insultantes. Ils avaient manqué tous les deux d'honnêteté et ils souffraient tous les deux de la même maladie. Il avait envie d'elle, c'était cela le problème de Cam.

Elle perturbait son personnage de veuf éploré. Elle lui mettait les nerfs en pelote.

— Et pourquoi serais-je venue ?

— Pour me torturer.

— N'importe quoi ! Vous croyez que vous êtes le seul à avoir besoin de vous défouler ? Je suis coincée dans ce camion depuis deux jours tout comme vous. J'ai besoin de me dégourdir les jambes, comme vous. Je suis sur les nerfs, comme vous.

— Ce que je ressens, c'est de la frustration sexuelle, pas de la nervosité.

— J'en ai conscience.

— Et vous êtes venue ici pour aggraver les choses ?

— Non. Pour les améliorer.

Le regard de Cam s'enflamma.

— Si c'est une plaisanterie, elle n'est pas drôle.

— Ce n'est pas une plaisanterie.

Elle ne le toucha pas. Elle attendit que ce soit lui qui le fasse, et il ne la déçut pas.

Glissant les mains dans ses cheveux, il écrasa la bouche

sur la sienne, plongeant avidement la langue entre ses lèvres. Elle noua les bras autour de son cou et se plaqua contre lui, grisée par la force de son torse et de ses épaules, et par l'odeur du coton humide mêlée à celle de la sueur.

Il prit sa bouche encore et encore. Ses mains s'arrondirent sur ses fesses, et il la souleva contre lui. Son érection s'amplifia contre son ventre. Elle gémit, en enfonçant les ongles dans sa chair. La chaleur entre ses jambes se transforma en sensation douloureuse. Jamais elle n'avait été aussi excitée, et elle avait besoin de soulager ce désir.

— S'il te plaît, dit-elle en lui mordillant la lèvre.

Il jeta un coup d'œil vers la porte et, au lieu de la lâcher, la poussa vers le banc de musculation. Il s'y assit et l'installa à califourchon sur ses cuisses.

Le contact avec son sexe durci lui arracha un petit cri de surprise. Puis elle se mit à onduler lentement des hanches, tandis qu'il glissait les mains sous son sweat-shirt et lui caressait les seins.

Il n'y avait ni pénétration ni stimulation directe mais, étonnamment, elle était proche de l'orgasme.

Elle interrompit leur baiser, indécise. Il posa sur elle un regard alourdi de désir. Puis il souleva son sweat-shirt et referma les lèvres autour de la pointe durcie d'un sein. La combinaison de chaleur, d'humidité et de succion faillit la faire basculer dans un autre monde. L'érection de Cam pulsait contre elle. La taille de son sexe était impressionnante, ce qui ne faisait qu'ajouter à son excitation.

Embarrassée, elle voulut retenir son orgasme, mais une vague puissante déferla sur elle, occultant tout le reste.

Et puis, ce fut terminé. Elle le dévisagea avec stupeur, en proie à une sensation de tournis.

— Eh bien, dit-elle, haletante.

Il était toujours insatisfait, dur comme le roc contre elle, le visage crispé par la retenue.

Elle se laissa glisser au sol, agenouillée à ses pieds.

Il prit une profonde inspiration, mais n'émit aucune protestation.

Il en avait envie. Un désir intense se lisait sur son visage.

Elle en avait envie aussi. Elle voulait le caresser et le prendre dans sa bouche jusqu'à ce qu'il perde tous ses moyens.

Elle dénoua le lien à sa ceinture, en vibrant d'impatience. Il lui caressa les cheveux, les yeux rivés sur ses lèvres entrouvertes.

Un bruit de pas qui approchaient vint les interrompre.

Il crispa les doigts dans ses cheveux. Elle se figea, les yeux écarquillés.

— Lève-toi, ordonna-t-il.

Elle se remit sur ses pieds en vacillant. Il n'y avait aucun endroit où se cacher. Elle tira sur le bas de son sweat-shirt et essaya d'avoir l'air innocent.

À son grand soulagement, l'importun n'arriva jamais. Une porte claqua au bout du couloir.

— Pars maintenant, dit Cam.

Elle hésita, rechignant à mettre fin à ce moment d'intimité. Elle venait de vivre l'expérience sexuelle la plus intense de sa vie, et il ne lui avait même pas ôté un seul vêtement.

Elle ne voulait pas s'en aller sans lui rendre la pareille.

Elle ne voulait pas s'en aller du tout !

Mais elle n'avait pas non plus envie de se faire surprendre ni de causer des ennuis à Cam. Ils ne pouvaient pas se permettre d'attirer l'attention.

Tandis qu'elle traversait hâtivement le couloir, elle comprit qu'elle ne savait toujours pas où elle en était avec Cam. Ils avaient été interrompus avant qu'elle puisse lui donner du plaisir et ils n'avaient pas vraiment terminé leur conversation.

Elle l'avait accusé de lui avoir menti, et il pensait la même chose d'elle. Ils étaient tous les deux en colère quand ils avaient commencé à s'embrasser. Mais que ressentait-il pour elle à présent ? Le fait qu'il ne soit pas opposé à un rapprochement physique n'impliquait pas un futur engagement ni de tendres sentiments.

Il pourrait revenir sur leur arrangement et ne plus vouloir voyager en sa compagnie.

Et s'il partait sans elle demain ?

Elle ne le reverrait plus jamais et elle ne pourrait rien y faire.

12

Cam ferma les paupières et essaya de retrouver le contrôle de lui-même.

Jamais il n'avait eu l'intention que ça aille aussi loin. Il ne voulait même pas la toucher.

Lorsqu'elle était apparue sur le seuil, il réfléchissait aux informations que son frère lui avait fournies. Sur le moment, il n'avait pas voulu écouter les conseils de Mason. Mais, après coup, le doute s'était insinué en lui.

Ce monde dans lequel on vivait était un endroit épouvantable, rempli de gens épouvantables. Cam le savait par expérience. C'était pour cette raison qu'il s'était exilé en Alaska. Il ne pouvait pas accepter les circonstances de la mort de Jenny. Quelqu'un l'avait renversée avec sa voiture et avait pris la fuite, la laissant grièvement blessée.

Le traumatisme de ce décès avait noirci son âme à jamais. Il n'avait plus de goût à rien. Il s'était déconnecté des émotions. Ressentir des émotions, c'était s'exposer à la douleur. Et il en avait eu plus que son compte.

Tala n'avait pas sa place dans cette vie de froideur qu'il s'était façonnée. Elle était trop jeune et trop désirable.

Et elle avait un passé trop lourd.

Elle avait été arrêtée pour avoir agressé un policier. Ce n'était pas le genre de choses qu'un ancien flic pouvait prendre à la légère, même s'il n'avait plus aucune confiance dans la justice. Le fait qu'elle ait quitté son pays sans se présenter devant la justice était un mauvais signe. Les innocents ne se comportaient pas de cette façon.

Il détestait vraiment ça quand Mason avait raison.

Il avait envisagé de la confronter dans le couloir, mais l'endroit n'était pas assez privé, et il ne voulait pas attirer l'attention. Il ne savait pas non plus comment aborder le sujet. Il s'était donc retiré dans le quartier des hommes, étudiant ses options. Peut-être ne devrait-il pas l'interroger. Après tout, pourquoi se mêlerait-il de ses problèmes ? Moins il en savait, mieux c'était.

Ils n'avaient pas besoin de parler du tout.

Après avoir fixé le plafond pendant une heure, il était allé à la salle de sport évacuer son trop-plein d'énergie. Et, bien sûr, il avait fallu que Tala vienne le débusquer.

Il avait cru son histoire à propos de Duane et n'avait pu s'empêcher de lui dire qui il était. Il avait tourné le dos à la loi, mais il avait toujours beaucoup de respect pour les femmes et les hommes en uniforme. Il n'était pas stupide ou naïf. Il était simplement brisé.

Finalement, il s'était retrouvé à l'embrasser. Il semblait que toutes les routes le menaient à cette destination. La dispute lui avait échauffé les sens. Il l'avait accusée. Elle était sur la défensive. Et finalement, ils s'étaient jetés l'un sur l'autre.

Il ne savait pas encore quoi faire avec elle. Il était au bord de... tout. Voyager avec elle. Coucher avec elle. S'autoriser à éprouver de nouveau des émotions...

Avec un grognement étranglé, Cam se leva du banc de musculation et se dirigea vers son dortoir. Il était vide. Il y avait deux stalles de douche. Il se déshabilla hâtivement et se glissa sous le jet tiède. Sa main, glissante de savon, lui apporta un soulagement longuement attendu et plus que nécessaire.

Il se coucha et dormi six heures, d'un sommeil de mort, profond et dénué de rêves.

Cam se leva à 5 h 30, en se sentant reposé. Il était habitué aux longues journées et aux nuits courtes durant la saison de la route de glace. La plupart des autres routiers étaient déjà levés et se pressaient aux abords du restaurant. Il commanda deux sandwichs jambon œufs durs et deux cafés.

Tandis qu'il attendait au comptoir, il regarda le bulletin météo. La température ne remonterait pas au-dessus de zéro, et il ne neigeait même pas. Bienvenue en Alaska.

Un flash info suivit la météo. Une journaliste aux joues rubicondes, engoncée dans une parka épaisse, se tenait devant un ruban de police jaune, sur le côté d'une route.

Désignant la scène derrière elle, elle déclara :

Le corps d'un homme a été découvert sous ce tas de neige, la nuit dernière, dans la banlieue de Willow. Le Bureau du shérif n'a pas encore apporté de conclusions sur la cause du décès, mais ils ont ouvert une enquête pour homicide. La victime n'a pas été identifiée, mais elle aurait été tuée ailleurs.

Cam sentit un frisson courir le long de sa colonne vertébrale, tandis que les chroniqueurs sur le plateau argumentaient. Willow était une petite ville tranquille, où il ne se passait jamais rien.

— D'abord une femme qui disparaît, conclut le présentateur, et maintenant un cadavre. Espérons que la police trouve vite des réponses.

La photo de Tala apparut sur l'écran, accompagnée du numéro de téléphone du Bureau du shérif. On ne mentionnait pas son nom d'emprunt. Il n'y avait d'ailleurs aucune mention de son identité.

Réalisant que Tala avait probablement fui la scène d'un meurtre, Cam regarda autour de lui, en étouffant un juron. Les deux femmes avec qui Tala avait partagé le dortoir n'étaient pas dans la salle. Il restait à espérer que personne ne l'ait croisée dans le couloir. Quoi qu'il en soit, il devait la faire sortir de cet endroit le plus vite possible.

Il y avait forcément un lien entre Tala et la victime. Peut-être avait-elle été témoin du meurtre… Ou peut-être y avait-elle participé.

Et si le mort n'était autre que Duane ?

Admettons qu'il l'ait attaquée au restaurant, et qu'elle l'ait tué en légitime défense. Elle était désorientée et à demi gelée lorsqu'il l'avait découverte. Elle avait l'air d'avoir vu un fantôme.

Il restait à savoir pourquoi le cadavre s'était retrouvé ailleurs, et qui étaient les hommes qui la suivaient.

Il aurait dû essayer d'obtenir davantage de réponses la nuit dernière, mais il avait perdu toute capacité de concentration dès que leurs lèvres s'étaient touchées.

Lorsqu'il eut récupéré sa commande, Cam quitta le restaurant et alla frapper à la porte de Tala. Elle répondit aussitôt. Ses cheveux étaient soigneusement nattés, son visage solennel. Elle avait déjà fait son sac.

— Bonjour, dit-il d'un ton bourru.

Elle ferma la porte derrière elle.

— Je suis désolée pour hier soir. Je me rattraperai.

Il n'était pas certain de comprendre à quoi elle faisait allusion, mais il n'avait pas le temps de parler. Ils devaient reprendre la route au plus vite.

Un froid mordant les frappa de plein fouet sur le parking. Il prit le bras de Tala et la guida vers le camion. Son expression trahissait la détresse, et ça l'inquiétait. Il lui ouvrit la portière et fit le tour pour se mettre au volant.

— Qu'est-ce qu'il y a ? demanda-t-il en la voyant proche des larmes.

— J'avais peur que tu partes sans moi.

Il démarra le moteur pour le laisser chauffer.

— Pourquoi ferais-je une chose pareille ?

— À cause de mon casier judiciaire. Et puis, il y a aussi le fait que… nous n'avons pas terminé. Tu vois ce que je veux dire. Enfin, moi si, mais pas toi.

Cam lui lança un regard incrédule.

— Tu as cru que j'allais t'abandonner au milieu de nulle part pour ça ?

Elle hocha la tête.

Il ne sut pas s'il devait rire ou se sentir insulté. Son mari était vraiment un salaud de la pire espèce. À cause de lui, elle pensait que tous les hommes étaient égoïstes et cruels.

— Ça ne m'a pas dérangé. J'ai apprécié ce moment.

Elle plissa le front, perplexe.

— Tu n'aurais pas préféré que ce soit mutuel ?

Il haussa les épaules.

— Il n'y a rien de mal à donner sans prendre. Ça ne t'est jamais arrivé ?

— Si. Trop souvent.

— À chaque fois ?

Elle tourna la tête vers la vitre embuée et ne répondit pas.

— Pour ton information, je ne serais pas parti sans dire au revoir. Et on ne va pas chipoter pour un orgasme. Quand je t'aurai fait jouir cinq ou six fois d'affilée, nous pourrons commencer à nous inquiéter de mon plaisir.

Elle écarquilla les yeux.

— Tu plaisantes, n'est-ce pas ?

Il sourit, en vérifiant ses instruments de navigation. Il exagérait peut-être un peu, mais il ne doutait pas de pouvoir la satisfaire. Le mari de Tala ne s'était peut-être pas donné la peine d'apprendre les bases, mais il pouvait dire sans prétention qu'il connaissait bien le corps des femmes.

Cependant, au lieu de l'émoustiller avec des promesses, il ferait mieux de réfléchir à la façon dont ils allaient pouvoir se sortir de ce guêpier.

Elle ne pouvait pas fuir indéfiniment. Il devait la convaincre de se rendre aux autorités avant que la loi – ou pire – la rattrape.

Il y avait des centaines de kilomètres entre Coldfoot et

Deadhorse. Ils allaient donc passer toute la journée ensemble. Au bout de dix ou douze heures, il finirait bien par obtenir quelques réponses de la part de Tala. Mais il devrait faire preuve de finesse.

Elle ne serait pas facile à interroger. Elle était farouchement indépendante, têtue comme une mule, et elle n'avait aucune confiance en la police. Et elle ne serait pas non plus ravie d'apprendre qu'il avait demandé à son frère, lui aussi policier, de vérifier ses antécédents.

Ils déjeunèrent en silence. Comme toujours, Cam appréciait la compagnie de Tala. Elle possédait une force tranquille, même pendant les moments de stress. Il aimait sa voix, quand elle choisissait de parler. Ses mots signifiaient quelque chose, tout comme ses sourires.

Il se demanda s'il apprendrait un jour la vérité sur les raisons de sa fuite. Elle pouvait refuser de lui parler. Elle pouvait aussi lui fausser compagnie au premier signe de trouble.

— Je ferais peut-être mieux de rester à Prudhoe Bay, dit-elle tout à trac.

— Pourquoi cela ?

— S'ils cherchent désespérément des employés, ce n'est pas une mauvaise idée. Je pourrais me présenter dans les hôtels.

— Sans pièce d'identité ?

— Tous les employeurs ne demandent pas de papiers. Dans la restauration et l'hôtellerie, il est fréquent d'être payé au noir.

— Mouais… Ça vous expose aussi à toutes sortes de risques.

Il laissa passer un silence.

— Et ta famille dans le Montana ?

Elle regarda ailleurs, sans répondre.

— Je suis sûr qu'ils aimeraient avoir de tes nouvelles, insista-t-il.

— Pas moi.

Il abandonna le sujet. Son intention n'était pas de mettre

un terme à la conversation, mais son commentaire eut pourtant cet effet.

Tala ne parla pas pendant de longues heures, ce qui était une bonne chose du point de vue de Cam, car il avait besoin de se concentrer. La seconde portion de la Dalton était encore plus périlleuse que la première.

Avalanche Alley se profilait au loin. Cam avait heurté un élan l'année dernière sur ce tronçon. Il avait eu de la chance de ne pas basculer au fond du canyon.

La matinée se déroula finalement sans encombre, et le ciel s'éclaircit, laissant espérer à Cam une météo clémente et un trajet rapide.

Tala tourna la tête de son côté, tandis qu'il changeait de vitesse.

— Je peux te poser une question ?

— Vas-y.

— Tu es toujours en relation avec ta famille ?

— Ils ne me laissent pas une minute de répit.

— Comment cela ?

— Si je n'appelle pas ma mère et mon frère, ils me harcèlent. Si je ne passe pas les voir pendant les fêtes, j'en entends parler pendant des mois.

— Tu t'entends bien avec ton frère ?

— Plus aussi bien qu'autrefois.

— Que s'est-il passé ?

Cam haussa les épaules.

— C'est à cause de son divorce. Sa femme l'a quitté juste après le décès de la mienne. Il ne l'a pas vu venir et il déteste perdre. Du coup, il est un peu pénible à vivre depuis quelques années.

— Il te ressemble ?

— En plus civilisé.

— Tu es civilisé. Pour un habitant de l'Alaska.

— Il porte des costumes.

— Et ta mère ?

— Quoi donc ?

— Elle est dure avec toi ?

— Ça dépend.

— Donne-moi un exemple.

— Il y a quelques semaines, je suis retourné à la maison pour Thanksgiving. Elle avait invité une des amies de Jenny sans m'en parler. Elle veut que je tombe amoureux et que je me remarie.

— Quel monstre !

Il rit.

— Tu te moques de moi, mais son machiavélisme est légendaire.

— Elle était jolie, cette amie ?

— Pas mal.

— Quel était le problème ?

— Rien. Elle me rappelait Jenny.

— Tu as connu d'autres femmes, depuis ?

— Non.

— Pas une seule fois en trois ans ?

— Je n'ai même pas regardé une autre femme. Jusqu'à toi.

— Pourquoi moi ?

Il jeta un coup d'œil dans sa direction.

Elle était jeune et belle, mais ce n'était pas tout. Il y avait quelque chose d'autre entre eux. Un lien qui allait au-delà de l'alchimie physique.

— Tu sers très bien le café.

Elle leva les yeux au ciel, tout en souriant.

— Il n'en faut pas plus que ça ?

Cam réfléchit, essayant de retrouver le moment exact où il s'était laissé fasciner par elle.

— Je t'observais au restaurant, il y a un mois. Tu servais un type maigrichon, avec des cheveux roux. Un vrai crétin.

— Albert ?

— Je ne connais pas son nom. Il a tendu le bras pour attraper quelque chose pendant que tu lui servais son café. La tasse s'est renversée, et j'ai cru qu'il allait crier. Tu n'as pas dit un mot et tu l'as fixé. Il s'est excusé et a pris sa serviette pour nettoyer la table.

— C'était sa faute.

— C'est vrai, mais la plupart des serveuses auraient prétendu le contraire.

— Elles reçoivent de meilleurs pourboires que moi.

— Tu me plais comme tu es.

Elle resta bouche bée, comme si elle était touchée par le compliment.

Cam reporta son attention sur la route, l'estomac noué par une sensation de malaise.

Oui, il était vraiment mordu. Il fallait qu'il mette un terme à cette conversation. Il venait juste de lui avouer qu'elle lui plaisait. Ce n'était pas une chose à dire à une femme avec qui on ne voulait pas s'engager.

— Le tronçon qui arrive va être compliqué, dit-il en évitant son regard. Tu devrais aller à l'arrière.

13

13 décembre
- 12° – 69° N

Tala se recroquevilla sur l'étroite couchette et s'exhorta à ne pas paniquer.

Elle commençait à s'attacher dangereusement à Cam. Un ancien flic.

Elle était en train de tomber amoureuse de lui, en fait.

C'est un désastre.

Elle aurait aimé pouvoir dire qu'elle ne savait pas comment c'était arrivé, mais elle le savait. Il lui avait sauvé la vie et lui avait procuré un abri. Il avait agi en parfait gentleman, n'exigeant aucune faveur sexuelle en retour. Il l'avait respectée dès le début, la voyant comme une personne, et pas uniquement comme une jolie serveuse. Il avait remarqué quelque chose de spécial chez elle, avant même qu'ils fassent connaissance. Il avait admiré sa façon de travailler. Comment résister à ça ?

Il était beau, passionnant, et il disait des choses adorables. Il savait se contrôler. Il était capable de douceur et de gentillesse.

Mais il ne l'aimerait jamais. Il était trop accroché à sa défunte femme. Il ne pourrait pas effacer la femme à qui il avait dédié sa vie et la remplacer par une autre. Il n'était pas prêt à lâcher prise. Il lui faudrait du temps pour ouvrir à nouveau son cœur.

Si toutefois il y arrivait.

Elle n'avait pas le temps, malheureusement. Elle avait trois cinglés à ses trousses, menaçant de la faire taire pour toujours.

Elle ferma les paupières et fit un effort pour respirer calmement. Elle déraisonnait. Elle ne pouvait pas faire confiance à ses émotions en ce moment, avec tout ce stress qu'elle subissait.

Le fait qu'elle n'avait pas beaucoup dormi la nuit dernière n'aidait pas non plus.

Il était normal qu'elle se sente attachée à Cam, après tout ce qu'il avait fait pour elle. C'était un homme bon. Elle était attirée par lui. Peut-être avait-elle confondu le désir et la gratitude avec des sentiments plus profonds.

Elle avait besoin d'un plan de secours. Elle ne pouvait pas compter indéfiniment sur l'aide de Cam. Il n'était pas prêt à s'engager et, de toute façon, il ne se lierait jamais à quelqu'un comme elle. Elle pouvait voyager avec lui le plus longtemps possible et se tenir prête à fuir. Ou bien, elle pouvait se cacher à Prudhoe Bay et se préparer à se battre.

Tala resta éveillée une partie de la nuit, à peser le pour et le contre. Au matin, elle n'avait pris aucune décision.

— Nous sommes à Avalanche Alley, dit Cam par-dessus son épaule.

Elle se redressa pour voir la route, tandis qu'ils abordaient une côte impressionnante. D'un côté se trouvaient des montagnes couvertes de neige, et de l'autre un profond ravin. À présent qu'il faisait jour, elle pouvait voir tous les dangers.

— Que fais-tu quand il y a une avalanche ?

— Il n'y a pas grand-chose à faire si on se trouve directement sur son passage. Certains camions se font balayer hors de la route. Même si tu la vois venir, c'est difficile de s'arrêter dans cet endroit.

— Super, marmonna-t-elle en avalant sa salive avec peine.

— Les équipes de maintenance viennent toutes les

semaines pour déclencher des avalanches. C'est le travail le plus dangereux qui existe sur la Dalton.

Après une longue et éprouvante ascension, ils se retrouvèrent à nouveau sur une portion de route plate.

— Tu peux venir devant, dit-il.

Tala retrouva son siège et boucla la ceinture.

— Nous sommes sortis de la zone d'avalanche ?

— Nous avons passé la partie la plus périlleuse. Nous entrons dans une section facile mais, après Nightmare Corner, ça va se compliquer à nouveau.

— Nightmare Corner ? Le nom n'est pas très engageant. C'est loin d'ici ?

— Il faut compter une bonne heure.

Tala nota que la route était beaucoup plus large, permettant les dépassements, et qu'il y avait des endroits pour s'arrêter.

Après qu'ils eurent dépassé un camion qui zigzaguait légèrement, Cam prit sa radio. Il eut une courte conversation avec le chauffeur, que Tala ne comprit pas.

— Il va bien ?

— Oui. Il est en train de déjeuner.

— Tu ne t'arrêtes jamais pour manger ?

— Pourquoi ? Tu as faim ?

Elle secoua la tête. Les virages et les secousses lui avaient donné mal au cœur.

— Une fois sur la Dalton, je ne m'arrête que si j'y suis vraiment obligé. La plupart des chauffeurs font la même chose.

Soudain, il jura entre ses dents.

— Accroche-toi, dit-il. Il y a une congère.

Tala agrippa la poignée au-dessus de la vitre passager pour se préparer au choc.

Quelques secondes plus tard, ils heurtaient un monticule de neige au milieu de la chaussée. Cam prit la secousse avec calme, tenant fermement le volant tandis qu'ils en passaient encore deux autres à la suite.

— Ça commence à devenir amusant, fit-il.

— Pas vraiment, protesta Tala.

— C'est vrai que ce n'est pas pour tout le monde.

— Mais tu aimes le danger.

— Ça ne me dérange pas.

— Tu aimais arrêter les gens ?

Il lui glissa un regard en coin.

— J'étais patrouilleur sur l'autoroute. Je n'arrêtais pas les gens. Je leur mettais des amendes.

Un nouveau camion apparut au loin, venant dans leur direction.

La gorge de Tala se noua quand elle aperçut quelque chose sur sa trajectoire. C'était une congère, mais elle était trop volumineuse pour être franchie.

Cam jura et prit sa radio. Il était déjà trop tard. Le camion roulait vite, et il ne tarda pas à heurter la mini-avalanche.

Tala poussa un cri de terreur quand le lourd véhicule partit en biais et commença à glisser vers le ravin.

Cam signala l'urgence, puis il s'arrêta à une centaine de mètres de l'accident. Il attrapa un rouleau de corde sous son siège et prit sa parka. Puis il quitta la cabine, en demandant à Tala de rester à l'intérieur.

Elle n'obéit pas et, après s'être chaudement couverte, le rejoignit dans le froid mordant. Le bloc de neige devait s'être effondré quelques minutes auparavant. Elle observa le flanc de la montagne sur sa droite, en se demandant si une autre avalanche, plus importante cette fois, allait suivre. Puis elle se hâta de rejoindre Cam.

Il était de l'autre côté de la route, au bord du précipice, la corde à la main.

Tala regarda en bas. Le camion avait miraculeusement atterri sur ses roues.

Il n'y avait pas un mouvement, à part celui des flocons qui voletaient. Pas un bruit, à part celui du vent.

— Il faut que je descende, dit Cam.

— Comment ? Il n'y a rien pour attacher la corde.

Il regarda autour de lui, les mâchoires serrées. Il n'y avait pas de rail de sécurité ni d'arbre pour servir d'arrimage, et son camion était trop loin.

Il mit les mains en porte-voix autour de sa bouche.

— Hé ! vous m'entendez ? Vous devez sortir de là. Je vous envoie une corde.

Tala avait conscience que les secours n'arriveraient pas tout de suite. Ils étaient au milieu de nulle part. Si le chauffeur était en vie, il pouvait mourir avant l'arrivée de l'ambulance.

— J'y vais, déclara-t-elle en attrapant la corde. Je ne peux pas soutenir ton poids, mais toi tu peux me tenir.

— Non ! protesta Cam. C'est trop dangereux.

— C'est la seule solution.

Il se passa la main dans les cheveux en jurant.

— Tu ne devrais même pas être là. Je t'ai dit de rester dans le camion.

— Il mourra si nous ne faisons rien.

Après l'avoir regardée pendant quelques secondes se débattre avec la corde, il la lui prit et noua l'une des extrémités autour de sa taille. Il attacha ensuite l'autre bout autour de la sienne.

— C'est bon, tu peux y aller, annonça-t-il.

Tandis qu'elle descendait le long de la façade rocheuse que la neige rendait glissante, Tala ne put s'empêcher de penser à son père et à la façon dont il était mort en luttant pour s'en sortir. Elle savait qu'il était vivant après sa chute dans la rivière gelée. Il avait nagé vers la surface et tenté de briser la glace. Il s'était fracturé les mains sous l'effort. Il avait eu besoin d'aide, mais personne n'était là.

Elle n'avait pas pu sauver son père, mais elle pouvait sauver ce routier.

Lorsqu'elle arriva au camion, elle se hissa sur le marchepied et regarda par la vitre brisée. Elle découvrit un homme relativement âgé, avec une moustache grisonnante et le visage livide. Il ouvrit les yeux, l'air déboussolé.

— Qu'est-ce qui s'est passé ? demanda-t-il.

— Il est vivant, cria Tala à l'intention de Cam.

L'homme essaya de bouger, en grommelant.

— Vous avez quelque chose de cassé ?

— Je ne crois pas. Comment vous appelez-vous, jeune fille ?

— Tala.

— Et moi, c'est Phil.

Elle l'aida à sortir, puis elle dénoua la corde autour de sa taille, pour la passer autour de celle de Phil.

Prenant appui contre le flanc du camion, elle leva faiblement les pouces vers Cam. Ce faisant, elle découvrit la silhouette d'un homme à côté de lui. *Nahani*, songea-t-elle, l'esprit égaré, *le dieu de la montagne*. Tremblant de façon incontrôlable, elle comprit qu'elle n'aurait jamais la force de remonter.

Heureusement, elle n'eut pas à le faire. Des hommes la hissèrent jusqu'à la route. Puis elle fut dans les bras de Cam, au chaud et en sécurité. Drapant une couverture autour de ses épaules, il pressa les lèvres sur son front.

La silhouette qu'elle avait vue à côté de Cam n'était pas le dieu de la montagne. C'était un routier prénommé Robert. Un troisième homme était arrivé peu après et avait également proposé son aide.

Phil semblait alerte. Il avait une bosse à la tête et une légère douleur aux côtes. Il embrassa Tala et la remercia vivement. Puis il échangea des poignées de main et quelques mots avec les deux autres routiers. Sans perdre un instant de plus, ces derniers allèrent chercher des pelles dans leur camion pour dégager la route, travaillant avec une brusque efficacité. Secourir un collègue allait de soi, mais ils avaient des cargaisons à livrer et des délais à respecter.

Tenant compagnie à Phil sur le bas-côté, Tala regarda Cam pelleter la neige, jusqu'à ce que les secours arrivent. Il y avait deux secouristes dans une ambulance modifiée, et un policier dans un SUV. Elle se crispa à la vue de son uniforme bleu marine, ne pouvant se défaire de son mauvais pressentiment.

Elle ne pouvait éviter un contact avec les autorités. Cela aurait paru suspect.

Les secouristes aidèrent Phil à monter dans l'ambulance pour lui administrer les premiers soins. Le policier ne lui adressa pas la parole, ce qui fut un soulagement. Elle ne savait pas ce qu'elle aurait pu lui dire. Elle avait donné son véritable prénom à Phil. Cam ne mentirait pas pour elle. Elle était coincée.

Tandis que le policier interrogeait Cam, elle écouta attentivement, de façon à ne pas le contredire si elle était questionnée à son tour. Cam lui donna les détails de l'accident sans fioriture. Juste les faits.

L'agent parut surpris par le rôle qu'elle avait joué dans le sauvetage.

— Elle est descendue le long de la falaise pour aller le chercher ?

Cam hocha la tête.

Le policier brandit un carnet et un stylo.

— Comment vous appelez-vous ?

— Cameron Hughes.

— Et vous, mademoiselle ?

— Tala Walker, marmonna-t-elle, les lèvres comme anesthésiées.

— Tara ?

— Tala. T-A-L-A.

S'il retournait à sa voiture et entrait son nom dans l'ordinateur, il découvrirait qu'elle était sous le coup d'un mandat d'arrêt. Mais il ne se donnerait peut-être pas cette peine. Jusqu'à preuve du contraire, pour lui elle n'avait rien fait de mal.

— Vous voyagez ensemble ? demanda l'agent à Cam.

— Oui. C'est mon camion.

— Je dois m'asseoir, dit Tala d'un ton plaintif. J'ai la tête qui tourne.

L'agent haussa les épaules et referma son carnet.

— Allez-y.

Cam le remercia et prit le bras de Tala pour la soutenir.

Vacillant sur ses jambes, elle s'attendait presque à ce que le policier leur crie de s'arrêter, mais il ne le fit pas.

Elle jeta un coup d'œil par-dessus son épaule. Il ne les regardait même pas.

Elle réussit à atteindre le côté passager du camion.

Puis ses genoux flanchèrent, et tout devint noir.

14

Cam rattrapa Tala avant qu'elle tombe, refermant les bras autour d'elle tandis que ses paupières papillotaient.

Elle laissa échapper un gémissement, la tête posée contre son épaule. Il la porta dans la cabine et la déposa sur le siège. Il faisait chaud à l'intérieur, parce qu'il avait laissé le moteur tourner, avec la climatisation en marche.

Il drapa la couverture autour de ses épaules, s'assurant qu'elle était bien installée. Le temps qu'il fasse le tour pour se mettre au volant, elle avait repris connaissance.

Il lui tendit une bouteille d'eau, dont elle but la moitié avant de la lui rendre.

— Ça va ? demanda-t-il.

— Oui.

— Tu t'es évanouie.

— Je sais.

— Tu as aussi sauvé la vie d'un homme.

— Je m'en souviens. On peut y aller, maintenant ?

La route était dégagée, mais Cam n'était pas pressé de partir. Il ôta sa parka et utilisa la petite salle d'eau pendant qu'ils étaient à l'arrêt. Puis il prit une bouteille de jus de fruits et un sandwich dans le mini-réfrigérateur.

Revenant s'asseoir, il les donna à Tala, qui les accepta avec soulagement. Il ne pensait pas qu'elle avait besoin de voir un médecin. Son visage avait repris des couleurs. Il monta le chauffage et démarra.

Les autres routiers lui firent des signes d'adieu, qu'il leur rendit.

— Je crois que le secret est éventé, remarqua Tala.

— Quel secret ?

— Tu voyages avec une passagère non déclarée.

— Ils ne savent pas que tu n'es pas déclarée.

— L'histoire va vite se répandre.

Il haussa les épaules.

— Peu importe. En tout cas, ce que tu as fait était incroyable.

— Arrête. Tu me gênes.

— Tu n'as peur de rien.

Il garda les yeux sur la route, mais ses pensées étaient tout entières tournées vers Tala. Son visage, ses actes, son incroyable bravoure…

Ce faisant, il en arriva à la conclusion qu'il ne pourrait pas lui dire adieu. Il était prêt à risquer sa vie pour elle. Il voulait plus qu'une seule nuit avec elle. Beaucoup plus.

Et cependant, l'idée d'être lié à une femme de façon sérieuse l'angoissait.

Il regarda dans la direction de Tala, en fronçant les sourcils. Elle avait agi de façon incroyablement héroïque. Elle était belle et passionnante. Il aimait discuter avec elle, et pourtant il n'était pas un grand bavard. Ils passaient un bon moment ensemble, en dépit des circonstances. Peut-être était-ce cette promiscuité, mêlée à l'adrénaline du danger, qui le rendait temporairement amoureux.

Oui, l'explication était là.

Il se sentit soulagé. Il avait toujours envie d'elle, mais cette obsession passerait.

— J'ai donné mon vrai nom au policier.

Cet aveu soudain le fit tiquer.

— Quoi ?

— Tu crois qu'il a vérifié mon identité ?

— Les flics n'ont pas le temps de vérifier les antécédents des gens sans bonne raison. Ils ne le font que s'il y a une violation claire de la loi ou une suspicion de crime.

— Tu as dit que ma photo était à la télé.

Il grommela. Le signalement de Tala avait probablement été diffusé à toutes les autorités d'Alaska.

— S'il t'avait reconnue, il l'aurait dit.

Se recroquevillant sous la couverture, elle se tut.

Cam ne lui dit pas que son vrai nom apparaîtrait dans le rapport de police. Dès que l'information serait entrée dans la base de données, cela déclencherait une alerte, et les mandats émis contre elle apparaîtraient. Cela n'attirerait pas forcément l'attention, car de nombreux districts étaient en sous-effectifs et dans l'incapacité de traquer tous les délinquants. Mais, si elle apparaissait comme suspecte dans une enquête criminelle, ce serait différent. La localiser deviendrait prioritaire.

Il se sentait un peu coupable du rôle qu'il avait joué dans son évasion. Bien qu'il n'ait pas menti au policier, il avait tu le secret de Tala et l'avait aidée à partir. Il était réticent à trahir sa confiance avant d'avoir entendu sa version de l'histoire. Lorsqu'ils s'arrêteraient à l'hôtel à Prudhoe Bay, ils auraient une discussion franche.

Il doutait qu'elle ait envie de réchauffer son lit après cela, et c'était peut-être aussi bien ainsi, étant donné la confusion qui régnait dans ses pensées. Coucher avec elle ne l'aiderait pas à déconnecter.

Il remarqua soudain qu'elle tremblait.

— Tes vêtements sont mouillés ?

— Uniquement mon jean.

— Enlève-le. Tu n'auras qu'à mettre mon pantalon de jogging.

Elle passa dans l'espace nuit, et il se concentra sur la route, évitant soigneusement de la regarder se changer. Elle revint au bout de quelques minutes, et il ne lui demanda pas de rester sur la couchette. Il faisait plus chaud devant, et il pouvait garder un œil sur son état.

La lumière du jour avait décliné rapidement. Au nord de Coldfoot, au plus fort de l'hiver, il n'y avait que trois à quatre heures de soleil par jour. Cela perturbait les biorythmes de chacun. Parfois, Cam se faisait l'effet d'être un vampire. Avant de rencontrer Tala, il adorait la nuit. À présent, il avait envie de lumière.

Il passa Nightmare Corner sans incident et fit son affaire des derniers obstacles restants.

Il y eut quelques commentaires sur la CB, à propos de l'accident, mais pas tant que ça. L'histoire circulerait davantage demain. Une fois que les routiers de Coldfoot Camp en auraient entendu parler, elle se répandrait à travers tout l'Alaska.

Les spéculations à propos de Tala iraient galopant. Certains diraient que c'était sa petite amie, d'autres une prostituée qu'il avait payée pour qu'elle l'accompagne.

Son employeur l'interrogerait à propos de l'incident. Il pourrait ne plus se voir confier de missions sur la route de glace.

Et ce serait dommage, car il adorait conduire sur la Dalton. C'était ce qui lui avait donné la force de tenir pendant trois ans. L'extrême danger avait réveillé son instinct de survie. Il avait besoin d'un défi, tout autant que de solitude.

Mais peut-être n'en avait-il plus besoin aujourd'hui ?

Les heures passèrent, et la température descendit.

À l'approche de Deadfoot, Cam se prépara à subir les foudres du superviseur et même à se confronter à la police.

Sa vision était brouillée et son cou raidi par la tension permanente. Il s'arrêta dans la zone de contrôle et laissa le moteur tourner. Il y avait d'autres camions devant lui. Tala s'était endormie sur le siège passager, son sac à dos serré contre la poitrine.

Il décrocha sa radio pour se signaler. Tala se réveilla en sursaut. Son sac tomba sur le plancher.

Cam reçut l'autorisation de continuer jusqu'à Prudhoe Bay et mit fin à la communication. Jusque-là, tout allait bien. Il n'avait pas été convoqué au bureau. Personne ne semblait avoir mentionné l'incident. Ou alors, ils étaient trop occupés pour s'intéresser à lui maintenant.

Détachant sa ceinture de sécurité, il attrapa sa parka.

— Que fais-tu ? demanda Tala d'une voix ensommeillée.

— Je vais retirer les chaînes. Je n'en ai pas pour longtemps.

Cam descendit du camion et tiqua en sentant la morsure du vent glacé. Il enfila ses gants et ôta le jeu de chaînes. Le temps qu'il termine, son visage était gelé. Il se hâta de regagner la cabine pour se réchauffer. Tala lui tendit un gobelet de soupe instantanée réchauffée au micro-ondes, qu'il accepta avec gratitude.

— Tu n'as plus besoin de chaînes ?

— Cette portion de route est la plus sûre du trajet. Elle est large et plate, et la vitesse est limitée à vingt kilomètres à l'heure. Tu vas t'ennuyer.

— Je ne m'ennuie jamais.

Tandis qu'il buvait sa soupe, elle se rendit dans la salle d'eau et ferma la porte. Le mouvement renversa son sac sur le côté, et un livre s'en échappa. Il le ramassa et le feuilleta machinalement. Il n'avait jamais lu de roman graphique et s'attendait à ce que ce soit un peu comme une bande dessinée, avec des super-héros et de l'action.

Il y avait de l'action. Mais pas le genre auquel il pensait. De nombreuses illustrations, très détaillées, montraient un couple en train de faire l'amour.

La sonnerie du micro-ondes le fit sursauter, et il remit le livre dans le sac. Ce faisant, il remarqua une carte d'identité.

Surpris, il y jeta rapidement un coup d'œil, avant de la remettre en place.

Tala sortit de la salle d'eau et récupéra sa soupe. Ils finirent de déjeuner en silence, tandis que les questions et les doutes s'accumulaient dans l'esprit de Cam.

— Tu es sûre que tu veux continuer avec moi jusqu'à Prudhoe Bay ? demanda-t-il.

Elle plissa le front.

— J'ai le choix ?

— Il y a un campement ici, comme celui de Coldfoot, avec des hébergements séparés pour les femmes et les hommes.

— C'est ce que tu veux ? Que nous dormions séparément ?

— Non.

— Alors, continuons la route.

En proie à des sentiments contradictoires, Cam écrasa son gobelet vide entre ses doigts et le jeta dans la poubelle. Une partie de lui avait envie d'aborder avec Tala le sujet de la carte d'identité et tout le reste. Une autre partie, située en dessous de la ceinture, avait envie de l'emmener à l'hôtel et de ne pas parler du tout.

Il tambourina du bout des doigts sur le volant, cherchant un bon compromis.

— Quand nous serons arrivés à destination, nous devrons parler de ce qui s'est passé à Willow.

Elle prit une profonde inspiration et pinça les lèvres. Pendant un moment, il crut qu'elle allait refuser. Elle semblait plus à l'aise avec l'idée d'offrir son corps que celle de partager ses secrets.

Finalement, elle eut un bref hochement de tête.

La route de glace fut aussi dénuée d'incidents qu'il l'avait promis. De nuit, la chaussée ressemblait à de l'asphalte simplement recouvert de neige. La lumière du jour la transformait en mosaïque étincelante, bleutée à certains endroits, grise à d'autres. Certaines portions étaient composées de glace pure, et on pouvait voir l'océan au-dessous.

La route craquait sous le poids du camion tandis qu'ils traversaient la baie. C'était déconcertant mais normal. La glace bougeait et se déformait sous la pression, comme un roseau qui pliait mais ne rompait pas.

— Tu es obligé de rouler si lentement ? demanda Tala.

— Conduire sur la glace crée des vagues sous la surface. Plus tu vas vite, plus les vagues sont puissantes. Quand deux courants opposés se percutent, ça provoque une poussée d'énergie, comme un tremblement de terre.

— Donc, si deux camions arrivent trop vite face à face, la glace se rompt.

— Oui. C'est pour ça que l'accès est réduit à quelques camions à la fois, roulant à faible vitesse.

Le temps semblait s'être arrêté, tandis qu'ils roulaient vers Prudhoe Bay. Même si la distance était courte, le trajet était laborieux.

Il leur fallut plus de une heure pour atteindre le chantier, et encore une heure pour décharger la remorque. Puis ils reprirent la route.

Le meilleur hôtel de la baie se situait entre des champs de pétrole à perte de vue et un petit aéroport. Il proposait des chambres individuelles confortables pour les cadres et les ingénieurs qui pouvaient se permettre cette dépense. Les routiers avaient tendance à choisir les hébergements les moins chers, et il n'y avait aucun autre camion sur le parking.

Cam paya à la réception, tandis que Tala attendait à l'extérieur. Puis ils allèrent dîner dans un bar-restaurant, où il n'y avait presque personne. Il était trop nerveux pour manger beaucoup, mais Tala dévorait avec appétit, ce qui attira immanquablement son attention sur ses lèvres. Avec ses longues nattes et son regard lumineux, elle n'était peut-être pas la plus belle femme qu'il eût jamais vue, mais elle n'en était pas loin.

Il comprit soudain qu'il était incapable de se rappeler les détails du visage de Jenny.

Lorsqu'il essayait de se forger une image d'elle, c'était celle de la photo qu'il avait longtemps conservée sur son tableau de bord. Il se souvenait qu'elle avait un magnifique sourire, mais il n'entendait plus son rire dans sa tête. Il avait oublié la façon dont elle bougeait les mains ou la nuance exacte de sa chevelure.

Il ne ressentait plus non plus l'atroce douleur de l'avoir perdue. Juste une vague tristesse.

Quand ils eurent terminé leur repas, ils regagnèrent l'hôtel. La chambre était moderne et confortable, mais sans âme.

Ils posèrent leur sac sur le pose bagages et se regardèrent, embarrassés.

Cam s'éclaircit la gorge, en réfléchissant à un sujet de conversation.

Soudain, Tala se rua sur lui et heurta son torse. Il eut un petit sursaut de surprise tandis qu'elle nouait les bras autour de son cou et pressait les lèvres sur les siennes.

Il ne s'opposa pas à son baiser, bien qu'il le reconnût comme un moyen de lui imposer le silence. L'initiative de Tala agit comme un sortilège. Sa bouche était chaude et douce, et sa langue avide. Il répondit avec un grognement enthousiaste, son corps ne se souciant aucunement des raisons de cette urgence qu'il ressentait chez elle.

Les doigts noués dans ses cheveux, elle le poussa vers le lit et le fit tomber sur le dos.

Tandis qu'elle le chevauchait, il glissa les mains sous son sweat-shirt, cherchant la peau chaude et douce de ses seins. Elle portait un soutien-gorge de dentelle. Il passa les pouces sur les pointes dressées, lui arrachant un petit gémissement.

Observant ses lèvres entrouvertes, il les imagina sur son torse, avant de s'aventurer toujours plus bas.

Ondulant des hanches, elle inclina la tête pour l'embrasser à nouveau. Il se sentait délicieusement pris au piège sous elle et il aimait ça. Mais il avait besoin de reprendre le contrôle. S'il lui laissait imposer son rythme, ce serait terminé dans quelques minutes.

Il voulait la déshabiller lentement et découvrir chaque centimètre de sa peau. Il voulait lui montrer la considération dont son mari n'avait pas été capable.

Son mari, qui était probablement mort à l'heure qu'il était.

Redescendant brutalement sur terre, il interrompit leur baiser. Il avait oublié qu'ils devaient parler.

Et ils devaient le faire maintenant.

Attendre pour le faire ne serait pas digne d'un gentleman. Cela détruirait la confiance qu'ils avaient construite. Il aurait voulu ne pas s'en soucier, mais il y était sensible. Elle avait touché son cœur, et il ne pouvait tout simplement pas la traiter avec désinvolture.

Avec beaucoup de précautions, il la repoussa.

— Que se passe-t-il ? s'étonna Tala.

— Nous devons parler.

— Maintenant ?

— Oui. Maintenant.

Elle baissa les yeux vers son érection, les paupières lourdes.

— Je préférerais faire autre chose.

Jurant entre ses dents, il se leva du lit.

— Moi aussi. Mais il faut d'abord que je te dise ceci. Tu sais, ce flash d'info dont je t'ai parlé, avec ta photo ?

— Oui ?

— Il y a du nouveau.

Elle déglutit avec peine.

— Comment ça ?

— Un cadavre a été retrouvé à Willow.

Il la vit blêmir.

— Tu n'es plus seulement une serveuse disparue, Tala. Tu es liée à une enquête criminelle.

15

Tala sentit les battements de son cœur s'accélérer, tandis que ses pensées partaient en tous sens.

Elle ne savait pas comment interpréter cette nouvelle information.

C'était à croire qu'il ne voulait pas coucher avec elle.

Elle ne devait pas être suffisamment sexy pour le tenter.

— C'était de la légitime défense ? demanda Cam.

Elle leva les yeux vers lui.

— Quoi ?

— Duane t'a agressée, et tu t'es défendue ?

Elle cilla, perplexe.

Puis elle réalisa qu'il pensait qu'elle avait participé activement au meurtre. Il pensait que le mort retrouvé à Willow était Duane.

Elle se leva d'un bond et croisa les bras sur sa poitrine.

— Quand l'as-tu appris ?

— Ce matin, à Coldfoot.

— Tu le sais depuis ce matin et tu ne m'en as pas parlé ?

Il baissa la tête.

— Pourquoi as-tu attendu ?

— Je ne savais pas comment tu allais réagir.

Elle écarquilla les yeux d'incrédulité.

— J'ai pensé que tu pourrais paniquer, dit-il en se passant

une main dans les cheveux. C'est pourquoi j'ai décidé de ne pas en parler, avant que nous soyons seuls et dans un endroit sûr.

— Tu as attendu d'avoir le contrôle de la situation, en t'assurant que je ne pourrais pas m'enfuir.

— Ce n'est pas juste !

Elle lui adressa un regard sévère.

— Tu crois ?

— J'aurais pu attendre demain matin.

Elle aurait préféré.

— Pourquoi ne l'as-tu pas fait ?

— Parce que je me soucie de toi. Je voulais t'aider, encore plus que je n'avais envie de coucher avec toi.

— Tu l'as peut-être fait pour tout gâcher.

— Je ne comprends pas.

— Tu as peur de coucher avec moi, s'exclama-t-elle d'un ton accusateur. Tu préfères éviter l'intimité et rester fidèle à ta femme.

Une lueur d'avertissement passa dans le regard étréci de Cam.

— On ne parle pas de ma femme, en ce moment. On parle de ton mari. Je n'essaye pas de gâcher mes chances d'être avec toi. J'essaye de te garder saine et sauve. Je pense au long terme.

— Au long terme ? Vraiment ?

— Tu ne me crois pas ?

— Tu n'es pas prêt pour ça, Cam. Tu dois lâcher prise avant de passer à autre chose.

— J'y travaille. À toi de me retrouver à mi-chemin. Dis-moi ce qui s'est passé à Willow.

— Je ne peux pas.

— Pourquoi ?

— Parce que tu vas appeler la police. Tu étais flic. Tu les connais.

— Je ne connais aucun flic en Alaska. Je n'appellerai personne.

Elle s'assit, en se tordant les mains sur l'estomac.

— Je veux te protéger, insista Cam. Mais je ne peux pas le faire à l'aveuglette. Je dois comprendre ce que tu as fait et à qui nous sommes confrontés.

— Je n'ai rien fait du tout.

— Allons donc, Tala. Un cadavre a été retrouvé le lendemain de ta disparition. Tu dois savoir quelque chose.

— Tu penses que je l'ai tué ?

— Je ne te le reprocherais pas si c'était le cas.

Elle était convaincue que Cam pensait ce qu'il disait. Elle pouvait lire la sincérité dans ses lumineux yeux noisette, ainsi que sa force et sa bonté. Il n'était pas parfait, mais c'était un homme bon. Elle ne trouverait pas de meilleure personne avec qui partager ses secrets.

La perspective de révéler ces sombres détails lui donnait des sueurs froides.

Rongée d'anxiété, elle prit une profonde inspiration.

— Le mort n'est pas Duane, dit-elle finalement.

— Est-ce qu'il a engagé quelqu'un pour te suivre ?

— Il ne ferait pas ça.

— Pourquoi ?

— Parce que c'est un solitaire qui adore la chasse. Mais ça n'a rien à voir avec lui.

— Si ce n'est pas Duane, de qui s'agit-il, alors ?

— Un client.

Elle s'humecta les lèvres, consciente qu'elle devait lui raconter toute l'histoire.

— Il est entré dans le restaurant avec deux autres hommes, juste après l'ouverture. Ils ont commandé un petit déjeuner. Un policier est entré presque en même temps. Il s'est assis tout seul au comptoir. Il y avait une étrange vibration entre eux, comme s'ils se connaissaient mais faisaient mine du contraire.

— C'étaient des habitués ?

Tala secoua la tête.

— Je ne les avais jamais vus avant.

— Quel genre de flic était-ce ?

— Police d'État. Il avait une voiture de patrouille noir et blanc et un uniforme bleu marine.

— Continue.

Elle déglutit avec peine.

— Les trois hommes ont déjeuné, puis ils sont partis. Deux d'entre eux n'ont pas terminé leur assiette, ce que j'ai trouvé bizarre. J'ai sorti la poubelle pendant qu'ils étaient encore sur le parking. Quand j'ai entendu le coup de feu, je me suis cachée. Le flic montait la garde pendant qu'ils chargeaient le cadavre dans le coffre d'une voiture.

— Quel genre de voiture ?

— Une vieille berline. Je n'ai pas fait attention à la marque.

— Qui a tiré ?

— Le blond, je suppose. C'est lui qui tenait le pistolet.

— C'est celui que nous avons vu sur le parking du Walmart ?

— Oui.

— Pourquoi t'es-tu enfuie ?

— Parce que le flic leur a dit de faire le ménage derrière eux, en désignant le restaurant. Ils sont entrés pour me trouver. J'ai attendu que le flic s'en aille et j'ai pris mes jambes à mon cou.

— Ils t'ont vue ?

— Je ne pense pas. Mais ils ont dû deviner que j'avais couru vers l'aire de stationnement des camions.

— Le flic était le meneur ?

— Je pense.

— Tuer un type sur un parking public n'est pas très malin.

Elle hocha la tête.

— Le flic semblait mécontent. Ce n'était peut-être pas censé se passer comme ça.

— En tout cas, quand tu as fui le restaurant, ils ont compris que tu avais été témoin du crime. Ils ont probablement vu mon camion quitter le parking et prendre la direction du nord. Il leur a suffi de nous suivre.

— Et maintenant, je suis condamnée.

— Pas du tout ! Nous allons trouver une solution.

Tala essaya de respirer calmement. Cam avait l'air optimiste, en plus de sa sympathie manifeste. Il n'avait pas remis en question son histoire, ne s'était pas montré suspicieux. Sa foi en elle était rassurante. Sans doute les détails qu'elle lui avait fournis n'étaient-ils pas aussi choquants qu'il l'avait imaginé.

— Tu es soulagé que je ne sois pas une criminelle ?

— En fait, je suis un peu déçu que ton ex soit toujours en vie.

Son humour noir la fit sourire.

L'opinion de Cam comptait pour elle. Il n'avait pas critiqué le fait qu'elle s'était enfuie. Il l'avait crue.

Elle avait l'impression qu'un poids lui avait été ôté des épaules. Elle ne se sentait plus seule. Peut-être parviendraient-ils à trouver une solution.

Ensemble.

Cam cessa de faire les cent pas et l'observa.

— Je comprends maintenant pourquoi tu ne veux pas prévenir la police d'État.

— Je ne veux pas avoir affaire aux autorités quelles qu'elles soient.

— Et si nous allions à Seattle voir quelqu'un en qui j'ai confiance ?

Elle secoua la tête. Lui parler était une chose, mais elle n'était pas prête à prendre une décision de cette ampleur. Aller à Seattle avec Cam signifiait sortir de sa zone de confort. Cela voulait dire travailler avec la police et faire confiance à un système judiciaire qui, historiquement, n'avait jamais bien défendu son peuple. Cela signifiait s'exposer à être poursuivie pour ses propres délits. Cela voulait dire qu'elle allait devoir cesser de fuir et de se cacher.

Ça faisait beaucoup.

Cam attendait sa réponse, sans faire pression sur elle.

— Je vais y réfléchir, murmura-t-elle.

Elle remarqua qu'il fixait ses lèvres avec insistance. Sa tentative de séduction n'avait pas échoué. Elle avait simplement été interrompue. Il la désirait bel et bien. Ses intentions n'avaient pas changé.

Elle sentit ses joues s'empourprer.

— Je devrais aller prendre une douche.

— Fais comme chez toi.

Elle prit son sac à dos, avant de se diriger vers la salle de bains. Elle était carrelée de blanc, avec un grand lavabo et une baignoire. Cela faisait des siècles qu'elle n'avait pas pris de bain, et elle s'empressa de la remplir.

Elle prit le temps de se laver les cheveux et de se raser les jambes. Il allait la voir nue, de près, et de façon très personnelle.

Elle ne savait pas s'ils allaient pouvoir être ensemble pour très longtemps. Si cette nuit devait être la seule, elle voulait qu'elle soit spéciale.

Lorsque Tala sortit de la salle de bains, toute fraîche et enveloppée dans une serviette de bain large et moelleuse, Cam se trouvait devant la fenêtre.

Piqueté d'étoiles, le ciel était spectaculaire, brumeux et éthéré.

Pourtant, il ne regardait pas la vue. Il avait les yeux rivés sur son visage, ses cheveux encore un peu humides, ses épaules nues.

Son expression était crispée de désir, ses poings serrés. L'attention que les hommes lui portaient l'avait souvent mise mal à l'aise, voire effrayée. Mais le regard de Cam lui donnait l'impression d'avoir du pouvoir, d'être délicieusement sexy. Elle n'avait pas peur qu'il lui fasse du mal et vibrait d'impatience.

— Tu veux que je me rase ? demanda-t-il en touchant sa barbe.

— Non. Tu me plais comme ça.

Hochant la tête, il passa devant elle et disparut dans la salle de bains. Pendant qu'il se douchait, elle appliqua un lait hydratant parfumé à la vanille sur ses bras et ses jambes. Puis elle s'assit devant le climatiseur, en passant les doigts dans ses cheveux pour finir de les sécher.

Lorsqu'il sortit de la salle de bains, Cam ne portait que le pantalon de jogging qu'elle lui avait emprunté et qu'elle avait laissé pour lui. Ses cheveux étaient en bataille et humides. Il avait une serviette drapée autour du cou.

Il s'avança vers le lit et s'y assit, attendant qu'elle le rejoigne.

Elle y alla. Elle avait les doigts crispés sur sa ceinture pour s'assurer qu'elle ne glissait pas, mais elle y alla.

Elle se tint debout devant lui, toute tremblante.

Il posa une main sur le côté de sa cuisse, un peu au-dessus du genou. Sa paume était chaude et ferme.

— Nous ne sommes pas obligés, dit-il.

— Je sais.

— On pourrait juste dormir dans les bras l'un de l'autre.

Elle était trop nerveuse pour rire. Il n'avait pas envie de dormir, à en juger par l'érection qui tendait son pantalon de jogging.

— J'ai un préservatif dans ma poche. Ça te va ?

— Ça me va.

— On devrait peut-être mettre en place des signaux.

— Pour quoi ?

— Si tu veux que je ralentisse, tu peux me tapoter l'épaule.

— OK.

— Et pour arrêter ? demanda-t-il.

Elle posa la paume sur son torse, comme pour le repousser.

— Compris.

Elle posa la main sur son biceps et le pressa.

— Et ça ? C'est pour quoi ?

— Continue.

Comme il souriait, elle lui pressa à nouveau le bras. Il comprit et se tut.

Elle aimait son idée, mais elle ne pensait pas avoir besoin des deux premiers signaux.

Elle noua les bras autour de son cou et lui tendit ses lèvres. Il l'embrassa avec lenteur, sans rien précipiter. Chaque mouvement langoureux de langue semblait destiné à la faire fondre de l'intérieur. L'éponge humide de la serviette infligeait un frottement délicieux à ses seins, et la chaleur pulsait entre ses cuisses.

Elle glissa la main dans ses cheveux en gémissant. Cam lui attrapa les hanches et l'attira plus près. Elle s'installa à califourchon sur ses cuisses, et il se laissa tomber sur le dos avec un grommellement sourd.

Ils continuèrent à s'embrasser, et sa serviette tomba. Elle ne se sentit pas embarrassée, même s'il prit le temps de la regarder.

Elle se sentait véritablement désirée. Il voyait en elle plus qu'un objet sexuel, et ça lui donnait envie de s'offrir totalement à sa vue.

Elle cambra le dos, faisant fièrement jaillir ses seins.

— J'ai rêvé de ça la nuit dernière, dit-il d'une voix soudain enrouée. Je t'ai imaginée nue sur moi.

Ses larges mains lui caressèrent les côtes avec une délicatesse infinie, avant de s'arrondir sur ses seins.

— Tu es tellement belle.

Les doigts de Cam jouèrent longuement avec le mamelon tendu, puis il le taquina du bout de la langue, le mordilla doucement, tandis qu'entre ses cuisses elle sentait presser le renflement de son érection.

La renversant soudain sur le dos, il traça lentement de la langue un chemin jusqu'à son ventre.

— Je peux te goûter ?

Elle accorda sa permission d'un hochement de tête. Cela faisait si longtemps qu'elle en rêvait.

Lorsqu'il posa la bouche entre ses cuisses, elle crispa les doigts dans ses cheveux et s'abandonna aux audacieuses caresses de sa langue. Il la savoura longuement, comme si elle était un mets de choix. Jamais elle n'avait rien ressenti d'aussi délicieux.

Le plaisir s'abattit sur elle comme une vague sans fin. Des cris animaux émergèrent de sa gorge, tandis qu'elle agitait frénétiquement la tête sur l'oreiller, tout en tirant sauvagement sur les cheveux de Cam.

Lorsqu'elle ouvrit les yeux, il la regardait. Elle libéra ses cheveux, en murmurant une vague excuse, et resta sans bouger, le souffle court, en proie à une délicieuse langueur.

Une impressionnante érection tendait son pantalon de molleton, preuve de son désir. Et pourtant, Cam attendait patiemment qu'elle se ressaisisse.

Il venait de lui donner le meilleur orgasme de toute sa vie, mais il n'était pas pressé d'atteindre à son tour la jouissance.

Sa générosité l'émut aux larmes.

— Je n'avais jamais...

Il lui prit gentiment la main.

— Je sais.

Il porta ses doigts à ses lèvres et y déposa un baiser.

De tendres émotions la submergèrent.

Elle eut envie de lui dire qu'elle l'aimait, mais elle eut peur de tout gâcher. Elle ne le pensait pas prêt pour ce niveau d'émotion.

Se tournant sur le côté, elle laissa courir les doigts sur les reliefs de son estomac, avant de les glisser sous l'élastique de son jogging. Avec un autre homme, elle aurait peut-être eu peur de sa taille impressionnante. Avec Cam, elle était excitée. Elle avait besoin de le sentir en elle, l'emplissant totalement.

Alors qu'elle commençait à le caresser, il immobilisa sa main.

— Je ne tiendrai pas longtemps si tu fais ça, dit-il.

— Ça ne me dérange pas.

— Moi, si.

Tandis qu'elle roulait à nouveau sur le dos, docile, il sortit le préservatif de sa poche et se débarrassa de son pantalon. Elle le regarda dérouler le latex sur son sexe dressé, ouvrant largement les cuisses en signe d'invitation.

Contre toute attente, elle n'éprouva aucun inconfort lorsqu'il entra en elle, avec lenteur et maîtrise, et s'émerveilla de la capacité de son corps à s'ouvrir pour l'accueillir. Cela faisait pourtant des mois qu'elle n'avait pas été pénétrée, et jamais par un homme aussi généreusement doté par la nature.

Leurs yeux ne se quittèrent pas un instant tandis qu'il se perdait jusqu'au plus profond de sa moiteur palpitante, et la sensation de plénitude qu'elle en éprouva fut au-delà de tout ce qu'elle avait pu imaginer.

Bientôt, il l'entraîna dans une danse sauvage, lui imposant un rythme rapide et puissant, et elle sentit le plaisir monter en elle avec une force incroyable.

Il retomba contre elle, sans se retirer tout de suite.

Tandis qu'elle caressait son dos humide, elle se refusa à songer à leur avenir. Même si c'était uniquement physique pour lui, ça ne l'était pas pour elle.

Mais ça ne servait à rien de céder aux doutes. Ils étaient ensemble pour le moment, et rien d'autre n'avait d'importance.

Finalement, il se leva, en maintenant le préservatif, et alla s'en débarrasser dans la salle de bains.

Lorsqu'il revint, ils se glissèrent entre les draps, et elle se blottit contre lui. Elle se sentait comblée, heureuse et en sécurité. Et le monde extérieur lui semblait terriblement loin et dénué d'importance.

16

14 décembre
- 8° – 70° N

Le soleil ne se leva pas avant le milieu de la journée.

Pour la première fois depuis des années, Cam dormit tard. Il était resté éveillé une partie de la nuit avec Tala. Ils avaient passé des heures magiques, à la fois passionnées et tendres à tenter de se rassasier l'un de l'autre. En vain.

Il finit par se lever, encouragé par la faim et par une vague sensation de malaise.

Il ne savait pas à quoi s'en tenir avec Tala.

Ils avaient discuté du danger qu'elle courait et étudié ses options. Il avait proposé de l'emmener à Seattle, mais elle avait refusé.

Une notification de son téléphone interrompit ses réflexions. Il le récupéra dans son sac de voyage, le front plissé par la surprise. Il n'avait pas réalisé qu'il y avait du réseau dans ce désert de glace.

Découvrant le nom de Mason sur l'écran, il se réfugia dans la salle de bains pour lire ses messages. Son frère lui avait envoyé une série de textos énigmatiques. Lorsqu'il essaya de l'appeler, Mason ne décrocha pas.

Cam mit son téléphone sur silencieux et se promit de faire une nouvelle tentative plus tard. Réalisant qu'il n'avait pas parlé de Mason à Tala, il tiqua à l'idée d'avoir cette conversation ce matin.

Pensif, il étudia son reflet dans le miroir. Il semblait fatigué mais épanoui. Chaque moment passé avec Tala en valait la peine.

Lorsqu'il ouvrit la porte, après s'être douché et habillé, Tala dormait toujours. Soulagé qu'elle ne l'ait pas entendu, il remit son téléphone à sa place et s'approcha du lit. Il lui parlerait de Mason... Plus tard.

Quand il posa les lèvres sur son épaule nue, elle marmonna une protestation ensommeillée.

— Il se fait tard, dit-il.

— Tu ne m'as pas laissée dormir la nuit dernière.

Il repoussa ses cheveux et l'embrassa dans le cou.

— Tu essayes de me réveiller ou de me garder au lit ?

— À toi de décider.

Elle grommela et s'écarta de lui, déclinant son offre.

C'était probablement mieux ainsi, car il devait reprendre la route.

Il fallait aussi qu'il rappelle Mason.

Elle se leva, nue, et il en eut le souffle coupé.

C'était la première fois qu'il la voyait à la lumière du jour. Des rais de lumière blanche filtraient entre les stores, illuminant ses courbes délicieuses. Avec sa peau ambrée, ses pommettes ciselées, ses yeux en amande et ses longs cheveux lustrés d'un noir de jais, elle était comme une déesse tout droit sortie d'un autre monde... et d'une beauté renversante.

— Bon sang ! murmura-t-il d'une voix rauque. Je ne peux pas me rassasier de toi.

Elle s'humecta les lèvres. Son regard était troublé, comme si elle avait quelque chose d'important à dire. Mais elle se réfugia dans la salle de bains avant qu'il ait eu le temps de poser la question.

Son estomac gargouilla, lui rappelant qu'ils avaient omis de dîner la veille. Pourtant, il n'avait pas envie de quitter l'hôtel tout de suite. En fait, il voulait rester dans cette chambre, avec elle, pour toujours.

C'était la première fois qu'il ressentait cette emprise physique. Avec Jenny, il avait partagé des nuits spéciales, mais ça n'avait rien à voir.

Il avait appris à devenir un bon amant avec elle. Avant elle, il était si jeune, si maladroit...

En regardant en arrière, il n'avait pas été un mari parfait.

Il n'avait pas prêté attention aux besoins de sa femme autant qu'il l'aurait dû. Il ne l'avait pas gâtée avec des petits cadeaux, des bouquets de fleurs... Il ne savait pas que leur temps ensemble serait si court.

Avec Tala, il savait. Il n'était plus l'homme qu'il avait été autrefois.

D'une certaine façon, il était moins généreux, moins accessible. Il était plus froid et plus difficile à émouvoir. Mais il était aussi plus conscient de la cruauté de la vie et mieux à même d'apprécier ses bons moments.

Perdre Jenny l'avait brisé. Avec Tala, il se sentait à nouveau vivant.

La cafétéria de l'hôtel était quasiment déserte. Il n'y avait que deux autres clients, des hommes seuls à des tables séparées. L'un lisait un journal, l'autre était concentré sur son repas.

Malgré l'heure tardive, le buffet du petit déjeuner était bien garni. Cam déposa sur son assiette des saucisses à la dinde, des œufs brouillés et des toasts. Tala choisit des céréales, un yaourt et une salade de fruits.

— Quel est le plan pour aujourd'hui, demanda-t-elle.

Il but une gorgée de café, avant de répondre :

— D'abord la route de glace, puis la Dalton. J'essaye toujours de rouler d'une seule traite au retour.

— On ne s'arrêtera pas à Coldfoot ?

— À moins d'y être obligés. Le trajet est principalement

en descente, et ça va plus vite. Quand le temps le permet, je peux être à Fairbanks en quatorze heures.

Elle se tut et regarda autour d'elle. La piste de l'aérodrome était visible par la fenêtre. Il se souvint vaguement avoir entendu des avions décoller et atterrir pendant la nuit. La télévision diffusait un bulletin météo. C'était un jour froid et lumineux, parfait pour la route de glace.

— Tu as réfléchi si tu voulais venir avec moi à Seattle ? demanda-t-il.

Elle haussa un sourcil.

— C'est de ça que tu voulais me parler, hier soir ?

— Non.

Ils terminèrent de déjeuner en silence, puis retournèrent à la chambre pour rassembler leurs affaires.

Le sac de Cam était déjà prêt. Tala avait encore des produits de toilette dans la salle de bains.

— Je vais faire chauffer mon camion, dit-il. Retrouve-moi dans dix minutes.

Il quitta l'hôtel et traversa le parking à grandes enjambées. En dépit du soleil éclatant, la froideur de l'air lui coupa le souffle. Il doutait que la température remonte au-dessus de zéro.

La sonnerie de son téléphone vint interrompre ses pensées. C'était Mason.

— Oui ? dit-il.

— Où diable étais-tu ? brailla son frère.

— Sur la route. Tu sais qu'il n'y a pas beaucoup de réseau par ici.

— Comment ça se fait que nous soyons en train de nous parler, dans ce cas ?

— Je suis à Prudhoe Bay. C'est plus développé.

— J'ai essayé de t'appeler toute la matinée.

— Je me suis couché tard.

Mason ricana.

— J'imagine.

— Tu as communiqué le nom de Tala à la police locale ? demanda Cam, tout en regagnant le hall d'entrée de l'hôtel pour se mettre à l'abri du froid.

— Pas encore, mais le shérif de Willow n'arrête pas de me laisser des messages. Il veut savoir pourquoi j'étais si intéressé par le cas de la serveuse disparue. Il va bien falloir que je le rappelle.

Cam se passa une main sur le visage.

— Tu ne peux pas le mener en bateau ?

— Non, Cam, je ne peux pas. Ça concerne un homicide. Je ne peux pas l'embobiner pour que, toi, tu te fasses embobiner par une auto-stoppeuse.

— Ce n'est pas une auto-stoppeuse.

— Une fugitive. Ce que tu voudras.

— Tu te fais une mauvaise idée d'elle.

— Donc, tu n'as pas passé toute la nuit dans son lit ?

— Ça ne te regarde pas.

— J'ai vu des photos d'elle, Cam. Je comprends ton attirance.

— Peut-être que je veux simplement l'aider.

— Si c'est vrai, tu as plus de problèmes que je ne le pensais.

— Bon, s'impatienta Cam, tu m'as appelé pour me faire la leçon ou pour me donner des infos ?

— Les deux.

Il y eut un bruit de feuilles froissées, comme si Mason fouillait dans ses notes.

— On a trouvé un cadavre à Willow, avec un reçu de paiement du restaurant « Chez Walt ». C'était un criminel multirécidiviste.

— Local ?

— Originaire d'Anchorage.

— Quoi d'autre ?

— J'ai parlé à un inspecteur de Whitehorse, où ta petite amie a été arrêtée. Il se souvenait très bien d'elle. Tous ceux qui l'ont vue à l'époque pensaient qu'elle était innocente.

— Pourquoi ?

— Son alcoolémie était à zéro. Elle semblait plus effrayée qu'agressive. Elle n'arrêtait pas de s'excuser, mais elle ne voulait pas expliquer ce qui s'était passé. Quand son mari est venu payer sa caution, il a fait très mauvaise impression. Ils l'ont immédiatement soupçonné.

— Pourquoi ne pas avoir abandonné les charges ?

— Ils espéraient qu'elle le dénoncerait.

— Ils ont donné suite ?

— Ils ont envoyé une unité interroger le mari, après qu'elle a omis de se présenter au tribunal. Il a prétendu qu'il ne savait pas où elle était et a refusé de signaler sa disparition.

— Il ne voulait pas qu'elle soit retrouvée.

— Pas par eux, en tout cas.

— Ça correspond à tout ce qu'elle m'a dit. Tu as pu voir son dossier ?

— Non, je n'y ai pas accès. Et maintenant, j'ai ce shérif qui me met la pression. Il faut que je règle le problème.

— J'ai besoin de plus de temps.

— Pour quoi faire ? Lui arracher des confidences sur l'oreiller ?

— J'essaye de la convaincre de m'accompagner à Seattle et de parler avec toi. Elle n'a pas confiance dans la police d'ici. Elle a peur qu'ils ne la croient pas.

— Et si moi je ne la crois pas non plus ?

— Tu la croiras.

— Cam, tu es mon frère, et j'aimerais t'aider. Mais je ne peux pas faire traîner les choses pendant trois jours, le temps que tu traverses la moitié du pays. Tu me demandes d'ignorer une requête directe d'un collègue, pendant que tu héberges une fugitive.

Cam se tourna pour regarder par la baie vitrée du hall d'entrée, en cherchant les mots pour convaincre son frère. Dans ses bons jours, Mason était un sceptique farouche. Dans ses mauvais jours, c'était un sans-cœur absolu.

— Je veux l'aider, plaida-t-il.

— Tu la connais à peine.

— Tu ne comprends pas ce que je ressens.

— Je le comprends très bien. Tu n'as pas pu sauver Jenny, et ça t'a brisé. C'est pour ça que tu es allé en Alaska, pour être encore plus seul et misérable, et risquer ta vie sur les routes gelées. Aujourd'hui, tu as la chance de sauver quelqu'un d'autre et tu as envie de jouer les héros. Ce n'est pas elle qui est en jeu. C'est toi et ton fantasme du sauveur.

Cam devait reconnaître que les observations de Mason ne manquaient pas de bon sens.

— Tu n'en as jamais assez d'être la personne la plus cynique du monde ?

— Tu n'avais qu'à pas m'impliquer là-dedans. C'est toi qui m'as appelé le premier, je te rappelle.

— Pour te demander ton aide, pas ton opinion.

— Qu'est-ce que tu veux que je te dise ? Je pense que tu fais une grosse erreur. Et, quant à moi, je ne peux pas faire obstruction à l'enquête. Je vais devoir donner le nom de ta petite protégée.

Jurant entre ses dents, Cam retourna dans la salle du petit déjeuner et s'assit à une table en retrait, dans un coin tranquille.

Il allait trahir la confiance de Tala, mais il n'avait pas le choix. S'il ne rapportait pas à Mason tous les détails de son histoire, son frère serait obligé de collaborer à l'enquête, et ils n'arriveraient jamais à Seattle. Ils seraient arrêtés à Fairbanks, ou même avant.

— Tu dis qu'un territorial est le cerveau de la bande ? demanda Mason, stupéfait.

— Oui.

— Bon sang, Cam, tu dois porter plainte.

— Auprès de qui ? La police d'État est la seule instance judiciaire ici. Il n'y a rien d'autre à des kilomètres à la ronde.

— Et la police tribale ?

— Ils n'ont pas de pouvoir sur la Dalton.

— Tu peux toujours appeler le FBI.

— Je sais, mais je doute que Tala veuille leur parler. Et quelle aide pourraient-ils nous apporter à ce stade ? Ça demandera plusieurs jours avant qu'ils délèguent un agent de terrain. Ils nous diront de venir les voir à l'agence la plus proche. Jusqu'à notre retour à Fairbanks, nous serons livrés à nous-mêmes.

Mason ne le contredit pas.

— Si tu donnes le nom de Tala au shérif, il risque de le notifier à la police d'État.

— Et alors ? Ils ne savent pas qu'elle est avec toi.

— Malheureusement, si.

Il rapporta l'incident d'Avalanche Alley.

— Cette fille est encore plus dingue que toi.

— Elle a sauvé la vie d'un homme.

— Elle est accro à l'adrénaline ?

— Je ne pense pas. Elle s'est évanouie de stress juste après. Et elle n'a pas apprécié du tout la traversée de la Dalton.

— Aucune personne sensée n'apprécie la Dalton.

— Merci, rétorqua Cam d'un ton sarcastique.

Mason observa un silence.

— J'ai un mauvais sentiment là-dessus.

— Parce que tu as des sentiments, toi ?

— Je peux prendre un avion pour Fairbanks.

— Tu n'es pas obligé de faire ça.

— Bien sûr que si. Je suis ton frère.

— D'accord. Mais promets-moi quelque chose.

— Quoi ?

— N'en parle pas à maman.

Mason éclata de rire et raccrocha.

Cam glissa son téléphone dans sa poche. Tala n'était pas encore descendue, et il ressortit pour faire tourner son camion. Il avait fait le plein à Deadhorse. Il n'avait pas besoin de chaînes. Ses instruments de mesure semblaient bons.

Comme Tala ne le rejoignait toujours pas, il commença à s'inquiéter. Il ne fallait pas tout ce temps pour se préparer.

Il sortit de son camion et regarda autour de lui. À l'ouest, des kilomètres de champs de pétrole s'étiraient jusqu'à l'océan. À l'est, un avion quittait la piste.

Son sang se glaça. Pendant qu'il était au téléphone avec Mason, il tournait le dos au hall d'entrée. S'était-elle approchée sans qu'il s'en rende compte ? Avait-elle surpris leur conversation ?

Il coupa le moteur en jurant.

Il se précipita vers l'entrée de l'hôtel et courut à travers le hall.

Il avait toujours la clé magnétique et il ouvrit la porte de la chambre.

La pièce était vide. Il fouilla frénétiquement tout l'espace. Il regarda même dans la cabine de douche.

Elle n'était pas là.

Il ne pouvait pas y croire.

Elle était partie.

17

Tala trouva une buanderie avec une sortie de secours.

Elle se faufila à l'extérieur, le cœur battant à tout rompre, et se retrouva à l'arrière du bâtiment.

L'air glacé s'infiltra dans ses poumons, tandis qu'elle commençait à courir sur la neige tassée. L'aérodrome était à moins de cinq cents mètres, et elle avançait vite, mais la distance semblait interminable.

Elle se sentait complètement exposée. Sa parka gris clair et son legging noir formaient un vif contraste avec la blancheur aveuglante du paysage.

Le froid pénétrait son fin legging et lui piquait les joues. Sa respiration dessinait de petits nuages dans l'air froid. Resserrant d'une main sa capuche doublée de fourrure, elle augmenta sa foulée.

Courir, elle savait faire. C'était son plan de survie.

Quel autre choix avait-elle ?

Elle avait vu Cam au téléphone dans la salle du petit déjeuner. Il semblait essayer d'avoir une conversation privée, ce qui avait éveillé ses soupçons.

Au lieu de signaler sa présence, elle était restée cachée derrière un pilier pour écouter. Elle ne pouvait pas entendre chaque mot, mais ça lui avait suffi pour comprendre. Il avait appelé quelqu'un, probablement son ami flic à Seattle, et lui avait raconté toute son histoire.

Elle ne lui avait pas donné son accord. Elle n'avait même pas accepté d'aller à Seattle.

Il l'avait trahie.

Elle n'en revenait pas qu'il ait partagé ses secrets.

Comment lui faire confiance à présent ?

Et le pire, c'est qu'elle était amoureuse de lui.

Moins de douze heures après qu'elle lui eut livré son âme… et son corps, il lui avait brisé le cœur.

Les larmes gelaient sur son visage, tandis qu'elle continuait à avancer.

Malgré le comportement pour le moins contestable de Cam, elle avait hésité à partir. Il lui avait offert la meilleure nuit de sa vie. Au matin, il s'était montré doux et attentionné. Son désir pour elle n'était pas en question, et ses sentiments semblaient sincères. Pourtant, il ne l'avait pas prévenue qu'il allait appeler son contact. Il ne l'avait pas consultée.

Et il avait aussi fouillé dans ses affaires.

Pendant qu'elle refaisait son sac, elle avait remarqué que son livre et la carte d'identité qu'elle avait dérobée à Lily, la motarde du campement de Coldfoot, n'étaient pas à leur place.

Elle était déjà contrariée par cette invasion de son intimité, quand elle l'avait surpris au téléphone.

Elle n'eut pas un regard en arrière tandis qu'elle courait vers l'aérodrome. Elle s'attendait à moitié à ce que Cam l'intercepte. Mais il ne devait pas avoir remarqué sa disparition.

Elle arriva essoufflée au terminal. Elle n'avait pas d'argent pour acheter un billet et, même si ça avait été le cas, elle n'aurait pas osé utiliser la carte d'identité de Lily.

Elle se laissa tomber sur un banc et prit son visage entre ses mains.

Il fallait qu'elle réfléchisse.

Elle ne se sentait pas en sécurité à Prudhoe Bay. Cam n'avait pas menti sur l'extrême isolement de l'endroit. Si elle n'avait pas donné son vrai nom au policier, elle aurait peut-être pu se cacher ici un moment. Mais ce n'était plus à l'ordre du jour.

Elle regarda autour d'elle avec circonspection.

Elle pourrait toujours se cacher dans les toilettes si Cam apparaissait.

Elle sentit son estomac se serrer à cette pensée. Elle fuyait la seule personne qui voulait vraiment l'aider.

Bon sang !

Si seulement elle n'était pas amoureuse. Si seulement il n'avait pas été aussi bon avec elle.

C'était incroyablement difficile d'accepter la tournure qu'avaient prise les événements.

Comment avait-il pu faire l'amour avec elle presque toute la nuit et agir dans son dos le lendemain matin ?

Peut-être jouait-il un double jeu depuis le début. Peut-être n'était-il pas celui qu'il paraissait être.

Tout ce qu'elle savait avec certitude, c'était qu'il lui avait fait beaucoup de mal. Et, quand un homme lui faisait du mal, elle s'enfuyait.

Elle comprit soudain qu'il ne la rechercherait peut-être pas. Elle lui avait laissé entendre qu'elle resterait peut-être à Prudhoe Bay pour chercher du travail. Elle était partie sans dire au revoir ? La belle affaire !

Fouillant dans sa poche, elle exhuma une poignée de pièce et une carte de visite avec le numéro de téléphone de Cam.

Elle se leva d'un bond, en prenant une profonde inspiration.

Il y avait un téléphone public à proximité. Elle s'avança jusque-là et composa un numéro.

Pas celui de Cam. Celui de sa mère.

Après qu'elle eut inséré le montant requis, l'appel aboutit.

— Allô ?

— Bonjour, maman, c'est moi.

— Tala ?

— Oui.

— Ça fait si longtemps que tu n'as pas appelé. Je m'inquiétais.

Tala ravala sa culpabilité. Sa mère semblait étonnée et

heureuse, et non pas critique. Elle crispa les doigts autour du combiné, ne sachant pas quoi dire.

— Comment vas-tu ? demanda sa mère.

— Bien.

— Et Duane ?

— Je ne sais pas. Ça fait six mois que je l'ai quitté.

Sa mère eut un petit cri de surprise.

— Pourquoi ?

— Il me frappait.

— Oh ! non !

Laissant passer un silence, elle ajouta d'un ton déterminé :

— Je vais envoyer Clark.

— Non, maman.

— Si. Je vais envoyer Clark et Bear.

L'attitude protectrice de sa mère lui fit monter les larmes aux yeux.

— Ce n'est pas une bonne idée.

— Nous allons tous venir. Où es-tu ?

— En Alaska. À Prudhoe Bay.

— Que fais-tu en Alaska ?

— C'est une longue histoire.

— Tu as besoin de quelque chose ? Comment puis-je t'aider ?

— Je voulais juste entendre ta voix.

— Ça me fait plaisir d'entendre la tienne.

— Je me demandais... Est-ce que papa te maltraitait ?

— Il n'a jamais levé la main sur moi. Mais nous nous disputions beaucoup.

Elle soupira.

— Nous étions si jeunes quand nous nous sommes mariés. Je pensais que ce serait romantique de vivre dans la nature sauvage avec lui. Au lieu de quoi, j'avais froid, j'étais seule et je m'ennuyais. Je n'avais pas d'amies. Les autres femmes me détestaient.

— Pourquoi ?

— Parce qu'elles voulaient toutes ton père. C'était le plus

bel homme de Yellowknife, et j'étais une étrangère. Une stupide fille de la ville.

— Tu n'as jamais été heureuse ?

— J'ai été heureuse après ta naissance. Je t'aimais tellement, mais je ne l'aimais plus. Je ne lui ai jamais pardonné de t'avoir gardée.

— Comment cela ?

— C'était contraire aux lois tribales que je t'emmène loin de Yellowknife sans sa permission, et il n'a pas voulu me la donner. Je n'ai pas pu obtenir la garde exclusive, et la garde alternée aurait été incompatible avec ta scolarité. En plus, tu voulais rester avec lui. J'ai été obligée de te laisser.

— Je ne savais pas.

— Tu étais si petite.

Tala se demanda pourquoi sa mère ne lui avait jamais expliqué cela auparavant.

— Je suis désolée.

— Ne le sois pas. Tu as été heureuse avec lui. Maintenant, il est parti, mais je suis là. Tu peux venir à Billings, si tu veux. Il y aura toujours une place pour toi à la maison.

L'émotion noua la gorge de Tala.

— D'accord.

— Tu viendras ?

Elle cilla pour évacuer ses larmes. C'était réconfortant de savoir que sa mère était prête à l'accueillir. Si elle avait besoin de se réfugier au Montana, elle le pourrait.

— Pour le moment, je dois me rendre à Fairbanks. Je t'appellerai quand j'y serai. Nous pourrons prévoir une visite.

— Sois prudente.

Tala fit cette promesse et mit fin à la communication. Elle ne s'attendait pas à ce que sa mère se montre aussi sympathique. Elle comptait plutôt sur des reproches. Vivre avec Duane l'avait rendue méfiante à l'égard de tout le monde.

Ce qui la ramena à Cam.

Elle devait lui laisser une chance de s'expliquer.

Essuyant ses larmes, elle remarqua une imposante silhouette à l'entrée. Il ouvrit la porte et la repéra aussitôt. Il parut soulagé et un peu surpris.

Le cœur battant à tout rompre, elle le regarda venir vers elle.

— Pourquoi t'es-tu enfuie ? demanda-t-il.

— Je t'ai entendu au téléphone.

Il ne nia pas et ne lui fit pas non plus d'excuses.

— Tu aurais pu me demander, au lieu de partir comme ça. Qu'est-ce que tu voulais faire ? Embarquer clandestinement dans un avion ?

Son sarcasme la fit rougir.

— J'ai appelé ma mère. Elle est d'accord pour m'héberger.

— C'est ce que tu veux ?

Elle haussa les épaules.

— Je ne sais pas.

— Je n'en reviens pas que tu sois partie sans dire au revoir.

— Je n'en reviens pas que tu aies appelé la police.

— Je parlais à mon frère. Il est inspecteur à Seattle.

Les genoux flageolants, Tala s'assit à nouveau sur le banc. Cam s'installa à côté d'elle.

— J'aurais dû te parler de lui. J'ai eu tort.

Tala écarquilla les yeux, médusée par cet aveu. Il avait réellement reconnu qu'il avait tort !

— Je l'ai appelé après ton agression à Fairbanks. Tu m'as supplié de ne pas prévenir la police, alors je l'ai appelé, lui.

Il se passa la main dans les cheveux, l'air chagriné.

— Je lui ai demandé de rechercher tes antécédents.

Tala sentit le souffle lui manquer.

— Non ! Tu n'as pas fait ça ?

— Je m'inquiétais pour toi.

Tala se souvint de ses questions bien précises, quand ils étaient dans la salle de gym. Il l'avait interrogée comme un flic.

— Tu étais au courant pour mon casier et mon mandat d'arrêt, avant que je t'en parle.

— Oui.

— Que sais-tu d'autre ?

— Je sais que le cadavre retrouvé à Willow avait un reçu de « Chez Walt ». C'était un criminel multirécidiviste.

— Je suis suspectée ?

— Je ne le pense pas. Tu as abandonné ton sac sur la scène de crime. C'est le comportement d'un témoin apeuré, pas d'un tueur de sang-froid.

Il laissa passer un silence, avant de reprendre :

— Écoute, j'ai demandé à Mason de ne pas donner ton nom à la police. Il avait besoin d'une raison. C'est pour ça que j'ai été obligé de tout lui raconter.

— Tu as décidé à ma place, exactement comme le faisait Duane. Maintenant, je suis coincée.

Une lueur de colère passa dans les yeux de Cam, tandis qu'il serrait les mâchoires.

— Ce n'est pas juste !

— Tu trouves ?

— Je ne suis pas Duane. Je ne le serai jamais.

— Tu as fouillé dans mes affaires ?

L'accusation le fit tiquer.

— Pas vraiment.

— C'est-à-dire ?

— J'ai vu la carte d'identité que tu as volée, si c'est ce que tu veux dire.

— Tu as bafoué mon intimité !

— Tu as volé quelqu'un sur mon lieu de travail !

Elle rougit, consciente qu'elle n'aurait pas dû faire ça. Mais elle se sentait quand même trahie par lui.

— Je ne te retiens pas contre ta volonté, dit Cam en baissant la voix. Tu n'es pas obligée de me fuir comme tu as fui Duane. Si tu veux aller dans le Montana, vas-y. Tu y seras peut-être plus en sécurité.

Elle entendit l'avertissement dans son « peut-être. » Il essayait de lui faire comprendre le contraire. Elle risquait même de mettre sa famille en danger, en se cachant là-bas.

— Tu crois que la police va me protéger, mais c'est faux. Ils vont me renvoyer au Canada, et j'irai en prison.

— Tu n'as qu'à dire la vérité. Les charges contre toi seront abandonnées, et c'est Duane qui ira en prison, là où est sa place.

— À t'écouter, tout est simple. Il suffit que je témoigne contre Duane, et je serai tirée d'affaire.

— C'est mieux que de fuir éternellement, non ?

— Et toi ? Quand cesseras-tu de fuir ?

Le regard de Cam s'assombrit.

— Que veux-tu dire ?

— Ta place n'est pas ici. Tu n'es pas un ermite, ni un vrai routier. Tu es venu ici pour fuir, exactement comme moi...

Elle laissa passer un silence, pour mieux marquer son esprit.

— Ou peut-être pour mourir.

— C'est ridicule. Je n'ai pas envie de mourir.

— Dans ce cas, pourquoi as-tu choisi ce travail, cette route ?

— Ce n'est pas si dangereux que ça.

Elle eut un rire amer.

— Tu es dans le déni. Tu flirtes avec la mort pour rejoindre ta précieuse Jenny.

— Je n'ai pas envie de rejoindre Jenny. J'ai envie d'être avec toi.

— Pour combien de temps ?

Il ne répondit pas, et elle ne fut pas surprise par sa réticence à faire des promesses.

— Mais, si je suis disculpée et si la police arrête les tueurs, je suis toujours mariée. Il va falloir que je retourne au Canada pour m'occuper de mon divorce.

— On peut se concentrer sur les prochains jours ? Allons déjà à Seattle.

Elle lui tourna le dos, le cœur serré. Elle ne voyait pas d'issue heureuse pour eux.

— Accompagne-moi au moins jusqu'à Fairbanks, insista Cam. Tu ne peux pas rester ici.

Il l'enveloppa de ses bras et déposa un baiser dans ses

cheveux. Son étreinte était chaude et réconfortante. Il était fort et rassurant. Elle avait envie de lui faire confiance. Elle avait envie d'oublier les problèmes et de se réfugier dans un conte de fées où l'amour surmontait tout.

— Je prendrai soin de toi, lui dit-il à l'oreille. Je te le promets.

Elle s'appuya contre son torse, les paupières fermées.

— Si tu arrêtes de fuir, j'arrêterai avec toi. Je me battrai pour toi si tu m'y autorises.

— D'accord, murmura-t-elle, incapable de lui résister davantage.

Elle jouerait le jeu pour le moment.

Elle s'attendrait au meilleur, tout en se préparant au pire. Elle resterait sur le qui-vive.

Et, si elle devait fuir à nouveau, elle fuirait.

18

À midi, ils avaient repris la route.

Tala ne dit pas un mot durant toute la traversée de la route de glace.

Cam fit le plein à Deadhorse, en évitant de se signaler au bureau du superviseur, de peur d'être interrogé sur l'incident de la veille.

Au cours de la journée, ils évitèrent tous les sujets polémiques. Il n'insista pas pour qu'elle aille à Seattle ou pour qu'elle parle à son frère. Il envisagea de lui dire que Mason les retrouverait à Fairbanks, mais ne voulut pas l'inquiéter. Ils verraient cela en temps voulu.

Le trajet fut monotone et silencieux.

Tala se réfugia sur la couchette et dormit. Cam but du café pour rester éveillé. Le crépuscule se transforma en nuit sans fin.

Il roula et roula dans la nature glacée. Ils passèrent Nightmare Corner et Avalanche Alley. Et bientôt, sans qu'il ait eu le temps de s'en rendre compte, Coldfoot se profila.

Il avait bien roulé et ne voulait pas casser sa moyenne en s'arrêtant pour se reposer. En outre, les autres routiers risquaient de l'interroger à propos du sauvetage et de Tala.

— Attends ! s'écria Tala en voyant qu'il s'apprêtait à passer devant le campement sans s'arrêter. Je dois rendre la carte d'identité.

— À qui ? Ça fait longtemps que le car est reparti.

— Je peux la déposer à la réception, en disant que je l'ai trouvée sur le parking.

Cam eut une meilleure idée.

— Il n'y a qu'à l'envoyer par la poste.

Tala haussa les épaules, et ils poursuivirent leur chemin.

Ils se trouvaient à deux heures de Fairbanks, lorsque Cam se rappela quelque chose d'important.

— Mon pistolet, dit-il.

— Quel pistolet ?

— Il est dans une boîte verrouillée sous mon lit.

Il trouva la clé et la lui tendit.

— On devrait le garder près de nous.

— Tu penses que nous en aurons besoin ?

— J'en doute. Mais je préfère l'avoir à portée de main, en cas de besoin.

Tala alla chercher la boîte métallique et la rapporta à l'avant. Après avoir bataillé avec la clé pour déverrouiller la serrure, elle souleva le couvercle. Son 9 mm se trouvait à l'intérieur, sous une pile de photos qu'il n'avait pas regardées depuis longtemps.

Sur celle du dessus, on voyait Jenny en train de sautiller dans l'eau, sur une plage de Californie. Elle était trempée et riait aux éclats, dans un bikini minuscule.

— Désolé, dit-il. J'avais oublié que ces photos étaient là.

— Pourquoi les as-tu mises là-dedans ?

— Je voulais éviter de les regarder trop souvent.

Tala récupéra le pistolet et son chargeur, en laissant les photos dans la boîte, sans les regarder. Il en fut soulagé. Il ne s'agissait pas uniquement de clichés sexy, mais il y avait quelques nus mêlés à des photos de vacances, et c'était pour le moins embarrassant.

Tala étudia soigneusement le pistolet, avant de le charger.

— Tu sais t'en servir ? s'étonna Cam.

— Oui. Je le mets où ?

— Ici.

Il indiqua une poche sur le flanc de son siège.

— J'ai laissé la sécurité.

Il approuva d'un signe de tête.

Cet épisode n'améliora pas l'ambiance dans la cabine. Ou peut-être étaient-ce les photos qui avaient causé cette tension. En tout cas, Tala resta silencieuse, le visage pensif.

Cam ne mit pas la radio pour rompre le silence. Il le laissa au contraire s'installer entre eux. Il aurait aimé être plus doué pour faire la conversation. Il avait envie d'en savoir plus sur Tala. Il voulait l'entendre raconter des histoires de son enfance, mais aussi partager ses espoirs et ses rêves.

— Quel travail ferais-tu, si tu avais le choix ? demanda-t-il.

— Pour commencer, je terminerais mes études. Il me manque une année pour avoir mon diplôme.

— Et ensuite ?

— Je ne sais pas trop. Quelque chose à l'extérieur. Peut-être conservateur d'une réserve naturelle.

— Qu'est-ce que c'est ?

— Je crois que vous appelez ça un *Park ranger* aux États-Unis.

Il haussa un sourcil.

— Tu as conscience que les rangers sont des représentants de la loi ?

— Oui, dit-elle d'un ton boudeur.

Il ne souligna pas qu'elle ne pourrait pas postuler avec un casier judiciaire. Elle le savait probablement déjà.

— Ne me juge pas, Cam. Toi, tu es bien un routier, avec un passé de policier et un diplôme de sociologie.

— Je ne te juge pas. Je t'apprécie comme tu es.

— Tu l'as déjà dit.

— C'est toujours vrai.

— Moi aussi, je t'apprécie comme tu es, Cam. Je ne t'oublierai jamais.

Sa gorge se serra d'émotion. Il ne pouvait plus continuer

à nier ses sentiments. Il était amoureux d'elle. Éperdument amoureux.

Et elle allait à nouveau s'enfuir, parce qu'elle ne croyait pas à l'avenir de leur couple. Parce qu'elle était une délinquante, et lui un ancien flic. Parce que le monde était souvent mal fait. Parce que la vie était rarement un conte de fées.

Il envisagea de s'arrêter pour discuter, mais ils étaient dans un virage en descente et n'allaient pas tarder à aborder un pont.

Quand ils l'auraient franchi, il trouverait un endroit calme où se garer. Il lui dirait qu'il l'aimait et il la convaincrait de rester.

Malheureusement, rien ne se passa comme prévu.

En sortie de courbe, alors qu'il rétrogradait, il fut confronté à un obstacle inattendu. Une Chevrolet blanche était garée en travers de la sortie du pont, bloquant les deux voies. Ses phares éclairaient le rail de sécurité.

Il savait qu'il ne pourrait pas la contourner et il était déjà trop avancé pour s'arrêter avant de s'engager sur le pont. Jurant entre ses dents, il actionna son frein de secours. Il remarqua alors un autre véhicule garé un peu plus loin.

— C'est une embuscade, dit Tala, les yeux écarquillés.

Cam hocha la tête.

— Si je m'arrête, ils vont nous tirer dessus.

Elle attrapa le pistolet.

— Pas encore, dit-il en désactivant le frein de secours. Baisse la tête et prépare-toi au choc.

Écrasant l'accélérateur, il fonça sur la Chevrolet. Quelques secondes avant l'impact, un homme jaillit hors du véhicule et courut se mettre à l'abri.

Sans l'ombre d'une hésitation, Cam percuta de plein fouet la Chevrolet, qui glissa en travers et alla finir sa course dans le rail de sécurité.

Il s'attendait à un problème de direction ou à une perte de contrôle, mais son fidèle *Tempête de neige* réagit impeccablement.

Dès qu'il eut franchi le pont, il bifurqua sur la droite, où était garé le SUV.

— Ne te relève pas, dit-il à Tala.

Il y avait deux hommes dans le véhicule, mais ils ne sortirent pas, comme leur avisé complice. Peut-être n'avaient-ils pas compris la manœuvre. Peut-être voulaient-ils camper sur leurs positions et ouvrir le feu.

Quoi qu'il en soit, Cam fonça sur eux comme un train de marchandises solide et inamovible sur ses rails.

Une pluie de balles perfora le pare-brise.

Recroquevillée sur le plancher, Tala se mit à hurler.

Une douleur intense explosa dans l'épaule gauche de Cam, et il sut qu'il était touché.

Serrant les dents, il se coucha sur le volant et laissa son camion continuer sa course.

Le choc fut effroyable, et le moteur du SUV prit feu aussitôt. Malgré sa ceinture de sécurité, Cam fut ballotté de part et d'autre de la cabine.

Tala criait toujours, ou peut-être était-ce lui.

Sa tête heurta la vitre, et puis soudain il n'y eut plus rien.

Plus de son, plus de douleur, plus d'incendie.

19

Désorientée, Tala regarda autour d'elle et tenta de comprendre ce qui se passait. Une odeur de fumée et de carburant lui brûlait les narines. Un moteur tournait en surrégime, comme celui d'une voiture de course au départ d'une épreuve.

Le camion s'était couché du côté conducteur. Sa ceinture la maintenait en suspension au-dessus de Cam. Il était affaissé sous le volant, immobile.

— Cam ! cria-t-elle en lui secouant l'épaule.

Il gémit en guise de réponse. Il était vivant !

Elle tendit le bras pour couper le contact. Le pare-brise était cassé. Le froid et la neige entraient dans la cabine, mais elle s'inquiétait surtout pour le feu. Ils étaient dangereusement près d'un véhicule en flammes. Et ses occupants ? Où étaient-ils passés ? Elle ne voyait rien à cause de la fumée.

— Radio, marmonna Cam.

Elle décrocha la CB et signala l'accident. Puis elle décrocha sa ceinture et atterrit brutalement sur Cam, qui grogna de douleur.

— Désolée, dit-elle. Il faut que je te sorte de là.

Il ne protesta pas. Elle lui défit sa ceinture et considéra ses options. Il était grand et lourd. Elle ne pourrait par le tirer très loin. La solution la plus facile était de le sortir par le pare-brise.

Il gémit lorsqu'elle lui attrapa les bras. Sa chemise était déchirée et humide. Elle pouvait sentir le sang sur lui.

— Tu as pris une balle !

Il semblait à demi inconscient. Ses paupières se fermèrent.

— Reste avec moi, Cam. Est-ce que tu es blessé ailleurs ?

— À la tête. À la cheville.

— Je ne devrais peut-être pas te déplacer.

Il ouvrit les yeux.

— Il le faut.

Elle hocha la tête.

— Ça va te faire mal.

Il s'y prépara en serrant les dents.

Elle passa un bras autour de sa taille et commença à le soulever. Il l'aida autant qu'il le put. Lorsqu'elle l'eut libéré de l'espace étroit derrière le volant, ce fut plus facile. L'entraînant à sa suite, elle rampa sur le tableau de bord et à travers le pare-brise, jusqu'à atteindre le capot. Il se servit de sa jambe valide pour pousser et lui donner plus d'élan. Une fois à l'extérieur, ils atterrirent dans la neige, et Tala le tira encore sur quelques mètres pour s'assurer qu'ils étaient vraiment hors de danger. Cam s'effondra, à bout de souffle. Elle ne pensait pas qu'il serait capable de marcher, mais c'était probablement plus un effet de la commotion que de sa cheville tordue. Sa blessure à l'épaule ne saignait plus, et elle ne voyait pas d'autres plaies. Mais il pouvait souffrir de blessures internes.

Le cœur battant à tout rompre, elle inspecta les lieux. C'était une vision de cauchemar. Il y avait deux silhouettes dans le SUV, mais elle savait que le conducteur de la Chevrolet avait réussi à s'enfuir avant la collision. Il y avait donc un tueur quelque part dans la nature.

— Va-t'en, dit Cam. Cours.

Elle ignora son ordre. Il n'était pas question qu'elle l'abandonne. Son instinct de fuite ne faisait pas le poids face à son amour pour lui.

Elle avait besoin du pistolet de Cam. Dans l'affolement, elle n'avait pas pensé à le prendre. Il fallait aussi qu'elle récupère leurs parkas.

Elle ne parla pas de son plan à Cam. De toute façon, il n'était pas en position d'objecter.

Rampant avec précaution sur le capot, constellé d'éclats de verre de sécurité, elle retourna dans la cabine. Le pistolet était toujours dans la poche latérale du siège conducteur. Elle vida son sac à dos et le mit dedans. Sa parka fut facile à trouver. Elle la jeta à travers le pare-brise et chercha celle de Cam. Elle était coincée entre son siège et sa portière, prise sur un morceau de métal tordu. Elle parvint à la récupérer et l'envoya à son tour sur le capot. Pour finir, elle alla chercher le sac de couchage dans le coin nuit.

Lorsqu'elle revint dans la cabine, quelqu'un se tenait dehors. C'était une ombre sans visage et menaçante. Puis il se pencha et, dans la lueur mourante de l'incendie étouffé par la neige, elle reconnut le tueur blond.

— Tiens, mais qui voilà ? ironisa-t-il. Ce ne serait pas notre jolie serveuse de Willow ? Allez, sors de là, ma jolie.

Elle ne bougea pas.

— Si tu coopères, ce sera rapide. Tu ne souffriras pas.

Elle s'apprêtait à plonger la main dans son sac à dos, pour y prendre le pistolet, quand un mouvement les surprit tous les deux.

Quelqu'un venait de surgir derrière le tueur.

C'était Cam.

Non ! Il était trop faible pour remporter ce combat. Elle ne savait même pas comment il avait fait pour se lever tout seul. Il allait à nouveau se faire tirer dessus. Il allait mourir pour elle.

Le cœur battant à tout rompre, elle s'empara du pistolet.

Tandis que les deux hommes luttaient dans la neige, elle rampa sur le capot. D'une main tremblante, elle défit la sécurité.

Le tueur repoussa Cam et leva son arme.

Cam était étendu sur le dos, immobile.

Elle tira deux coups à la suite. Les deux balles touchèrent le malfaiteur au torse. Il tomba en avant, et son arme glissa dans la neige. Un gargouillis de sang sortit de ses lèvres, puis il rendit son dernier soupir.

— Tu l'as eu ? demanda Cam.

— Oui.

— C'est bien.

Sans tarder, elle récupéra les parkas et le sac de couchage, et rejoignit Cam. Il tremblait violemment, le visage crispé par la douleur.

Refoulant ses larmes, elle inspecta son épaule. Apparemment, la balle n'avait fait que l'effleurer, et le sang qui avait coulé de sa blessure était déjà coagulé. Il n'y avait donc pas à redouter d'hémorragie.

— Tu peux t'asseoir ? Il faut que je t'enfile ta veste.

Lorsque ce fut fait, elle ramassa un peu de neige et l'appliqua sur la bosse qu'il avait à la tête.

— Je voulais te dire quelque chose, parvint-il à souffler. Avant l'accident.

— Chut ! Repose-toi, maintenant.

— C'est important.

— Nous sommes en vie. C'est ça, le plus important.

Enfilant à son tour sa parka, elle drapa le sac de couchage au-dessus d'eux, puis elle tint la main de Cam, en attendant l'arrivée des secours.

Cam fut emmené en ambulance à Fairbanks, et Tala ne fut pas autorisée à l'accompagner. Reléguée à l'arrière d'une voiture de patrouille, elle se sentait comme une criminelle, même si elle n'était pas menottée.

À son arrivée au poste de police, elle fut aussitôt conduite dans une salle d'interrogatoire où elle joua cartes sur table.

Ça ne servait à rien de mentir.

En gardant le silence, elle n'aurait fait que s'incriminer davantage.

Elle dit la vérité à propos de Duane, car son histoire n'aurait pas eu de sens sinon. C'était à cause de lui qu'elle avait cherché refuge en Alaska. C'était aussi à cause de lui qu'elle avait été arrêtée au Canada et qu'elle ne s'était pas présentée au tribunal.

Elle découvrit qu'elle ne serait pas extradée vers le Canada, car les charges pesant contre elle n'étaient pas suffisamment graves. On lui confirma aussi qu'elle n'était pas une ressortissante étrangère. Les membres des Premières Nations pouvaient circuler librement entre le Canada et les États-Unis, et vice versa. Il lui fut conseillé de retourner de son plein gré au Canada pour se mettre en règle avec la justice, mais personne ne l'y contraindrait.

Elle fut examinée par un médecin, et on lui fournit un repas chaud. En revanche, personne ne lui donna de nouvelles de Cam. Elle avait envie de le voir et d'être rassurée sur son état de santé.

Finalement, Mason, le frère de Cam, se présenta avec des nouvelles rassurantes.

— Il a une légère commotion et un pied cassé, annonça-t-il. Sa blessure par balle est superficielle.

— Il est conscient ?

Mason hocha la tête.

— Il dit que vous lui avez sauvé la vie.

— Il a sauvé la mienne. Plus d'une fois.

— C'est un vrai boy-scout, non ?

— Quand pourrai-je le voir ?

— On lui a administré des antalgiques. Il va être dans le cirage pendant quelques heures.

— Je veux être là quand il se réveillera.

Mason l'étudia attentivement.

— Mon frère a le béguin pour vous. Je suis sûr qu'il se sent encore plus proche de vous maintenant que vous avez bravé la mort ensemble. Mais je m'inquiète pour lui. Depuis qu'il vous a rencontrée, il fait n'importe quoi.

Cette accusation la piqua au vif.

— Depuis qu'il m'a rencontrée ou depuis qu'il a perdu sa femme ?

— Il a eu du mal à surmonter son deuil, reconnut Mason. Je suis content qu'il ait croisé votre route, car il avait besoin d'une diversion. Le problème, c'est qu'il est incapable de faire la différence entre une attirance physique et quelque chose de plus profond.

Il se pencha en avant, en un geste qui se voulait sans doute intimidant. Mais Tala avait cessé d'avoir peur.

— Vous voyez ce que je veux dire ? insista-t-il.

— Vous dites que Cam est trop brisé pour savoir ce qu'il ressent.

— Exactement.

— Qu'attendez-vous de moi ?

— Je veux que vous le laissiez se rétablir en paix.

— Et vous pensez que je perturbe sa paix ?

— Oui.

— Il faudrait peut-être lui demander ce qu'il en pense.

— Je vais vous payer un billet d'autocar, continua Mason, buté.

Il sortit quelques billets et les posa devant elle.

Tala n'en revint pas qu'il ait le toupet de l'acheter au sein même d'un poste de police. C'était à cause de sordides arrangements comme celui-ci qu'elle se méfiait des flics.

— Je ne veux pas de votre argent, protesta-t-elle.

— Faites-le pour Cam. Ne l'obligez pas à vous suivre au Canada pour régler vos problèmes.

— Il sera furieux quand il apprendra ce que vous avez essayé de faire.

Mason remit les billets dans son portefeuille.

— Si vous promettez de ne rien lui dire, je vous emmène à l'hôpital. Ils ne vous laisseront pas le voir, sinon. Vous n'êtes pas de sa famille.

Elle hocha la tête, en serrant les poings.

— Très bien.

— Pensez à ma proposition, pendant que nous serons là-bas.

— Je n'ai pas besoin d'y réfléchir. Je n'ai pas l'intention de lui demander de venir au Canada.

Mason haussa les épaules, comme si ses intentions n'avaient pas d'importance. Il n'avait pas l'air contrarié par son refus d'accepter son argent. Peut-être l'avait-il fait pour tester sa loyauté envers Cam.

Ou pour semer le doute dans son esprit.

C'était réussi.

Était-elle folle de croire que Cam voulait une relation à long terme ? Qu'il pourrait un jour l'aimer aussi fort qu'il avait aimé Jenny ?

Elle ne savait pas si elle devait rester et espérer.

Mason avait l'air de penser qu'elle n'était pas faite pour son frère.

Peut-être ferait-elle mieux de partir.

Cam était blessé. Il souffrait d'une commotion. Il n'avait pas besoin d'un surcroît de chagrin ou de traumatisme dans sa vie.

20

15 décembre
- 15° – 65° N

Cam oscilla entre conscience et inconscience pendant plusieurs heures.

Tala était là, à lui tenir la main. De temps en temps, elle déposait un baiser sur ses doigts.

Mason était présent aussi. Il attendait en retrait, tout en faisant les cent pas.

Cam était ravi de la présence de son frère, même s'il ne respirait pas la sérénité. Il avait envie de dire à Mason de se détendre, mais il pouvait à peine garder les yeux ouverts.

Lorsque l'effet des antalgiques se dissipa, il fut réveillé par une lumière aveuglante, une vessie pleine et une douleur fulgurante.

Mason était là, à l'observer.

— Où est Tala ?

— À la cafétéria.

— Passe-moi les béquilles.

— Où veux-tu aller ?

— Aux toilettes.

Il parvint à faire l'aller-retour sans tomber.

— J'ai appelé maman, lui apprit Mason.

Cam lança une bordée de jurons.

— J'étais obligé. Tu es à l'hôpital et tu as failli mourir.

— Tu parles ! J'ai juste une égratignure à l'épaule et un pied cassé.

— Elle a l'intention de prendre l'avion. Tu n'as qu'à l'appeler et l'en dissuader.

Cam préféra changer de sujet.

— Comment va Tala ?

— Bien. Elle a répondu à toutes les questions des enquêteurs, et ils ont trouvé sa version crédible.

— Ils ne pensent pas qu'elle était impliquée ?

— Non. Ils sont plus inquiets de découvrir pour qui le flic corrompu travaillait. Le type qu'ils ont exécuté au restaurant était un informateur de la police. Le flic devait être là pour l'identifier et le désigner à ses complices. En tout cas, ils sont tous morts. Ta petite amie et toi n'avez plus à vous inquiéter.

— Et le mandat d'arrêt contre Tala ?

— C'est à elle de s'en occuper. Il n'y aura pas de poursuites contre elle ici, et pas d'extradition non plus.

Cam fut soulagé par cette nouvelle. Il avait été interrogé ce matin, alors qu'il attendait pour passer une radio. Il ne savait pas alors si Tala accepterait de parler à la police. En tout cas, elle avait franchi un grand pas. Elle avait mis ses peurs de côté et confié son histoire à des inconnus.

— Je l'aime, dit-il.

— Ce sont les antidouleurs qui te font délirer.

— J'étais amoureux d'elle avant l'accident.

— À cause de l'adrénaline.

Une infirmière entra pour vérifier ses signes vitaux, et Cam fut ravi de cette interruption, même s'il se fit réprimander pour s'être levé seul.

À peine avait-elle quitté la chambre que Tala entra avec deux gobelets de café. Elle en tendit un à Mason, qui la remercia d'un signe de tête. Puis elle s'approcha du lit.

Elle avait dénoué ses nattes, et ses cheveux ondulaient,

donnant à Cam l'envie d'y enfouir les doigts et de l'embrasser jusqu'à ce qu'ils en aient tous les deux le souffle coupé.

— Tu peux nous laisser seuls ? demanda-t-il à son frère.

Mason, qui était en train de boire une gorgée de café, faillit s'étouffer avec. Il ne refusa pas de sortir, mais parut ennuyé par la requête.

— Rappelez-vous les instructions du médecin, dit-il à Tala. Aucune décision majeure pour le patient.

— Tu te transformes en vraie mère poule, ironisa Cam.

Tala baissa la tête pour dissimuler un sourire.

Mason leur lança un regard noir à tous les deux et se dirigea vers la porte.

— Il a été grossier avec toi ? demanda Cam.

— Plus ou moins.

Tala se pencha pour déposer un court baiser sur ses lèvres.

— Je vais lui demander de se calmer.

Elle haussa les épaules.

— Il veut te protéger.

Elle s'assit sur la chaise à côté du lit et lui prit la main.

— Comment te sens-tu ?

— Mieux, maintenant que tu es là.

— Malheureusement, je vais devoir m'absenter quelque temps. Il faut que je retourne au Canada mettre de l'ordre dans ma vie.

— Seule ?

— C'est peut-être préférable.

— Pour qui ?

— Tu es blessé, Cam. Tu ne peux même pas conduire.

— Je peux m'asseoir à côté de toi.

— Tu as besoin de te reposer.

— Justement. C'est le moment idéal pour prendre des vacances. Mon camion est fichu, et je ne peux pas travailler. Nous pourrions rester à Fairbanks un jour ou deux. Ensuite, nous louerons une voiture, et en route pour l'aventure ! Tu sais conduire, n'est-ce pas ?

— Oui.
— Alors, où est le problème ?
— Je ne veux pas que tu te sentes obligé de venir avec moi.
— Je ne me sens pas obligé. Je t'aime.
Elle écarquilla les yeux.
— Quoi ?
— Je suis amoureux de toi.
— C'est vrai ?
Il hocha la tête, la gorge serrée.
— J'ai cru que tu allais mourir, la nuit dernière. Je sais ce qu'on ressent dans ce cas-là et je ne veux pas revivre ça. C'est pour ça que je ne veux pas te laisser partir. Je veux passer le reste de ma vie avec toi, Tala.
Elle cilla pour chasser les larmes qui faisaient briller ses yeux.
— Je ne sais pas quoi dire.
— Tu n'as rien à dire. Il te suffit de rester.
— D'accord. Mais je croyais que tu ne devais pas prendre de décisions majeures.
— On pourra en reparler demain. Mais je n'aurai pas changé d'avis.
Elle déposa un baiser sur sa tempe.
— Tu devrais te reposer.
— C'est vrai que je suis fatigué.
— Je vais te laisser dormir.
— Tu peux réserver une chambre à l'hôtel. Je sors cet après-midi.
— Quel hôtel ?
— Celui qui se trouve de l'autre côté de la rue. Prends mon portefeuille.
Il regarda autour de lui et localisa un grand sac plastique dans un coin.
— Toutes nos affaires sont là-dedans. Ça a été ramené du lieu de l'accident. Si tu as besoin de vêtements, tout est là.

Tala fouilla dans le sac et sélectionna quelques effets. Puis elle effleura ses lèvres d'un baiser avant de partir.

Il dormait déjà avant que le bruit de ses pas eût décliné dans le couloir.

21

Tala remonta jusqu'en haut la fermeture à glissière de sa parka, tandis qu'elle sortait de l'hôpital.

C'était une belle journée, froide et lumineuse.

Aveuglée par la neige, elle attendit quelques secondes que sa vision s'accommode, puis elle traversa la rue pour gagner l'hôtel, qui ne se trouvait qu'à quelques centaines de mètres de là.

Elle paya la chambre avec l'une des cartes de crédit de Cam. La première chose qu'elle fit fut de se précipiter sous la douche. Ses vêtements empestaient la fumée et le carburant. Elle se savonna longuement, tant elle avait l'impression que l'odeur s'accrochait à sa peau. Puis elle enfila son sweat-shirt chiffonné et son jean. Au moins, ses sous-vêtements étaient propres. En consultant la liste des services de l'hôtel, elle vit qu'il y avait une buanderie au sous-sol. Elle pourrait y laver leurs vêtements ce soir.

Elle n'avait pas envie d'être éloignée de Cam trop longtemps, aussi ne tarda-t-elle pas à ressortir.

Elle se sentait agitée et mal à l'aise. Elle était toujours sous le choc de la série d'événements traumatisants qu'ils venaient de vivre.

Rien ne lui semblait réel. Les mots d'amour de Cam n'étaient-ils qu'un rêve ? Lui avait-il vraiment proposé d'aller au Canada avec elle ?

Son frère ne serait pas ravi. Mason désapprouvait clairement leur tumultueuse relation. Elle ne lui en voulait pas vraiment. Cam et elle ne se connaissaient que depuis une semaine. Leur amour défiait toute explication.

Elle avait été si étonnée que Cam lui avoue ses sentiments qu'elle en avait oublié de lui dire qu'elle l'aimait aussi.

Tout au fond d'elle demeurait un léger doute. Se pouvait-il vraiment que Cam l'aime ? Parfois, certaines choses étaient trop belles pour être vraies.

Un frisson courut le long de sa colonne vertébrale, et elle songea que le destin n'avait peut-être pas encore fini de lui jouer des tours. Sa grand-mère parlait souvent des vents contraires et du calme avant la tempête.

Et s'ils n'étaient pas encore tirés d'affaire ?

Le soleil avait déjà plongé vers l'horizon, et la température avait brutalement chuté.

Elle chercha des raisons logiques à son anxiété.

Elle avait passé la nuit dans une salle d'interrogatoire, après avoir vu la mort de près et vécu plusieurs jours de stress. Elle avait été témoin d'un meurtre. Elle avait tiré sur un homme.

Personne n'aurait le cœur léger et empli d'espoir après avoir vécu ce qu'elle avait vécu.

Tandis qu'elle traversait le parking, les petits cheveux sur sa nuque se dressèrent. Remontant sa capuche, elle pressa le pas vers l'entrée de l'hôpital.

Lorsqu'elle approcha de la double porte vitrée, celle-ci s'ouvrit inopinément.

Duane se trouvait de l'autre côté.

Elle se figea.

Cette fois, ce n'était pas un effet de son imagination. Il était bien réel.

Au lieu de passer calmement à côté de lui, dans un hall rempli de gens où elle ne risquait rien, elle paniqua et resta dehors.

Tout en guettant le moindre de ses gestes, elle recula lentement.

Et ce fut ainsi qu'elle se retrouva sur le parking désert, avec un homme violent, qui était encore son mari aux yeux de la loi.

Il n'avait pas vraiment changé. Un beau visage contredit par une âme laide. Il était grand et mince, avec des cheveux blonds en désordre. Il portait sa veste de chasse favorite, en toile enduite verte doublée de peau de mouton.

Mais il y avait quelque chose de différent en lui. Ou peut-être était-ce Tala qui était différente.

Elle pouvait voir les qualités physiques qui l'avaient attirée vers lui, ainsi que la force qu'il avait utilisé contre elle. Mais il ne lui semblait plus aussi intimidant qu'autrefois. Il était pâle et fébrile. Cam lui était supérieur à bien des égards, et il exsudait la confiance. Pas Duane. Il y avait dans son regard une lueur de lapin pris dans la lumière des phares.

Elle réalisa avec étonnement que Duane avait peur d'elle. Ça ne la rassura pas. Les animaux acculés étaient les plus dangereux. Il pouvait encore lui faire beaucoup de mal.

Quoi qu'il en soit, elle cessa de reculer. Il était trop tard pour fuir. Elle pouvait toujours essayer de se réfugier dans le hall de l'hôpital, mais il risquait de l'attraper au passage.

Elle ne voulait pas réveiller ses instincts de prédateur et elle en avait terminé de le fuir.

Et puis, il fallait qu'ils discutent de sujets importants.

— Comment m'as-tu retrouvée ? demanda-t-elle en redressant le menton.

— J'ai vu ta photo à la télé. Une serveuse qui avait disparu à Willow.

— Nous ne sommes pas à Willow.

— Il y a eu d'autres nouvelles ce matin. Accident mortel près de Fairbanks.

Elle croisa les bras sur sa poitrine pour dissimuler le tremblement de ses mains.

— J'ai roulé toute la nuit pour arriver jusqu'ici. Je croyais que tu étais blessée.

— J'étais blessée la dernière fois que tu m'as vue. Souviens-toi de ce que tu as fait à mon visage.

Duane pinça les lèvres avec déplaisir. Il n'aimait pas qu'on lui rappelle ses comportements violents.

— Ça ne se reproduira pas.

— Je sais. Je ne le permettrai pas.

— J'ai compris, Tala. J'ai eu tort de faire ce que j'ai fait. Tu as fui pour me rendre malheureux. Eh bien, je suis malheureux, maintenant. Tu es contente ? On peut rentrer à la maison ?

Incrédule, elle secoua la tête.

— C'est terminé entre nous, Duane.

— Tu as rencontré un autre homme ?

— Ça ne te regarde pas.

— Je le savais !

— Je vais demander le divorce.

— Tu n'auras pas un centime.

Tala réprima un rire amer. Même s'il avait eu de l'argent, ce qui n'était pas le cas, ça ne l'intéressait pas.

— Je vais te dire ce que je veux. Écoute-moi attentivement.

— Pourquoi je devrais t'écouter ?

— Parce que je porterai plainte contre toi si tu ne le fais pas.

Il ricana.

— Tu ne peux pas. Tu n'as aucune preuve.

— J'ai pris des photos des marques que tu m'as faites sur le visage et ailleurs. Je les montrerai à la police. Et je leur raconterai aussi ce qui s'est vraiment passé à la manifestation.

— Ils ne te croiront pas.

— Si, ils me croiront. C'est la vérité.

Il regarda autour de lui d'un air inquiet.

— Qu'est-ce que tu veux ?

— Je veux être disculpée. Va à Whitehorse et reconnais l'agression.

— J'irai en prison.

— C'est ton problème. Engage un avocat et obtiens un arrangement. Quand les charges contre moi auront été levées, je demanderai le divorce. Personne ne saura que tu es un mari violent, mais tu devrais te faire soigner. Tu en as besoin.

Il la toisa, les narines frémissantes.

— Tu es vraiment une garce, dit-il entre ses dents serrées. Je t'aimais.

Elle se recroquevilla de peur lorsqu'il avança. Elle avait déjà vu ce regard. Elle avait vu son cou rougir et gonfler de fureur juste avant qu'il frappe.

Le besoin de fuir la saisit à nouveau, mais elle n'en eut pas la possibilité. Elle trébucha sur un butoir de parking et tomba à la renverse.

Avant qu'elle ait eu le temps de se relever, Duane se pencha au-dessus d'elle, le poing dressé.

Puis un homme sortit de nulle part et se rua sur lui, le projetant à terre.

C'était Mason Hugues.

Chevauchant Duane, son défenseur inattendu le saisit par le col et le frappa au visage à plusieurs reprises.

— Arrêtez, dit Tala en lui saisissant le bras. J'ai besoin qu'il reste conscient.

Mason se redressa à contrecœur.

Duane leva vers elle un regard sonné. Du sang coulait de son nez et lui maculait le menton.

— Si tu ne te livres pas à la police, on se revoit au tribunal, dit-elle.

— Et moi, ajouta Mason d'un ton menaçant, je te revois dans une ruelle sombre.

Duane grimaça.

— J'ai compris.

S'essuyant le nez d'un revers de manche, il se releva et s'en alla en titubant à travers le parking.

— Encore une chose, cria-t-elle dans son dos.

— Quoi ?

— Tu as mon sac ?

Elle était persuadée qu'il l'avait pris avec lui. Elle n'aurait pas pu traverser la frontière sans sa carte d'identité.

Il ouvrit la portière de son pick-up, se mit au volant et lui jeta son sac, avant de démarrer à la hâte.

Elle se précipita pour récupérer son sac dans la neige. Son portefeuille s'y trouvait, avec son permis de conduire et sa carte tribale.

Soulagée, elle se tourna vers Mason, le considérant d'un nouvel œil.

— Pourquoi avez-vous fait ça ?

— Fait quoi ? demanda-t-il en se massant les articulations. Je n'ai rien fait.

— Merci quand même.

— Tout le plaisir était pour moi.

— Je croyais que vous vouliez vous débarrasser de moi.

— Pas de cette façon, dit-il.

Il suivit des yeux le pick-up de Duane jusqu'à ce qu'il ait disparu, avant de reporter son attention sur elle.

— Je vous ai mal jugée, reconnut-il.

Elle le dévisagea avec stupéfaction. Mason semblait encore moins susceptible d'avouer une erreur que Cam. Ils étaient taillés dans la même étoffe. Têtus comme des mules. Elle-même était plutôt entêtée et elle pouvait le comprendre.

— Cam dit qu'il vous aime, mais je ne veux pas qu'il souffre à nouveau.

Ses jambes flageolaient, et elle s'assit sur le rebord du trottoir.

— Vous vous sentez bien ?

— Oui. J'ai juste besoin de faire une pause.

Il resta à côté d'elle, les bras croisés sur le torse. Elle voyait qu'il avait froid. Son costume était parfait pour Seattle, mais il n'était pas assez chaud pour un hiver en Alaska. Maintenant que l'adrénaline était retombée, il devait être frigorifié.

Elle eut pitié de lui.

— J'aimerais être seule, si ça ne vous ennuie pas.

Il hocha la tête et s'en alla.

Tala pesa calmement le pour et le contre. Elle avait envie d'être avec Cam, mais elle avait aussi besoin de temps pour elle-même.

Ce ne serait pas la fin du monde d'aller seule au Canada. Ça laisserait le temps à Cam de se rétablir. Elle ne resterait pas absente longtemps. Juste le temps de régler les choses avec Duane. Même si elle appréciait le soutien de Cam, elle pouvait se débrouiller sans lui. Elle l'avait fait pendant des mois. Elle était une femme indépendante, capable de se prendre en charge.

Si Duane faisait ce qu'elle lui avait demandé, les charges contre elle seraient levées, et elle pourrait revenir en Alaska. Dans le cas contraire... Eh bien, ce serait peut-être mieux qu'elle reste à l'écart de Cam. Il avait déjà connu beaucoup d'épreuves et de chagrins.

Les inquiétudes de Mason n'entraient pas en ligne de compte, même si elle savait qu'il croyait agir pour le bien de son frère.

Le cœur battant un peu plus vite, elle se leva. Elle comprenait le point de vue de Mason, mais elle devait aussi tenir compte des besoins et des envies de Cam. Il avait dit qu'il l'aimait, il lui avait demandé de rester, et elle avait accepté.

Finalement, la décision lui appartenait.

Si elle avait envie de partir, elle pouvait partir.

Si elle avait envie de rester, elle pouvait rester.

Elle observa l'impressionnante structure de l'hôpital, avec ses grandes baies vitrées et ses formes géométriques.

Elle pouvait y entrer et rejoindre Cam. Mais la perspective d'être assise dans une chambre silencieuse en compagnie de Mason ne la motivait guère.

Elle en avait assez de la tension et de l'immobilité. Elle avait besoin d'espace, de mouvement. L'activité physique lui viderait la tête. Courir lui ferait du bien.

Tournant le dos à l'hôpital, elle choisit la liberté.

22

Big Sky, Montana
- 6° – 45° N
Trois semaines plus tard

La convalescence de Cam se passait bien.

Il n'était pas doué pour l'inactivité, mais il essayait de se reposer le plus possible.

Ils ne quittèrent quasiment pas l'hôtel pendant une semaine. Tala prit soin de tous ses besoins.

Vraiment tous.

Pendant qu'ils étaient à Fairbanks, Cam présenta sa démission à la *Northern Lights Trucking Company*, à la demande de l'entreprise.

Ses employeurs n'avaient pas apprécié sa passagère clandestine, ni ses démêlés sur la Dalton. Ils diligentèrent une enquête auprès de l'assurance, dont les résultats étaient prévisibles. Cam avait bafoué les règles de son contrat, et il était donc responsable de tous les dégâts. Sa mutuelle refusait par ailleurs de prendre en charge ses frais de santé.

Cam pouvait payer ses frais d'hospitalisation, mais le camion n'était pas réparable. Il dut le vendre pour pièces. Ses jours de conducteur de l'extrême étaient terminés. Un mois auparavant, il aurait été dévasté par cette tournure des événements. Mais le bonheur qu'il vivait avec Tala compensait aisément toutes les petites préoccupations du quotidien.

Il avait décidé de s'installer avec elle, et ils avaient engagé un avocat pour l'aider à régler ses problèmes avec la loi.

Même si Duane ne leur avait pas créé davantage d'ennuis à Fairbanks, il n'avait pas non plus pris l'initiative de reconnaître le rôle qu'il avait joué dans la manifestation. L'avocat de Tala avait dû lui envoyer une lettre d'encouragement, en même temps que les papiers pour le divorce.

Duane avait à son tour engagé un avocat, mais n'avait pas longtemps fait obstruction et avait finalement coopéré avec les enquêteurs. Il avait plaidé coupable et avait en fin de compte échappé à la prison.

Cam avait été contrarié par cette décision, qui n'avait fait que conforter son peu de confiance en la justice. Duane était une menace pour la société, un lâche, et un homme violent avec les femmes. Mais, au lieu d'écoper d'une punition sévère et à la hauteur de ses forfaits, il s'en était sorti avec un simple rappel à la loi. Il n'y avait rien à faire, malheureusement.

La seule raison qu'avait Cam de se réjouir, c'était que Duane avait signé les papiers du divorce sans se faire prier.

Tala était une femme libre.

Lorsque Cam fut en état de voyager, ils louèrent un SUV et se dirigèrent vers le sud. Conduire était toujours inconfortable pour lui, et Tala prit le volant.

Ils visitèrent le parc national de Denali, puis ils s'arrêtèrent à Willow.

Ils rendirent visite à Walt, au restaurant. Ivre mort, l'ancien employeur de Tala avait dormi durant l'assaut, ne se rendant compte de rien. Échappant à la vigilance des tueurs, il s'était sorti de ce micmac sans une égratignure.

À Noël, ils se rendirent à Tacoma et passèrent plusieurs jours à la ferme. Tala ne sympathisa pas davantage avec

Mason, mais elle s'entendit très bien avec les parents de Cam. Elle aimait cuisiner et leur prépara de bons petits plats, et elle s'intéressa sincèrement au travail de la terre et aux soins à apporter au bétail.

Avant leur départ, la mère de Cam le prit à l'écart et lui conseilla d'épouser Tala. Il répondit qu'il y travaillait.

Leur étape suivante fut Billings, dans le Montana. Même si Tala n'avait pas vu sa famille depuis des années et si ses jeunes frères la connaissaient à peine, ils l'accueillirent à bras ouverts. Son demi-frère par alliance, celui dont elle était vaguement amoureuse quand elle était adolescente, était devenu shérif adjoint à Great Falls. Lorsque Tala lui parla de l'ancien métier de Cam, Bear l'observa curieusement.

Plus tard, Bear demanda à s'entretenir en privé avec lui.

Cam pensa qu'il voulait l'interroger sur ses intentions à propos de Tala. Au lieu de quoi, Bear lui parla d'une opportunité d'emploi à Big Sky. On lui avait offert le poste, mais il ne voulait pas s'installer dans une petite ville de montagne endormie. Le shérif avait besoin d'un adjoint suffisamment aguerri pour qu'il puisse le remplacer à court terme.

— Je n'en ai pas parlé devant Tala, parce que je ne sais pas quelles sont tes intentions, expliqua Bear.

— Je veux l'épouser.

— Et elle, que souhaite-t-elle ?

— Finir ses études et être près de sa famille.

— Donc, vous allez rester dans le Montana ?

Cam hocha la tête.

— Je lui ai dit que j'allais chercher du travail ici.

Bear parut satisfait de ses réponses.

— Si tu es intéressé par cet emploi, je peux te recommander.

Cam le remercia d'une poignée de main.

Il était intéressé.

Très intéressé.

Une petite ville de montagne endormie, c'était le paradis après ce qu'il avait vécu. L'aventure et le danger, c'était terminé. Maintenant, il avait envie de calme.

Il envoya sa candidature par mail, détaillant son expérience dans la police de Seattle et se recommandant de Bear Klamath.

Il ne parla pas à Tala de cette opportunité. Big Sky se trouvait à une centaine de kilomètres de Billings, et il ne savait oas si ça lui plairait de vivre là-bas. S'il était retenu, il lui demanderait de venir vivre avec lui.

Ils passèrent les jours suivants à découvrir le parc national de Yellowstone, qui se trouvait tout à côté. Cam n'y était jamais allé, et Tala ne l'avait pas encore visité en hiver. Célèbre pour ses phénomènes géothermiques, geysers et sources chaudes, le parc abritait aussi des coyotes, des loups, des troupeaux sauvages de bisons, et bien d'autres mammifères. Entouré de massifs appartenant aux montagnes Rocheuses, c'était un enchantement en cette période de l'année, avec son épaisse couverture de neige qui donnait à l'endroit des allures de carte postale.

Ils se trouvaient au Yellowstone Lodge, lorsque Cam reçut un message du shérif Dugan. On lui proposait un entretien d'embauche via FaceTime. Il attendit que Tala soit sous la douche pour descendre dans le hall d'entrée et appeler.

Le shérif Dugan était un homme d'une soixantaine d'années, à l'air placide. Il expliqua que le travail était physique, le climat parfois difficile et le terrain accidenté. Il avait besoin de quelqu'un de calme, patient, courageux et énergique.

Ce descriptif plut aussitôt à Cam. Il parla à Dugan de ses neuf ans comme patrouilleur de l'autoroute et de sa récente expérience de conducteur de l'extrême en Alaska.

— La route de glace ? Eh bien, vous devez avoir les nerfs solides, approuva Dugan.

Cam le lui confirma.

— Vous n'avez pas peur du danger ?

— Non, monsieur.

— Comment connaissez-vous Bear ?

— C'est le demi-frère de ma fiancée.

— Eh bien, vous me semblez en bonne forme physique pour assumer ce travail et vous avez le CV idéal. Un diplôme de sociologie est plus adapté à ce poste qu'une formation en justice criminelle. Vous aurez plus un rôle de gardien de la paix que d'enquêteur.

— Ça me convient parfaitement.

— Nous avons des touristes toute l'année, mais l'été reste la période la plus chargée. Auto-stoppeurs perdus, accidents de voiture... Vous voyez ce que je veux dire. Mais dans l'ensemble c'est assez calme.

— J'aime le calme.

— Bien. Il y a un logement de fonction. C'est un chalet assez bien équipé et meublé. Venez faire un tour par ici avant de vous décider. Emmenez votre fiancée.

— D'accord.

Cam nota l'adresse du chalet. Dugan avait besoin d'une réponse dans quelques jours.

C'était une formidable opportunité, mais il devait en discuter avec Tala.

Il vérifia l'itinéraire jusqu'à Big Sky sur son téléphone. C'était à une heure à peine du lodge.

Lorsque Tala fut prête à partir, Cam prit la direction du nord.

La ville de Big Sky était un peu isolée, à une dizaine de kilomètres d'une route principale. Il proposa d'y déjeuner. Le nez dans son livre, Tala accepta avec un haussement d'épaules.

Il découvrit une petite ville rustique, avec ses charmantes maisons aux toits couverts de neige et aux cheminées fumantes. Dans la vitrine d'un bar-restaurant, un écriteau annonçait qu'on recherchait une serveuse.

Tala se redressa en le voyant.

— On pourrait déjeuner là, proposa-t-elle.

— Si tu veux. Mais avant, j'ai quelque chose à aller voir.

Quelques minutes plus tard, il découvrait le chalet, situé sur Sawmill Road.

— Qu'est-ce que nous faisons ici ? s'étonna Tala.

— C'est une surprise.

Il lui ouvrit galamment la portière, et elle le suivit jusqu'au chalet. La clé était cachée sous un pot de fleurs, comme annoncé.

Cam ouvrit la porte et entra.

Vaste et sobrement meublée, la pièce principale paraissait néanmoins chaleureuse, grâce à sa cheminée qui promettait des soirées douillettes. La cuisine était moderne et bien équipée, de même que la salle de bains. Il n'y avait qu'une chambre, mais elle était grande et dotée d'un dressing. C'était lumineux, et les parquets en pin étaient en très bon état. Il suffirait de quelques tapis et objets décoratifs pour en faire un endroit très agréable à vivre.

Il tourna la tête vers Tala.

— Qu'en penses-tu ?

— C'est à louer ?

— On m'a fait une proposition de travail ici, à Big Sky. C'est le logement de fonction.

Tala ouvrit de grands yeux.

— De quel genre d'emploi s'agit-il ?

— Shérif adjoint, avec la possibilité de devenir shérif à court terme.

— J'ignorais que tu cherchais du travail.

— C'est Bear qui m'en a parlé. Ça semblait trop intéressant pour que je passe à côté.

— Je comprends.

Tala tourna lentement sur elle-même, observant plus attentivement les lieux.

Son avocat avait fait en sorte que ses effets personnels soient transférés de la maison de Duane à celle de sa mère. Elle avait récupéré les tapis de sa grand-mère et autres objets qu'elle chérissait. Elle pourrait les installer ici. Elle pourrait décorer la maison à son goût.

— Je peux décliner l'offre, dit Cam. Je suis venu dans le Montana pour être avec toi. Si tu n'as pas envie de vivre ici, nous ne le ferons pas.

Elle inspecta la salle de bains.

— C'est loin de Bozeman ?

— Trente kilomètres.

Elle sourit.

— L'université du Montana est à Bozeman. Je pourrais y aller facilement.

— Tu ferais ça ?

Elle revint à côté de lui et noua les bras autour de son cou.

— Tant que je suis avec toi, je suis heureuse.

— Moi aussi.

— C'est une belle ville.

— C'est à deux heures de Billings et dix heures de Tacoma.

— C'est bien de prendre un peu ses distances avec la famille. Surtout avec ton frère.

Il rit et la serra plus fort contre lui.

— Je vais peut-être postuler comme serveuse.

— Tu n'es pas obligée.

— J'ai envie de travailler.

Il inclina la tête et l'embrassa.

— Est-ce que ce sera assez excitant pour toi ? demanda-t-elle.

— Tu m'apportes toute l'excitation dont j'ai besoin.

— Je me souviens que ton rêve était d'habiter dans un chalet confortable.

— Et le tien était d'être libre.

— Nous avons été exaucés tous les deux.

— C'est vrai, n'est-ce pas ?

Soudain, il la souleva dans ses bras pour lui faire franchir le seuil de la chambre.

Elle rit de ce geste romantique, qui ne devait pas être chose facile alors qu'il commençait tout juste à marcher sans ses béquilles.

Il la déposa près de la fenêtre. Le lit n'était pas fait, et il faisait trop froid pour qu'ils donnent une tournure plus intime à leur visite. Mais il l'embrassa jusqu'à ce qu'ils en aient tous deux le souffle coupé.

— Je t'aime, dit-il.

— Moi aussi.

— Pour toujours ?

— Pour toujours.

Et ils conclurent cette promesse par un baiser passionné, conscients de l'incroyable pouvoir de l'amour qui, se jouant de tous les obstacles, les avait réunis et avait changé le cours de leur existence à jamais.

DELORES FOSSEN

Le poison de la suspicion

Traduction française de
CATHY RIQUEUR

BLACK ROSE

HARLEQUIN

Titre original :
COWBOY ABOVE THE LAW

Ce roman a déjà été publié en 2019.

1

Le shérif adjoint Court McCall regarda le sang sur sa chemise. Le sang de son père. Cette seule vue le tortura et il eut l'impression qu'on lui avait, à lui aussi, tiré une balle dans le corps.

Il ne s'était pas changé, car il tenait à ce que Rayna Travers voie ce qu'elle avait fait. Il voulait la fixer droit dans les yeux quand il lui dirait qu'elle avait échoué.

De justesse, cependant.

Warren McCall était toujours en vie, mais celle-ci ne tenait qu'à un fil. Court refusait toutefois d'accepter l'idée qu'il pourrait ne pas s'en sortir. Non seulement son père se rétablirait, mais il l'aiderait aussi à mettre Rayna derrière les barreaux. Cette fois, elle ne s'en tirerait pas impunément.

Court s'arrêta devant sa maison, isolée comme bon nombre de celles environnant McCall Canyon. Ses ancêtres avaient fondé cette ville plus de cent ans auparavant, et elle était devenue exactement ce qu'ils avaient projeté d'en faire : une communauté de propriétaires de ranchs.

À ceci près qu'ils n'avaient certainement pas prévu qu'ils compteraient parmi eux une meurtrière en devenir.

Il baissa les yeux sur ses mains. Elles ne tremblaient pas. C'était une bonne chose, car la colère bouillonnait en lui. Il devait s'assurer de maîtriser suffisamment ses émotions pour procéder à l'arrestation de Rayna. Il ne recourrait pas à la méthode forte, mais il était plus que probable que des paroles malencontreuses lui échappent.

La voiture de Rayna garée dans son allée indiquait qu'elle était vraisemblablement chez elle. Tant mieux. Il n'avait pas envie de devoir la traquer. Cela dit, il était quelque peu surprenant qu'elle n'ait pas pris la fuite. Bien sûr, elle allait certainement prétendre qu'elle était innocente, qu'elle n'avait rien à voir avec le coup de feu qui avait atteint son père en pleine poitrine. Elle avait cependant une sérieuse raison de vouloir tuer un McCall.

Et puis, il y avait le témoin.

Si elle tentait de le convaincre qu'elle n'était pour rien dans cette agression, il l'informerait que quelqu'un l'avait repérée à proximité du bureau du shérif quelques minutes avant que Warren soit abattu. Ensuite, il l'arrêterait.

Il descendit de son pick-up et se dirigea vers la petite maison à la façade de pierre. À peine avait-il fait quelques pas que son téléphone se mit à sonner ; le nom de son frère apparut à l'écran.

Egan.

Egan n'était pas seulement son frère aîné. Il était aussi son patron, le shérif de McCall Canyon. Sans doute avait-il découvert où il se rendait et tenait-il à s'assurer que son adjoint respecterait la procédure lors de cette arrestation.

Ce serait le cas.

Il n'allait pas bâcler le travail sous prétexte qu'il voulait mettre Rayna sous les verrous.

Ignorant l'appel tout comme le tintement de la boîte vocale qui suivit, il monta les marches du perron. Ce n'était pas la première fois qu'il venait là. Par le passé, ses pas l'avaient à de nombreuses reprises mené jusqu'à la porte de Rayna... Jusqu'à ce qu'elle lui préfère un autre homme. À l'époque, il avait eu des sentiments pour elle. Il en éprouvait toujours, mais ils étaient sans rapport avec ceux de naguère.

Il prit une profonde inspiration et posa la main sur son

arme pour le cas où Rayna n'en aurait pas terminé ce jour-là avec sa folie meurtrière.

— Ouvre ! lança-t-il en frappant à la porte.

Bien sûr, il frappa beaucoup plus fort que nécessaire, mais il voulait être sûr qu'elle l'entende.

Malgré tout, elle ne répondit pas. Sa colère enflant, il frappa à nouveau et, finalement, baissa la poignée. La porte n'était pas verrouillée. D'une poussée, il l'ouvrit en grand.

Et il découvrit une arme pointée droit sur son visage.

Le doigt de Rayna était sur la détente.

Il jura et, automatiquement, dégaina lui aussi. De toute évidence, c'était un peu tard, car elle aurait pu tirer avant qu'il ait eu la moindre chance de le faire. Elle s'en abstint toutefois. Peut-être estimait-elle avoir déjà rempli son quota de la journée de tirs sur les McCall.

— Pose cette arme ! lui ordonna-t-il d'un ton rageur.

— Non.

Rayna secoua la tête. Il remarqua alors le sang sur ses cheveux blonds. Sur le côté de son visage, aussi. S'ajoutaient à cela des ecchymoses et des entailles sur les articulations de ses doigts et sur ses poignets.

— Je ne vais pas te laisser essayer de me tuer à nouveau.

— « À nouveau » ?

Il fut certain d'avoir l'air très perplexe. Parce que c'était le cas.

— Bon sang, de quoi veux-tu parler ? Je suis venu t'arrêter pour avoir tiré sur mon père.

Si elle fut le moins du monde surprise par cette nouvelle, elle n'en laissa rien paraître. Elle ne baissa pas non plus son arme. Elle resta campée face à lui, à l'incendier du regard.

Que diable s'était-il passé ici ?

Il regarda derrière elle pour voir si la personne qui lui avait infligé ces blessures était toujours dans les parages. Il n'y avait aucun signe d'une autre présence ; toutefois, le mobilier du salon avait été mis sens dessus dessous. Il y avait une lampe brisée au sol. Du sang, également. Tout indiquait qu'une bagarre avait eu lieu.

— Je t'écoute, reprit-il, s'assurant d'adopter le ton du policier qu'il était.

— Je te répondrai. Quand Egan sera arrivé.

Il jura à nouveau. Egan n'approuverait certainement pas qu'il ait déboulé, furieux, chez Rayna. Mais son frère ne pouvait pas non plus ignorer les preuves attestant que Rayna avait tiré sur leur père. Il se tramait assurément autre chose.

— Mon père est vivant, lui dit-il. Tu n'as pas réussi à le tuer, en fin de compte.

Elle considéra un instant sa chemise tachée de sang et détourna les yeux comme si sa vue lui donnait la nausée. Il en profita pour la désarmer.

Ce fut du moins ce qu'il tenta de faire, mais elle tint bon. Après l'avoir repoussé, elle fit demi-tour pour s'enfuir, mais il la plaqua au sol. Tandis que tous deux s'affalaient lourdement par terre, Rayna lâcha son arme qui glissa sur le parquet.

Elle poussa un grommellement de douleur — ce ne fut pas un simple gémissement — et, tout en se tenant le côté, s'écarta précipitamment de lui. Il allait se jeter à nouveau sur elle quand il constata qu'elle s'était mise à saigner, cette fois du côté qu'elle tenait.

Cela le stoppa dans son élan.

— Que t'est-il arrivé ? Que s'est-il passé ? demanda-t-il sèchement.

Elle regarda autour d'elle, comme si elle envisageait de s'enfuir à nouveau, puis ses épaules s'affaissèrent en signe de reddition.

En grimaçant elle se redressa en position assise, dos contre le mur. Alors qu'elle semblait sur le point de lui répondre, elle parut manquer d'air et dut marquer une pause. Manifestement embarrassée, elle éluda d'un geste vague le problème et releva le menton. Il sembla à Court qu'elle essayait de se donner un air fort.

Elle échoua.

— Quand je suis revenue de la grange, il y a une heure environ, il y avait quelqu'un dans la maison, dit-elle enfin d'une voix encore un peu tremblante. Je n'ai pas vu qui c'était parce qu'il m'a aussitôt assommée puis traînée depuis l'arrière.

Elle grimaça de nouveau en se massant le côté gauche.

— Je pense qu'il m'a cassé des côtes en me frappant avec quelque chose.

Ça alors ! Court ne s'était certainement pas attendu à ce genre de choses. Il se rappela tout de même que peut-être tout cela n'était qu'un mensonge destiné à couvrir le fait qu'elle avait commis un crime. Cependant, ses blessures n'étaient pas illusoires. Elles étaient tout ce qu'il y avait de plus réel. Ce qui n'excluait pas qu'elle se les soit elle-même infligées...

— Je lui ai échappé, poursuivit-elle un moment plus tard. Après ça, il m'a frappée à nouveau, plusieurs fois. J'ai réussi à dégainer mon arme, que je portais dans un étui fixé à l'arrière de mon jean. C'est alors qu'il est parti. Je ne saurais dire où il est allé.

Ça n'avait pas de sens.

— Si quelqu'un s'est vraiment introduit ici il y a une heure, pourquoi n'as-tu pas tout de suite appelé le shérif ?

Pour toute réponse, elle lui lança un regard qui en disait long. Elle n'avait pas confiance en la police ; elle n'avait pas confiance en « lui ».

Eh bien, c'était réciproque.

— Je suis restée un moment inconsciente.

Elle secoua la tête, comme si même elle en était troublée, et releva le côté de son chemisier qui était taché de sang. Là aussi, il y avait une ecchymose ainsi que ce qui ressemblait à une plaie perforante. Celle qui avait vraisemblablement provoqué le saignement.

— Ou peut-être le type m'a-t-il droguée.

— Génial, marmonna-t-il.

Ça devenait de plus en plus tiré par les cheveux.

— Pour ton information, je ne te crois pas. Et, pour ce qui est de ne pas avoir appelé la police quand tu as été agressée, tu as bien appelé Egan quand tu m'as vu, lui fit-il remarquer.

— Parce que je voulais éviter que les choses dégénèrent comme ceci.

Elle les désigna, tous deux assis par terre.

— Manifestement, ça n'a pas fonctionné.

Il soupira.

— Pas plus que cette histoire que tu racontes, répliqua-t-il en se relevant.

Il sortit son téléphone.

— Quelques minutes seulement avant qu'on tire sur mon père, une serveuse du snack-bar situé en face du bureau du shérif t'a aperçue sur le parking. Il est impossible que tu aies pu être ici, durant cette prétendue agression, puisque tu étais en ville.

Elle cessa de grimacer afin de le fusiller du regard.

— J'étais ici.

Son ton sous-entendait : « Je me moque que tu le croies ou non. »

Il ne la crut pas.

— Tu savais qu'on avait tiré sur mon père, parce que tu n'as pas réagi quand je te l'ai dit.

— Je le savais parce que Whitney m'a appelée quand je revenais de la grange. Je venais de raccrocher quand ce sale type m'a attaquée.

Whitney Goble, sa meilleure amie. Il était tout à fait possible que Whitney ait vu son père se faire tirer dessus ou qu'elle l'ait appris après coup, puisqu'elle travaillait à temps partiel comme standardiste pour le bureau du shérif. Il serait assez facile de vérifier si elle lui avait vraiment téléphoné. Et, grâce au relevé de ses appels, ils pourraient sans doute déterminer la position de Rayna quand elle avait parlé à son amie. Il était prêt à parier que ça n'avait pas été lorsqu'elle était revenue de la grange, mais pendant qu'elle fuyait la scène de crime.

— Cette serveuse dit qu'elle m'a vue tirer sur ton père ? lui demanda Rayna.

La question l'ennuya, car il ne pouvait répondre par l'affirmative.

— En fait, elle était dans la cuisine quand le coup de feu a retenti. Mais la balle a été tirée du parc situé juste derrière le parking du bureau du shérif. Ce même parking où tu étais juste avant l'agression.

À en juger par son nouveau regard incrédule, elle était sur le point de le nier. Il sortit donc son téléphone et afficha la photo.

— La serveuse t'a prise en photo, ajouta-t-il en tournant l'écran de son portable vers elle.

Rayna se leva. Se tenant le côté, elle respira par à-coups. Elle secoua la tête dès l'instant où son attention se fixa sur le cliché granuleux de la femme en robe rouge. Une femme dont les cheveux étaient du même blond que les siens.

— Ce n'est pas moi. Je n'ai pas de robe de cette couleur. Et, par ailleurs, je n'étais pas là-bas.

La conversation s'avérait très frustrante mais, par chance, il avait autre chose. Il désigna la voiture qui se trouvait dans la rue, un peu plus loin que la femme, sur la photo.

— C'est ta voiture. Ta plaque d'immatriculation.

Plissant le front, elle lui arracha le téléphone des mains et regarda de plus près.

— Ce n'est pas ma voiture. Je suis restée à la maison toute la matinée.

Elle plongea son regard dans le sien et, cette fois, il y décela de l'animosité.

— Tu essayes de me piéger !

Elle pesta et lui jeta pratiquement son portable.

— Ne m'en avez-vous pas déjà assez fait, vous, les McCall, sans ajouter ça ?

Il attrapa son téléphone et lui répondit entre ses dents serrées :

— Nous ne t'avons rien fait.

Elle se mit à rire, d'un rire sans joie.

— Vraiment ? Tu te souviens de Bobby Joe ? cracha-t-elle. Ou l'aurais-tu oublié ?

Bobby Joe Hawley. Non, il n'avait pas oublié. À l'évidence, Rayna non plus.

— Il y a trois ans, ton père a tenté de me faire endosser le meurtre de Bobby Joe, poursuivit-elle. Ça n'a pas marché. Un jury m'a acquittée.

Il ne put nier l'acquittement.

— Ne pas être reconnue coupable n'est pas la même chose qu'être innocente.

C'était quelque chose qui le rongeait. Parce que les preuves avaient été présentes. Le sang de Bobby Joe dans la maison de Rayna. Sang qu'elle avait essayé de nettoyer. Plus le couteau trouvé dans sa grange. Le sang de Bobby Joe avait aussi été trouvé dessus. Les empreintes de Rayna avaient été la pièce manquante. *Idem* pour le corps. Ils ne l'avaient jamais retrouvé, mais elle pouvait l'avoir caché et avoir effacé ses empreintes de l'arme du crime.

Le jury n'avait toutefois pas vu les choses ainsi. Peut-être parce qu'il n'avait pu passer outre, un autre fait avéré : Bobby Joe avait agressé Rayna en plusieurs occasions, d'abord quand ils étaient ensemble puis après leur rupture, alors qu'elle avait obtenu une injonction d'éloignement à son encontre. Probablement avait-elle estimé que cela justifiait qu'elle le tue. Et que cela justifiait également qu'elle s'en prenne à présent au père de Court, qui était à l'époque le shérif de la ville. C'était Warren qui avait insisté pour la faire arrêter et juger. Après ça, il avait pris sa retraite. Il était fort possible qu'elle lui en ait gardé rancune durant tout ce temps.

Et elle avait certainement continué à lui en vouloir, à lui aussi.

Il entendit un véhicule se garer devant la maison et sut qu'il s'agissait d'Egan avant même de jeter un coup d'œil par la porte restée ouverte. Il se sut également qu'Egan n'était pas content. L'air renfrogné qu'arborait son frère en descendant de voiture lui prouva qu'il ne se trompait pas.

Egan n'avait que deux ans de plus que lui, mais il avait sans conteste cette allure de « grand frère qui prend tout en charge ». Même alors qu'il n'était encore qu'adjoint, il était parvenu à se faire cette réputation. Les gens aimaient plaisanter en disant qu'il pouvait vous botter les fesses avant même que vous puissiez vous en apercevoir.

— Si tu crois qu'Egan va te laisser t'en tirer, tu te trompes, l'avertit-il.

— Je ne le laisserai pas m'inculper abusivement, rétorqua-t-elle en lui lançant un nouveau regard noir. Ni toi. Peu importe que nous ayons un passé commun. Ce passé ne t'autorise pas à monter un coup comme celui-là contre moi.

Ils avaient eu une relation, oui. Remplie à la fois de bons et de mauvais souvenirs. Ils étaient tombés amoureux au lycée, mais cet « amour de jeunesse » était considérablement terni par le ressentiment qu'il y avait à présent entre eux.

Egan entra dans la maison, posa les mains sur ses hanches et balaya la pièce du regard avant de fixer son attention sur lui.

— Je t'en prie, dis-moi que tu n'es en rien responsable de ça.

— Je ne le suis pas.

Il ne mentait pas, mais il était possible qu'il ait ajouté aux dégâts lorsqu'il avait plaqué Rayna au sol.

— Rayna prétend que quelqu'un s'est introduit chez elle.

Il se dit que son frère trouverait cela difficile à croire lui aussi. Ça ressemblait trop à une coïncidence que leur père se soit fait tirer dessus et que Rayna ait subi une effraction à peu près au même moment.

— Tu n'aurais pas dû venir, lui dit Egan d'une voix rauque.

Court ne douta pas qu'il en entendrait encore parler plus tard, mais il avait une bonne raison d'être là.

— Je ne voulais pas qu'elle s'échappe.

— Et j'ai cru qu'il était venu me tuer, répliqua Rayna. J'ai braqué une arme sur lui.

Elle déglutit.

— Après ça, les choses ont dégénéré.

Egan soupira et marmonna quelque chose que Court ne saisit pas, avant de sortir son téléphone et d'envoyer un message.

— Court n'est responsable d'aucun des dégâts causés dans cette pièce, ajouta Rayna. C'est arrivé quand un intrus m'a agressée.

Egan pinça les lèvres en entendant cela et son regard se posa sur elle.

— Une ambulance est en chemin. Tes blessures sont-elles graves ? demanda-t-il en rangeant son téléphone.

Elle éluda la question d'un geste, grimaçant dans le même temps. D'accord, elle était blessée, mais Court se dit qu'Egan occultait ce qui était vraiment important.

— Elle a tiré sur papa, intervint-il. Nous avons la photo, tu te rappelles ? insista-t-il, bien que sachant que son frère n'avait évidemment pas pu l'oublier. C'est la preuve qu'elle était là-bas. La preuve qu'elle lui a tiré dessus.

— Non, ça ne l'est pas, maugréa Egan.

Il se passa la main sur le visage.

— Je pense que quelqu'un a tenté de piéger Rayna.

Alors que Court ouvrait la bouche pour le contredire, Egan sortit son portable et il lui montra une photo.

— Quelques minutes après ton départ précipité de l'hôpital, poursuivit-il, Eldon Cooper, l'employé de la quincaillerie, a trouvé ceci.

« Ceci » était une femme blonde vêtue d'une robe rouge. Une robe identique à celle que portait la femme photographiée par la serveuse. Mais les deux photos présentaient une énorme différence.

Sur celle-ci, la femme était morte.

2

Rayna s'approcha lentement d'Egan afin de voir ce qui avait fait se raidir Court et lui avait également arraché un juron, et comprit aussitôt pourquoi.

Il s'agissait d'une photo montrant une femme qui avait reçu une balle dans la tête.

Un frisson glacé la secoua, et elle recula d'un pas. Court avait raison, la femme lui ressemblait. Sur cette photo, en tout cas, qui était beaucoup plus nette. Bien qu'elle ne soit pas son parfait sosie, cette femme morte lui ressemblait assez pour être une parente. Or, elle savait qu'elle n'avait pas de parentes en vie.

— Quelqu'un l'a tuée à cause de moi, murmura-t-elle.

Ni Court ni Egan ne le nièrent.

Des larmes lui piquèrent les yeux et la panique monta en elle, mais elle les refoula. Pas question de craquer. Pas devant Court, en tout cas. Plus tard, elle pourrait pleurer, panser ses blessures, et tenter de découvrir ce qui se passait.

— Qui est-elle ? demanda-t-elle.

— Nous ne l'avons pas encore identifiée, mais ça ne saurait tarder. Pour le moment, elle est aux mains du légiste. Si ni le corps ni la voiture dont les plaques ont été maquillées ne nous fournissent d'indice, nous utiliserons ses empreintes.

Avec sa tête endolorie, elle avait du mal à réfléchir, mais elle s'efforça de trouver un sens à tout cela.

— Pourquoi quelqu'un se donnerait-il la peine de prendre un sosie puis de laisser sur place une voiture avec de fausses plaques ?

Egan haussa à nouveau les épaules.

— Ça nous ramène au fait que quelqu'un tente de te piéger.

Il paraissait malgré tout un peu sceptique à ce sujet.

— À moins que tu n'aies engagé cette femme pour qu'elle se fasse passer pour toi. Tu aurais pu prendre peur quand quelque chose a mal tourné et abandonner la voiture.

Bien qu'elle se soit préparée à faire l'objet d'autres accusations, elle en fut blessée. C'était toujours douloureux. Parce que cette accusation allait au-delà du simple fait d'avoir engagé une complice. Egan insinuait presque qu'elle avait aussi quelque chose à voir avec la mort de cette femme.

— Non, je ne l'ai pas engagée, parvint-elle à répondre, bien qu'ayant la gorge nouée. Et je n'ai pas tiré sur votre père. Je ne suis pas allée en ville depuis des semaines, et ce n'était pas ma voiture qui était garée près du bureau du shérif.

Egan hocha la tête, il lança un regard à Court.

— Elle a raison à propos de la voiture qui est toujours garée à la même place. Les plaques sont fausses. J'ai envoyé un adjoint les examiner. Quelqu'un a peint par-dessus les numéros afin qu'ils correspondent à l'immatriculation du véhicule de Rayna.

À nouveau, il laissait entendre qu'elle pourrait ne pas être étrangère à tout cela. Seigneur Dieu ! Pourquoi devait-elle toujours se défendre quand il était question des McCall ?

Bien sûr, elle connaissait la réponse. Elle avait scellé son propre sort avec Bobby Joe. Elle était restée avec lui, même après qu'il l'avait battue et traitée de tous les noms. Elle l'avait laissé la dépouiller de sa confiance en elle. De sa dignité.

Et presque de sa vie.

Mais Egan et Court, ainsi que leur père, n'avaient pas vu

les choses de cette façon. Bobby Joe avait parfaitement su dissimuler la maltraitance. Un loup déguisé en agneau. De ce fait, peu de gens en ville avaient pris son parti quand Warren McCall l'avait arrêtée pour son meurtre.

— Vous faites fausse route, une fois encore ! s'exclama-t-elle. Je n'ai rien à voir avec ça. Pourquoi serait-ce le cas ? Si je comptais tirer sur quelqu'un, pourquoi enverrais-je un sosie ? Pourquoi choisirais-je un endroit sur l'artère principale et au pied d'un immeuble rempli de policiers prêts à dégainer ?

Egan haussa les épaules.

— Peut-être pour faire croire que tu es innocente et que tu n'étais au courant de rien.

— Je suis innocente ! s'écria-t-elle pratiquement.

Elle s'interrompit et contempla la pagaille du salon.

— Mais peut-être mon intrus est-il à l'origine de ce qui s'est produit en ville et aussi de ce qui est arrivé à cette femme. Il pourrait s'être arrangé pour faire agresser ton père, tuer cette femme, après quoi il aurait pu venir ici s'en prendre à moi. Ses empreintes pourraient être sur la lampe. C'est ce dont il s'est servi pour m'assommer.

Court la regarda et, durant une fraction de seconde, elle crut déceler de la sympathie dans ses yeux gris à l'expression intense. Celle-ci disparut aussi vite qu'elle était apparue et il resta là, debout, à attendre. Peut-être une explication qui donnerait du sens à tout cela ? Hélas ! Elle ne pouvait lui en fournir aucune.

Elle renâcla.

— Si j'avais dû faire quelque chose pour simuler une agression, je ne me serais pas frappée aussi fort à la tête et encore moins cassé des côtes. Et je n'aurais pas brisé la lampe de ma grand-mère !

Ça la désolait de la voir ainsi fracassée. Cette lampe n'avait pas une grande valeur marchande, mais elle était précieuse à ses yeux. C'était une des rares choses qui lui restaient de sa grand-mère. Et, à présent, elle était détruite. Tout comme le peu de sérénité qu'elle était parvenue à regagner au cours de l'année précédente.

— Qui, selon toi, aurait pu faire ça ? lui demanda Court avec un mouvement de tête en direction du salon.

— Bobby Joe, dit-elle sans hésiter.

Elle savait quelle réaction cela susciterait chez eux et, en effet, ils levèrent les yeux au ciel avec des soupirs excédés.

— Vous pensez qu'il est mort, que je l'ai tué. Mais je sais que je ne l'ai pas fait. Donc ça signifie qu'il pourrait très bien être là, dehors.

Court se retint visiblement à grand-peine d'exprimer à nouveau son agacement.

— Donc, tu penses que Bobby Joe a tenté de te faire endosser l'agression de mon père et qu'il est ensuite venu ici pour s'en prendre à toi... S'il est vraiment en vie, pourquoi aurait-il attendu trois ans pour le faire ?

Rayna réfléchit à la question, sans trouver de réponse. Néanmoins, ça ne la surprendrait pas de la part de Bobby Joe. À la fin de leur relation, il avait menacé de la tuer. Peut-être était-ce sa façon de le faire. Il était tout à fait capable de s'amuser avec elle tout en se vengeant de Warren McCall qui n'était pas parvenu à la faire condamner pour meurtre.

Cependant, il y avait autre chose. Un élément qui semblait ne pas coller.

— Parlez-moi de la serveuse, leur dit-elle. Qui est-elle et pourquoi a-t-elle pris en photo la femme sur le parking ?

— Son nom est Janet Bolin, répondit Court. Elle a expliqué avoir pris la photo parce qu'elle a trouvé que tu... ou plutôt que la femme avait un comportement étrange.

Egan grommela. Probablement parce qu'il était d'accord avec sa théorie de la pièce de puzzle qui ne cadrait pas.

— Je vais demander à une équipe scientifique de venir examiner la scène.

Il appuya sur une touche de son téléphone et sortit sous le porche passer l'appel.

— Tu connais la serveuse ? demanda Rayna à Court.

Il secoua la tête.

— Elle est nouvelle. Ça fait une semaine à peu près qu'elle travaille là, mais je l'avais déjà vue dans le coin. Nous la convoquerons pour l'interroger.

Bien. Cela signifiait qu'elle commençait à faire des progrès pour ce qui était de le convaincre qu'elle n'avait pas tiré ce coup de feu, et qu'elle n'avait rien à voir avec la mort de cette femme.

Elle hésita avant de poser la question suivante.

— Comment va ton père ?

Warren était, pour eux deux, un sujet sensible.

Un muscle tressaillit sur la mâchoire de Court.

— Il est sorti de la salle d'opération, mais il est toujours inconscient. Nous ignorons encore quelles seront les conséquences de ses blessures.

Il semblait sur le point d'ajouter quelque chose, mais un bruit de sirène l'interrompit. C'était celle de l'ambulance qui remontait la route. Étant donné que la maison était la seule dans les environs, elle venait pour elle.

— Je ne veux pas d'ambulance, dit-elle. J'irai à l'hôpital par mes propres moyens.

Et ce ne serait pas celui de McCall Canyon. Elle irait à celui de San Antonio.

— Ce ne serait pas très malin, répliqua Court, cette fois sans hésitation. Nous ne sommes pas sûrs de ce qui se passe ici. En plus, si tu as des côtes cassées, tu ne dois pas conduire.

Ce fut plus fort qu'elle ; elle ne put se retenir de lui décocher un sourire narquois.

— Tu t'inquiètes pour moi ?

Cela lui valut un regard furibond, mais qui ne dura pas. Pendant quelques instants, elle vit autre chose. Pas de la sympathie, cette fois, mais l'attirance de naguère. Malgré les circonstances, cela éveilla quelque chose en elle. Ainsi que chez Court, apparemment, car il pesta en détournant le regard.

— Je voulais seulement m'assurer de ne pas t'avoir blessée quand nous sommes tombés au sol.

— Ce n'est pas le cas, assura-t-elle.

À vrai dire, elle avait mal en tellement d'endroits qu'il lui aurait été difficile de dire qui était responsable de ses diverses plaies et bosses.

Il reporta les yeux sur elle.

— Y a-t-il eu quelque chose de… sexuel en rapport avec l'agression après qu'on t'a assommée ?

— Non.

Dieu merci. C'était déjà ça.

— En fait, je ne suis même pas sûre qu'il ait eu l'intention de me tuer. Après tout, il aurait pu m'abattre dès l'instant où je suis entrée dans la maison.

— Peut-être n'était-il pas armé. Il se peut que tu l'aies surpris en plein cambriolage et qu'il se soit affolé en te voyant entrer.

Possible, en effet, mais ça ne lui inspira rien de bon. Pas plus que l'endroit douloureux au niveau de ses côtes. Elle y jeta à nouveau un coup d'œil. Quelle poisse que cela implique de relever une fois encore son chemisier ! Cette fois, Court l'examina lui aussi. Il se pencha vers elle, tellement près qu'elle sentit son souffle sur sa peau.

— On dirait une marque d'aiguille. N'as-tu pas mentionné le fait que tu t'étais évanouie ?

Elle hocha la tête.

— Mais l'homme était parti quand ça s'est produit.

Bien sûr, il aurait pu revenir. Il pouvait même encore revenir.

À cette idée, elle sentit son estomac se nouer et lança un regard inquiet à l'extérieur. Les endroits où se cacher ne manquaient pas sur son terrain.

— Tu es sûre que c'était un homme ? demanda Court.

Il utilisait à nouveau son ton de policier. Bien. C'était plus facile à gérer que l'attirance du passé.

— Tu as dit ne pas avoir vu qui t'a agressée. Alors comment sais-tu que c'était un homme ?

— Il m'est déjà arrivé qu'un homme lève la main sur moi. Donc, oui, je suis sûre que c'en était un.

Elle regretta aussitôt d'avoir laissé échapper ça, même si c'était vrai. Elle n'appréciait guère de rappeler à qui que ce soit, et en particulier à Court, à quel point elle s'était trompée sur Bobby Joe. D'autant qu'elle avait quitté Court pour être avec lui.

— Après qu'il m'a frappée avec la lampe, ajouta-t-elle, il a passé un bras autour de ma gorge. Mon dos s'est retrouvé contre son torse. Je sais donc que c'était un homme.

Court prit un moment, réfléchissant manifestement à cela, puis alla examiner la serrure de la porte d'entrée.

— Il n'y a pas de signe d'effraction. La porte était-elle fermée à clé ? Avais-tu enclenché ton système d'alarme ?

Elle sentit son sang se figer dans ses veines. Avec tout ce chaos, il ne lui était pas venu à l'esprit de se poser ces questions.

— Oui, elle devait être fermée à clé et l'alarme était enclenchée. Je ne quitte jamais la maison sans le faire.

— Même juste pour aller dans la grange ?

— Même dans ce cas.

L'air s'étant soudain à nouveau raréfié dans ses poumons, elle s'efforça de respirer calmement. C'était toujours ainsi quand elle pensait à la femme qu'elle était devenue.

— Je crois sincèrement que Bobby Joe est en vie et qu'il pourrait s'en prendre à moi.

Court sembla sur le point de proférer un juron, mais elle n'aurait su dire si c'était parce qu'il se sentait désolé pour elle ou parce qu'il la croyait folle de se méfier autant d'un homme qui, selon lui, était mort.

— Quand je suis arrivé, la porte d'entrée n'était pas fermée à clé. Est-il possible que ton intrus ait eu une clé ?

— Non. Et je n'ai pas non plus de double caché aux alentours.

Elle garda son attention fixée sur l'ambulance qui s'arrêtait derrière la voiture de police.

— En plus, il aurait dû déverrouiller le système d'alarme. Il est inviolable ; il n'aurait donc pas pu se contenter de couper un fil ou de faire quelque chose de ce genre. Il lui aurait fallu connaître le code.

À chaque parole, la boule qui s'était formée dans son estomac grossissait. Elle avait pris toutes les précautions nécessaires, et ça n'avait pas suffi. C'était dur à encaisser, car il se pouvait qu'elle ne se sente plus jamais en sécurité dans cette maison qu'elle adorait. La maison de sa grand-mère. Cela ne signifiait pas pour autant qu'elle partirait. Non. Elle ne donnerait pas à Bobby la satisfaction de la voir fuir. Toutefois, elle se fit la réflexion que les nuits blanches allaient se multiplier à l'avenir.

Egan était toujours au téléphone quand les secouristes descendirent de l'ambulance et se dirigèrent vers le porche. En sortant pour les informer qu'ils pouvaient partir, elle aperçut un autre véhicule. Un véhicule familier.

La Mustang rouge de Whitney.

— Tu l'as appelée ? lui demanda Court, qui l'avait suivie.

Elle secoua la tête, mais cela ne la surprit pas que Whitney ait appris ce qui s'était passé et soit venue. Elles étaient amies depuis le CE2 et, bien que cette amitié se soit un peu altérée lorsque Rayna avait entamé une relation avec Bobby Joe, Whitney avait généralement été présente pour elle. Elle avait aussi été l'une des rares personnes à prendre son parti lors de son procès.

Whitney sortit en trombe de sa voiture et dépassa en courant les secouristes pour arriver jusqu'à elle et la prendre aussitôt dans ses bras. L'étreinte fut inconfortable pour Rayna à cause de la douleur de ses côtes ; elle s'écarta en réprimant une grimace.

— Je suis venue dès que j'ai pu trouver quelqu'un pour me remplacer au travail.

Les mots se bousculèrent sur les lèvres de Whitney.

— Mon Dieu, tu es blessée !

Elle fit mine de toucher la blessure sur la main de Rayna puis se ravisa.

— Ça doit être grave, si l'ambulance est venue.

— Non, ils étaient sur le point de partir.

Rayna avait parlé assez fort pour que les secouristes l'entendent.

— Ils ne partent pas, répliqua Court en leur faisant signe d'attendre.

Il espérait manifestement pouvoir la persuader de les accompagner.

Le regard perplexe de Whitney fit la navette entre Court et elle.

— Y a-t-il… quelque chose entre vous deux ? Vous n'êtes pas de nouveau ensemble, si ?

— Non ! répondirent-ils à l'unisson.

Cela l'amena toutefois à se demander ce qui avait pu le lui faire penser.

L'air soulagé, Whitney poussa un soupir. Peut-être parce qu'elle savait qu'elle n'était pas prête pour une relation. En particulier avec Court McCall.

— Que s'est-il passé ici ? demanda-t-elle en jetant un coup d'œil à l'intérieur.

— Quelqu'un est entré par effraction, se contenta de lui répondre Rayna.

Elle pensait lui donner plus tard davantage d'informations, mais son amie remplit les blancs.

— Et tu penses que c'était Bobby Joe, conclut-elle.

Cependant, aussitôt après avoir dit ça, elle secoua la tête.

— Il semble qu'il se trame plus que ça. Je veux parler du fait que l'on a tiré sur Warren.

Court murmura son assentiment.

— As-tu une clé de la maison de Rayna ? Et, non, je ne l'accuse de rien, ajouta-t-il aussitôt à l'adresse de Rayna. Je m'efforce seulement de découvrir comment l'intrus est entré.

— Je n'ai pas de clé, répondit Whitney. Bobby Joe n'en aurait pas non plus. Rayna a fait changer les serrures après son acquittement. Elle a aussi fait mettre sous alarme les portes et fenêtres. T'a-t-elle dit qu'elle a des armes planquées partout dans la maison ?

Rayna lui lança un regard acéré afin de la faire taire, mais c'était trop tard. Après avoir entendu ça, Court était probablement encore plus convaincu qu'elle était sur le point de partir en vrille.

— Alors, vous venez avec nous ? lui lança l'un des secouristes.

Il semblait s'impatienter.

Rayna le connaissait. Dustin Mendoza, un ami de Bobby Joe. Bien sûr, quasiment chaque homme d'environ trente-cinq ans habitant McCall Canyon entrait dans cette catégorie.

— Non, fit-elle.

Alors qu'elle s'attendait à voir Court s'obstiner lui aussi et insister pour qu'elle y aille, il n'en fit rien.

— Je vais conduire Rayna à l'hôpital, annonça-t-il. J'ai encore quelques questions à lui poser au sujet de l'intrusion.

Dustin n'attendit pas de savoir si elle était d'accord. D'un geste, il invita son collègue à le suivre et ils repartirent en direction de l'ambulance.

— Je pense aussi que tu devrais envisager une protection rapprochée, conseilla-t-il à Rayna. À l'évidence, l'intrus sait comment entrer chez toi, et il pourrait revenir.

Cette pensée lui avait traversé l'esprit, mais entendre quelqu'un la formuler lui glaça le sang.

— Tu peux venir t'installer chez moi, proposa Whitney. En fait, je peux t'emmener à l'hôpital.

C'était généreux de sa part, et elle était sur le point d'accepter, mais Court reprit la parole avant qu'elle puisse dire quoi que ce soit.

— Ça risquerait d'être dangereux. Pour Whitney. Si cet intrus cherche toujours à s'en prendre à toi, il pourrait se rendre chez elle pour t'y trouver.

Whitney blêmit. De toute évidence, ce n'était pas une chose qu'elle avait prise en considération en faisant cette proposition.

— Ça ira, lui assura Rayna. Je peux faire d'autres projets.

Elle ignorait quels seraient exactement ces projets, mais elle devrait sans doute engager un garde du corps. Et mettre de la distance entre les McCall et elle. Quoi qu'il se trame, cela semblait en lien avec eux. Elle estimait que le timing de l'agression contre Warren, de l'intrusion chez elle et du meurtre de la femme n'était pas une coïncidence.

Egan termina enfin sa conversation téléphonique et, au moment où il se tourna pour les rejoindre, elle sut que quelque chose n'allait pas.

— C'est papa ? lui demanda aussitôt Court.

Il secoua la tête.

— C'est la serveuse. Janet Bolin. Elle est morte. Quelqu'un l'a tuée.

3

Un autre meurtre. Deux femmes assassinées en l'espace de quelques heures.

Court ne pouvait en aucune façon écarter l'hypothèse qu'il existait un lien.

Mais un lien menant où ?

À Rayna. À son père. Ou peut-être aux deux.

Il enfila une chemise propre prise dans son vestiaire et réfléchit à cet éventuel lien tout en revenant dans la salle commune de la brigade, où se trouvait Rayna. Ou, plutôt, où elle faisait les cent pas. Il faillit lui rappeler qu'elle devrait être assise. C'était, en tout cas, ce que le médecin avait préconisé quand il était venu l'examiner au bureau du shérif. Mais elle ne voulait rien savoir, et il ne pouvait le lui reprocher. Difficile de rester en place, avec cette énergie débordante qui bouillonnait en elle.

— Tu as quelque chose ? lui demanda-t-elle dès qu'elle le vit.

Il prit une profonde inspiration, qui trahit toute la lassitude qu'il ressentait.

— Il n'y a pas de résidus de poudre sur tes mains.

Il avait relevé un échantillon sur ses mains aussitôt qu'ils étaient arrivés au bureau du shérif, mais n'avait pas pu l'analyser dans la foulée en raison de toutes ses autres obligations.

Et du fait de devoir changer de chemise.

Il avait estimé avoir assez longtemps porté le sang de son père et il ne voulait pas davantage l'avoir sous les yeux.

Rayna ne l'incendia pas, mais cela y ressembla beaucoup.

— Dis-moi quelque chose que j'ignore ! Bien sûr qu'il n'y a pas de résidus de poudre sur mes mains, puisque je n'ai pas tiré de coup de feu.

Il faillit lui faire remarquer qu'elle aurait très bien pu se les être lavées mais, de toute évidence, les choses ne s'étaient pas passées ainsi. Et cela n'expliquerait pas comment elle avait reçu toutes ses blessures. Aussi accéda-t-il à sa demande et lui confia-t-il une chose qu'elle ignorait certainement.

— Janet a été tuée d'un seul coup de feu tiré à bout portant. Son corps se trouvait dans la ruelle derrière le snack-bar, et il ne semble pas qu'il ait été déplacé après sa mort. Nous ne connaissons pas encore l'identité de l'autre femme.

Les deux victimes avaient toutefois quelque chose en commun. Elles ne présentaient pas de blessures défensives, ce qui signifiait que leur meurtrier avait pu les approcher suffisamment pour tirer le coup de feu fatal sans les alarmer.

— Personne à l'intérieur ou aux alentours du snack-bar n'a entendu la détonation ?

— Non. Mais elle avait son sac à main et Pete, le cuisinier, a dit qu'il lui restait trois heures de service. Elle n'avait pas de téléphone portable sur elle. Peut-être avait-elle prévu de rencontrer quelqu'un.

Et ce « quelqu'un » l'avait tuée.

Cela pouvait signifier que Janet détenait des informations sur l'agression de son père. Ou peut-être l'avait-on simplement manipulée pour qu'elle prenne la photo vraisemblablement destinée à piéger Rayna.

— Il n'y a pas de caméras de surveillance à l'arrière, ajouta-t-il. Ça vaut pour la plupart des établissements de la ville. Le fait est qu'ils n'en avaient pas vraiment l'utilité.

Jusqu'à ce jour.

Au cours des dix dernières années, il n'y avait eu que deux

meurtres. L'un au cours d'une bagarre d'ivrognes dans un bar de la ville, l'autre, celui de Bobby Joe. À présent, ils se trouvaient face à deux homicides non résolus, une tentative de meurtre, une effraction et une agression. Rien d'étonnant à ce qu'Egan ait été accaparé au cours des trois dernières heures. Il se trouvait sur la première scène de crime, raison pour laquelle Court gérait les appels téléphoniques tout en gardant un œil sur Rayna.

Il ne l'en avait pas encore informée, mais elle était maintenant un témoin clé dans la mesure où elle pourrait se rappeler quelque chose concernant son agresseur. Elle était certainement aussi en grand danger.

— Ça n'a pas de sens..., marmonna-t-elle.

Elle avait répété cela à de multiples reprises après qu'il eut insisté pour qu'elle vienne au bureau du shérif. En fait, il avait d'abord tenté de la persuader de se rendre à l'hôpital puis, comme il ne parvenait pas à la convaincre, il l'avait amenée là. C'était beaucoup mieux pour elle que d'être chez Whitney ; toutes deux avaient fini par en convenir. Elle avait également accepté que le médecin l'examine.

— Comment vont tes côtes et ta tête ? lui demanda-t-il.

— Bien, répondit-elle, écartant d'un geste son inquiétude.

Il savait toutefois qu'elle devait souffrir. Le médecin ne pensait pas que ses côtes soient cassées, mais il y avait un hématome profond, ainsi qu'un autre là où l'intrus l'avait frappée à la tête.

— Le médecin m'a fait une prise de sang, reprit-elle en se frottant le pli du bras. Quoi que cet individu m'ait injecté, ça se trouve sans doute encore dans mon organisme.

Même si cela ne leur apportait probablement pas de nouvel élément susceptible de les aider à le démasquer, c'était une information qu'il devait connaître afin de s'assurer que le produit n'ait pas d'effets secondaires préoccupants.

Il fit un signe de tête en direction du bureau d'Egan, qui se trouvait juste à la sortie de la salle commune.

— Il y a là un fauteuil à peu près confortable, des bouteilles d'eau, aussi. Tu pourrais aller t'y installer pendant que j'appelle le labo pour leur demander d'activer les recherches sur l'identité de la première femme.

Elle cessa de faire les cent pas et capta son regard.

— Tu es vraiment prévenant avec moi.

L'était-il ? Il haussa une épaule.

— Je pense simplement que nous pourrions faire une trêve, essayer de nous sortir au mieux de cette journée cauchemardesque.

Elle continua de le dévisager pendant un moment, puis hocha la tête et se dirigea vers le bureau d'Egan. Il la suivit après avoir balayé du regard la salle commune afin de s'assurer que tout allait bien. Il ne s'y trouvait qu'une autre adjointe, Thea Morris, qui prenait la déposition d'une serveuse du snack-bar. Les quatre autres adjoints se trouvaient sur les différentes scènes de crime.

— Si tu veux aller voir ton père, à l'hôpital, je t'en prie, n'hésite pas, dit Rayna. Je sais que tu préférerais être avec lui.

C'était vrai. Mais, comme son père était toujours inconscient, il n'y avait rien qu'il puisse faire. Par ailleurs, sa mère, Helen, et sa sœur, Rachel, étaient sur place. Ainsi que Griff Morris, un Texas Ranger que Warren avait pratiquement élevé. Il était comme un frère pour Court, et ce dernier savait pouvoir compter sur lui pour l'appeler s'il y avait le moindre changement dans l'état de son père. Ou si de nouveaux problèmes survenaient. Dans l'immédiat, il serait plus utile à son père en s'efforçant de découvrir qui lui avait logé cette balle dans le corps.

— Tu n'es pas obligé de jouer les baby-sitters, insista Rayna.

C'était pourtant précisément sa mission, et le regard qu'il posa sur elle fut éloquent.

— Oh !

Elle lui parut particulièrement vulnérable tandis qu'elle se laissait tomber dans le fauteuil de l'autre côté du bureau.

— Ça n'a rien de personnel, précisa-t-il, pensant que cela pourrait aider.

Aider en quoi exactement, il l'ignorait. C'était éminemment personnel. Or, ça ne le devait pas. Il ne pouvait pas laisser leur passé, pas plus les bons que les mauvais moments, entrer en jeu.

Il appela le labo et fut aussitôt mis en attente. Tandis qu'il patientait, il prit une copie de la déposition de Rayna, qu'il avait imprimée, et la lui tendit.

— Relis ça, et veille à m'indiquer tout détail manquant, lui dit-il. Par exemple, as-tu entendu le bruit d'un moteur quand ton agresseur s'est enfui ?

— Non.

Elle lui sembla assez calme lorsqu'elle répondit, mais quand il l'observa plus attentivement il vit qu'elle refoulait ses larmes. En s'apercevant qu'il l'avait remarqué, elle détourna le regard et eut un geste vague de la main.

— Ça me rend folle ! J'ai passé trois ans à reconstruire ma vie, et voilà qu'elle semble à nouveau s'effondrer.

Ne sachant que répondre à cela, il garda le silence, sortit une boîte de mouchoirs du tiroir du bas et la posa devant elle.

— J'ai suivi des cours d'autodéfense, poursuivit-elle. Je me suis entraînée au tir. J'ai fait installer un système d'alarme, et je ne me déplace jamais sans une arme. Excepté ici, bien sûr.

Il aurait aimé pouvoir lui dire qu'elle n'en avait nul besoin en cet endroit, qu'elle se trouvait en compagnie de deux shérifs adjoints. Toutefois, étant donné que son père avait été pris pour cible à quelques mètres seulement de là, il doutait que ces paroles puissent être d'un grand réconfort. Sans parler du fait qu'elle n'avait pas confiance en lui.

— Tu as fait tout ça parce que tu appréhendais le retour de Bobby Joe ?

Il s'efforçait de garder un ton neutre. Ils avaient déjà assez de batailles à mener sans qu'il laisse transparaître son incrédulité à ce sujet.

— Ce n'était pas de l'appréhension, répondit-elle dans un murmure. Je voulais être en mesure de l'empêcher de s'en prendre de nouveau à moi. J'ai appris à mes dépens que je ne devais pas m'en remettre aux autres pour ça.

Court ne put se contrôler. Par réflexe, il passa à l'offensive, comme toujours avec elle.

— J'ai arrêté Bobby Joe après que tu en as eu assez de lui et que tu as décidé de le poursuivre, lui rappela-t-il.

— Oui, et il a passé moins d'une heure en prison. Après ça, il a menacé de me tuer, s'est empressé d'en sortir, et a simulé sa mort pour me piéger.

Si les choses s'étaient vraiment passées ainsi, il ne pouvait que déplorer de n'avoir pu faire plus. Mais c'était un « si » avec un « S » majuscule. La plupart des gens appréciaient Bobby Joe et entretenaient de bonnes relations avec lui.

Lui n'avait pas fait partie de ces gens.

Bobby Joe et lui avaient toujours semblé s'irriter mutuellement. Il se pouvait que Bobby Joe ait été jaloux parce que Rayna et Court étaient sortis ensemble durant la majeure partie des années de lycée. Pour sa part, Court estimait que sa propre aversion découlait du fait que Rayna lui avait brisé le cœur quand elle avait rompu avec lui.

Mais de l'eau était depuis longtemps passée sous les ponts.

— Vas-tu au moins envisager l'éventualité que Bobby Joe puisse être vivant ? lui demanda-t-elle.

Il n'eut pas le temps de réfléchir à sa réponse, car Clyde Selby, le technicien du labo, reprit la ligne.

— Désolé de t'avoir fait patienter, s'excusa Clyde. Je voulais m'informer de ce que nous avions sur la deuxième femme avant de te répondre. Quoi qu'il en soit, la première victime se nomme Hallie Ramon. Elle est, était, étudiante. Elle a été fichée en raison d'une arrestation pour détention de drogue quand elle avait dix-huit ans. Elle n'avait pas de résidus de poudre sur les mains ; je ne pense donc pas que ce soit elle qui a tiré sur ton père.

Court éprouva une amère déception. Celui ou celle qui l'avait fait courait toujours.

Il se concentra sur ce que lui disait Clyde. Ça se résumait à peu de chose. En dehors de la détention de drogue, le casier était vierge. La jeune femme avait vingt-quatre ans et pas même une contravention. Cependant, quelque chose retint son attention.

— Elle était étudiante en art dramatique..., répéta-t-il.

Il n'avait pas eu l'intention de s'exprimer à voix haute ; cela interpella aussitôt Rayna, qui se redressa et s'avança sur le bord de son siège. Court fut ennuyé de la décevoir, mais le rapport du labo ne fournirait vraisemblablement rien d'autre. Les informations devraient à présent venir de l'enquête, ce qui impliquait d'interroger les amis de Hallie afin de déterminer ce qui la reliait aux événements qui s'étaient produits à McCall Canyon.

Il relança Clyde.

— Tu as fait mention de la deuxième femme.

— Oui. Janet Bolin. Egan m'a envoyé ses empreintes et je n'ai trouvé aucune correspondance. On n'a rien sur elle. À la différence de la première victime, elle n'est pas fichée. Pas de permis de conduire, rien.

Court maugréa. Cela signifiait qu'elle avait menti en postulant à l'emploi de serveuse. Elle avait même probablement utilisé une fausse identité, ce qui allait rendre l'enquête beaucoup plus difficile. Parce que, jusqu'à ce qu'ils l'aient identifiée, il leur serait impossible de définir son lien avec l'affaire.

— Est-ce qu'elle est ici ? hurla soudain quelqu'un. Je veux la voir. Maintenant !

Il reconnut instantanément la voix et sut qu'elle était de mauvais augure. C'était celle de Mitch Hawley, le frère de Bobby Joe. Et la personne à qui il faisait allusion était forcément Rayna.

Elle se leva aussitôt du fauteuil et se tourna pour faire face à Mitch. Pas seulement pour lui faire face. Elle fonça droit dans la salle commune de la brigade. Si elle avait peur de lui, elle ne le montra pas.

Elle avait pourtant tout lieu de le craindre.

Contrairement à Bobby Joe, Mitch n'était guère apprécié et avait un tempérament sanguin. Court l'avait arrêté à plusieurs reprises pour des bagarres. C'est la raison pour laquelle il s'interposa. Il se moquait de devoir l'arrêter une fois de plus, mais il voulait éviter qu'il agresse Rayna. Mitch était un type costaud, mesurant près d'un mètre quatre-vingt-dix et très musclé. Une carrure adaptée puisqu'il travaillait avec des taureaux de rodéo. Ses poings pouvaient causer de graves blessures.

— Pourquoi elle n'est pas sous les verrous ? demanda-t-il d'un ton mauvais.

— Parce que je n'ai rien fait de mal, rétorqua Rayna.

— Ben voyons ! Tu as juste tué mon frère et tu viens de tirer sur son père.

Son regard s'était porté sur Court.

— Dis-moi que tu ne la protèges pas !

— Inutile. On n'a trouvé aucun résidu de poudre sur elle. Et, au moment où a été tiré le coup de feu, quelqu'un l'agressait. Que sais-tu à propos de ça ?

Cette question embrasa plus encore les yeux marron, déjà étincelants de fureur, de Mitch.

— Tu m'accuses de quelque chose ?

— Pas dans l'immédiat. Pour le moment, je pose une question. Selon la réponse que tu me donneras, je t'accuserai ou pas.

Rayna secoua la tête. Lui demandait-elle ainsi de ne pas mener ses combats à sa place ? Ce n'était pas ce qu'il faisait. Avec tous les autres problèmes en cours, il n'avait pas de temps à perdre, d'autant que, en raison de leur passé, Mitch était automatiquement suspect.

— Non, je ne m'en suis pas pris à elle, répliqua celui-ci. Je n'ai rien à voir avec le cataclysme qui s'est abattu aujourd'hui sur la ville.

Il jeta un coup d'œil à Rayna et sourit.

— On dirait que quelqu'un t'a bien amochée.

— C'est toi qui as fait ça ? demanda Court, ramenant sur lui l'attention de Mitch.

L'homme secoua la tête puis soupira.

— Non, je ne perdrais pas mon temps avec une meurtrière. Mais je n'arrive pas à croire que tu la laisses en liberté. Elle avait un mobile pour tirer sur ton père.

— En effet, et toi aussi, lui rappela Court. En fait, il me semble me souvenir que tu as fait pression sur mon père et sur le reste d'entre nous pour qu'on mette Rayna derrière les barreaux. Nous l'avons fait et elle a été acquittée. Fin de l'histoire.

— Ah, ça non ! Ce n'est pas terminé.

Il pointa l'index en direction de Rayna.

— Si elle est capable de tuer mon frère, elle est capable de tout.

— Apparemment, non, rétorqua Rayna. Je suis incapable de convaincre qui que ce soit que « non coupable » signifie que je ne l'ai pas fait.

Elle adressa à Court un regard l'informant que lui aussi entrait dans cette catégorie.

— Parce que tu as acheté le jury ou quelque chose dans le genre. J'ai supplié Warren de faire rouvrir l'enquête…

— Il n'est pas question de rouvrir l'enquête, l'interrompit Court.

Il commençait à entrevoir ce que Rayna avait enduré au cours des trois dernières années.

— Elle ne peut être jugée à nouveau en vertu de la clause de double incrimination.

— Alors, trouve autre chose. Conspiration ou falsification de preuve.

Mitch marqua une pause, juste le temps de jurer.

— La semaine prochaine marquera le troisième anniversaire du meurtre de mon frère, et quelqu'un doit payer pour ça.

Il se pourrait fort bien que personne ne paye, songea Court, qui garda toutefois cette pensée pour lui. En effet, Rayna avait été leur seule et unique suspecte.

— Pourquoi être allé parler à mon père de tout ça ? lui demanda-t-il.

Manifestement ennuyé par cette question, Mitch soupira de nouveau.

— Je suis allé le voir parce que ça ne me mène nulle part de m'adresser à Egan ou à toi, voilà pourquoi. J'ai pensé que je pourrais obtenir de lui qu'il t'incite à faire quelque chose. Warren m'a dit de laisser tomber. De m'occuper de ce qui me regarde. Tu peux croire ça ?

Bien sûr qu'il pouvait le croire. Warren pouvait se montrer intraitable et froid. Même s'il réprouvait le fait que Rayna ait été acquittée, il réprouvait plus encore celui que Mitch en fasse le reproche aux McCall.

Mitch se frotta la tête.

— Je ne peux pas laisser tomber. Je rêve sans arrêt de Bobby Joe. Des cauchemars. Comme si, par-delà la tombe, il essayait de me dire de lui rendre justice.

Il leva les yeux, cligna des paupières, affichant l'expression d'un homme qui se rend compte qu'il en a peut-être trop dit. À moins qu'il n'ait tout simplement pas eu envie qu'ils perçoivent l'intense émotion qu'il y avait encore dans sa voix.

— Il n'y a aucune nouvelle preuve permettant d'incriminer Rayna de quoi que ce soit, assura Court. Ni du meurtre de Bobby Joe ni de l'agression de mon père.

— Dans ce cas, tu ne cherches pas assez, grommela Mitch.

Son visage se durcit.

— Et c'est elle la responsable. Elle a réussi à te convaincre qu'elle est toujours la fille que tu fréquentais au lycée. Eh bien, ce n'est pas le cas.

Il tendit la main en direction de Rayna comme pour l'empoigner, mais Court lui saisit le poignet.

— Il est temps pour toi de partir.

Mitch se libéra de son étreinte avec plus de force que nécessaire.

— Tu aurais dû savoir qu'elle ferait quelque chose comme tirer sur ton père. Les signes étaient là. Même Janet Bolin en a fait la remarque.

Court fronça les sourcils.

— Janet ?

— Oui, la nouvelle serveuse du snack-bar, de l'autre côté de la rue. Je m'y trouvais, plus tôt dans la semaine.

Mitch se tut. Il avait dû s'apercevoir du changement d'expression de Rayna et de Court.

— Qu'a dit « Janet » à mon sujet ? demanda Rayna.

La colère de Mitch commença à retomber un peu. Il demeura silencieux durant un long moment.

— Elle en savait long sur toi. Sur ce qui s'était passé avec Bobby Joe. Elle m'a questionné à ce sujet.

Court saisit la balle au bond.

— Quel genre de questions ?

Mitch les regarda tour à tour puis secoua la tête.

— Des choses du style : à quelle fréquence Rayna venait en ville, etc.

Bingo ! Ça signifiait qu'elle espionnait Rayna.

— Janet a-t-elle jamais parlé de faire du mal à Rayna ou de se venger d'elle pour une raison ou une autre ?

Mitch écarquilla les yeux.

— Non. Bien sûr que non. Elle n'aurait jamais fait ça, pas en étant détective privée.

Ce fut alors au tour de Court d'écarquiller les yeux.

— Qu'est-ce qui te fait penser qu'elle était détective ?

— Elle l'a laissé échapper et j'ai vu sa carte une fois, quand elle est tombée de sa poche. Je pensais que tu le savais.

Court lança un coup d'œil à Rayna pour vérifier si elle en avait la moindre idée. Ce n'était pas le cas. Elle secoua la tête.

— Je pensais que tu le savais, répéta Mitch. Après tout, Janet travaillait pour ton père. C'est Warren qui l'a engagée.

4

Des réponses. C'était ce dont Rayna avait besoin dans l'immédiat. Ainsi que d'un autre endroit où vivre. Elle espérait seulement pouvoir obtenir les deux sous peu.

Sa maison n'était pas vraiment un lieu sûr. Court l'avait donc amenée à la dépendance située sur les terres de son ranch familial. Elle avait l'impression d'avoir dormi dans le camp ennemi. Et en compagnie de son ennemi, puisque Court était resté toute la nuit avec elle. Elle aurait cependant parié qu'il n'avait pas beaucoup sommeillé. En ce qui la concernait, incapable de chasser ses interrogations, incapable d'oublier que quelqu'un cherchait à lui faire endosser un meurtre, elle avait à peine fermé l'œil.

Une fois de plus.

Si Bobby Joe était vraiment derrière tout cela, elle pria pour qu'il persévère et se découvre afin qu'elle puisse y mettre un terme une fois pour toutes.

Comme le chalet n'était pas très grand, elle n'eut aucun mal à entendre quelqu'un se déplacer dans la cuisine. Court, sans nul doute. Une agréable odeur de café flottait dans l'air. Bien qu'elle ne soit pas particulièrement pressée de l'affronter, elle avait absolument besoin de caféine. Et peut-être aurait-il des éléments nouveaux qui lui apporteraient les réponses qu'elle attendait. En particulier des informations concernant son père. Il fallait qu'elle sache si Mitch avait eu raison lorsqu'il disait que Warren avait engagé Janet Bolin.

Si tel était le cas, peut-être s'agissait-il de sa part d'un moyen tordu de tenter de l'envoyer en prison. Cette fois pour de bon.

Elle écarta vite cette idée. Au dire de tous, Warren aurait pu être tué par ce tir. S'il avait orchestré ce plan, il n'aurait pas mis ainsi sa vie en danger.

Elle se leva, s'habilla rapidement, prit une profonde inspiration pour se calmer et parcourut les quelques mètres la séparant de la cuisine. Elle avait vu juste ; c'était bien Court qui s'y trouvait, et il était en train de se verser une tasse de café.

— Tu es levée et habillée, dit-il, l'air soulagé.

Ce soulagement s'appliquait probablement à la partie concernant sa tenue. Cela aurait réveillé trop de souvenirs si elle n'avait porté qu'une chemise de nuit, voire rien du tout, étant donné qu'il l'avait amenée là plusieurs fois à l'époque où ils sortaient ensemble.

— Je me suis couchée tout habillée, avoua-t-elle en fonçant droit sur le café.

De cette façon, s'ils avaient été attaqués, elle aurait été prête à fuir ou à riposter.

— Je dois retourner chez moi m'occuper des chevaux.

— J'ai envoyé deux ouvriers le faire. Je ne pense pas que ce soit une bonne idée que tu te montres comme ça à découvert.

En effet, ce ne serait pas très avisé, mais elle aurait aimé voir ses chevaux. Le simple fait d'être à leur contact la calmait généralement et, en cet instant, elle en avait désespérément besoin.

— Merci, marmonna-t-elle.

Elle était agréablement surprise qu'il ait songé à faire une telle chose. Bien sûr, elle avait probablement occupé ses pensées la majeure partie de la matinée, quoique certainement pas d'une manière agréable.

— Pour le cas où tu aies encore mal.

Il fit glisser un flacon dans sa direction sur le plan de travail.

C'était la prescription que le médecin avait commandée pour elle à la pharmacie. Apparemment, quelqu'un était passé la prendre et l'avait apportée au ranch.

Elle le remercia à nouveau, mais déclina l'offre. Elle avait déjà l'esprit assez embrumé sans y ajouter ça.

— Je t'en prie, dis-moi que tu as de bonnes nouvelles.

Le haussement d'épaules de Court ne lui laissa pas beaucoup d'espoir.

— Mon père n'est toujours pas conscient. Nous n'avons donc pas pu l'interroger à propos de Janet ni apprendre qui elle est réellement. Mais nous avons reçu les résultats de ton analyse de sang. Tu as été droguée. C'était un barbiturique manifestement destiné à t'assommer.

Mission accomplie pour son agresseur. Il avait vraisemblablement fait cela pour qu'elle ne se présente pas en ville en même temps que Hallie Ramon, la femme en rouge qui avait été vue près du bureau du shérif. Et soit cette femme avait été là pour tirer sur Warren, soit elle avait été piégée, tout comme quelqu'un avait tenté de le faire pour elle.

— Et de ton côté ? lui demanda-t-il. Te rappelles-tu le moindre fait nouveau à propos de la personne qui t'a droguée ?

Elle but une grande gorgée de café et secoua la tête.

— Mais, hier soir, j'ai appelé la société qui a installé mon système d'alarme. Ils m'ont assuré qu'aucun de leurs employés n'aurait communiqué mon code pour neutraliser l'alarme.

— Même si quelqu'un l'avait fait, il y a le problème de la clé, lui fit-il remarquer. Il n'y avait aucun signe d'effraction.

— Non, mais se procurer la clé aurait été plus simple qu'obtenir le code de sécurité. Je n'enlève pas la clé de ma maison du porte-clés quand je le donne au mécanicien pour qu'il fasse la vidange de ma voiture.

Quoique, à l'avenir, elle y veillerait.

— J'ignore également si le serrurier à qui j'ai fait appel n'a pas fait une copie de la clé pour la donner à quelqu'un.

Elle savait qu'elle paraissait un peu paranoïaque, mais

elle devait envisager la question sous tous les angles. Malheureusement, il y avait probablement d'autres moments où peut-être son sac, et par conséquent ses clés, était resté assez longtemps hors de sa vue pour que quelqu'un fasse reproduire la clé de sa maison.

Oui, vraiment paranoïaque.

Court but, lui aussi, une gorgée de café.

— À moins que tu n'aies oublié de fermer la porte à clé. Peut-être aussi d'enclencher le système d'alarme.

Avant qu'il ait fini de parler, elle secouait déjà la tête.

— Je n'oublie pas ce genre de choses. Pas après ce qui est arrivé avec Bobby Joe. Je sais que tu ne le crois pas, mais il est quelque part, là-dehors.

Non, il ne le croyait pas. Elle décela le doute dans ses yeux. Peut-être avait-il raison...

Elle poussa un soupir résigné.

— Si Bobby Joe est mort, je ne l'ai pas tué. Et ça signifie, s'il n'est pas là-dehors, que c'est son meurtrier qui y est. Voilà pourquoi je ferme mes portes à clé. Pourquoi j'ai un système d'alarme.

Il émit un son qui pouvait s'interpréter n'importe comment.

— Pourquoi es-tu restée, si tu penses que Bobby Joe ou son meurtrier va revenir ?

Elle perçut encore des doutes et, quoiqu'elle ne pensât pas pouvoir l'amener à comprendre, elle essaya à nouveau.

— Je ne suis pas née avec une cuillère d'argent dans la bouche. Et, non, ce n'est pas une pique envers toi ou ta famille. C'est ma façon maladroite de dire que je ne pouvais tout simplement pas prendre mes cliques et mes claques et partir, même si j'en avais eu envie.

Et elle n'en avait pas eu envie. Cette maison était celle où elle avait été élevée, où elle avait autrefois été heureuse. Elle espérait retrouver un jour ce bonheur.

— Par ailleurs, reprit-elle un moment plus tard, entraîner

des chevaux est quelque chose que j'adore faire et j'ai la chance que ça paye les factures.

En complément de ce qu'elle gagnait en prenant en pension les chevaux de quelques personnes vivant en ville, et en donnant occasionnellement des leçons d'équitation.

Court posa sur elle un regard intense ; visiblement, il avait quelque chose à l'esprit.

— Tu n'as jamais touché l'argent de l'assurance vie de Bobby Joe. Elle s'élevait à cinquante mille dollars, et il t'a tout légué.

C'était vrai. Considérant l'épouvantable querelle qui les avait opposés, Bobby Joe et elle, quelques semaines seulement avant sa disparition, il était surprenant qu'il n'ait pas changé de bénéficiaire. D'un autre côté, s'il avait eu l'intention de lui faire endosser son « meurtre », il avait tout intérêt à laisser son nom sur la police d'assurance.

— Je n'ai aucunement l'intention de toucher à cet argent.

Court la regarda fixement, jura entre ses dents, et marqua une longue pause.

— Je suis désolé de ce qui s'est passé hier, quand je t'ai plaquée au sol, dit-il enfin. J'étais à moitié fou quand je suis venu chez toi.

C'était la vérité, mais c'était une folie qu'elle pouvait comprendre. Elle n'eut toutefois pas l'occasion de le lui dire, car le téléphone de Court se mit à sonner, le bruit retentissant à travers toute la pièce. Elle avait tellement les nerfs à fleur de peau qu'elle sursauta.

— C'est Thea, dit-il en consultant l'écran.

Conscient que l'appel pouvait être important, il répondit aussitôt et mit le haut-parleur.

— Ton père s'est réveillé, annonça Thea.

Rayna perçut le soulagement dans la voix de l'adjointe au shérif.

— Il est encore plutôt groggy, mais je me suis dit que tu voudrais aller le voir.

— Merci.

Court portait déjà son holster et son arme. Il attrapa ses clés et son stetson puis la regarda.

Elle comprit quel était son dilemme. Il ne voulait pas la laisser seule, mais il n'avait probablement pas envie non plus qu'elle s'approche de Warren. Le débat intérieur ne dura toutefois pas longtemps.

— Rayna sera avec moi, dit-il à Thea. Quel genre de dispositif de sécurité a-t-on mis en place à l'hôpital ?

— Un garde est posté devant la porte de Warren. Egan est sur place et Griff aussi.

Deux policiers et un agent de sécurité, ça pouvait sembler beaucoup, mais Warren devait être bien protégé.

— Bien. Nous serons là-bas dans quinze minutes, assura-t-il à Thea avant de raccrocher.

Étant donné que le trajet du ranch McCall jusqu'en ville prenait normalement une vingtaine de minutes, Rayna comprit qu'ils allaient mettre la gomme. Et ce fut le cas. Court la fit monter sans perdre de temps dans le pick-up garé juste devant le chalet et ils filèrent sur la route du ranch avant de s'engager sur l'autoroute qui conduisait à McCall Canyon.

— Ce ne serait pas une bonne idée que tu entres dans la chambre de mon père, dit Court quelques minutes plus tard, d'un ton sans réplique. Tu pourras attendre avec Griff pendant que je lui parlerai.

Il avait raison. Elle voulait savoir si Warren avait engagé la femme détective assassinée, mais il serait beaucoup moins susceptible de reconnaître quoi que ce soit en sa présence. Patienter en compagnie de Griff ne serait toutefois pas une expérience agréable. Certes, il assurerait sa sécurité, mais il soutenait sans réserve Warren puisque ce dernier les avait pratiquement élevés, sa sœur et lui, après que leurs parents eurent été envoyés en prison pour trafic de drogue.

— Reste sur tes gardes, lui rappela Court.

Elle en avait bien l'intention. Malgré cela, sa recommandation fit bondir son cœur dans sa poitrine. Le souvenir de l'agression de la veille était encore bien présent, et pas seulement dans son esprit. Elle avait mal, en particulier là où on lui avait injecté la drogue. La ceinture de sécurité reposait en plein sur l'hématome sensible.

— Tu vas bien ? lui demanda-t-il.

Il fronçait les sourcils en regardant son ventre. C'est alors qu'elle réalisa qu'elle se tenait le côté. Probablement grimaçait-elle aussi. Elle faillit mentir et lui répondre que tout allait bien, mais elle savait qu'il ne la croirait pas.

— J'ai mal. J'ai peur. Et je suis en colère. Oui, j'ai tout gâché quand j'ai entamé cette relation avec Bobby Joe. Je n'aurais jamais dû sortir avec lui, pour commencer, et je n'aurais jamais dû rester après la première fois où il m'a frappée.

Elle ignorait comment Court allait réagir à ça et s'attendait à ce qu'il fasse comme s'il n'avait rien entendu. Elle se trompait. Même s'il se contenta de la regarder, elle vit quelque chose dans ses yeux. De la compassion, peut-être. S'il s'agissait de ça, il pouvait se la garder.

— J'ai été stupide, ajouta-t-elle.

Ça ne s'appliquait pas seulement à sa relation avec Bobby Joe. Elle avait aussi été stupide de le préférer à Court.

— Pourquoi au juste étais-tu avec lui ? lui demanda-t-il.

L'accès de colère disparut comme il était venu, remplacé par une autre émotion qui lui était familière. La honte. Une relation avec quelqu'un comme Bobby Joe laissait dans son sillage de nombreuses séquelles.

— Parce que je pensais ne pas mériter mieux, avoua-t-elle.

Elle n'avait certainement pas mérité Court.

Il haussa les sourcils.

— Qu'est-ce que tu entends par là ?

Elle ne s'était pas attendue à ce qu'il comprenne.

— Tu es un McCall, tu es né du bon côté de la barrière. Tu as un père et une mère qui t'aiment.

Elle n'avait pas la moindre idée de qui était son père, et

sa mère l'avait laissée à sa grand-mère quand elle était en cours préparatoire.

Il continua de froncer les sourcils et ajouta un juron pour faire bonne mesure.

— Tu es en train de me dire que tu pensais mériter d'être avec un sale type parce que la vie t'a joué quelques mauvais tours ?

— Je sais que ça n'a pas de sens pour toi.

Elle le regarda.

— Ça n'en a pas non plus pour moi. J'ai fini par avoir... je dirais, une épiphanie, après que Bobby Joe m'a frappée la seconde fois, et j'ai su que, si je restais avec lui, la violence ne ferait que se poursuivre. Qu'elle s'aggraverait même probablement. C'est alors que j'ai mis fin à notre relation.

Après un soupir, elle ajouta :

— Et tu connais la suite.

Le fait de savoir s'il croyait à « la suite » demeurait un mystère et elle n'eut pas le temps de le lui demander.

En effet il s'arrêta à ce moment-là devant l'hôpital sans prendre la peine d'aller se garer sur le parking. Il laissa son pick-up sur le bord du trottoir, juste derrière une voiture de police, et l'entraîna en toute hâte à l'intérieur.

Egan se trouvait justement là pour les accueillir.

Un regard au visage du shérif suffit à Rayna pour comprendre qu'il y avait un problème. Elle pria pour que Warren n'ait pas eu de complications postopératoires. Ou, pire, pour qu'il ne soit pas mort. Elle n'était pas fan de lui, mais elle ne souhaitait pas sa disparition. Et c'était en partie parce qu'elle savait à quel point Egan, Court et leur sœur Rachel l'aimaient.

— Que s'est-il passé ? demanda Court.

Egan ne répondit pas. Il balaya d'un regard gêné la salle d'attente où se trouvaient plusieurs autres patients ainsi que du personnel médical et leur fit signe, à Court et elle, de le suivre. Ils s'exécutèrent et il prit la direction des services de soins avant de s'arrêter au milieu du couloir. Un peu plus loin,

Rayna vit Rachel, Griff et Helen, la mère de Court, juste devant une porte. C'était sans aucun doute la chambre de Warren.

Egan la regarda comme s'il s'efforçait de décider que faire d'elle. Il voulait visiblement avoir une conversation privée avec son frère, mais il était hors de question qu'ils la laissent seule.

— Papa n'est pas resté longtemps éveillé avant de redevenir inconscient. Mais il a réussi à dire quelque chose, commença Egan après avoir pris une profonde inspiration.

Il marqua une pause.

— C'est mal barré, Court...

C'est à ce moment que Rayna entendit quelque chose. Une chose qu'elle n'avait pas envie d'entendre. Rachel et Helen pleuraient.

5

Court avait déjà un mauvais pressentiment avant de voir pleurer sa mère et sa sœur. Son inquiétude monta d'un cran.

— Est-ce que papa...

Il ne put se résoudre à terminer sa phrase.

— Il est en vie, le rassura Egan.

Le soulagement l'envahit, mais l'inquiétude demeura. Cela à cause de l'expression tendue du visage d'Egan.

— Au cours des quelques minutes où papa a été conscient, poursuivit ce dernier, il n'a cessé de répéter la même chose. Le prénom d'une femme : « Alma ».

Court secoua la tête.

— Tu penses que c'est le véritable prénom de la femme détective qu'il est censé avoir engagée ?

— Non.

Egan inspira à nouveau.

— Selon Griff, c'est celui de la maîtresse de longue date de papa.

Court eut la sensation d'être enfoui sous une avalanche.

— Non, papa ne tromperait pas maman !

— C'est aussi ce que j'ai dit. Mais Griff affirme que c'est la vérité, que papa a eu une liaison avec cette Alma pendant trente-cinq ans. Toutefois, il a récemment rompu avec elle.

Egan se tourna vers Rayna.

— Et c'est là que tu entres en scène. Il est possible que cette femme ait engagé quelqu'un pour tuer notre père et te faire accuser de son meurtre.

— Bon sang ! grommela Court.

Ce fut tout ce qu'il put dire.

Il sentit son estomac, sa gorge se nouer. Et il se dit que Rayna ne devait pas se sentir particulièrement bien en entendant la confirmation que quelqu'un l'avait piégée pour lui faire endosser la tentative de meurtre sur son père. Cette partie avait du sens, en particulier depuis qu'ils avaient retrouvé Hallie morte. Mais il ne parvenait pas à saisir tout le reste.

— Alma, répéta-t-il.

Il lança un regard à Griff.

— Et il est certain que c'est vrai ? Que papa trompait maman ?

Egan hocha la tête et se passa la main sur le visage.

— Apparemment, il l'a découvert il y a quelques mois et il dit avoir demandé à papa de tout avouer. Manifestement, papa ne l'a pas fait. Mais il a rompu avec cette femme.

— La femme qui a peut-être tenté de me piéger. Je veux la voir, dit Rayna.

Egan hocha la tête.

— Tu la verras. Je vais la convoquer au bureau du shérif dès que je pourrai arranger ça.

Il désigna Rachel et leur mère.

— Inutile de dire qu'elles sont bouleversées.

Il soupira.

— Griff m'a aussi appris que Warren avait eu un fils d'Alma. Je n'en ai rien dit à maman.

Court n'avait pas pensé devoir encaisser d'autres chocs, mais c'en était un. Tout cela lui tombait dessus trop rapidement. Bien sûr, ce n'était pas des choses qu'il pourrait assimiler en quelques instants, et il y aurait certainement un contrecoup. Comment diable son père avait-il pu faire ça ?

— Le fils se nomme Raleigh Lawton, ajouta Egan un instant plus tard. Il a un an de plus que toi.

Court lâcha un autre :

— Bon sang !

Il connaissait cet homme. Le « shérif » Raleigh Lawton exerçait dans une petite ville à seulement un comté de là. Warren et lui avaient travaillé sur une affaire de meurtre, trois ans plus tôt environ, et Raleigh était venu plusieurs fois en visite à McCall Canyon. Court pensa à une autre chose qui s'était produite.

— Raleigh ne sortait-il pas avec Thea ? demanda Rayna.

— Si, lui répondit Egan. Mais ils ont rompu il y a un moment. Je ne suis pas sûr que Thea savait qu'il était le fils de Warren. Griff dit que Raleigh lui-même l'ignorait. Il croyait son père décédé à l'armée avant sa naissance.

Ainsi, les mensonges ne s'étaient pas seulement étendus à leur famille, mais aussi à celle d'Alma Lawton, constata Court. Il voulait absolument parler à cette femme. À son père, aussi.

— Est-ce que ça va ? lui demanda Rayna.

Elle lui caressa doucement le bras.

Non, ça n'allait pas ! Pas du tout, même, et il se dit que ça ne ferait qu'empirer quand il posa de nouveau les yeux sur Rachel. Griff avait tenté de l'entourer de son bras, mais elle l'avait pratiquement repoussé. Elle dit quelque chose, que Court ne saisit pas, à leur mère puis vint les rejoindre.

— Egan t'a dit ? demanda-t-elle à Court.

Il y avait des larmes dans ses yeux et d'autres roulaient sur ses joues.

Il hocha la tête, tenta de l'étreindre, mais elle l'éconduisit d'un geste.

— J'ai besoin de sortir d'ici. De m'éloigner de papa et de Griff, ajouta-t-elle d'une voix cette fois tremblante. Il le savait et il ne me l'a pas dit.

— Peut-être n'a-t-il pas su comment s'y prendre, suggéra Egan.

— Alors il aurait dû trouver un moyen, répliqua-t-elle

sèchement. Il aurait vraiment dû trouver un moyen de le faire avant.

Elle soupira avec agacement.

— Il faut que j'y aille. S'il te plaît. J'ai juste besoin de partir d'ici.

— Je vais t'emmener, proposa Egan. Ainsi que maman. Attends ici un instant que j'aille la chercher.

Il se dirigea vers leur mère et Court l'accompagna. Rayna resta en arrière avec Rachel. C'était une bonne chose. Bouleversée comme elle l'était, elle pourrait essayer de partir par ses propres moyens. Si c'était le cas, du moins Rayna pourrait-elle les alerter. Il n'était pas sûr pour la sœur de Court de se retrouver seule dehors.

Court s'avança vers sa mère et la prit dans ses bras.

À la différence de Rachel, elle ne le repoussa pas. Elle posa la main sur son épaule.

— Warren m'aime, dit-elle.

Il y avait de la colère dans sa voix.

— Pourquoi ferait-il ça ?

Il l'ignorait et n'était pas sûr d'obtenir des réponses de son père.

— Je suis désolé, fut tout ce qu'il put penser à dire.

Griff était à l'évidence désolé, lui aussi. Il secouait la tête tout en jurant. Mais ni lui ni Court ne pouvaient rien faire pour remédier à la situation dans l'immédiat.

Sa mère s'écarta et le regarda dans les yeux.

— Tu penses que cette femme a pu lui tirer dessus ?

— Peut-être, admit-il. Mais nous enquêtons aussi sur Mitch. Il déteste papa et le reste d'entre nous.

Il se pouvait aussi, si son père avait engagé cette femme détective, qu'il ait jugé qu'Alma pouvait représenter une menace.

— Maman, je vais vous ramener, Rachel et toi, à la maison, intervint Egan.

Helen ne protesta pas. Elle ne semblait pas avoir la force

de contredire qui que ce soit. En fait, elle paraissait brisée, soudain.

— Je vais rester ici pour aider à monter la garde devant la chambre de Warren, proposa Griff. Dis à Rachel que je suis désolé. Je suis vraiment désolé, répéta-t-il à l'adresse de Helen.

Court ne fut pas sûr que sa mère ait entendu ses excuses. Même dans le cas contraire, cela n'aurait certainement pas suffi à l'aider à traverser cette épreuve. Quoi qu'il en soit, ce n'avait pas été le rôle de Griff de le leur dire.

La responsabilité en incombait directement à leur père.

Egan glissa son bras sous celui de sa mère pour la soutenir puis se tourna vers Court.

— Pourquoi n'emmènerais-tu pas Rayna au bureau du shérif ? Je vous retrouverai là-bas après avoir reconduit maman et Rachel au ranch. Je vais laisser des consignes à l'agent de sécurité et on y va, ajouta-t-il à l'intention de leur mère.

Court était encore sous le choc, mais il se força à se reprendre et acquiesça. Plus tôt Rayna et lui arriveraient au bureau du shérif, plus tôt Egan et lui pourraient convoquer Alma Lawton pour l'interroger. Non qu'il soit particulièrement impatient de rencontrer cette femme, mais cela pourrait les conduire aux réponses dont ils avaient si désespérément besoin.

— As-tu déjà rencontré Raleigh ou Alma ? demanda-t-il à Rayna alors qu'ils se dirigeaient vers la sortie.

— Non, mais je me rappelle les commérages concernant Hannah Neal, la femme sur le meurtre de laquelle Warren et Raleigh enquêtaient. C'était une mère porteuse qui avait accouché récemment et qui a été tuée à peu près au moment où Bobby Joe a disparu.

Hannah avait été assassinée à McCall Canyon, mais son corps avait été abandonné à Durango Ridge, dans la juridiction de Raleigh. C'était la raison pour laquelle ce dernier et son père avaient tous deux mené l'enquête. Tout cela s'était produit quelques mois à peine avant que Warren prenne sa retraite.

— Tu crois possible qu'Alma ait pu être impliquée dans le meurtre de Hannah ? voulut savoir Rayna.

Il était sur le point de lui répondre par la négative, lorsqu'il se rappela soudain que son père avait été très proche de Hannah. Elle était la fille de son meilleur ami, un policier père célibataire qui avait été tué dans l'exercice de ses fonctions. Comme il l'avait fait avec Thea et Griff, Warren avait pris Hannah sous son aile. Peut-être Alma en avait-elle conçu de la jalousie. Après tout, si c'était elle qui avait engagé quelqu'un pour l'abattre, il était aussi possible qu'elle ait tué Hannah.

Oui, il fallait vraiment qu'il parle à cette femme.

— Ta mère tiendra-t-elle le coup ? demanda Rayna alors qu'ils arrivaient près du pick-up de Court.

Bonne question. Il n'en était pas certain. L'agression contre Warren l'avait déjà passablement ébranlée et voilà que s'y ajoutait ça. Il prit note mentalement d'appeler son médecin pour lui demander de passer l'examiner au ranch.

Sur le point de déverrouiller les portières, il aperçut du coin de l'œil un mouvement fugace. D'instinct, il se jeta sur Rayna et la plaqua au sol au moment précis où un coup de feu claquait.

Rayna heurta violemment le bitume, et la douleur lui coupa le souffle.

L'espace d'un instant, elle pensa avoir été touchée.

Mais, non, ce n'était pas ça. La douleur provenait de l'hématome à son côté. Ça faisait mal, mais c'était bien moins grave que d'avoir reçu une balle. Ou que su Court en avait reçu une.

Elle s'assura qu'il n'avait pas été touché. Apparemment, non. Il la traîna sous le pick-up et dégaina son arme, prêt à en découdre.

Bien qu'elle ne soit pas en position de riposter, elle sortit elle aussi son arme de son étui. Elle était étendue sur le ventre et Court s'était positionné devant elle.

La protégeant.

Elle aurait préféré qu'il s'en abstienne ; elle ne voulait pas qu'il meure à cause d'elle.

Écoutant et priant, elle attendit en s'efforçant aussi de déterminer que faire. Si Court ou elle tendait le bras pour ouvrir la portière afin de monter dans le pick-up, le tireur pourrait les atteindre.

Si vraiment tireur il y avait.

Comme elle n'avait entendu qu'une détonation, elle se demanda s'il ne pouvait s'agir d'un moteur ayant eu un raté.

C'était en tout cas ce qu'elle souhaitait, d'autant qu'elle n'avait vu personne.

— Appelez Egan et informez-le de ce qui se passe, cria Court à quelqu'un. Mais je ne veux pas qu'il amène ma mère et ma sœur ici.

Elle aperçut un auxiliaire médical devant l'entrée. L'homme sortit son téléphone tout en battant précipitamment en retraite.

— Tu es sûr que c'est un tireur ? demanda-t-elle.

Il ne fut pas nécessaire qu'il lui réponde. À peine avait-elle posé la question qu'un autre coup de feu claqua. Le projectile frappa le pneu arrière du pick-up, à quelques centimètres seulement de là où ils se trouvaient. Son cœur cessa un instant de battre, car la balle aurait aisément pu les atteindre, Court ou elle. Et, à présent, ils avaient un pneu à plat, ce qui ne leur faciliterait pas la tâche pour s'éloigner de là, si toutefois ils parvenaient à monter dans le pick-up.

— Avance, lui dit Court.

Sans attendre qu'elle s'exécute, il la poussa plus avant sous le véhicule. Il pesta, aussi.

— J'aurais dû faire venir une voiture de police devant l'entrée.

Elle eut envie de lui rappeler que tout paraissait évident a posteriori et qu'il n'aurait pas pu prédire que cela arriverait. Mais il se refuserait à la croire et se sentirait responsable de la situation.

Quelle que soit son origine.

Avait-elle un rapport avec son agression et celle de Warren ? Ou était-elle uniquement en lien avec les deux femmes assassinées ?

Il fallait absolument qu'ils interrogent Alma Lawton afin de découvrir si elle avait engagé le tireur. Si tel était le cas, il serait alors possible que la cible principale soit Court, et non elle. Car Alma pourrait vouloir le blesser afin de se venger de Warren. Cela ne signifiait pas pour autant que l'un ou l'autre d'entre eux soit en sécurité. Et c'était lui qui prenait le plus de risques.

Il se déplaça sous le pick-up, essayant sans doute de voir le tireur.

— Surveille ton côté, lui recommanda-t-il.

Elle tremblait et avait encore mal, mais elle parvint à se tourner de façon à être dos à dos avec lui. Immédiatement, elle remarqua une chose : il y avait plusieurs personnes tapies à côté de leurs véhicules.

— Restez baissés ! leur lança-t-elle.

Un autre tir frappa le pick-up. Cette fois, l'angle était différent de celui des deux précédents. Le tireur se déplaçait. Court s'en rendit manifestement compte lui aussi, car il jura et changea de position afin qu'elle puisse avoir une meilleure vue de l'arrière du véhicule.

— Tu le vois ? lui demanda-t-elle.

— Non.

Elle sentit cependant aussitôt tous ses muscles se contracter.

— Si, rectifia-t-il. Droit devant, de l'autre côté d'une voiture blanche.

Dans un premier temps, elle ne vit que la voiture. Puis une silhouette se dressa et disparut après avoir encore tiré dans leur direction.

Ce fut rapide, mais elle eut le temps de constater qu'il portait une cagoule de ski. Bien qu'elle n'ait pu voir son agresseur de la veille, elle eut le sentiment qu'il s'agissait de la même personne. En tout cas, la carrure et la taille correspondaient.

Mais pourquoi voulait-il à présent sa mort ? Il n'était plus possible de lui faire endosser l'agression de Warren. Peut-être pensait-il seulement qu'elle était un témoin gênant à éliminer pour finir le travail, qu'elle serait en mesure de l'identifier.

Elle en serait incapable mais, ça, il ne devait pas le savoir.

L'homme se pencha à nouveau et les prit encore une fois pour cible. Cette fois-ci le projectile heurta la chaussée puis ricocha sur le pick-up. Court s'aventura alors à découvert et tira à deux reprises dans sa direction.

Un bruit de moteur attira l'attention de Rayna, qui pivota sur elle-même. Elle reconnut aussitôt la voiture de Whitney. Son amie freina à mort et s'arrêta juste derrière le véhicule de Court, ce qui la plaçait dans la ligne de tir.

— Bon sang ! Qu'est-ce qu'elle fait ? s'exclama Court. Elle a pourtant bien dû entendre les détonations !

Il était en effet impossible de ne pas les avoir entendues. Mais peut-être Whitney pensait-elle pouvoir les aider. Si oui, ce n'était pas un bon plan, car elle risquait d'être tuée. De plus, sa voiture leur bloquait la vue sur le tireur, les empêchant de riposter.

— Montez ! leur lança-t-elle.

Ils ne pouvaient évidemment pas le faire. Courir jusqu'à sa voiture serait trop dangereux. Quitte à prendre ce genre de risques, ils feraient mieux de monter directement dans le pick-up puisqu'ils s'exposeraient moins longtemps.

— Tu entends ça ? demanda Court.

Pendant un moment, Rayna crut qu'il parlait de Whitney. Ce n'était pas le cas.

Elle entendit un autre bruit de moteur. Étant donné qu'ils se trouvaient tout près d'un parking, il pouvait simplement s'agir de quelqu'un qui s'en allait, mais il y eut alors un crissement de pneus sur l'asphalte. Quelqu'un s'éloignait de là sur les chapeaux de roues.

— Il s'enfuit ! s'exclama Court d'une voix qui trahissait à la fois de la frustration et de l'hésitation.

Il avait sans aucun doute envie de se lancer à la poursuite du tireur, mais ce serait prendre un énorme risque. Parce que, si ce n'était pas lui, il pourrait recevoir une balle en quittant son abri. Il dut néanmoins estimer que le jeu en valait la chandelle, car il s'extirpa de sous le pick-up, focalisant son attention sur la droite de Rayna.

Elle leva la tête juste assez pour voir la voiture. Ce n'était pas celle derrière laquelle l'homme s'était mis à couvert, mais une berline vert foncé. Elle coupait à travers le parking, à seulement quelques mètres d'eux. Assez près pour qu'elle aperçoive le conducteur à la cagoule de ski avant qu'il s'éloigne dans un rugissement de moteur.

— Ne bouge pas de là, lui ordonna Court.

L'arme au poing, il se releva et partit en courant.

6

Court se mit à courir aussi vite qu'il le put, les yeux rivés sur la voiture verte. Il estima qu'il pourrait, au mieux, tirer un coup de feu sur la berline avant qu'elle disparaisse.

Il n'en eut même pas l'occasion. Bondissant par-dessus l'espace engazonné délimitant le parking, la voiture fonça sur la route. Avant même qu'il puisse s'arrêter pour viser, leur assaillant était hors de vue. Furieux, Court jura. Il devait mettre la main sur cet homme afin de découvrir ce qui se tramait.

Tandis qu'il revenait en courant vers Rayna, il sortit son téléphone et adressa un message à Egan. Son frère avait sans doute déjà envoyé des collègues les rejoindre, mais il voulait que quelqu'un prenne en chasse l'homme qui venait de tenter de les tuer.

— Tu vas bien ? lui demanda Rayna au moment où il la rejoignit.

Elle commença à sortir en rampant de sous le pick-up, mais il lui fit signe de ne pas bouger. Pendant, en tout cas, quelques instants de plus. Juste au cas où le tireur reviendrait pour une seconde tentative. Par ailleurs, il voulait prendre le temps de poser à Whitney une question essentielle.

— Pourquoi t'es-tu précipitée comme ça dans la fusillade ? lui demanda-t-il sèchement.

Les yeux écarquillés, Whitney secoua la tête.

— J'ai entendu les coups de feu et je me suis dit que tu avais besoin d'aide.

En effet, mais pas de la part d'une civile.

— Tu as vu le tireur ?

À nouveau, elle secoua la tête.

— Non, j'ai seulement entendu les détonations.

C'était étrange. La réaction de la plupart des gens consistait à s'éloigner des coups de feu.

— Tu aurais dû rester en arrière. Tu aurais pu te faire tuer !

Enfin, si le tireur avait continué à faire feu, ce qui n'avait pas été le cas. En fait, il avait arrêté dès l'arrivée de Whitney.

Sa bouche se mit à trembler légèrement, et elle sembla sur le point de se mettre à pleurer. Il n'avait pas eu l'intention de la faire fondre en larmes — il venait d'avoir sa dose avec sa mère et sa sœur —, mais il voulait la dissuader de refaire ce genre de choses.

— Ton pick-up ne peut pas rouler avec ce pneu à plat, reprit-elle. Et je ne pense pas que tu souhaites que Rayna reste ici plus longtemps que nécessaire. Venez, je vais vous raccompagner au ranch.

En temps normal, il n'aurait pas vu d'objection à ce qu'elle les emmène au poste de police, mais ce jour-là tout lui semblait demander réflexion. Peut-être parce qu'il avait failli voir Rayna se faire tuer en plus du fait que son monde se soit écroulé.

Il n'eut pas à décliner l'offre, car une voiture de police venait droit vers eux. Thea était au volant ; elle s'arrêta et baissa la vitre du côté passager.

— Ian et John se lancent à la poursuite du tireur, dit-elle.

Tous deux étaient des shérifs adjoints chevronnés. Peut-être leur expérience, ainsi qu'un peu de chance, les aiderait-elle à serrer l'individu.

— Vient-elle avec nous ? demanda Thea en désignant Whitney d'un signe de tête.

— Non.

La réponse de Court fut si prompte que Rayna le dévisagea, surprise.

Il décida d'adoucir un peu son ton lorsqu'il poursuivit, se tournant vers Whitney :

— Rentre chez toi ou va là où tu te rendais. Tu ne devrais pas rester dans le coin. Je t'appellerai pour te demander de venir faire ta déposition.

Comme contrariée par cet ordre Whitney se raidit. Elle lui avait déjà dit ne pas avoir vu le tireur, mais les gens se rappelaient souvent d'autres détails quand on les interrogeait.

Après avoir fait monter Rayna à l'arrière de la voiture de police, Court prit place à côté d'elle. Thea démarra aussitôt. Bien sûr, Rayna tremblait toujours, et cela durerait probablement encore un moment. Avant même de s'en rendre compte, il lui avait passé le bras autour des épaules. Elle se blottit spontanément contre lui, comme si sa place était là.

Ce n'était pas une bonne chose.

La dernière chose à faire, en cet instant, était baisser les barrières qu'il avait dressées entre Rayna et lui. Non seulement cela le déconcentrerait, mais il n'avait pas le temps de s'occuper des contentieux qui existaient entre eux.

— Griff a appelé et m'a mise au courant pour Warren, dit Thea, ramenant sur elle son attention.

Tout comme lui, elle surveillait les alentours tandis qu'elle roulait en direction du bureau du shérif.

Étant donné qu'il sortait d'une fusillade, il estima dans un premier temps que cette conversation devrait attendre. Mais, comme c'était un sujet dont il avait prévu de discuter avec Thea, il changea d'avis.

— Savais-tu que mon père avait une liaison ? demanda-t-il.

Il maudit l'hésitation de sa collègue, mais il dut lui accorder qu'elle ne chercha pas à éviter pas le regard. Elle établit le contact visuel dans le rétroviseur.

— Je l'ai soupçonné. J'ai surpris accidentellement une conversation entre Alma et Warren. Elle m'a semblé…

Son regard passa de Rayna à lui.

— … assez intime.

Court eut doublement envie de jurer. D'une part, parce que Thea avait manifestement décelé l'attirance malvenue entre Rayna et lui. Et, d'autre part, parce qu'elle aurait dû lui parler de cette conversation qu'elle avait surprise. Mais il savait qu'elle n'aurait jamais fait ça. Thea était d'une loyauté sans faille envers Warren et ne l'aurait pas dénoncé. Mais cela le fit penser à autre chose.

— Tu sortais avec le fils d'Alma, Raleigh, dit-il.

Il attendit.

Thea hocha la tête.

— Raleigh et Warren ont eu une… dispute. J'ignore à quel sujet. Peut-être l'affaire de la mère porteuse décédée sur laquelle ils avaient enquêté ensemble en était-elle la cause. Peut-être parce que Raleigh a appris la vérité… Quoi qu'il en soit, ça a provoqué une tension entre lui et moi. Nous avons donc arrêté de nous voir.

Court jeta un coup d'œil à Rayna. Malgré ce qu'ils venaient de traverser, il était évident qu'elle voulait obtenir plus d'informations de Thea.

— Est-il possible que Raleigh soit à l'origine de ces agressions ? demanda-t-elle.

— Non, répondit Thea sans hésiter. Même s'il détestait Warren, il n'est pas du genre à contourner la loi. Encore moins à l'enfreindre.

Court aurait volontiers cherché à en savoir davantage, mais Thea venait de se garer devant le bureau du shérif. Au lieu de descendre de voiture, elle se tourna sur son siège et les regarda.

— Dès que j'ai reçu l'appel de Griff, j'ai commencé à me renseigner sur Alma. Je m'étais fait quelques amis et contacts à Durango Ridge, là où elle vit. Le mois dernier, elle a pris des cours de tir.

Court fronça les sourcils.

— Elle a un permis de port d'arme ?

Thea hocha la tête en poussant un soupir contrarié.

— Tu m'as demandé si Raleigh pouvait être derrière tout ça. Non. Mais je ne peux pas en dire autant de sa mère.

C'était la raison pour laquelle il devait convoquer Alma Lawton afin de l'interroger. Mais, pour l'instant, il voulait éviter de rester plus longtemps dehors avec Rayna. Il ouvrit la portière et l'entraîna à l'intérieur du poste de police.

— Je suis quasiment sûre qu'Egan a directement ramené Helen et Rachel au ranch, dit Thea comme Court parcourait du regard la salle commune.

La seule autre personne présente était Dakota Tillman, un adjoint remplaçant, et il était au téléphone.

— Griff va chercher quelqu'un pour monter la garde à sa place devant la chambre de Warren, après quoi il viendra ici, annonça-t-il après avoir raccroché.

Bien. Griff n'était pas shérif adjoint mais, apparemment, ils allaient être en manque d'effectifs pendant un moment. Malgré cela, Court ne tenait pas à ce qu'Egan revienne, du moins pas avant qu'il ait mis leur mère et leur sœur en lieu sûr, au ranch. Mieux valait qu'elles ne soient pas en ville avec ce tireur en liberté.

Rayna semblant encore assez secouée, il l'emmena dans la petite salle de repos, à l'arrière du bâtiment, et sortit pour elle une bouteille d'eau du réfrigérateur. Pendant qu'elle se dirigeait vers le canapé, il appela Ian, l'un des adjoints, pour savoir où en étaient les choses en ce qui concernait le tireur. Comme Ian ne répondait pas, il espéra que c'était parce qu'il procédait à une arrestation.

— Si tu veux partir à la recherche du tireur, lui dit Rayna, je serai très bien ici.

Non, elle ne le serait pas. Elle était probablement sur le

point de subir les effets de la retombée d'adrénaline, et ce qu'il s'apprêtait à lui dire n'allait rien arranger.

— Le tireur pourrait venir ici.

Elle inspira vivement, le souffle court. Il ne s'était pas trompé. Le contrecoup de la poussée d'adrénaline commençait à se faire sentir. Tout en gardant ses distances, Court s'assit près d'elle sur le canapé.

— Il n'est pas certain qu'il vienne, ajouta-t-il. Mais, pour le moment, nous ignorons lequel d'entre nous est sa cible. Cela dit, il devinera probablement que c'est ici que nous sommes venus.

Rayna soupira et se laissa aller contre le dossier du canapé.

— S'il se décide à se montrer, au moins l'un de nous pourra l'abattre. Mais, s'il s'enfuit, il va seulement s'arranger pour s'en prendre de nouveau à nous.

Court dut admettre qu'elle n'avait pas tort. Raison de plus pour découvrir qui était à l'origine de toute cette affaire. Peut-être était-ce Alma Lawton. Ou Mitch. Il avait cependant quelqu'un d'autre dans le collimateur.

— Tu ne trouves pas bizarre que Whitney se soit présentée à point nommé à l'hôpital ? demanda-t-il.

Elle se redressa et le regarda fixement.

— Tu penses qu'elle aurait pu orchestrer une agression ?

Son ton suggérait que c'était impossible, puis elle poussa un lourd soupir.

— Quel serait son mobile ?

Court haussa les épaules.

— À toi de me le dire. Les choses se passent-elles bien entre vous deux ?

— Oui.

Elle eut une hésitation.

— Non. En fait, ce n'est plus pareil depuis que Bobby Joe a disparu.

Court avait cru le percevoir, mais il avait voulu en avoir la confirmation de la bouche de Rayna.

— Est-ce parce que Whitney croit que tu l'as tué ?

— C'est possible, reconnut-elle. Elle aimait vraiment Bobby Joe. Elle avait l'habitude de me dire à quel point j'étais chanceuse de l'avoir. Bien sûr, c'était avant qu'il me frappe. Après ça, elle n'a plus semblé être aussi élogieuse.

Il réfléchit à cela.

— Est-il possible que Whitney ait eu des sentiments pour lui, qu'elle ait pu être jalouse de toi ?

Rayna ouvrit la bouche comme pour le nier puis se ravisa.

— C'est possible, répéta-t-elle. Mais il y a de la marge entre la jalousie et la tentative de meurtre.

Exact. Mais la jalousie pouvait être un mobile.

— Il y avait du sang de Bobby Joe chez toi.

Bien sûr, elle savait ça, mais il voulait aborder cela sous un jour différent.

— Sang qui avait été nettoyé.

— Oui, et l'accusation a prétendu que je l'avais fait après l'avoir tué. Mais, comme je ne l'ai pas tué, j'imagine qu'il a lui-même mis là son sang et qu'il l'a nettoyé grossièrement pour que je sois arrêtée. Maintenant, tu suggères que c'est Whitney qui aurait pu le faire ?

— Non, je me demande seulement si c'est possible. Elle aurait eu accès à ta maison.

— Mitch aussi, à l'époque, dit-elle en soupirant. En plus, ce qui se passe actuellement pourrait ne même pas être en lien avec Bobby Joe. Ça pourrait se produire à cause de Warren. Dans ce cas, Whitney ne pourrait pas être une suspecte.

Peut-être, mais il la laisserait sur la liste, juste au cas où. Non seulement elle avait eu accès à la maison de Rayna trois ans plus tôt, mais elle y avait encore accès à présent. Il se pouvait même qu'elle ait obtenu le code du système d'alarme.

— Je sais que ça te met mal à l'aise, reprit-il.

— Ça ira très bien si tu me mets sous la protection de quelqu'un d'autre.

La voix de Rayna n'était plus qu'un soupir rauque.

Non, ça n'irait pas. Il refusait de laisser leur passé s'immiscer dans tout cela.

— Je ferai mon travail, affirma-t-il, tout en se reprochant sa voix rocailleuse et trop chargée d'émotion. Ou, plutôt, je ferai mon travail mieux que je ne l'ai fait jusqu'à présent. J'ai failli te laisser te faire tuer.

— Tu as toi-même failli te faire tuer en me protégeant, rectifia-t-elle. Je ne veux pas qu'il t'arrive quelque chose à cause de moi.

Cette fois, ce ne fut absolument pas un murmure, et elle le regarda droit dans les yeux en le disant.

Cela l'agaça et provoqua un électrochoc importun, porteur de souvenirs. Des souvenirs de ce qu'ils avaient partagé. Des souvenirs d'elle... Elle avait toujours été un peu fragile, probablement en raison de son enfance chaotique. Et, quoiqu'elle tentât de son mieux de ne pas le paraître à présent, elle l'était encore.

Elle continua de le regarder comme si elle s'attendait à ce qu'il dise qu'il allait se décharger d'elle en confiant sa garde à quelqu'un d'autre. Puis son expression changea, et il vit quelque chose de plus que de la prétendue force dans ses yeux.

Nom de nom !

Elle avait sans doute reçu le même électrochoc porteur de souvenirs.

Court ne bougea pas. Elle non plus. Ce n'était pas bon, parce qu'il était en train de penser à faire quelque chose comme l'embrasser.

Par chance, son téléphone se mit à sonner, et ce fut le rappel dont il avait besoin pour se remémorer que l'embrasser devrait être la dernière chose à avoir à l'esprit. En particulier quand il vit le prénom de Rachel s'afficher à l'écran.

— Vous allez bien, Rayna et toi ? lui demanda-t-elle au moment où il répondit.

— Oui.

Ce n'était pas tout à fait vrai, mais sa sœur avait déjà eu à encaisser trop de mauvaises nouvelles.

— Et de votre côté, à Egan, maman et toi ?

Rachel poussa un long soupir.

— Nous sommes au ranch, et personne ne s'en est pris à nous. Mais maman est, je dirais, hystérique. Egan est avec elle en ce moment, et j'ai demandé à son médecin de venir.

Court sentit son estomac se nouer. Il aurait voulu être là-bas. Toutefois, il ne pouvait prendre le risque d'entraîner Rayna à découvert.

— Dis à Egan de rester avec elle. Les autres adjoints sont partis à la recherche du tireur, et Rayna est avec moi ici, au poste. Griff devrait bientôt nous rejoindre.

Il y eut un silence. Un silence lourd de ressentiment. Rachel était manifestement furieuse que Griff ait su la vérité à propos de leur père et qu'il ne la leur ait pas révélée. Court n'en était pas non plus très heureux, mais il ne lui en tenait pas rigueur. Certes, Griff aurait dû le leur dire, mais la personne fautive dans cette affaire était Warren. Et, maintenant, Helen risquait de perdre pied à cause de ce qu'il avait fait.

— Je ne veux pas voir Griff, dit Rachel au bout d'un moment. S'il te plaît, informe-le qu'il n'est plus le bienvenu au ranch.

Court eut envie de refuser de faire ça. Après tout, le ranch McCall était la seconde maison de Griff. Il se plierait néanmoins aux désirs de Rachel, même s'il semblait y avoir là-derrière plus que ce que sa sœur lui disait.

— Y a-t-il autre chose que tu aies envie de me dire ? lui demanda-t-il.

Il y eut un nouveau silence de la part de Rachel.

— Non. J'ai seulement commis une erreur avec Griff, c'est tout. Une grosse erreur.

Il n'aima pas du tout entendre ça. Griff et Rachel évitaient de céder à une attirance réciproque depuis des années. En grande partie parce que Warren pensait qu'ils n'étaient pas faits l'un pour l'autre. Mais peut-être s'était-il passé quelque chose. S'ils avaient vraiment fini par se retrouver ensemble au lit sans que Griff dise la vérité à Rachel, alors, oui, ça aurait été une grosse erreur.

— Dis-moi s'il y a quoi que ce soit que je puisse faire, dit-il, préférant ne pas insister. Et appelle-moi après que le médecin aura examiné maman. Je serai au poste, si tu as besoin de moi.

Il raccrocha et lança un regard à Rayna. Griff et Rachel n'étaient pas les seuls à avoir eu à lutter contre une attirance réciproque. Plutôt que de rester assis là à continuer de la laisser se développer, il se leva, avec l'intention de s'informer de l'avancement des recherches concernant le tireur. Au même moment, la porte de la salle de repos s'ouvrit et Thea passa la tête à l'intérieur.

— Je viens d'avoir Alma Lawton au téléphone, annonça-t-elle. Elle est en chemin pour venir ici.

Bien. C'était un début, songea Court. Restait à espérer qu'il serait capable de maîtriser ses émotions en présence de cette femme.

— Elle ne vient pas seule, ajouta Thea, un instant plus tard. Son fils et son avocat l'accompagnent.

Court révisa sa précédente estimation concluant que c'était « bien ». Il se dit qu'il aurait déjà eu bien assez à gérer avec la maîtresse de son père sans que cela inclue son demi-frère et un tiers.

— Si elle amène son avocat, elle doit avoir conscience qu'elle est suspectée d'être responsable des agressions, fit-il remarquer.

Thea hocha la tête.

— Elle affirme qu'elle est innocente.

— Bien sûr...

Il ne dissimula pas son sarcasme.

— A-t-elle dit autre chose ?

Elle hocha de nouveau la tête.

— Elle dit savoir qui a tiré sur ton père et en détenir la preuve.

Elle hésita ensuite à poursuivre.

— Elle prétend que c'est ta mère.

7

Rayna n'avait pas perdu une miette de ce que Thea venait de dire. Il n'était guère surprenant que la maîtresse de Warren accuse son épouse de la tentative de meurtre. Helen pourrait lui renvoyer l'accusation.

Mais Alma devait se tromper à ce sujet.

À en juger par la façon dont Court se mit à jurer, il devait partager ce sentiment.

— Ma mère n'était pas au courant de cette liaison jusqu'à aujourd'hui, le lendemain du jour où on lui a tiré dessus !

Thea leva les mains dans un geste signifiant : « Tu n'as pas à me convaincre. »

— Alma a refusé de révéler de quel genre de preuve elle dispose, mais ils ne devraient pas tarder à arriver.

Elle regarda Court pendant un moment.

— Veux-tu que ce soit moi qui l'interroge ?

C'était une proposition sensée, puisqu'il était évident que Court ne serait pas objectif. Il secoua néanmoins la tête.

— Nous devons respecter scrupuleusement la procédure, lui rappela Thea. Souviens-toi qu'elle sera accompagnée de son fils qui est shérif et de son avocat.

Exact. Et ils chercheraient sans doute tout ce qu'ils pourraient utiliser pour que les éventuelles accusations à l'encontre d'Alma soient récusées. Il jura à nouveau puis hocha la tête.

— Je regarderai depuis la salle d'observation.

Thea repartit en direction de la salle commune, sans doute afin d'être présente pour « accueillir » Alma Lawton et sa garde rapprochée.

Alors qu'il s'apprêtait à lui emboîter le pas, Court s'arrêta et se tourna vers Rayna.

— Tu peux suivre l'interrogatoire avec moi.

Elle ne fut pas sûre de savoir pourquoi il l'incluait mais, si Alma était coupable de la tentative de meurtre sur la personne de Warren, cela impliquait qu'elle avait également tenté de la piéger. Elle avait donc tout intérêt à entendre ce que cette femme avait à dire.

Elle le remercia et entra à sa suite dans la salle commune de la brigade au moment même où la porte s'ouvrait. Mais ce n'était pas Alma.

C'était Mitch.

Elle maugréa intérieurement, car elle ne se sentait vraiment pas la force d'affronter cet imbécile maintenant. Elle se prépara à l'entendre leur lancer des insultes et des accusations, mais il s'arrêta devant eux et glissa les mains dans ses poches. Remarquant son geste, Court s'interposa entre eux pour la protéger.

— Je ne suis pas armé, grommela Mitch.

Cette remarque fut dénuée de son habituel ton venimeux.

— Je voulais juste savoir si vous aviez appris quelque chose de nouveau à propos de Janet.

— Non, répondit sèchement Court. Rayna et moi avons été occupés à éviter des balles.

— J'en ai entendu parler. Et, non, je ne sais pas qui vous a tiré dessus.

Cela ne semblait pas le préoccuper le moins du monde.

— Comme je l'ai dit, je suis venu pour Janet.

Court le dévisagea durant un moment.

— Tu m'as l'air sacrément intéressé par cette femme que tu connaissais à peine. Il y a quelque chose que tu aurais omis de nous dire à son sujet ?

Rayna vit renaître l'habituelle agressivité dans les yeux de Mitch.

— Ça m'intéresse parce que quelqu'un l'a assassinée. Tout comme quelqu'un a assassiné mon frère.

Il reporta son attention sur Rayna.

— Je veux seulement que justice soit faite.

Court prit une profonde inspiration avant de répondre :

— Moi aussi, j'aspire à la justice. Mais, pour qu'elle soit rendue, j'ai besoin de plus d'informations. Et, pour l'instant, tu es la seule personne en ville qui semble l'avoir connue.

— Ton père aussi, objecta aussitôt Mitch.

Court haussa les épaules.

— Je n'ai pas pu en avoir la confirmation. Dans l'immédiat, je me préoccupe davantage de ce que tu savais d'elle. Janet et toi, étiez-vous « ensemble » ? Et je ne parle pas de discuter autour d'un café au snack-bar. Oh ! et avant que tu le nies, je te rappelle que tu as dit avoir vu sa carte tomber de sa poche ! Je doute qu'elle l'ait eue dans une poche de sa tenue de serveuse.

Les yeux de Mitch, qui s'étaient déjà assombris, le restèrent.

— Et alors ? D'accord, on était « ensemble ». Mais ça ne veut rien dire.

— Ça veut dire beaucoup, rétorqua Court. Puisque Janet a probablement été la personne qui a aidé à piéger Rayna, elle aurait donc pu agir avec son amant. Toi, en l'occurrence. Tu pourrais avoir compté sur le fait que Warren ne se réveille jamais pour que ton secret soit bien gardé.

— Il n'y a aucun secret, répliqua Mitch, furibond. C'est juste encore une autre occasion pour les McCall de se considérer comme étant au-dessus des lois.

Sur ce, il tourna les talons et, suivi de Court, se dirigea vers la porte vitrée, devant laquelle il s'arrêta en voyant les trois personnes qui traversaient la rue. Une femme brune, à la silhouette gracile, flanquée de deux hommes. L'un portait un costume, et l'autre était vêtu comme un cow-boy. Un cow-boy avec un insigne épinglé sur la poitrine.

C'étaient sans nul doute Alma Lawton, son fils Raleigh et son avocat.

Mitch afficha un rictus et se tourna vers Court.

— Les choses vont devenir amusantes, par ici. Je suppose que tu ne me laisseras pas rester pour le spectacle ?

— Comment connais-tu ces gens ? lança Court.

Mitch cilla, comme s'il en avait trop dit, puis haussa les épaules.

— Je ne les connais pas. Ils ont juste l'air du genre à apporter de la distraction.

Là-dessus, il sortit d'un pas nonchalant et remonta la rue, s'éloignant de leurs visiteurs.

— Il ment, marmonna Court. Je le convoquerai après l'interrogatoire d'Alma.

Rayna était parfaitement d'accord en ce qui concernait le mensonge et elle regarda si Alma ou les hommes avaient une réaction à la vue de Mitch. S'ils le virent, ils ne semblèrent pas le reconnaître. Bien sûr, Alma ne le regardait pas précisément. Son attention était rivée sur Court.

Raleigh ouvrit la porte et elle entra. Pas un instant elle ne rompit le contact visuel avec Court, mais elle parut troublée.

— Je ne m'attendais pas à ce que vous ressembliez autant à Warren, dit-elle après un délicat soupir.

En fait, tout en elle paraissait délicat, de sa coupe de cheveux mutine à sa peau diaphane, et elle portait une robe rose vaporeuse. La première impression de Rayna fut qu'Alma était beaucoup trop jeune pour avoir un fils d'une trentaine d'années.

Court ignora cette remarque et se tourna vers Raleigh. En silence, les deux hommes semblèrent se jauger mutuellement. Rayna les observa et nota la forte ressemblance. Tous deux ressemblaient à Warren.

Elle pesta en silence. Dans l'intérêt de Court, de sa mère et de sa sœur, elle avait espéré que cette liaison n'était qu'une sorte de malentendu. À en juger par son air renfrogné, Raleigh devait avoir caressé le même espoir.

— Shérif Raleigh, le salua enfin Court.

— Adjoint McCall. Qui va mener l'interrogatoire de ma mère ?

— Ce ne sera pas vous, intervint l'homme au costume avant que Court ait pu répondre. Simon Lindley. Je suis l'avocat de Mme Lawton.

Thea s'avança alors.

— Je suis le shérif adjoint Thea Morris et c'est moi qui procéderai à l'interrogatoire.

Raleigh et elle échangèrent un long regard. Le genre de regard que s'adressent d'anciens amants. Rayna fut certaine d'avoir regardé Court de la même manière à une ou deux reprises au cours des dernières heures.

— J'aurais cru que votre frère, le shérif, voudrait être présent pour le faire, fit remarquer l'avocat.

— Il est occupé.

Le ton de Court était aussi glacial que son expression.

— Ma mère ne va pas bien et mon père est étendu, inconscient, sur un lit d'hôpital. Vous avez sans doute entendu dire que quelqu'un avait assassiné deux femmes et tenté de le tuer.

Son regard dévia vers Alma lorsqu'il ajouta cette dernière partie.

Elle hocha la tête.

— Oui, j'ai appris ce qui est arrivé à Warren.

Elle n'émit pas d'opinion à ce sujet et ne demanda pas comment il allait, mais s'approcha de Thea.

— Peut-être pourrions-nous commencer ?

Simon Lindley donna l'impression de ravaler une ou deux piques sans doute destinées à Court. Il s'empressa néanmoins de suivre Thea et Alma dans le couloir menant à la salle d'interrogatoire. Raleigh, quant à lui, resta sur place.

— J'aimerais écouter, dit-il à Court. Je suppose que vous voulez faire de même.

Court hocha la tête et les précéda vers la salle d'observation. Raleigh régla son pas sur celui de Rayna.

— Vous faites, vous aussi, partie des personnes concernées par l'agression de Warren ?

— Plus maintenant, répondit Court avant qu'elle puisse dire quoi que ce soit. Rayna a été agressée et droguée au moment où le coup de feu a été tiré, et elle était dans sa maison à des kilomètres de là. Non, je soupçonne davantage votre mère d'avoir fait ça.

À présent, ses paroles étaient teintées de colère.

— Et ma mère accuse la vôtre de la même chose.

La voix de Raleigh était dénuée de colère, mais il poussa un soupir las.

— Ma mère n'a pas fait ça, répliqua Court. Je me moque de ce que prétend votre mère, parce que la mienne ignorait totalement que mon père la trompait.

Raleigh émit un son impossible à interpréter et ils entrèrent tous trois dans la salle d'observation. De l'autre côté du miroir sans tain, Alma et son avocat chuchotaient. Ils étaient déjà à la table, attendant Thea.

— Étiez-vous au courant de cette liaison ? demanda Rayna à Raleigh.

En voyant le regard acerbe qu'il lui lança, elle regretta d'avoir posé cette question. Sans doute estimait-il qu'elle n'avait aucun droit d'être là. Mais elle y était et y resterait.

— Non, finit-il par répondre.

Sa mâchoire se contracta.

— Nous élevons des chevaux et, apparemment, maman rencontrait Warren lors de prétendus voyages d'affaires.

— Et vous n'avez rien soupçonné ? intervint Court.

— Non. Et vous ? riposta Raleigh.

Bien qu'ils aient tous deux pratiquement grommelé ces réponses, cela sembla les mener à une sorte de trêve. Non, ils n'aimaient pas ce qui s'était passé, et peut-être ne s'aimaient-ils pas, mais ils n'avaient pas vu venir ce désastre. Toutefois, à présent, ils en savaient probablement beaucoup l'un sur l'autre. Rayna supposa qu'ils avaient dû utiliser leurs contacts dans la police pour s'informer.

— Vous n'allez pas dans la salle d'interrogatoire avec votre mère ? demanda Court à Raleigh quelques instants plus tard.

— Non.

Il marqua une pause et Rayna aurait pu jurer voir sa mâchoire se crisper plus encore.

— J'imagine que vous avez été contrarié quand vous avez appris cette liaison.

Raleigh n'attendit pas que Court lui réponde.

— Maintenant, imaginez que vous êtes le fruit de la liaison adultérine d'un homme qui ne vous a pas reconnu, ni vous ni cette liaison, pendant trente-cinq ans.

Court garda le silence. Rayna se dit qu'il comprenait forcément à quel point la situation de Raleigh était, en cet instant, inconfortable. Durant toute sa vie, on lui avait menti à propos de son père et, maintenant, sa mère était suspectée d'un meurtre.

Oui, c'était vraiment une situation inconfortable.

Tous trois reportèrent leur attention sur Thea, qui venait d'entrer dans la salle d'interrogatoire et s'asseyait face à Alma et à son avocat.

L'adjointe posa d'abord des questions simples, demandant à Alma de décliner ses nom, prénom et adresse. Rayna avait subi assez d'interrogatoires pour savoir ce que faisait Thea. Elle déterminait les réactions de base d'un suspect potentiel. Comme chez de nombreuses personnes, les yeux d'Alma allaient vers la droite quand elle disait la vérité. À présent qu'elle avait créé un détecteur de mensonges fondé sur le langage corporel, Thea pouvait passer à des questions plus difficiles.

Et elle s'y employa sans attendre.

— Parlez-moi de votre relation avec Warren McCall.

— Il n'y a pas de relation. Il n'y en a plus, précisa Alma. Nous y avons mis un terme il y a deux mois.

— « Nous » ? releva Thea. Y avez-vous mis un terme ou est-ce Warren qui a rompu ?

Alma lança un regard à son avocat avant de répondre.

— C'est Warren. Mais il était temps. Tous ces stratagèmes, c'est bien quand on est jeune comme vous, mais j'en avais assez. J'attendais quelque chose de plus de la vie. Quelque chose que Warren ne pouvait pas me donner.

Thea rebondit aussitôt sur ça.

— Donc, vous n'avez pas été bouleversée quand cette rupture s'est produite ?

Alma échangea à nouveau un regard avec son avocat.

— Je suppose que si. Au début. Mais ensuite j'ai surmonté ça. Je n'étais certainement pas furieuse au point de vouloir la mort de Warren.

— Et il est ridicule que vous ayez convoqué ma cliente pour l'interroger à propos de ce genre de choses, ajouta l'avocat.

Thea l'ignora et ouvrit un dossier qu'elle avait apporté dans la salle d'interrogatoire. Elle en sortit une photo de Hallie. La femme était visiblement morte, ce qui provoqua un léger sursaut chez Alma. Raleigh n'eut pas de réaction verbale, mais Rayna sentit pratiquement la tension émaner de lui.

— La reconnaissez-vous ? demanda Thea.

— Non.

Alma ferma les yeux et secoua la tête avant de l'appuyer sur l'épaule de l'avocat.

— Lui montrer ça n'était pas nécessaire, bougonna celui-ci. Vous auriez simplement pu demander à Alma si elle connaissait cette femme.

Thea ignora également cette remarque et prit une autre photo. De Janet, cette fois.

— Et elle ?

Simon Lindley passa le bras autour des épaules d'Alma, comme pour la détourner de l'horrible cliché. Cependant, non seulement Alma ouvrit les yeux, mais elle se pencha pour mieux voir.

— Je la connais... C'est la femme qui me suivait.

L'avocat reporta son attention sur Thea.

— Qui est-elle ?

— Nous tentons pour l'instant d'en obtenir confirmation. Quand vous a-t-elle suivie ?

Alma soupira.

— Au cours des dernières semaines. Ça m'a tellement inquiétée que j'ai pris des leçons de tir.

Court se tourna vers Raleigh pour voir s'il le confirmerait, et celui-ci hocha la tête.

— Elle m'a dit que quelqu'un la suivait, mais je n'ai jamais vu la femme. Vous ne connaissez vraiment pas son identité ?

— Janet Bolin, répondit Court après un long silence. Elle était détective privée.

Raleigh se rapprocha de la vitre pour regarder la photo.

— La cause de la mort a été une blessure par balle à la tête.

Ce n'était pas vraiment une question. Court émit toutefois un son d'assentiment.

Même s'il n'ajouta rien à propos du fait que Warren avait peut-être engagé cette détective, ce qui pourrait être logique s'il redoutait la façon dont Alma pourrait prendre la rupture.

Alma tapota de l'index la photo de Janet.

— Elle portait une arme, la dernière fois que je l'ai vue. J'imagine qu'elle la pensait dissimulée, mais j'en ai vu la forme sous la ceinture à l'arrière de son jean.

— Où et quand cela s'est-il passé ? demanda Thea.

Alma plissa le front.

— Il y a environ une semaine, peut-être moins que ça. Elle était au *coffee shop* de Durango Ridge... Helen McCall était avec elle, ajouta-t-elle après une courte pause.

Court jura et s'avança, comme prêt à se ruer dans la salle d'interrogatoire, mais Rayna le retint par le bras. Elle ne lui rappela pas que Thea obtiendrait l'information dont ils avaient besoin, mais il dut se souvenir qu'il ne leur rendrait pas service, à sa mère et lui-même, s'il entrait là pour accuser la maîtresse de son père de mentir.

Alma tapota à nouveau la photo.

— Cette femme et Helen McCall discutaient. J'ai su qu'il s'agissait de Helen parce que j'avais vu une photo d'elle dans le portefeuille de Warren. C'est la raison pour laquelle je me suis tellement inquiétée. L'épouse de mon ex-amant bavardait avec une femme armée qui m'avait prise en filature. Et, quand j'ai appris qu'on avait tiré sur Warren, je me suis dit que ces deux-là y étaient pour quelque chose. Plus précisément, j'ai pensé que Helen avait engagé cette femme pour le tuer.

Court jura à nouveau. De toute évidence, c'était difficile à entendre et ça n'avait pas de sens.

— J'ai vu Helen quelques minutes après qu'elle eut appris cette liaison, dit Rayna. Et elle était véritablement bouleversée. Si elle l'avait su depuis une semaine, l'émotion n'aurait pas été aussi vive.

Par chance, Raleigh ne le contesta pas, mais il n'était manifestement pas aussi convaincu de l'innocence de Helen que Rayna et Court.

— Une idée de la raison pour laquelle Helen McCall se trouvait dans votre ville ? demanda Thea à Alma.

— J'ai simplement supposé que Warren lui avait tout avoué et qu'elle était venue me défier ou je ne sais quoi. Elle ne l'a pas fait. Et je ne l'ai jamais revue.

— Vous saviez que Helen était venue à Durango Ridge ? demanda Court à Raleigh.

— Non, répondit-il sans hésiter. Si ma mère m'avait parlé d'elle, elle aurait dû tout déballer à propos de Warren. Je suppose qu'elle n'était pas prête à ça.

Non, et Raleigh n'en semblait pas non plus ravi. La liaison secrète de sa mère était aussi le secret de ses origines.

— Helen et Janet vous ont-elles vue quand vous les avez aperçues au *coffee shop* ? demanda Thea à Alma.

Alma secoua vivement la tête.

— Je suis entrée par la porte latérale et je me suis assise à une table séparée d'elles par une cloison. Je n'ai pas entendu grand-chose parce que c'était bruyant ce jour-là, mais j'ai saisi un ou deux mots. Toutes deux ont fait mention de Warren, évidemment. Oh ! et d'une femme nommée Rayna !

Cette remarque procura un sentiment désagréable à Rayna, qui échangea un regard avec Court. Un regard gêné. En effet, pourquoi sa mère et une détective privée décédée avaient-elles parlé d'elle ?

— Qu'ont dit les deux femmes à propos de Rayna ? poursuivit Thea.

— Je n'ai pas entendu cette partie, expliqua Alma. J'ai seulement entendu mentionner le prénom.

Rayna voulut croire qu'elles parlaient de quelqu'un d'autre. Ou peut-être qu'Alma avait seulement mal compris. Après tout, tout ça pouvait n'être qu'un mensonge.

Sauf que ça n'y ressemblait pas.

Seigneur ! La mère de Court avait-elle été responsable de toute cette violence ?

— Je vais appeler le ranch pour parler à ma mère, dit-il.

Il prit son téléphone et allait sortir dans le couloir, mais son portable se mit à sonner avant qu'il ait pu composer le numéro.

Rayna était assez près pour voir le nom de Griff s'afficher à l'écran, ce qui sembla alarmer Court plus encore. Il répondit à la première sonnerie.

— Quelque chose ne va pas ? demanda-t-il aussitôt.

— C'est le moins qu'on puisse dire, répondit Griff. Quelqu'un vient de tenter de tuer Warren.

8

Le premier réflexe de Court fut de sauter dans une voiture de police et de foncer directement à l'hôpital. Quelqu'un essayait de tuer son père... Une fois encore.

Son père était en danger.

Il se força cependant à se donner un temps de réflexion. Il pouvait s'agir d'un piège. Pas destiné à son père, mais à Rayna et à lui.

— Papa va bien ? Qui a tenté de le tuer ? demanda-t-il à Griff.

— Il va bien. Nous avons intercepté l'intrus avant qu'il puisse entrer dans la chambre. J'ignore encore son identité. Je viens de le menotter, mais je ne peux l'emmener nulle part, parce que je ne veux pas laisser Warren sans surveillance.

Court non plus. Il regarda autour de lui pour voir s'il pouvait trouver une solution. Il n'y avait que deux adjoints au bureau du shérif, et Thea était toujours en train d'interroger Alma. Leurs autres collègues traquaient le tireur.

— Nous devrions aller à l'hôpital, suggéra Rayna.

Considérant qu'ils venaient d'être eux-mêmes agressés, il fut surpris qu'elle soit aussi conciliante, mais peut-être n'aimait-elle pas l'idée de rester là avec Alma.

Cette perspective ne le séduisait pas non plus.

— Je serai à l'hôpital dans quelques minutes, dit-il à Griff avant de raccrocher.

Il se tourna vers Raleigh sans être sûr de ce qu'il devait lui dire. Ni de ce que dirait Raleigh, qui avait vraisemblablement entendu Griff et savait à présent qu'il y avait eu une nouvelle tentative de meurtre sur la personne de Warren. Mais, si cela provoqua en lui une réaction, il n'en montra rien.

— Si vous n'interrogez pas votre mère au sujet de ce que vous venez d'entendre au cours de l'interrogatoire, commença Raleigh, je demanderai aux Texas Rangers de le faire. Helen McCall doit expliquer pourquoi elle discutait avec l'une des protagonistes à présent décédée de cette affaire.

Le fait que Raleigh lui dicte comment faire son travail agaça Court mais, à ce stade, tout ce que cet homme pourrait faire ou dire lui ferait probablement le même effet. Il n'y avait pas grand-chose qu'il appréciait dans cette situation.

— Je questionnerai ma mère, lui assura-t-il.

Quoiqu'il soit probablement avisé de laisser un Ranger s'en charger. Mais pas Griff non plus. Plutôt quelqu'un qui puisse être objectif par rapport à tout ça. Bien sûr, sa mère risquait de ne pas être en état de supporter un interrogatoire en bonne et due forme.

Raleigh fit un mouvement de tête en direction d'Alma.

— Je suis sûr que Thea vous appellera s'il y a le moindre problème avec le reste de l'interrogatoire, ajouta-t-il.

C'était une invitation à peine voilée enjoignant à Court de partir, ce qu'il fit. Il prit Rayna par la main, l'entraîna en toute hâte jusqu'à une voiture de police garée juste devant l'entrée et pria pour qu'on ne leur tire pas dessus durant le trajet.

Le téléphone de Court sonna à nouveau et, cette fois, il vit le prénom de Rachel s'afficher à l'écran. Il mit le haut-parleur et jeta le téléphone sur le siège arrière pour se libérer la main. Il surveilla aussi les alentours, chose que Rayna fit aussi de son côté.

— Egan vient de me mettre au courant pour papa, dit Rachel dès le moment où elle fut en ligne.

— Je ne sais encore rien, mais je serai bientôt à l'hôpital.

Court débattit intérieurement, se demandant s'il devait

évoquer tout de suite le sujet, mais c'était une conversation qui devait être lancée tôt ou tard. Inutile donc d'atermoyer.

— Une fois que je serai sûr que papa va bien, il faudra que je parle à maman. Alma Lawton a dit certaines choses durant son interrogatoire.

Rachel maugréa.

— J'espère que tu ne crois pas un mot de ce que pourrait avoir à dire la maîtresse de papa !

Dans le cas présent, il la croyait. Sinon, c'était un mensonge stupide de sa part, étant donné que la rencontre entre sa mère et Janet était quelque chose que l'on pouvait aisément vérifier. Enfin, aisément si sa mère ne craquait pas.

— J'ai seulement besoin de parler à maman, se borna-t-il à répondre. Je t'appellerai quand j'aurai des informations sur l'intrus. Tout ce que je sais pour l'instant, c'est que Griff lui a mis la main dessus et qu'il est toujours là-bas avec papa.

— Griff ! répéta Rachel comme si c'était une obscénité. Appelle-moi dès l'instant où tu en sauras plus.

Court le lui promit puis raccrocha et s'arrêta devant l'entrée de l'hôpital. Aussi près qu'il le put, en tout cas. La police scientifique était sur les lieux ainsi que plusieurs Texas Rangers. Manifestement, c'était l'œuvre de Griff, et il prit note mentalement de le remercier.

Il fit traverser à Rayna le balisage de la scène de crime et l'emmena rapidement à l'intérieur du bâtiment. Il y avait un autre Ranger de garde juste à la porte, et la salle d'attente avait été vidée de ses occupants. Bien. Moins il y avait de monde, mieux c'était.

— Il est impossible que ta mère ait fait quelque chose qui te mette en danger, dit Rayna.

Il le pensait aussi, mais il pourrait y avoir une autre possibilité. Si Helen avait découvert la liaison plus tôt qu'elle ne l'avait admis, elle aurait pu vouloir s'en prendre à Warren. Court détesta devoir ne serait-ce que l'envisager, mais il était tenu de le faire. L'idée que sa mère aurait pu jouer le moindre rôle dans toute cette affaire le rendait malade.

Sur le côté, dans le hall, il vit Griff et l'agent de sécurité David Welker, quelqu'un qu'il connaissait et en qui il avait confiance. À leurs pieds, l'individu qu'ils détenaient. L'homme était allongé sur le ventre, mains menottées dans le dos.

— Comment va papa ? demanda-t-il immédiatement à Griff.

— Il est toujours inconscient.

— C'était mieux que s'il avait vu que quelqu'un venait pour l'achever alors qu'il est cloué au lit, lança l'homme au sol.

Court baissa les yeux sur l'intrus, tout comme Rayna, qui secoua la tête, indiquant qu'elle ne le connaissait pas. Il ne le connaissait pas non plus et le releva afin de pouvoir lui parler face à face. En fait, ce n'était pas vraiment un homme. Plutôt un adolescent, portant une tenue d'aide-soignant.

— Avait-il une pièce d'identité sur lui ? demanda-t-il à Griff.

— Non. La seule chose qui se trouvait dans sa poche est ça.

Griff exhiba une petite arme de poing Smith & Wesson.

— Il ne travaille pas ici. Le badge qu'il porte est un faux.

Le badge semblait assez vrai, mais quelque chose avait dû alerter Griff.

— Qu'est-ce qui t'a incité à l'empêcher d'entrer dans la chambre de papa ?

— Un mauvais pressentiment. En plus du fait qu'il semblait trop jeune pour être aide-soignant.

En effet. Court le remercia avant de se tourner vers le gamin.

— Qui es-tu ? lui demanda-t-il.

Le garçon leva la tête et croisa le regard de Court ; celui-ci proféra un juron.

— Il est défoncé, on dirait.

— C'est aussi ce que je me suis dit, acquiesça Griff.

L'adolescent afficha un rictus.

— J'ai juste pris une ou deux pilules.

— Qui es-tu ? répéta Court.

Cette fois, il regarda le jeune homme bien en face. Son

expression dut paraître assez menaçante, car le sourire de l'adolescent s'effaça.

Il secoua la tête.

— Vous me connaissez pas. Mon nom vous dira rien.

Par-dessus l'épaule de Court, il lança un regard à Rayna.

— Mais il pourrait lui dire quelque chose, à elle.

Rayna se raidit.

— Je n'ai aucune idée de qui il est.

Le garçon haussa les épaules.

— Je dirais que si, puisque c'est vous qui m'avez engagé pour venir ici et tout.

— C'est faux, répliqua Rayna.

Elle le répéta en fixant à tour de rôle Court et Griff.

Court saisit le revers de la blouse du gamin et le regard qu'il lui avait précédemment lancé ne fut rien en comparaison de celui qu'il lui décocha alors.

— Je veux connaître ton nom.

— Bo Peterson, finit-il par répondre.

Cela n'évoqua rien à Court et, à en juger par la réaction de Rayna, à elle non plus.

— Quand suis-je censée vous avoir engagé ? lui demanda-t-elle.

— Hier matin. Vous portiez une robe rouge.

— Hallie l'a engagé, marmonna Rayna.

— Elle a dit qu'elle s'appelait Rayna.

Bo se pencha, clignant des paupières et tentant de concentrer son regard sur son visage.

— Mais vous parlez pas comme elle. Et vous êtes pas comme elle.

— Parce qu'elle n'est pas cette femme, lança Court. En fait, cette femme est morte. Quelqu'un l'a assassinée, ainsi qu'une deuxième femme. Puisque tu viens de tenter de tuer mon père, tu es le suspect n° 1 de ces meurtres et de plusieurs agressions. Avec ça, tu encours la peine de mort.

Bo écarquilla les yeux et parut soudain beaucoup plus alerte que quelques minutes plus tôt.

— J'ai tué personne ! Et j'étais pas venu tuer le type de cette chambre. Je devais déposer le flingue derrière les toilettes.

Court sentit son estomac se nouer. Ça signifiait que quelqu'un projetait de récupérer l'arme plus tard pour l'utiliser. Probablement contre Warren. Bien sûr, ce serait arrivé seulement si Bo disait la vérité. Et il était encore loin d'en être convaincu.

— J'ai tué personne ! répéta Bo face aux regards inquisiteurs de Court, Rayna, David et Griff.

— Même si tu ne l'as pas fait, tu es tout de même complice de meurtre et de tentative de meurtre. Ce qui entraîne les mêmes sanctions.

— Non ! hurla pratiquement Bo. Je savais pas que quelqu'un allait être tué. Cette autre femme est vraiment morte ? lança-t-il à l'adresse de Rayna.

Elle hocha la tête.

— Et c'est pourquoi vous devez nous dire tout ce que vous savez à son sujet.

— Je sais rien !

Il secoua la tête et ses yeux s'embuèrent.

— Elle m'a dit plusieurs fois qu'elle s'appelait Rayna.

De toute évidence, elle l'avait fait pour qu'il s'en souvienne.

— Qu'a-t-elle dit d'autre ? Comment vous a-t-elle payé ?

— Elle m'a payé en came : oxycodone et ecstasy. Mais j'ai merdé. Je devais mettre le flingue dans la chambre hier, mais j'ai pris quelques pilules et j'étais un peu à côté de la plaque.

— À quelle heure, hier ? demanda Court.

Le front de Bo se creusa et il marmonna :

— Aux alentours de 9 heures. Elle connaissait pas le numéro de la chambre. Elle a dit que je devais trouver dans quelle chambre était Warren McCall et laisser le flingue là.

Donc, peut-être Hallie avait-elle rencontré Bo peu après l'agression. Ce qui signifiait qu'il était peut-être la dernière personne à l'avoir vue vivante. Bien sûr, il pouvait aussi être son meurtrier.

— Qui allait se servir de l'arme que tu étais censé cacher derrière les toilettes ? poursuivit Court.

— Elle l'a pas dit et j'ai pas demandé.

Cela ne surprit pas Court. Bo avait vraisemblablement été pressé de prendre ces drogues qu'il avait reçues en paiement.

— Je peux y aller, maintenant ? demanda-t-il.

Court ne prit même pas la peine de rire et regarda Griff.

— Y a-t-il une chance que tes amis Rangers conduisent cet idiot au bureau du shérif afin qu'on puisse l'y coffrer ?

— M'y coffrer ? hurla Bo. Mais j'ai rien fait ! J'ai même pas réussi à entrer dans la chambre du vieil homme !

Oui, grâce à Griff et à David. Raison pour laquelle Court devait continuer à s'assurer que la personne qui avait engagé Hallie et Bo n'enverrait pas quelqu'un d'autre pour s'en prendre à Warren.

— J'attendrai dans la chambre de ton père, dit David tandis que Griff emmenait Bo.

Court le remercia et sortit son téléphone pour appeler Rachel et Egan, mais d'abord il regarda Rayna pour s'assurer qu'elle allait bien. Ce n'était pas le cas. Elle semblait à nouveau secouée ; il l'engagea donc à s'appuyer contre le mur.

— Qui essaye de me piéger ? murmura-t-elle.

Il ne lui sembla pas qu'elle s'attendait vraiment à ce qu'il lui réponde. C'était une bonne chose, car il ne le savait toujours pas.

Il l'attira dans ses bras, dans l'intention de l'étreindre brièvement, mais ça ne s'arrêta pas là. Parce qu'il se rendit compte que Rayna n'était pas la seule à avoir le sentiment que son univers vacillait.

— Bobby Joe, dit-elle. Il est le seul qui me déteste assez pour faire ça.

Peut-être.

— Ou alors, tu es le parfait bouc émissaire en raison du ressentiment entre les McCall et toi.

Évidemment, bien que, en cet instant, ce ressentiment semblât plutôt amoindri. Après tout, Rayna était dans ses bras. Quand elle leva la tête pour le regarder, leurs bouches se trouvèrent très proches l'une de l'autre. Les souvenirs affluèrent. Les bons souvenirs. Ceux d'autres occasions où il l'avait embrassée et où elle s'était montrée réceptive.

Comme en cet instant.

Sa respiration s'accéléra et il vit une veine battre dans son cou. Il capta aussi son odeur. Quelque chose de sensuel et doux. Une senteur qui n'était assurément pas sortie d'un flacon et qui provoqua en lui un dangereux émoi. Ce fut la raison pour laquelle il la lâcha et s'écarta d'elle avant de commettre une erreur que tous deux regretteraient.

En fait, des regrets, ils en avaient déjà.

Il eut la conviction qu'il n'y aurait pas eu grand-chose d'autre que du plaisir durant ce baiser.

— Nous n'arrêtons pas de faire ça, dit-elle.

Il ne lui demanda pas de clarifier, parce qu'il savait. Ils ne cessaient de risquer de s'abandonner à cette passion. Ce rappel l'amena à reculer d'un pas de plus et, avant qu'il puisse revenir et jouer avec le feu, il appela Rachel.

Ce ne fut pas sa sœur qui répondit, mais sa mère.

— Rachel a laissé son téléphone près de mon lit quand elle est allée faire du thé, lui expliqua-t-elle. Mais elle n'en aura pas pour longtemps. Est-ce que tout va bien ? Egan et elle chuchotent…

Court eut envie de lui assurer que tout allait bien, mais ce n'était pas le cas. Loin de là.

— Papa est toujours inconscient.

— Je suppose que c'est bien. Il a probablement besoin de repos pour guérir. Si Warren m'a vraiment fait ça, je ne pourrai pas le lui pardonner.

— Accorde-toi un peu de temps, dit-il, car il ne savait que dire d'autre.

— Le temps n'effacera pas ça. Je suis désolée, ajouta-t-elle. On m'a donné des comprimés et je suis un peu dans les vapes. Veux-tu que j'aille chercher Rachel ?

— Non, c'est à toi que j'ai besoin de parler.

Il le fallait, il n'avait pas le choix. Avant de se lancer, il prit une profonde inspiration.

— Nous avons fait venir Alma Lawton au bureau du shérif pour l'interroger.

— Je vois...

Sa mère marqua une pause.

— Était-elle au courant pour moi ?

Il choisit de lui dire la vérité.

— Oui. Elle a aussi reconnu la liaison.

Un autre sanglot.

— Oh ! mon Dieu ! Alors c'est vrai...

— Selon les dires d'Alma. Mais il faudra tout de même que tu en parles à papa.

En fait, Court voulait absolument entendre une confession de la bouche même de son père, et une part de lui refusait d'y croire totalement tant qu'il ne l'aurait pas entendue.

— Non, je ne pourrai pas lui parler. Si Warren a vraiment eu une liaison avec cette Alma, alors il a aussi eu un enfant d'elle. Un fils.

Court fut un peu surpris que sa mère, censée être sous l'effet de sédatifs, puisse établir une concordance entre tous ces éléments. Cela l'amena également à se demander qui lui avait parlé de Raleigh. Peut-être avait-elle capté l'information lors de l'une de ces conversations à voix basse qu'elle avait mentionnées.

— Oui, il se peut qu'ils aient un fils, admit-il sans toutefois lui laisser l'occasion de lui en demander davantage à ce sujet.

Il lui posa sans attendre la question qui le tourmentait.

— Alma a dit que tu avais pris un café avec une femme nommée Janet à Durango Ridge. C'est vrai ?

— Non, je ne connais pas de Janet.

Elle n'avait pas marqué de pause, cette fois.

Court se sentit soulagé. Il décela le même soulagement dans les yeux de Rayna, qui était encore assez près de lui pour entendre la conversation. Le soulagement fut cependant de courte durée, car il savait que « Janet » pouvait ne pas être le véritable prénom de la détective.

— As-tu rencontré une femme à Durango Ridge ? insista-t-il.

— Oui.

Il eut la sensation d'un poids s'abattant sur ses épaules, mais au moins sa mère n'avait pas nié. Cela signifiait qu'il devrait être en mesure de lui faire dire la vérité. Il espéra seulement que celle-ci ne mènerait pas à son arrestation.

— J'ai rencontré une journaliste nommée Milly Anderson, ajouta Helen au bout d'un moment. Elle a dit qu'elle travaillait sur l'ancienne affaire du meurtre de Hannah Neal. Tu sais, celle qui a donné du fil à retordre à ton père durant les trois dernières années.

Sa mère n'aurait pas eu besoin d'ajouter cette dernière phrase, car il connaissait assurément l'affaire de Hannah. Son meurtre n'était toujours pas résolu.

— Pourquoi cette Milly Anderson voulait-elle te parler de Hannah ?

— Parce qu'elle est reporter d'investigation. Tu sais, elle fait partie de ces journalistes qui exhument des affaires classées. Elle n'avait pas vraiment quelque chose de nouveau. Je suppose qu'elle espérait que je me rappellerais une information susceptible de l'aider.

Court en douta. Non. Janet, ou quel que soit son prénom, avait sans doute une autre idée en tête. Il ignorait simplement laquelle.

— As-tu parlé à papa de cette conversation ? poursuivit-il.

— Je la lui ai mentionnée. Il a dit que je ne devrais parler à aucun autre journaliste, que le meurtre de Hannah était l'affaire de la police. Il paraissait vraiment en colère ou je ne sais quoi. Seigneur ! ajouta-t-elle aussitôt. Tu ne penses pas que Milly ait quelque chose à voir avec Alma, n'est-ce pas ?

Ça, il avait la ferme intention de le découvrir. Ce qui

impliquait de creuser dans le passé d'Alma et de parler à Raleigh. Peut-être avait-il rencontré cette Milly, lui aussi.

— Oh ! Voilà Egan, reprit sa mère. Il veut te parler.

— Je viens d'avoir Thea au téléphone, annonça Egan un instant plus tard. Elle m'a répété ce qu'a dit Alma. Tu as demandé à maman si c'était vrai ?

— Oui, elle a rencontré Janet à Durango Ridge.

Egan jura, ce qui lui valut une réprimande de la part de sa mère. Court entendit un bruit de pas lui indiquant que son frère partait poursuivre cette conversation en un lieu où leur mère ne pourrait l'entendre.

— Janet lui a dit qu'elle était journaliste, ajouta Court quand il entendit que son frère avait cessé de se déplacer. Au fait, comment va maman ?

— Elle est bouleversée. Le Dr Winters veut lui faire passer une évaluation psychologique ; il lui a organisé un rendez-vous.

Court sentit sa poitrine se comprimer.

— Tu penses qu'elle a besoin de ça ?

— Oui.

Il aurait aimé percevoir un doute dans la voix d'Egan. Ce ne fut pas le cas.

— Je te tiendrai informé à ce sujet, poursuivit Egan. À part ça, l'équipe scientifique a analysé les armes trouvées dans la maison de Rayna et aucune n'a été utilisée récemment. C'est une bonne nouvelle. Pour elle, en tout cas.

En effet, et Court se dit que ça lui ferait plaisir, même si ce n'était pas une surprise. Dès le début, elle avait affirmé catégoriquement qu'elle n'avait fait usage d'aucune arme. Et, en particulier, qu'elle n'avait pas tiré sur Warren.

— Thea a dit qu'en dehors de la rencontre entre maman et Janet elle n'avait pas tiré grand-chose d'Alma, poursuivit Egan. Elle a accepté qu'on fasse une recherche de résidus de poudre sur ses mains. Il n'y en avait pas. Et elle a aussi dit que la scientifique pouvait analyser les armes en sa possession.

Court paria qu'il n'y aurait pas non plus de correspondance.

Si Alma était à l'origine de ces agressions, il aurait fallu qu'elle soit totalement stupide pour utiliser ses propres armes. Et elle aurait aussi pris des précautions afin de s'assurer qu'il n'y ait pas de résidus.

— Que se passe-t-il entre Rayna et toi ? demanda soudain Egan.

La question désarçonna Court. Rayna aussi, car elle écarquilla les yeux sous le coup de la surprise.

— Qu'est-ce que tu veux dire ? grommela-t-il.

— Tu sais ce que je veux dire. Êtes-vous à nouveau ensemble ? Et, non, ce n'est pas seulement pour me mêler de ce qui ne me regarde pas. Je me moque de savoir qui tu mets dans ton lit. Je veux seulement m'assurer que tu ne couches pas avec une femme qui est impliquée jusqu'au cou dans une enquête sur un meurtre.

— Je ne couche pas avec elle.

Quoiqu'il y ait songé... Cette pensée lui était venue peu après qu'ils avaient failli s'embrasser. Bon sang, elle lui venait encore à présent !

— Bien. Je voulais juste être sûr que tu n'avais pas perdu l'esprit. J'imagine que Rayna croit que Bobby Joe est responsable des agressions, reprit-il après un silence.

— Oui, répondit-elle.

Il ne sembla pas surpris qu'elle se soit trouvée assez près de Court pour entendre ce qu'ils disaient.

— Je m'en doutais. Bien sûr, je ne le crois pas, mais je vais m'intéresser de plus près à Mitch. Une fois que la situation concernant maman sera réglée.

Sur ce, il mit fin à la conversation.

— Je suis désolée, dit Rayna. J'aurais probablement dû faire savoir à Egan que j'écoutais.

— Il le savait déjà.

Court aurait préféré que ce ne soit pas vrai, mais Egan était parfaitement conscient de l'attirance entre Rayna et lui. Conscient, aussi, des problèmes que cela pourrait causer.

— Laisse-moi aller voir mon père et nous pourrons retourner au poste de police, dit-il. Je veux interroger Bo.

Ils s'engagèrent dans le couloir et, lorsqu'il ouvrit la porte de la chambre de son père, il se trouva face à David.

— Je venais justement te chercher.

Le garde sourit puis ajouta :

— Ton père est réveillé.

9

Rayna s'arrêta net en entendant ce que le garde annonçait à Court. « Ton père est réveillé. » Il allait enfin pouvoir interroger Warren au sujet de la liaison ainsi que de l'agression, et il ne voudrait certainement pas qu'elle soit présente pour l'entendre.

Du moins le pensa-t-elle.

À sa grande surprise, Court lui fit signe de le suivre.

— Ce sera plus sûr à l'intérieur. Il se pourrait que Bo n'ait pas travaillé seul.

À ces mots elle sentit sa gorge se serrer et se demanda pourquoi ça ne lui était pas venu à l'esprit. C'était parce que, en cet instant, trop d'émotions se bousculaient en elle. Elle s'efforça toutefois de mettre tout cela de côté pour se préparer au cataclysme qu'ils étaient peut-être sur le point d'affronter.

— Je vais prévenir les infirmières qu'il est revenu à lui, dit David en s'éloignant dans le couloir.

— Papa, dit Court en entrant dans la chambre, tu sais pourquoi tu es ici, à l'hôpital ?

Warren hocha la tête.

— On m'a tiré dessus.

Rayna resta dos au mur près de la porte tandis que Court s'avançait vers le lit de son père. Elle avait espéré que Warren ne la remarquerait même pas.

En vain.

Son regard se posa vite sur elle. Court secoua la tête.

— Rayna n'est pas la personne qui a tenté de te tuer.

— Non. Mais on dirait que quelqu'un a tenté de la tuer, elle.

Warren avait sans doute remarqué la blessure qu'elle avait à la tête. Il reporta son attention sur Court.

— Je sais ce que tu vas me demander, mais je n'ai pas vu qui m'a tiré dessus.

Quel dommage ! Rayna avait espéré qu'ils pourraient tout éclaircir dans l'instant.

— J'ai senti la balle pénétrer dans ma poitrine.

Warren posa la main sur son torse.

— Je suis tombé et, la seule chose dont je me souvienne après ça, ce sont des bribes des conversations des infirmières et des gardes.

— Qu'as-tu entendu ? demanda Court.

Warren poussa un gémissement et ferma les yeux durant un moment.

— Qu'il y a eu une autre agression. Vous allez bien, tous les deux ?

— Très bien.

Court semblait déçu. Probablement l'était-il. Si c'était tout ce que son père pouvait se rappeler, ils allaient devoir chercher ailleurs des informations.

— Et toi ? Est-ce que tu souffres beaucoup ?

Warren secoua la tête, mais c'était sans doute un mensonge, car ce simple mouvement le fit grimacer légèrement.

Au même moment, la porte s'ouvrit et une infirmière entra. Rayna la connaissait : Ellen Carter ; celle-ci alla droit sur Warren et consulta les moniteurs.

— Je vais prévenir le médecin que vous êtes réveillé.

Elle lança un regard à Court.

— Je sais que vous allez vouloir l'interroger à propos de l'agression, mais n'en faites pas trop.

Court hocha la tête sans rien dire. Warren garda lui aussi le silence jusqu'à ce que l'infirmière soit partie.

— Comment va ta mère ? Est-elle ici ?

— Pas pour le moment. Elle est au ranch avec Rachel et Egan.

— Egan, répéta Warren. Oui, il doit être avec elle, Rachel aussi.

Il leva à nouveau les yeux vers Court.

— Avez-vous mis la personne qui m'a tiré dessus en garde à vue ?

— Non.

Court prit une profonde inspiration.

— Mais nous avons deux cadavres. Des femmes. L'une était actrice, nous croyons qu'elle s'est fait passer pour Rayna afin de lui faire endosser ton agression. L'autre était peut-être une détective qui aurait été en relation avec toi. Elle utilisait le nom de Janet Bolin.

Pour un homme qui venait de reprendre connaissance après une opération, Warren parut soudain très alerte. Frustré, aussi.

— Ce n'est pas son vrai nom, marmonna-t-il. C'est Jennifer Reeves.

Rayna ne pouvait voir le visage de Court, mais il rejeta les épaules en arrière. Si Warren connaissait le véritable nom de cette femme, il était effectivement en relation avec elle.

— Tu as dit qu'elle était morte ?

— Assassinée, précisa Court.

Warren grimaça puis pesta.

— Comment ? La personne qui m'a tiré dessus l'a-t-elle aussi tuée ?

— Nous essayons encore de le déterminer.

Court tira une chaise et s'assit près du lit de son père.

— Après l'opération, tu n'as cessé de répéter le prénom de quelqu'un. Alma.

Le silence s'installa. Toutefois, Warren eut une réaction. Un choc, suivi d'un grommellement :

— Ah, bon sang !

Ce n'était probablement pas ce que Court avait envie

d'entendre. Peut-être subsistait-il en lui l'espoir que cette liaison était une sorte de malentendu.

Warren le regarda droit dans les yeux.

— Ta mère le sait ?

Il hocha la tête.

— Nous le savons tous. Griff nous a aidés à remplir quelques blancs.

Warren pinça les lèvres.

— Il n'avait pas le droit. Si j'avais voulu que vous soyez tous au courant, ça aurait dû venir de moi.

— Mais ça n'a pas été le cas, répliqua aussitôt Court.

De la colère perçait dans sa voix. C'était compréhensible. Ce « si » ne lui convenait sans doute pas ; il signifiait que Warren n'avait pas eu l'intention d'avouer de sitôt cette liaison.

— C'est la raison pour laquelle ta mère n'est pas ici, dit Warren.

Il proféra quelques jurons avant d'ajouter :

— Appelle-la maintenant. Dis-lui que je veux la voir.

— Ce n'est pas une bonne idée.

Tout en disant cela, Court avait maintenu le contact visuel avec son père.

— Le médecin l'a mise sous sédatifs, et elle a besoin de repos.

Warren repoussa les couvertures comme pour se lever, mais Court l'arrêta aussitôt.

— Toi aussi, tu dois te reposer. Et il me faut des réponses. Tu as vraiment eu une liaison avec Alma Lawton pendant trente-cinq ans ?

Warren le dévisagea, presque d'un air de défi. Il n'avait manifestement pas l'habitude d'être sommé de s'expliquer. Toutefois, Rayna vit le moment exact où il battit mentalement en retraite.

— Que sais-tu d'autre à son sujet ? demanda-t-il en regardant fixement ses mains.

Elle n'en crut pas ses oreilles. Même après avoir été confondu, Warren n'était pas disposé à tout avouer.

— Je sais qu'Alma a donné naissance à ton fils, Raleigh, répondit aussitôt Court. Et qu'elle et toi avez seulement mis un terme à votre relation il y a deux mois environ. Je crois que tu craignais qu'elle ne puisse aller trouver maman et que c'est pour ça que tu as engagé la détective.

Il marqua une pause.

— Comment je m'en sors, jusque-là ?

Warren pinça de nouveau les lèvres.

— Alma et moi n'avons pas mis un terme à notre relation. C'est moi qui ai rompu. J'ai cessé de la voir et elle en a été très contrariée. Donc, oui, j'ai pensé qu'elle risquait d'aller trouver ta mère.

— Pourquoi Jennifer, alias Janet, a-t-elle rencontré maman à Durango Ridge ?

Warren releva la tête.

— Elle n'aurait jamais fait ça.

— Elle l'a fait, si l'on en croit Alma. Elle dit les y avoir vues ensemble dans un *coffee shop*.

— Tu as déjà parlé à Alma ? demanda sèchement Warren.

— Thea l'a interrogée. Tu dois savoir qu'elle est considérée comme suspecte. Mais tu penses vraiment qu'elle a pu être la personne qui t'a tiré dessus ?

— Non, fit Warren en secouant la tête. Alma n'a jamais rien fait de violent auparavant.

— Ça ne veut pas dire qu'elle n'a pas pu faire ça. Tout dépend à quel point elle a été furieuse.

La maîtresse dédaignée de Warren aurait pu lui tirer dessus en comptant faire endosser le crime à Rayna et, voyant que ça ne marchait pas, elle aurait pu engager quelqu'un pour les agresser, Court et elle.

Mais ça n'expliquait toujours pas pourquoi la détective privée aurait rencontré Helen.

La porte s'ouvrit et le médecin entra. Il remarqua sans nul doute l'agitation sur le visage de son patient, car il soupira et se tourna vers Court.

— J'ai besoin d'examiner Warren. Vous pouvez attendre tous les deux dans le couloir.

Ça ressemblait à s'y méprendre à une injonction de vider les lieux, et Rayna ne pouvait l'en blâmer. En effet, Warren avait été grièvement blessé et son état était toujours préoccupant. La veille encore, il était dans l'antichambre de la mort et le médecin ne voulait pas que quoi que ce soit vienne compromettre son rétablissement.

Ils quittèrent la chambre et Court sortit son téléphone. Il composa le numéro d'Egan et, avant d'appuyer sur la touche d'appel, se tourna vers elle en marmonnant un juron.

— Je te ferai bientôt sortir d'ici, dit-il.

Elle eut le sentiment qu'il était sur le point d'ajouter quelque chose. Des excuses, peut-être. Elle n'en voulait pas, car rien de tout cela n'était sa faute, et il était évident que ce qu'avait fait son père le dévastait.

Il la dévisagea durant un long moment avant de finir par appeler Egan, en mettant cette fois le haut-parleur. Il ouvrit la bouche, probablement pour apprendre à son frère que Warren était réveillé, mais Egan le devança.

— Maman a avalé des comprimés. J'ai déjà appelé une ambulance. Elle est inconsciente.

Oh non ! Seigneur ! Pas ça ! Court et sa famille avaient déjà assez de problèmes.

— Quand est-ce arrivé ? demanda Court d'un ton brusque.

— Je ne sais pas exactement. C'est Rachel qui l'a trouvée. Tu es toujours à l'hôpital ?

— Oui. Papa a fini par se réveiller. Je t'en parlerai quand tu arriveras ici. Tu accompagnes maman dans l'ambulance, n'est-ce pas ?

— Oui. Mais je ne suis pas certain qu'ils la garderont à l'hôpital. Une fois qu'ils lui auront fait un lavage d'estomac ou je ne sais quoi, elle devra probablement être placée dans un établissement disposant d'un service psychiatrique.

Court soupira et se passa la main sur le visage.

— Je te retrouve aux urgences. Combien de temps avant que tu y arrives ?

— J'y serai bientôt. L'ambulance est déjà en chemin.

Il pourrait toutefois s'écouler une bonne demi-heure avant que les secours prennent Helen au ranch et l'amènent à l'hôpital.

Dès qu'il eut terminé sa conversation avec Egan, Court l'entraîna vers les urgences. Peut-être parce qu'il avait besoin de mettre de l'espace entre son père et lui. Sans doute souhaitait-il aussi éviter d'avoir à en parler à Warren.

Il s'arrêta juste avant l'entrée de la salle d'attente des urgences et y jeta un coup d'œil. Les Rangers s'y trouvaient toujours. Avec un minimum de chance, un individu armé ne serait pas assez stupide pour s'y présenter.

— Je suis désolé, dit Court.

Étant donné qu'elle était sur le point de lui dire la même chose, Rayna haussa un sourcil.

— Pourquoi ?

— Pour tout. Il se pourrait que tu te sois retrouvée au beau milieu de cette situation dangereuse à cause de la liaison de mon père.

Il ne prononça pas le mot « père » avec affection. Il y avait, au contraire, beaucoup de colère dans sa voix.

— Je ne peux pas croire qu'il ait fait une telle chose, ajouta-t-il.

Après tout ce que Warren lui avait fait endurer avec le procès, elle aurait voulu pouvoir dire qu'elle l'en avait pensé capable, mais même elle était surprise. Warren pouvait être un pit-bull quand il était question d'aller en justice ; cependant, il lui avait semblé aimer sincèrement son épouse et sa famille. Et, à présent, il les dévastait.

— Si ma mère meurt…

Rayna ne le laissa pas terminer sa phrase. Elle l'interrompit en effleurant ses lèvres des siennes. En sentant le désir se propager en elle, elle sut que l'embrasser n'avait pas été une bonne idée.

Elle s'écarta, leurs regards toujours accrochés l'un à l'autre, et cette fois elle vit davantage que l'inquiétude et la fatigue. Il y avait un certain trouble. Et un peu de passion.

— N'aie que des pensées positives à propos de ta mère, lui conseilla-t-elle. Sinon, je t'embrasserai à nouveau.

En dépit de tout ce qui se passait, il esquissa un sourire.

— Ce n'est pas tellement une menace...

Puis il soupira et elle comprit ce qu'il voulait dire.

Quoi qu'il en dise, à certains égards l'embrasser était la plus terrible des menaces.

C'est pour cette raison qu'elle recula. D'un coup, le charme fut rompu, la passion disparaissant avec lui. Malheureusement, Rayna savait qu'elle reviendrait.

Le téléphone de Court se mit à sonner et, comme il l'avait toujours en main, elle n'eut aucune difficulté à voir l'écran. Ce n'était pas Egan, cette fois, mais Thea. Il mit à nouveau le haut-parleur.

— Comment va Warren ? demanda-t-elle aussitôt.

— Il est réveillé. Il a confirmé sa liaison avec Alma.

— Je vois...

Thea paraissait très déçue.

— Griff est ici avec le prisonnier. Je vais envoyer l'arme qu'il avait sur lui pour la faire analyser. Y a-t-il quelque chose de particulier que tu voudrais que je recherche ?

— Des empreintes ou de l'ADN, répondit Court. Il est possible que cette arme ait été utilisée pour piéger quelqu'un.

Il regarda alors Rayna, qui comprit qu'elle pourrait être ce quelqu'un. Elle ne se rappelait pas avoir touché une arme ne lui appartenant pas ; cependant, il était possible que quelqu'un se soit procuré un échantillon de son ADN.

— J'ai terminé l'interrogatoire d'Alma, ajouta Thea au bout d'un moment.

— Oui, Egan me l'a dit.

— Je m'en doute. Elle doit revenir demain pour relire sa

déposition. Si Egan ou toi voulez lui poser des questions, vous pourrez le faire à ce moment-là.

Court émit un son d'approbation.

— Nous n'avons aucune raison valable de l'arrêter, dit-il. Pas encore. Mais je dois enquêter sur son possible lien avec la détective. D'après mon père, son véritable nom est Jennifer Reeves. Et, en effet, il l'a bien engagée. Pourrais-tu voir ce que tu peux trouver sur elle ?

— Bien sûr.

Rayna entendit cliqueter les touches du clavier d'ordinateur.

— Alma a dit que Jennifer avait rencontré ta mère. Sais-tu pourquoi ?

— Aucune idée. Et il pourrait s'écouler un moment avant que je puisse le lui demander.

À en juger par la soudaine crispation de sa mâchoire, c'était tout ce qu'il avait envie d'en dire dans l'immédiat.

— Jennifer Reeves..., répéta Thea une minute plus tard. En effet, elle était détective privée. Trente-quatre ans. Pas de casier. Elle est — était — propriétaire d'une agence à San Antonio, mais n'avait pas d'employés. Laisse-moi consulter les médias sociaux pour voir si je trouve un lien avec Helen.

— Et vérifie aussi ceux avec Alma, dit-il.

— Tu penses qu'elle peut avoir menti ?

— Je l'ignore mais, si elle mène une sorte de vendetta, elle pourrait s'être servie de Jennifer pour le faire. Elle aurait pu découvrir que mon père l'avait engagée puis lui proposer plus d'argent pour le piéger.

Possible. Après tout, c'était Jennifer qui avait pris en photo la femme qui lui ressemblait. Puis Rayna songea à autre chose.

— Peut-être trouverez-vous un lien entre Jennifer et Mitch, suggéra-t-elle.

Thea approuva immédiatement.

— Il semblait effectivement y avoir quelque chose entre ces deux-là, et Mitch est sans conteste quelqu'un qui souhaiterait se venger de Warren et de vous.

Elle marqua une pause.

— Je ne vois rien sur les réseaux sociaux, mais je vais tâcher de me procurer les dossiers de ses affaires. Il est possible... Oh !

Rayna n'aima pas du tout le son de ce « oh ! ». Thea n'était pas précisément le genre de personne à être facilement surprise.

— Qu'y a-t-il ? demanda Court.

— Je pense que nous devrions nous intéresser à quelqu'un d'autre, reprit enfin Thea après quelques instants de silence. Je t'envoie une photo que j'ai trouvée sur la page de Jennifer. Veux-tu que je convoque cette personne pour un interrogatoire ?

Il fallut quelques secondes pour que la photo se charge sur le téléphone de Court. C'était un cliché sur lequel figuraient deux femmes qui semblaient être à une sorte de fête. Quand Rayna le regarda, elle eut la sensation que la pièce se vidait de tout son air.

L'une était bien Jennifer. Quant à l'autre... c'était Whitney !

10

Court n'aimait vraiment pas la tournure que prenaient les événements. Pourquoi Whitney n'avait-elle pas mentionné le fait qu'elle connaissait Jennifer ?

Jennifer, alias Janet, travaillait au snack-bar depuis quelques semaines, et Whitney habitait en ville. McCall Canyon était une petite bourgade. Il aurait été vraisemblable qu'elle tombe sur elle, qu'elles se voient, et qu'elle soit ensuite très affectée par la mort de son « amie ». Cette même amie qui, selon toute apparence, avait tenté de faire accuser Rayna d'un crime qu'elle n'avait pas commis.

Tandis qu'ils quittaient l'hôpital, Court au volant de la voiture de police, Rayna tenta de joindre Whitney.

Ils étaient seuls dans le véhicule, mais pas sur la route. Il n'avait pas voulu prendre ce risque. Le shérif adjoint Dakota Tillman et un Texas Ranger les suivaient dans une seconde voiture de police. Il espérait que trois policiers suffiraient à prévenir une autre agression.

— Whitney ne répond toujours pas, annonça Rayna.

C'était sa cinquième tentative pour entrer en contact avec elle, et chacun des appels avait atterri directement sur la boîte vocale.

Court estimait que ce n'était pas une bonne chose, quel que soit l'angle sous lequel on l'envisageait.

— Tu crois qu'il est possible qu'elle ait eu vent de ta découverte du lien l'unissant à la détective assassinée ? demanda Rayna.

— Oui, admit-il.

Étant donné que Whitney était standardiste au bureau du shérif, elle pourrait en avoir eu connaissance et tenter, à présent, de les éviter.

Ou alors...

Il y avait une autre possibilité, dont il ne voulait pas parler à Rayna pour l'instant. Si Whitney s'était trouvée impliquée, avec Jennifer et Hallie, dans un complot visant à tuer Warren, elle pourrait être morte, elle aussi.

— Je n'arrête pas de penser à ce qu'a fait Whitney, plus tôt, sur le parking de l'hôpital, dit Rayna. Elle a arrêté sa voiture entre le tireur et nous.

En effet, elle avait fait ça et, bien que ce seul fait ne soit pas un signe de culpabilité, elle commençait à paraître très suspecte.

— Je l'interrogerai dès qu'elle prendra contact avec nous.

Et elle aurait plutôt intérêt à le faire sans tarder. Elle aurait aussi intérêt à avoir les bonnes réponses.

Rayna lança un regard au bureau du shérif alors qu'ils passaient devant.

— Tu peux me laisser là, si tu veux, et retourner à l'hôpital rejoindre ta mère.

— Rachel et Egan sont là-bas. En plus, le médecin a dit qu'il ne voulait pas qu'elle reçoive de visites pendant un moment. Même si elle y était autorisée, je ne suis pas sûr que ce serait une bonne chose que je réponde aux questions qu'elle aura concernant la liaison de mon père. Ça ne ferait que la bouleverser plus encore.

Ça l'avait assurément bouleversé, lui. Et le pire était qu'il ignorait que faire à ce sujet. Une part de lui détestait son père pour cela, mais le détester n'écarterait pas le danger. Pas plus que ça n'apaiserait sa mère. Non. Il devait se concentrer sur la capture de la personne responsable des agressions puis s'assurer que sa mère recevait le genre d'aide dont elle avait besoin pour aller mieux.

Son téléphone bipa, signalant l'arrivée d'un SMS, et il le tendit à Rayna afin qu'elle puisse le lui lire.

— Ça vient de Thea, lui dit-elle. Aucun signe du tireur. Et aussi, Bo n'a que dix-sept ans et il a fait appel à un avocat.

La première information n'était pas une surprise, étant donné que le tireur s'était probablement enfui depuis longtemps. Mais dix-sept ans ! Ça signifiait que Bo était un délinquant juvénile, et qu'il ne pourrait pas être inculpé de la même façon qu'un adulte. En particulier s'il n'avait pas de casier. Mais il avait tenté d'introduire une arme dans une chambre d'hôpital, ce qui était une accusation assez grave pour qu'il écope d'une peine de prison ferme.

— Renvoie-lui un message. Demande-lui d'interroger Bo dès que son avocat arrivera. Je veux découvrir s'il sait qui a engagé Hallie pour lui donner l'arme et la drogue.

Bo ne connaissait probablement pas la réponse à cette question, mais ils devaient tenter le coup. Pour l'instant, il était le seul contact vivant qu'ils aient qui soit en lien avec la femme assassinée.

Rayna allait lui rendre son téléphone quand celui-ci se mit à sonner. Il ne reconnut pas le numéro, mais lui fit signe de répondre. Elle mit le haut-parleur. Court se prépara à entendre la voix du tireur, mais ce ne fut pas le cas.

C'était Raleigh.

— J'ai quelque chose qui devrait vous intéresser. Le *coffee shop* de Durango Ridge n'a pas de caméra de sécurité, mais il y en a une dans la banque de l'autre côté de la rue. Je vous envoie la séquence par mail.

Enfin une bonne surprise.

— Voit-on ma mère rencontrer la détective ? s'enquit Court.

— Oui. L'image est de mauvaise qualité à cause de la vitre entre la caméra et elles, mais on les distingue assez bien. Au départ, votre mère ne semble pas agitée, mais ça change cinq minutes plus tard. Elle semble se mettre à pleurer.

Bon sang ! Ça pouvait vouloir dire que Jennifer avait révélé la liaison à Helen. Mais pourquoi la détective privée aurait-elle fait ça ?

— Je n'ai pas vu d'échange d'argent ou quoi que ce soit de ce genre, poursuivit Raleigh. Et votre mère n'est pas restée longtemps au *coffee shop* après ça.

Une brève rencontre, donc. Mais qui avait bouleversé sa mère. Cela, associé au fait que Helen n'ait pas mentionné ce rendez-vous jusqu'à ce qu'il l'interroge à ce sujet, ne semblait pas de bon augure.

— Vous me tiendrez informé de ce que votre mère a à dire à propos de cette vidéo après que vous l'aurez visionnée ? demanda Raleigh.

— Ça pourrait prendre un moment.

Court se demanda que lui révéler au juste, puis il opta pour la vérité pure et simple. De toute façon, Raleigh l'apprendrait sous peu.

— Ma mère a tenté de se tuer. Elle a pris des comprimés. Il me sera impossible de l'interroger tant que je n'aurai pas le feu vert du médecin.

— J'en suis désolé.

Bien que Raleigh ait marmonné cette phrase, il semblait sincère.

— Nous sommes plutôt mal lotis avec nos mères, en ce moment. La mienne n'a pas tenté de mettre fin à ses jours, mais elle n'est pas aussi forte qu'elle le paraît.

— Est-elle assez forte pour avoir engagé un tueur ? lâcha Court.

Il regretta cependant d'avoir été aussi abrupt alors que Raleigh semblait vraiment vouloir découvrir le fin mot de l'histoire.

— En tant que son fils, je répondrais que non. En tant que policier, je dirais que n'importe qui est capable d'à peu près n'importe quoi. Mais posez-vous cette question : si ma mère était si remontée contre Warren, pourquoi aurait-elle attendu deux mois avant de s'en prendre à lui ?

— Peut-être parce qu'il lui a fallu ce temps pour échafauder un plan.

Court soupira.

— À quand remonte la rencontre entre ma mère et la détective ?

— À quatre jours.

Helen s'était donc rendue à ce rendez-vous trois jours avant que l'on tire sur Warren. Si sa mère avait appris la liaison de son père lors de cette rencontre, il était possible qu'elle ait demandé à Jennifer de l'aider à mettre un plan sur pied. Court était malade à la pensée que ça puisse être vrai, car ce plan avait inclus de compromettre Rayna. Par ailleurs, à la fois son père et elle auraient pu être tués en plus des deux femmes assassinées.

— Je n'insinue pas que l'une ou l'autre de nos mères ait tué qui que ce soit, reprit Raleigh, mais nous devons envisager la possibilité qu'elles aient pu engager quelqu'un qui a agi de son propre chef. Quelqu'un qu'elles ne contrôlent plus.

Oui, et ce quelqu'un aurait pu tirer sur Rayna et lui.

Le téléphone de Court signala un appel entrant. Le nom de son collègue John Clary s'afficha à l'écran.

— J'ai un autre appel, je dois vous laisser. Je vais regarder la vidéo et je reviendrai vers vous, dit-il à Raleigh avant de basculer vers l'autre appel. Je t'en prie, dis-moi que vous avez retrouvé le tireur, dit d'emblée Court.

— Non. Mais nous avons un problème. Quelqu'un a déclenché le système d'alarme chez Rayna. Et, comme sa maison est toujours une scène de crime, je suis venu vérifier sur place. Il y avait bien quelqu'un ici qui a couru dans la grange en apercevant la voiture de police. Je voulais seulement être sûr que ce n'était pas Rayna ou une personne qu'elle aurait envoyée.

— Ce n'est pas moi, lui répondit Rayna. Mais, ce matin,

Court a envoyé quelques-uns de ses ouvriers s'occuper de mes chevaux. Peut-être était-ce l'un d'eux.

— Ça semble tout de même bizarre de s'enfuir comme ça, indiqua John.

En effet, et Court en éprouva une sensation de malaise. De plus, ses ouvriers devaient avoir fini depuis longtemps et être retournés au ranch McCall.

— De temps à autre, des gamins viennent sur ma propriété, ajouta Rayna. Je pense être le croque-mitaine local, vu que beaucoup de gens croient que j'ai tué Bobby Joe.

Elle détourna le regard de Court en disant cela. Ça lui rappelait que, à cause de cette accusation, sa vie n'avait pas été facile au cours des trois dernières années.

— Vous pensez donc que ça peut être une simple farce ? insista John.

— Je l'ignore, dit-elle après un long silence. Les enfants n'entrent généralement pas dans la grange.

Rien de tout ça ne fournissait à Court l'assurance que tout allait bien.

— Tu es seul ? demanda-t-il à John.

— Oui. Je retournais au bureau quand j'ai reçu l'appel. Tu penses que je devrais demander des renforts ?

Court hésita. Le bureau du shérif était débordé, et Rayna et lui ne se trouvaient qu'à quelques kilomètres de chez elle. Il décida finalement de bifurquer dans cette direction, sans toutefois être vraiment sûr que ce soit la chose à faire. Il fit également signe à l'autre shérif adjoint et au Texas Ranger de les suivre.

— Ne bouge pas, dit-il à John. Je serai sur place dans quelques minutes.

Il raccrocha et regarda aussitôt Rayna.

— Tu ne sortiras pas de cette voiture. C'est compris ?

Elle ne protesta pas mais maugréa.

— Tu crois vraiment que le tireur serait assez stupide pour aller chez moi ?

— Ça se pourrait s'il pense y avoir laissé quelque chose quand il t'a agressée.

En décelant une nouvelle lueur de détresse dans ses yeux, il faillit faire demi-tour pour l'éloigner de tout ça. Puis il vit une voiture familière sur la route, devant eux.

Whitney.

Rayna prit aussitôt son téléphone et essaya à nouveau de la joindre. Une fois de plus, son appel atterrit sur la boîte vocale.

Court avait une autre décision à prendre. Il voulait parler à Whitney, mais n'était pas sûr que cela vaille de mettre Rayna en danger. Cette décision lui échappa quand Whitney se gara sur le bas-côté. À l'évidence elle les avait vus, car elle descendit de voiture et leur fit signe de s'arrêter.

— Reste dans la voiture, répéta-t-il à Rayna.

Il dégaina son arme et se gara derrière Whitney. Toutefois, il ne sortit pas et se contenta d'abaisser sa vitre de quelques centimètres. Dakota arrêta son véhicule derrière eux et fit de même.

— Que fais-tu ici ? demanda Court d'un ton sec à Whitney, qui s'était approchée en courant.

Elle rejeta les épaules en arrière.

— Où est le problème ? Qu'est-ce qui se passe ?

Elle avait regardé Rayna en posant la deuxième question.

— À toi de nous le dire. Pourquoi es-tu ici ? répéta-t-il.

— Mitch, fit-elle. Il t'a appelé, toi aussi ?

Mitch ? Court ne s'était certainement pas attendu à ce qu'elle dise ça. Il fit non de la tête.

— Je n'ai pas cessé d'essayer de te joindre au cours de la dernière demi-heure, dit Rayna.

— Je sais. Je suis désolée, mais ma batterie s'est déchargée et...

— Tu ne m'as pas dit que tu connaissais l'une des femmes assassinées, l'interrompit Rayna.

Whitney secoua la tête.

— Ce n'est pas le cas.

— Pourtant si, lança Rayna. J'ai vu une photo de toi avec elle. Elle s'appelait Jennifer Reeves.

Il fallut un moment à Whitney pour assimiler l'information. Ou peut-être faisait-elle semblant.

— La femme morte est Jennifer ? Je croyais qu'elle s'appelait Janet.

— Elle utilisait un faux nom, expliqua Court. Donc, tu la connaissais ?

— Bien sûr.

La voix de Whitney était à peine un murmure, maintenant. Si elle simulait, elle était particulièrement douée.

— Jennifer est morte ?

Court le lui confirma d'un hochement de tête.

— Quand l'as-tu vue pour la dernière fois ?

C'était la première des nombreuses questions qu'il avait à lui poser.

Elle secoua à nouveau la tête puis repoussa ses cheveux en arrière.

— Il y a des mois. Peut-être plus longtemps. Nous nous sommes rencontrées lors d'une croisière, il y a dix ans environ, et nous sommes restées en contact.

Un sanglot rauque lui échappa.

— Je ne peux pas croire qu'elle soit morte.

Elle paraissait sincèrement choquée, et il projeta de l'interroger plus avant sur son amitié avec Jennifer. Pour l'instant, toutefois, il y avait plus urgent.

— Qu'est-ce que Mitch a à voir avec ta présence ici ?

Whitney prit un temps pour répondre, comme si elle tentait de rassembler ses pensées.

— Il m'a appelée. Il semblait être dans tous ses états. Peut-être même était-il effrayé. La communication était vraiment mauvaise, il y avait beaucoup d'interférences. Mais j'ai cru comprendre qu'il y avait chez Rayna quelque chose qu'il devait récupérer.

— Quelque chose ? répéta Court.

Elle détourna le regard.

— Il n'a pas précisé ce que c'était, mais j'ai eu l'impression qu'il faisait allusion à une arme. Peut-être cherchait-il l'arme avec laquelle il pense qu'on a tué Bobby Joe.

Court et Rayna échangèrent un regard dubitatif.

— Et pourquoi Mitch pense-t-il que l'arme se trouverait là après tout ce temps ?

— Je n'en sais rien. À ce moment-là, la batterie de mon téléphone s'est complètement déchargée et j'ai pris la route pour venir ici. J'ai craint que les Rangers ne soient encore sur place, qu'ils ne le voient et qu'ils ne pensent qu'il était la personne qui avait tiré sur vous.

Ils auraient en effet pu penser cela, mais ce n'était pas une raison pour que Mitch prenne la fuite.

— Remonte dans ta voiture et va au bureau du shérif, ordonna-t-il à Whitney.

— Mais... Pour ce qui est de Mitch ?

— Je me chargerai de lui.

Cela ne sembla pas du tout lui convenir.

Eh bien, bienvenue au club ! songea Court. Ça ne lui convenait pas non plus, mais il ne voulait pas que Mitch pénètre illégalement sur une scène de crime, surtout avec une autre suspecte dans les parages.

Car Whitney figurait toujours sur la liste des suspects, bien qu'elle leur ait fourni des raisons expliquant pourquoi elle ne leur avait pas parlé de Jennifer et n'avait pas répondu au téléphone. Et elle y figurerait tant qu'il n'aurait pas creusé un peu pour vérifier ses dires.

— Tu veux que je ramène Rayna au commissariat ? proposa-t-elle.

— Non, répondit-il vivement.

Il releva sa vitre et démarra, laissant Whitney bouche bée. Sans doute les maudit-elle aussi, car elle ne parut pas ravie de sa méfiance manifeste à son égard.

Il envisagea d'appeler John pour l'informer que l'intrus était vraisemblablement Mitch, mais y renonça, puisqu'ils étaient presque arrivés chez Rayna. Par ailleurs, il se pouvait que ce ne soit pas du tout Mitch, et il ne voulait pas que John entre dans la grange et tombe sur un homme armé prêt à le recevoir.

— Continue de surveiller les environs, rappela-t-il à Rayna, bien qu'il soit certain qu'elle le faisait déjà.

Ils étaient tous deux sur le qui-vive.

Quand la maison fut enfin en vue, il remarqua tout de suite que la porte d'entrée était grande ouverte. Il repéra aussi John. Le shérif adjoint s'était mis à couvert derrière sa voiture de police et avait dégainé son arme. Court comprit bientôt pourquoi.

Mitch sortait de la grange, les mains en l'air.

— Ne tirez pas ! leur lança-t-il.

Court se gara à côté de John, de façon que la voiture de son collègue se trouve aussi entre Rayna et Mitch, et mit ce dernier en joue. Derrière lui, Dakota et le Texas Ranger firent de même.

— Mitch, tu es armé ? lui demanda-t-il.

Mitch fit un signe de tête en direction de la grange.

— Je l'étais, mais j'ai laissé mon arme à l'intérieur. Je n'avais pas envie qu'un de vous ait la détente facile en me trouvant occupé à essayer de faire votre boulot.

Court n'apprécia pas d'entendre ça mais, de toute façon, il appréciait rarement ce que disait Mitch.

— Et tu crois que notre boulot inclut de pénétrer illégalement dans une propriété privée et d'entrer par effraction chez la propriétaire ? riposta-t-il.

— Dans le cas présent, oui. Je n'ai d'ailleurs même pas eu à essayer le code de sécurité ou la clé. La porte avait déjà été enfoncée quand je suis arrivé.

Ça n'avait pas de sens et Court fut sur le point de demander plus d'explications, mais Mitch porta son attention sur la voiture dans laquelle était assise Rayna.

— Il se pourrait finalement que tu n'aies pas assassiné

mon frère, mais tu n'es pas tirée d'affaire, lui lança-t-il avant d'afficher un sourire.

À ces mots, Rayna descendit de la voiture de police.

— De quoi parles-tu ?

C'était exactement la question que Court s'apprêtait à lui poser.

— Admets-tu que Rayna n'a pas tué Bobby Joe ? renchérit-il.

Mitch acquiesça d'un signe de tête.

Court entendit Rayna inspirer vivement.

— Il est en vie, dit-elle.

Mitch hocha de nouveau la tête et s'avança jusqu'à environ trois mètres d'eux.

— Je dois prendre mon téléphone dans ma poche, et je ne veux pas que vous me tiriez dessus quand je le ferai.

Il attendit l'approbation de Court puis sortit son portable.

— Bobby Joe m'a laissé un message. C'est pourquoi j'ai appelé Whitney et lui ai demandé de venir. Elle aussi voudra entendre ça.

— Elle pourra l'entendre plus tard, rétorqua Court.

Mitch appuya sur la touche « lecture » et tint le portable en l'air afin qu'ils entendent. Il ne fallut pas longtemps avant que la voix de Bobby Joe s'élève.

— C'est Bobby Joe. Retrouve-moi chez Rayna.

Il y avait beaucoup d'interférences, et le message était haché, comme s'il avait réfléchi à chaque mot avant de le prononcer.

— Le code de sécurité est 7-6-2-1, poursuivit la voix, et il y a un double de la clé dans le nichoir au bout du porche.

Les interférences empirèrent encore.

— Je veux te montrer où elle a caché l'arme. Celle dont elle s'est servie pour essayer de me tuer.

11

Le message ne cessa de se répéter dans la tête de Rayna sans qu'elle puisse le faire s'arrêter.

Bobby Joe était vivant, mais il l'accusait désormais de tentative de meurtre.

Elle l'avait nié dès l'instant où elle avait entendu le message et jugea que Court la croyait. Mais pas Mitch. De toute façon, il avait toujours pensé le pire d'elle. Et il allait continuer, maintenant qu'il avait entendu l'accusation portée par son propre frère.

— Cette prétendue arme du crime n'existe pas, dit-elle à Court. Alors pourquoi Bobby dirait-il à Mitch de le retrouver à la maison ?

— Peut-être pour y déposer un objet incriminant, lui répondit Court sans hésiter.

Le message semblait repasser aussi en boucle dans son esprit.

Ce n'était pas nécessairement une bonne chose étant donné qu'ils s'efforçaient tous deux de se concentrer sur le trajet tandis qu'ils retournaient au bureau du shérif.

Ils étaient seuls sur cette partie de l'itinéraire. Court avait demandé au Texas Ranger d'emmener Mitch au poste de police et à Dakota de rester en arrière pour chercher Bobby Joe. Rayna aurait voulu prendre part aux recherches, mais ça n'aurait pas été très avisé. Bobby Joe aurait pu l'abattre.

Bien sûr, il pouvait aussi chercher d'abord à la tourmenter, pour la punir d'avoir rompu avec lui.

— Maintenant, tout le monde sait que tu ne l'as pas tué, reprit Court. Je suis désolé de ne pas t'avoir crue dès le début.

— Il faut reconnaître qu'il y avait beaucoup de preuves indirectes, lui rappela-t-elle. Des preuves fabriquées par Bobby Joe. Il a dû faire des réserves de son propre sang, dont il a ensuite maculé ma cuisine.

Court murmura son assentiment.

— Et il a veillé à le nettoyer de façon à nous faire croire que tu avais tenté de dissimuler la scène de crime.

Il s'arrêta, jura.

— Et ça aurait pu marcher. Tu pourrais être en prison à l'heure actuelle.

Rayna lui toucha le bras.

— Tout va bien. Pour l'instant, je m'inquiète plutôt de ses intentions.

— Il va tenter de te tuer, répondit vivement Court. C'est pourquoi il faut que tu restes sous garde rapprochée. Et c'est pourquoi nous devons lui mettre la main dessus. Nous aurons peut-être la chance de pouvoir remonter jusqu'à lui grâce à l'appel reçu par Mitch.

Cette remarque la ramena au message que Bobby Joe avait laissé à Mitch. Pourquoi prendre le risque d'impliquer quelqu'un d'autre, même s'il s'agissait de son frère ? Pourquoi ne pas simplement déposer l'arme et s'arranger pour que quelqu'un la trouve ? Et pourquoi toute cette mise en scène consistant à déposer l'arme chez elle s'il était à l'origine de ces agressions ? Pourquoi ne pas simplement persévérer jusqu'à ce qu'il parvienne à ses fins ?

À cette idée, elle sentit son estomac se nouer.

Et il y avait autre chose qui ne collait pas.

— Le code de sécurité..., dit-elle. Celui que Bobby Joe a donné à Mitch. C'est l'ancien code. C'est pour ça qu'il a déclenché l'alarme en tentant d'entrer.

— Tu gardes un double de la clé dans le nichoir ? lui demanda Court.

— Non. Mais, s'il a dit la vérité à ce propos, ce serait aussi une ancienne clé. J'ai fait changer les serrures après le procès.

De toute évidence, Court comprit ce que cela impliquait, car il proféra un juron.

— Ça veut dire que la personne qui t'a agressée et droguée n'était pas Bobby Joe.

Non, parce que son agresseur avait la bonne clé et le code actuel. Avec tout ce qui s'était passé en parallèle, elle n'avait pas continué à chercher qui aurait pu se les procurer, mais elle devrait faire de ce point sa priorité.

Du moins dès qu'elle aurait digéré la nouvelle du retour de Bobby Joe. Même si elle avait toujours su qu'il était en vie, le prouver s'avérait une autre affaire. Il était quelque part, là-dehors, probablement occupé à préparer sa prochaine manœuvre. Il n'avait probablement pas compté sur le fait qu'elle doive composer avec sa dénonciation par Mitch.

La voiture de police que le Ranger avait utilisée pour ramener Mitch était garée devant le bureau du shérif, mais pas celle de Whitney. Rayna se raccrocha à l'espoir que son amie s'était garée plus loin et avait rejoint le poste de police à pied. Elle refusait encore d'accepter l'idée que Whitney puisse l'éviter parce qu'elle était impliquée dans les agressions.

— Le Ranger va repartir à l'hôpital pour monter la garde auprès de ton père, mais Ian vient d'emmener Mitch en salle d'interrogatoire pour prendre sa déposition, leur annonça Thea lorsqu'ils entrèrent. C'est vrai ? Bobby Joe est réellement en vie ?

— C'est vrai, répondit Court.

Sans prendre le temps d'ajouter autre chose, il passa le bras autour de la taille de Rayna, et l'entraîna vers le bureau d'Egan, où il la fit asseoir sur une chaise près du bureau.

Après avoir fermé la porte, il la fixa comme s'il attendait

quelque chose. Rayna se rendit alors compte qu'il regardait ses mains.

Elles tremblaient. Bon sang, elle tremblait ! Et, avant même qu'elle puisse réagir, les larmes se mirent à couler. Les émotions l'envahirent toutes à la fois. Trois ans durant, elle avait été stigmatisée comme étant une meurtrière et cela ne s'effacerait pas, en dépit du retour de Bobby Joe. Elle l'avait longtemps détesté, mais jamais autant qu'en cet instant. Bobby Joe lui avait pris sa vie et l'avait détruite. Et voilà qu'il continuait de la détruire, de tenter de la briser.

— Je ne veux pas pleurer, s'insurgea-t-elle.

Cela n'arrêta pas les larmes.

Court prit quelques mouchoirs mais, au lieu de les lui tendre, il lui essuya le visage. Leurs regards se croisèrent. Elle vit encore plus de frustration et de culpabilité dans ses yeux. Même à travers ses larmes, elle pouvait voir ça.

Il marmonna un juron, la fit se lever et la prit dans ses bras.

— Tu peux hurler contre moi si ça te fait te sentir mieux.

Elle n'avait envie de hurler contre personne. Surtout pas contre Court. En cet instant, il était le seul élément sain de sa vie.

Ce fut ce qui fit cesser ses larmes.

Malgré elle, elle sentit son corps se crisper. Court perçut manifestement sa tension, car il baissa les yeux sur elle. Cette fois encore, il semblait attendre quelque chose, mais elle ignorait quoi exactement.

Jusqu'à ce qu'il l'embrasse.

Même si elle se dit qu'il le faisait pour la réconforter, elle fut instantanément assaillie par d'autres sensations. Des sensations familières, car ce baiser attisa l'ancienne passion qui couvait entre eux. Et il ne cessa de l'alimenter, car Court continua à l'embrasser. Cela alla bien au-delà du stade du réconfort, surtout quand il l'attira contre lui.

Il émit un son guttural, un gémissement qui monta du fond de sa poitrine, comme une sorte de protestation, peut-être une incitation à arrêter. De toute évidence, il l'ignora. Il continua de l'embrasser jusqu'à ce que sa saveur l'envahisse.

D'accord, c'était un remède contre les larmes, mais il posa à Rayna un autre problème. Le contact de son torse contre ses seins, la façon dont il s'emparait de sa bouche... tout cela l'amenait à avoir encore plus envie de lui.

Elle se surprit à nouer les bras autour de son cou pour le serrer davantage contre elle. Non que ce soit faisable. Pas tant qu'ils porteraient toujours leurs vêtements ; et il y avait peu de chances qu'ils se déshabillent dans le bureau d'Egan. Malgré cela, les choses pouvaient encore s'intensifier.

Court la plaqua contre la porte et le baiser dura jusqu'à ce qu'ils soient à bout de souffle. Jusqu'à ce que Rayna ait la certitude qu'elle ne pourrait en supporter davantage. Alors seulement il s'écarta, et elle se prépara à l'entendre lui rappeler que l'embrasser avait été une énorme erreur.

Il n'en fit rien, mais elle vit dans ses yeux quelque chose dont elle ne voulait pas. De la compassion. Il était désolé pour elle, peut-être parce que son père et lui ne l'avaient pas crue à propos de Bobby Joe. Peut-être parce qu'il savait sans doute qu'elle était très près de craquer. Quoi qu'il en soit, elle n'attendait pas ça de lui, et ce fut la raison pour laquelle elle s'éloigna.

— Nous devrions visionner la vidéo de sécurité que Raleigh t'a envoyée par e-mail, dit-elle avec effort.

Il était difficile de parler quand on avait le souffle court et que l'on était prise de vertige...

— Et parler à Mitch. En plus, Whitney sera bientôt là, parvint-elle à ajouter.

Si Court ne lui avait pas saisi la main, elle serait retournée dans la salle commune. Il la regarda comme s'il s'efforçait de deviner ce qui se passait dans sa tête, puis il jura.

— Je ne t'ai pas embrassée par pitié, dit-il d'un ton rageur. Je t'assure que, quand je donne un baiser, c'est pour une seule raison, et elle n'a rien à voir avec la pitié.

Cette déclaration eut raison du peu de souffle qu'il lui restait et ne lui laissa pas la moindre possibilité de répondre. Sans attendre, il ouvrit la porte et regagna son bureau.

Thea leva les yeux de son écran d'ordinateur puis détourna aussitôt le regard. Sans doute saisit-elle ce qui se passait entre eux et décida-t-elle sagement de rester en dehors de ça.

— Des nouvelles de mon père ? lui demanda Court.

Il s'assit à son bureau et entreprit de télécharger le mail de Raleigh.

— Rien. Mais j'espère que, dans le cas présent, c'est comme on dit : « Pas de nouvelles, bonnes nouvelles. »

Rayna approuva.

— Et pour ce qui est de Whitney ? L'avez-vous vue ? Elle était censée se présenter ici.

Ce fut une surprise totale pour Thea.

— Aucun signe d'elle. Vous voulez que je l'appelle ?

— Non, répondit Court. Je me chargerai d'elle. J'aurais besoin que tu remontes la piste de l'appel que Mitch a reçu de son frère. A-t-il demandé un avocat avant que Ian vienne prendre sa déposition ?

— Non, mais je suppose qu'il le fera s'il est vraiment entré par effraction chez Rayna.

— Il prétend que c'est quelqu'un d'autre qui a forcé l'entrée, lui expliqua Court. Qu'en est-il de l'avocat de Bo ?

— Pas encore arrivé lui non plus. Il a appelé pour prévenir qu'il était coincé à San Antonio ; il se pourrait que ça lui prenne quelques heures de plus.

Rayna regretta qu'ils ne puissent obtenir sur-le-champ des réponses de l'adolescent, même s'il était plus que probable que Bo ne puisse rien leur apprendre qui soit susceptible de les aider à faire avancer l'enquête.

Pendant que Thea se mettait au travail sur l'origine de l'appel téléphonique, Court téléchargea la vidéo de sécurité.

— Raleigh dit que le comportement de ma mère a changé à la cinquième minute, mais je veux la regarder depuis le début.

Il tira une chaise pour Rayna, et leurs regards se croisèrent quand elle s'assit.

— Pour ton information, je ne t'ai pas laissé m'embrasser par pitié, chuchota-t-elle.

Il esquissa un sourire fugace qui sembla indiquer qu'ils avaient conclu une sorte de trêve. Rayna fut d'accord avec ça, d'autant que les images apparurent à l'écran, ce qui impliquait de mettre de côté les baisers et les pensées qu'ils suscitaient. Cela ne signifiait pas pour autant que la passion s'éclipsait avec eux.

Elle se pencha vers l'écran quand elle aperçut Helen qui se dirigeait vers le *coffee shop*. Elle ne semblait absolument pas bouleversée.

Comme Raleigh les en avait avertis, les images devinrent moins claires à partir du moment où elle y entra, mais ils la virent tout de même saluer Jennifer et lui serrer la main. Après ça, les deux femmes s'assirent à une table et la caméra les filma de profil.

— Quel dommage qu'il n'y ait pas de son ! marmonna Court quand ils abordèrent la cinquième minute.

Rayna le déplorait aussi, car il y eut assurément une différence dans le langage corporel de Helen.

— Peut-être ta mère a-t-elle simplement été contrariée de revivre les détails du meurtre de Hannah.

— Peut-être.

Il ne paraissait pas vraiment convaincu.

Ils virent Alma entrer par la porte latérale et, comme elle l'avait déclaré, aller s'asseoir derrière une demi-cloison qui la dissimulait à la vue de Helen et de Jennifer. Alma n'était pas arrivée depuis longtemps lorsque Helen se leva. Elle prit quelque chose que lui tendait Jennifer, une carte professionnelle peut-être, et le glissa dans son sac à main avant de sortir rapidement.

Une fois que Helen fut dans la rue, il devint plus facile de voir son visage.

Elle se frotta les yeux comme pour essuyer des larmes, puis disparut du champ de la caméra.

Court tendit la main pour arrêter la vidéo puis suspendit son geste. Rayna et lui concentrèrent alors leur attention sur l'homme qui se trouvait à l'extérieur du *coffee shop*. De là où il se tenait, il avait pu observer la rencontre entre Helen et Jennifer et, à présent, il regardait partir Helen. Et cet homme était quelqu'un qu'ils reconnurent tous deux.

Mitch.

— Il n'a absolument pas fait mention de ça, grommela Court en se levant. Je pense qu'il est temps de l'interroger.

— Moi aussi, mais pourquoi les aurait-il espionnées ? Tu penses que Jennifer lui avait parlé du rendez-vous ?

— C'est possible. Je parie qu'il en sait beaucoup plus à son sujet qu'il ne le dit.

Il se dirigea vers la porte, et s'arrêta lorsque le téléphone de Rayna se mit à sonner.

— Si c'est Whitney, dis-lui de ramener ses fesses ici sur-le-champ.

Ce ne fut pas le nom de Whitney qui apparut à l'écran, mais « Appelant inconnu ».

Rayna n'aurait pas cru que son estomac puisse se nouer plus encore ; ce fut pourtant le cas. Elle montra l'écran à Court et attendit qu'il sorte son propre téléphone pour enregistrer la conversation avant de prendre l'appel et de mettre le haut-parleur.

Il y eut d'abord un silence.

— Salut, Rayna. C'est moi, dit enfin l'appelant.

Bobby Joe !

Comme le message qu'il avait laissé à Mitch, celui-ci était rempli d'interférences.

— Je suis impatient de te voir, ajouta-t-il.

Rayna se sentit défaillir et regarda par la fenêtre. Il y avait quelques personnes sur les trottoirs, mais aucun signe de Bobby Joe.

— Où êtes-vous ? demanda sèchement Court.

Il y eut une longue pause.

— Rayna va payer pour ce qu'elle a fait.

Écœurée qu'il puisse encore autant l'affecter, Rayna rassembla tout son courage.

— C'est une menace ?

Bobby Joe ne le lui confirma pas. Après une nouvelle hésitation, il se contenta de rire.

Ça avait effectivement tout l'air d'une menace. Et il n'y avait rien qu'elle puisse faire. Enfin, sauf s'ils parvenaient à l'appréhender. Alors, il pourrait être inculpé pour avoir voulu la faire accuser de son meurtre.

— Au revoir, Rayna, ajouta-t-il. À bientôt.

L'appel prit fin.

12

En voyant l'effet que faisait cet appel à Rayna, Court sentit une dangereuse énergie monter en lui en même temps que de la colère. C'était si puissant que cela dominait presque son instinct de policier.

— Il y a un problème, dit-il néanmoins.

À ces mots, Rayna regarda à nouveau dans la rue.

— Non, je ne pense pas que Bobby Joe soit dans les parages, reprit-il. En fait, je ne suis pas sûr que ce soit lui qui ait passé cet appel. Je pense que c'était un montage d'enregistrements extraits d'anciennes conversations.

Elle ouvrit la bouche comme si elle s'apprêtait à le contredire, puis fronça les sourcils. À l'évidence, elle pensait à ce qu'elle avait entendu.

— Peut-être.

— Ça expliquerait les interférences et les longues pauses entre certains mots.

Perplexe, elle secoua la tête.

— Mais qui ferait ça ? Pourquoi quelqu'un voudrait-il nous faire croire que c'est Bobby Joe ?

— Peut-être pour nous déstabiliser.

Si c'était le cas, ça avait fonctionné. Court avait toutefois le sentiment qu'il y avait plus que ça.

Il tendit son téléphone à Thea.

— J'ai enregistré un appel que Bobby Joe est censé avoir

passé. J'ai besoin d'une analyse de la voix. Ainsi que de celle du message laissé à Mitch.

Thea hocha la tête.

— J'ai déjà commencé à remonter la piste de l'appel passé à Mitch. Il provient d'un téléphone prépayé. Pas de chance.

Dommage, oui.

— Mais j'ai découvert quelque chose d'étrange, ajouta-t-elle. Quelqu'un s'est servi de ce même téléphone prépayé pour appeler Mitch à trois reprises avant de lui laisser ce message. Il apparaît qu'il a répondu aux trois appels, mais Bobby Joe, ou qui que soit l'appelant, ne lui a pas parlé. Ou, s'il l'a fait, les conversations ont été très brèves. La seule fois où l'appelant a réellement communiqué, ça a été via le message qu'il a laissé lors du quatrième appel, auquel Mitch n'a pas répondu.

En effet, c'était étrange, mais cela collait parfaitement à la théorie de Court selon laquelle la « conversation » de Bobby Joe était une compilation d'extraits. Quelqu'un avait utilisé de vieux enregistrements.

Restait à savoir dans quel but.

— J'en ai fini avec le téléphone, annonça Thea. J'en ai tiré tout ce que j'ai pu, y compris la copie du message émanant de Bobby Joe. Maintenant, j'attends que la compagnie de téléphone m'envoie par mail un relevé complet de tous les appels passés et messages envoyés au cours des derniers mois.

Il se pourrait qu'obtenir ce relevé prenne un moment, surtout si l'on considérait que Mitch n'était pas accusé d'un crime grave.

— Je pourrai rendre son téléphone à Mitch quand je lui parlerai, dit Court en prenant l'appareil.

— Ça ne peut pas attendre que Ian ait fini de prendre sa déposition ? demanda Thea.

Elle ne doutait pas de la capacité de Court à interroger le suspect. Sa crainte était que cette tête brûlée de Mitch ne lui fasse perdre son sang-froid.

— Rassure-toi, je ne vais pas l'interroger tout de suite. Je veux seulement lui poser une ou deux questions à propos de ce message.

Thea conserva son air un peu sceptique, tout comme Rayna, qui le suivit dans la salle d'interrogatoire.

Dès que Court ouvrit la porte, Mitch se leva.

— Ils ont trouvé Bobby Joe ?

Court secoua la tête et commença par s'excuser auprès de Ian d'interrompre l'interrogatoire.

— Tu es sûr que ton frère est vraiment en vie ? demanda-t-il ensuite à Mitch.

Il posa le téléphone près de lui sur la table.

— Bien sûr qu'il l'est ! s'exclama Mitch, surpris. Tu as entendu le message !

— J'ai entendu ce qui aurait pu être enregistré il y a des années. Quelque chose qui a été composé de toutes pièces pour te faire croire qu'il venait vraiment de Bobby Joe.

— Il vient de lui ! hurla pratiquement Mitch.

Il leur lança à tous deux un regard méfiant.

— C'est un piège ?

— À toi de me le dire.

— Si tu es en train de m'accuser de… quoi que ce soit, alors je veux un avocat.

Les mains sur les hanches, il les toisa.

— Et je veux sortir d'ici. Vous ne pouvez pas m'enfermer pour violation de propriété privée.

En fait, Court pouvait l'incarcérer, mais il ne pourrait pas le maintenir longtemps en détention. Pour l'instant, la seule charge qu'il pouvait retenir contre lui était un délit mineur. Mais peut-être y avait-il un autre moyen de s'y prendre.

— Vois-tu une raison pour laquelle quelqu'un aurait pu vouloir fabriquer ce message ? lui demanda-t-il.

— Non ! Mon frère voulait me rencontrer. Il voulait me montrer l'arme que Rayna a cachée quelque part.

C'était peu plausible. De nombreuses perquisitions avaient été menées chez Rayna. Si cette arme avait existé, elles l'auraient mise au jour. Bien sûr, Bobby Joe aurait pu la cacher comme il avait peut-être mis la clé dans le nichoir.

Cela donna une idée à Court.

S'il était effectivement en vie, il était peu probable que Bobby Joe tente de voir Mitch tant qu'il y aurait des policiers dans les parages. Mais, une fois la voie libre, il pourrait, le cas échéant, entrer en contact avec lui.

— Tu pourras partir dès que l'interrogatoire sera terminé, lui annonça-t-il.

Ian croisa le regard de Court et sembla saisir ses intentions.

— Nous avons fini. Enfin, à moins que vous ne portiez plainte contre lui pour violation de propriété privée, ajouta-t-il à l'intention de Rayna.

Elle les regarda tous à tour de rôle, hésita quelques instants, puis secoua la tête.

— Pas de plainte. À moins que nous n'ayons la preuve que Mitch a effectivement enfoncé la porte.

— Je ne l'ai pas fait, assura-t-il.

Peut-être disait-il la vérité, mais cela n'avait pas d'importance.

— Passe par le bureau de Thea, dit Court à Mitch. Elle imprimera un exemplaire de ce que vient de taper Ian pour que tu puisses le relire et le signer. Auras-tu besoin qu'on te reconduise ?

— Non, merci. J'ai laissé mon pick-up sur un chemin près de chez Rayna, mais je trouverai un moyen de rentrer chez moi.

Il saisit son téléphone et se hâta de sortir de la salle d'interrogatoire.

— Je sais que c'est un risque de le laisser partir, dit Court à Rayna.

— Mais ça pourrait nous aider à appréhender Bobby Joe, compléta-t-elle. Enfin, s'il est vraiment en vie.

Ça, c'était la question à un million de dollars et il se pourrait que Mitch leur permette d'obtenir la réponse.

— Tu veux que je le suive ? demanda Ian.

Court hocha la tête.

— Mais je ne veux pas que tu y ailles seul. Comme nous n'avons pas d'autre adjoint disponible, Rayna et moi allons t'accompagner.

Il n'aimait pas beaucoup ça, mais ce serait une solution temporaire en attendant qu'il puisse mobiliser quelques Rangers pour prendre Mitch en filature.

Ian ne parut pas emballé. Court ne l'était pas davantage, mais il n'avait aucunement l'intention de laisser Rayna avec Thea, qui avait déjà bien assez de travail.

— Tout ira bien, dit-il à Rayna.

Sans réfléchir, il lui déposa un petit baiser sur la joue.

Il se maudit aussitôt d'avoir fait ça. Cet autre baiser abaissait encore des barrières qui auraient dû rester en place. Du moins jusqu'à ce que cette enquête soit terminée.

Court envoya un SMS à Thea, qui discutait avec Mitch, pour l'informer de leur projet, après quoi tous trois sortirent par l'arrière et se dirigèrent vers l'une des deux voitures banalisées qu'ils gardaient là. Ian se mit au volant et, quand Court et Rayna furent installés à l'arrière, il démarra et alla se placer sur le côté du bâtiment afin qu'ils puissent voir Mitch lorsqu'il partirait.

Court était tellement absorbé par la surveillance qu'il sursauta lorsque la sonnerie de son téléphone retentit. Cette fois, ce n'était pas un appelant inconnu, mais Rachel.

— Comment va maman ? lui demanda-t-il sans attendre.

— Pas très bien. Ils la transfèrent à l'hôpital de San Antonio.

Rachel pleurait, il n'y avait aucun doute. Court entendait ses sanglots.

— Elle sera internée là-bas jusqu'à ce qu'on puisse lui faire passer une évaluation.

— Tu as besoin de moi ?

Il ignorait comment il parviendrait à s'arranger mais, s'il le fallait, il se débrouillerait.

— Non. Nous ne resterons pas longtemps ici et, une fois

à San Antonio, maman ne sera pas autorisée à recevoir de visite avant un moment.

Donc, il ne serait pas en mesure d'interroger sa mère de sitôt à propos de ce qu'il avait vu sur la vidéo de surveillance. Toutefois, il pouvait y avoir un moyen de contourner l'obstacle.

— À tout hasard, maman a-t-elle emporté son sac à main à l'hôpital ?

Il déduisit du léger soupir de Rachel au téléphone que la question l'avait surprise.

— Non. Il est à la maison. Pourquoi ?

Court espéra ne pas avoir inutilement alarmé Rachel avec ça, mais il devait en avoir le cœur net.

— Je crois qu'elle a reçu une carte professionnelle de la détective assassinée, Jennifer Reeves. C'était il y a quelques jours. Je sais que ce n'est pas gagné, mais j'ai besoin de savoir si elle l'a toujours.

Au ton de Rachel, il comprit qu'il l'avait inquiétée.

— J'ai prévu de retourner au ranch pendant qu'on transférera maman. Je dois y passer prendre certaines choses, et je pourrai regarder dans son sac. Ensuite, j'irai à l'hôpital de San Antonio.

— Merci. Mais je ne veux pas que tu prennes la route seule.

— Egan me l'a déjà dit. Il va me ramener et nous irons ensemble à San Antonio. Il s'est arrangé pour que la police locale assure ma protection.

Bien. Il la remercia de nouveau et raccrocha au moment où Mitch sortait enfin du bâtiment. Il ne regarda même pas autour de lui. Il sortit son téléphone, passa un appel et se mit à marcher sur le trottoir, s'éloignant d'eux. Ian s'engagea dans la rue pour qu'ils puissent le suivre.

Mitch n'avait longé qu'un pâté de maisons quand le téléphone de Court sonna à nouveau. L'espace d'un instant, il crut que c'était lui qui l'appelait, mais le nom de Whitney apparut à l'écran. S'apprêtant à l'incendier pour ne pas être venue directement au bureau du shérif comme il le lui avait ordonné, il décrocha. Elle prit la parole avant qu'il ait pu dire quoi que ce soit.

— Oh ! mon Dieu ! Tu dois m'aider ! s'exclama-t-elle. Oh ! mon Dieu ! Il y a le feu !

Soudain Court entendit à l'autre bout du fil quelque chose qu'il n'avait pas du tout envie d'entendre.

Le bruit d'un coup de feu.

Rayna elle aussi entendit ce son. Tout comme le cri glaçant de Whitney qui suivit de près la détonation.

— Whitney ! cria Court dans le téléphone. Où es-tu ? Que se passe-t-il ?

— Il faut que tu m'aides ! l'implora Whitney. Je suis un peu plus loin dans la rue, près de la quincaillerie.

La quincaillerie se trouvait à deux rues de là. C'était la direction dans laquelle marchait Mitch, celle que suivait également Ian. Court et lui dégainèrent leurs armes.

Un instant plus tard, Rayna vit la fumée. Épaisse et noire, elle s'élevait en volutes dans les airs et le vent la chassait droit sur eux.

Mitch se retourna soudain et se mit à courir en direction du bureau du shérif. Avec un peu de chance, il y resterait au lieu d'aller rejoindre Bobby Joe. De cette manière, quelqu'un pourrait de nouveau le prendre en filature lorsqu'ils auraient géré la situation.

— J'appelle les pompiers, dit Ian.

Il s'exécuta tout en continuant de se rapprocher de la fumée.

— Baisse-toi sur le siège, ordonna Court à Rayna en lui tendant son téléphone. Essaye de savoir où exactement se trouve Whitney et qui a tiré ce coup de feu.

Rayna obtempéra et s'efforça de garder une voix ferme. Whitney avait paru terrifiée, et cela ne lui ferait aucun bien si elle percevait de la panique dans son ton.

— Où es-tu ? lui demanda-t-elle.

Whitney se mit à tousser. Probablement était-elle très près de la fumée. Peut-être en plein dedans.

— Je pense que j'ai vu Bobby Joe.

Ainsi, ce n'était pas seulement un message ou un appel téléphonique, cette fois, mais un possible signalement. Bien sûr, Hallie s'était fait passer pour Rayna, donc quelqu'un pouvait très bien aussi se faire passer pour Bobby Joe.

— Où l'as-tu vu ?

— Dans la ruelle, près de la quincaillerie.

Whitney toussa de nouveau.

— Je ne crois pas qu'il m'ait vue, alors je lui ai couru après. Il y avait une voiture garée là-bas, mais c'est alors qu'elle a pris feu. Les flammes ont surgi juste devant moi et je n'ai pas pu arriver jusqu'à lui.

Quelqu'un avait donc peut-être provoqué l'incendie. Avant que Rayna ait pu lui demander qui avait tiré le coup de feu, il y en eut un autre. Puis un autre encore. Ils semblaient maintenant très proches, raison pour laquelle Ian se gara devant la librairie.

— Tout le monde à couvert ! cria Court en baissant sa vitre.

Toujours recroquevillée sur son siège, Rayna entendit les gens courir et crier. Elle pria pour que personne ne soit blessé.

— Où êtes-vous ? demanda Whitney dans un sanglot. Je dois vous trouver. Et il faut trouver Bobby Joe pour prouver ton innocence une fois pour toutes.

— Non. Tu dois entrer dans l'immeuble le plus proche et ne pas en bouger, lui répondit Rayna. Tu pourrais être touchée.

Whitney dit quelque chose qu'elle ne saisit pas et la ligne fut coupée. Rayna ne tenta pas de la rappeler pour éviter que son téléphone, en sonnant, permette au tireur de la repérer. Peut-être son amie avait-elle fait ce qu'elle lui avait suggéré et s'était-elle mise à couvert.

Derrière eux, elle entendit le hurlement de la sirène du camion de pompiers, accompagné d'un quatrième coup de feu. Il était même plus proche encore que les précédents. Le cinquième atteignit le pare-brise, qui s'étoila.

Les deux policiers jurèrent et Court la poussa plus bas sur le siège.

— Tu as vu le tireur ? demanda Ian.

— Non, répondit Court en regardant autour d'eux. Dis aux pompiers de ne pas approcher. C'est trop dangereux.

Une nouvelle détonation claqua et une nouvelle étoile apparut à quelques centimètres de la précédente. Dieu merci, le verre blindé remplissait son office.

— Sors-nous de là, dit Court à Ian.

Son collègue s'y employa. Dès l'instant où il eut fini d'envoyer un message par radio aux pompiers, Ian fit marche arrière. Il n'alla cependant pas loin, probablement à cause d'autres véhicules.

— Accrochez-vous ! leur lança-t-il.

Son avertissement leur parvint quelques instants avant qu'il prenne un virage serré, envoyant Court et Rayna se plaquer l'un contre l'autre. Elle leva la tête juste assez pour voir que Ian avait fait demi-tour au milieu de la rue et qu'à présent il rebroussait chemin en direction du bureau du shérif.

L'assaillant tira une salve nourrie sur la voiture ; les projectiles atteignirent tous le pare-brise arrière.

— Je le vois ! fit Court.

Elle suivit son regard vers le côté gauche de la rue, le même côté que celui de l'incendie. Mais elle était trop abaissée sur le siège pour voir ce qui avait retenu son attention.

— Il porte une cagoule, ajouta-t-il.

C'était probablement le même individu qui avait tiré sur eux à l'hôpital. Mais était-ce aussi lui qui avait provoqué l'incendie ? Et, si oui, pourquoi ? Peut-être pensait-il que cela ferait diversion, et ça avait fonctionné. Il avait réussi à tirer dix coups de feu au moins avant que Court le repère.

— Tu veux que j'y retourne ? demanda Ian.

Elle vit le bref dilemme dans les yeux de Court. Il voulait

appréhender cet homme et se serait certainement lancé à sa poursuite si elle n'avait pas été là.

— Non. Emmenons Rayna au bureau du shérif. Nous le poursuivrons ensuite.

Il allait s'exposer à se faire tirer dessus. Bien sûr, cela faisait partie de son travail, mais ça la rendait malade de penser qu'il pourrait être blessé ou pire parce que quelqu'un cherchait à s'en prendre à elle.

Dans un crissement de pneus, Ian s'arrêta devant le bureau du shérif, mais aucun d'eux ne descendit de voiture. Ils patientèrent, attendant de voir si le tireur persévérerait, auquel cas ils prendraient un risque. Même s'ils n'étaient à découvert que quelques instants, cela pourrait suffire pour qu'ils soient touchés.

Rayna leva à nouveau la tête. Thea se tenait dans l'entrée du bureau du shérif, l'arme au poing, et il n'y avait aucun signe de Mitch. Le téléphone de Court sonna à nouveau et elle vit le nom de Whitney sur l'écran. Elle répondit aussi vite qu'elle le put.

— S'il te plaît, dis-moi que tu t'es mise à couvert.

— Je ne pouvais pas, répondit Whitney. Dans ton intérêt, je devais trouver Bobby Joe.

Rayna maugréa.

— Non, tu n'avais pas à faire ça ! Il y a un homme armé là-dehors.

— Oui, je l'ai vu. Tu es sûre que c'est un homme ? J'ai pensé que c'était peut-être une femme portant une cagoule de ski.

Cette remarque provoqua chez Rayna une décharge d'adrénaline. La mère de Court, en route pour l'hôpital de San Antonio, pouvait être mise hors de cause. Restait Alma. Toutefois, cela lui sembla peu plausible. Si Alma voulait leur mort, elle aurait pu tout simplement engager quelqu'un. Ce qui n'excluait pas que ce quelqu'un soit une femme.

Whitney poussa un cri qui résonna haut et fort.

— Rayna, dis à Court qu'il doit venir ici. Il faut qu'il voie ça !

Le cœur de Rayna s'était mis à battre à tout rompre.

— Qu'il voie quoi ?

— Oh ! mon Dieu ! Il y a un corps dans les flammes.

13

Court rongeait son frein. Dans l'immédiat, il ne pouvait rien faire d'autre que rester là à regarder les pompiers en finir avec ce qui était à présent une scène de crime.

Incluant un cadavre.

Une fois qu'ils auraient terminé, le médecin légiste et l'équipe scientifique pourraient enfin se rendre dans la ruelle et tenter de déterminer ce qui s'y était passé. Il pourrait alors non seulement interroger Delbert Monroe, le chef des pompiers, mais aussi rechercher d'éventuels témoins. D'ici là, il pouvait seulement spéculer. Et s'inquiéter pour Rayna.

Il l'avait laissée au bureau du shérif avec Thea et Ian. Egan était en chemin et n'allait pas tarder à les rejoindre après avoir déposé Rachel au ranch. Il espérait que trois policiers suffiraient à assurer la sécurité de Rayna, car ils n'étaient pas seuls dans le bâtiment. Il y avait également Bo et Whitney. Si Bo se trouvait dans une cellule, ce n'était pas le cas de Whitney. Il n'avait pas pu l'enfermer, car aucune accusation n'était portée contre elle. Cela ne voulait pas dire pour autant qu'il lui faisait confiance.

Pas plus qu'à Mitch.

Il n'avait pas eu la moindre nouvelle de lui depuis qu'il était parti au moment de l'incendie. Il ne répondait pas au téléphone, et personne ne l'avait vu. Mitch aurait donc pu être la personne encagoulée qui leur avait tiré dessus. Il aurait eu le temps et la possibilité de le faire.

Toutefois, Whitney avait dit qu'elle pensait que le tireur était une femme. Bien que, jusque-là, aucun autre témoin ne soit venu corroborer cette hypothèse, elle restait envisageable. D'autant que leur autre suspecte, Alma, ne répondait pas non plus au téléphone.

Décidément, rien de tout cela ne lui plaisait.

Plus que jamais, la question du tireur non identifié le préoccupait. Il n'y avait plus eu de coups de feu depuis plus d'une demi-heure. Sans doute s'était-il éclipsé, mais il pouvait tout aussi bien être toujours dans les parages.

Il sortit son téléphone pour prendre des nouvelles de Rayna, mais vit alors Delbert Monroe qui lui faisait signe de venir. Couvert de suie et de cendres, l'homme paraissait las.

— La victime est de sexe masculin, annonça-t-il dès que Court l'eut rejoint. Bien sûr, nous n'avons pas touché le corps, mais il est sérieusement calciné. Trop pour une identification visuelle.

Cela ne surprit pas Court, car le véhicule dans lequel se trouvait le corps n'était plus qu'une épave carbonisée.

— Je peux vous dire aussi qu'un accélérant a été utilisé, poursuivit le chef des pompiers. Je pense qu'on en a versé sur la voiture avant de mettre le feu. Les vêtements de la victime sont en grande partie brûlés, mais il reste un peu de tissu. Ses dents, en revanche, sont en bon état. Vous pourrez les comparer au fichier dentaire.

Bien. Parce que l'identité de la victime pourrait amener à découvrir pourquoi elle était morte.

— Des signes indiquant que l'homme a tenté de s'extraire de la voiture en feu ?

— Non. Il était étendu sur le siège arrière.

Cela pouvait signifier qu'il était inconscient, voire déjà mort, avant l'incendie. Souvent les criminels tentaient d'utiliser le feu pour faire disparaître toute trace d'ADN ou tout indice qu'ils auraient pu laisser derrière eux. Bien sûr, il serait audacieux pour un criminel de le faire en plein jour.

Ou peut-être pas si audacieux, après tout.

Court désigna une bande de béton noirci entre la voiture carbonisée et eux. C'était là qu'un autre feu avait été allumé, à près de cinq mètres de celui qui avait brûlé le corps.

— Voyez-vous une bonne raison pour que quelqu'un ait fait ça ?

Delbert secoua la tête.

— Non, mais j'en vois une mauvaise. Une bande de feu comme celle-là devait dissimuler ce qui se passait dans la voiture.

C'était également ce que pensait Court. Si la personne qui avait mis le feu à la voiture s'était trouvée derrière le premier rideau de flammes, il aurait été très difficile pour quelqu'un dans la rue de la voir. Ensuite, elle aurait pu s'échapper par la ruelle à l'arrière.

Là non plus, il n'y avait pas de caméras.

— J'ai pris les devants et appelé la scientifique, poursuivit Delbert. Ils arriveront sous peu.

Il fit un signe du pouce en direction de la ruelle.

— Je me suis dit que vous devriez savoir qu'il y a un téléphone portable par terre. Pas un modèle sophistiqué. Juste le genre d'appareil bon marché qu'on peut acheter n'importe où. Nous n'y avons pas non plus touché, mais il se pourrait qu'il n'ait rien à voir avec tout ça.

Court ne manquerait pas de le faire emporter et analyser. Si c'était celui de la victime, pourquoi se trouvait-il hors de la voiture alors que le corps était à l'intérieur ? À moins qu'il n'ait appartenu au tireur ?

Delbert balaya du regard la rue à présent déserte. Il ne regardait pas les trottoirs ; il étudiait les bâtiments ainsi que le réverbère qui se trouvait à leur droite.

— Il n'y a pas de caméras, lui dit Court.

Bien sûr, il vérifierait si quelqu'un n'en avait pas récemment installé une, mais cette partie de la rue principale était une zone non couverte concernant la surveillance. Alma l'ignorait sans doute, mais probablement pas Whitney ni Mitch.

Ni sa mère.

Cette absence de surveillance avait suscité une discussion quand il y avait eu un cambriolage à la quincaillerie, deux ans plus tôt. De nombreuses personnes avaient fait pression pour que l'on installe des caméras de sécurité tout le long de l'artère principale, mais ce secteur n'avait pas été inclus dans le budget.

Il avait envie de rayer sa mère de la liste des suspects, mais il ne cessait de penser au point qu'avait soulevé Raleigh. La personne qui avait engagé le tireur pouvait ne plus le contrôler. Si cela se confirmait, sa mère pouvait encore être considérée comme suspecte.

Quand il vit le fourgon de la police scientifique arriver, il se dit qu'il était temps pour lui de retourner au poste de police. Il serait beaucoup plus utile là-bas, notamment en veillant sur Rayna, pendant que l'équipe scientifique analyserait la scène de crime. Avant de s'en aller, il leur demanda, ainsi qu'à Delbert, de l'appeler dès l'instant où ils trouveraient quelque chose sur le corps ou sur le téléphone. Il aurait aimé pouvoir l'emporter dès à présent, mais il était hors de question de toucher à quoi que ce soit tant que la scientifique n'aurait pas passé les lieux au peigne fin.

Il retourna donc au bureau du shérif et se gara derrière le véhicule banalisé criblé de balles. Sa seule vue le révulsa et l'agaça au plus haut point. Une fois de plus, Rayna avait failli se faire tuer et ils ignoraient toujours pourquoi.

— Du nouveau ? lui demanda-t-elle dès l'instant où il arriva. Elle se tenait à l'entrée du bureau d'Egan, les mains agrippées au chambranle. Les jointures de ses doigts étaient blanches.

— Nous apprendrons bientôt quelque chose, assura-t-il en espérant ne pas lui mentir.

Rayna n'était pas seule. Thea et Ian se trouvaient dans la salle commune, mais il ne vit pas Whitney.

— Egan est arrivé il y a un quart d'heure environ. Whitney est avec lui dans la salle d'interrogatoire, lui annonça Rayna. Elle semblait vraiment bouleversée.

Court releva le « semblait » et se demanda s'il exprimait des doutes concernant son amie.

Convaincu qu'ils en avaient tous deux besoin, il alla vers elle et la prit dans ses bras. Oui, il en avait vraiment besoin. Il attendit donc un moment avant de s'écarter d'elle, tout en la faisant reculer dans le bureau. Pas afin de pouvoir l'embrasser, bien qu'il en ait soudain envie, mais parce que leur agresseur était toujours en liberté et qu'il pouvait tirer à travers les fenêtres donnant sur la rue.

— Whitney t'a-t-elle dit quelque chose avant qu'Egan l'emmène pour l'interroger ? lui demanda-t-il.

— Pas vraiment. Elle pleurait beaucoup. Je lui ai demandé pourquoi elle n'était pas venue directement ici comme tu lui avais dit de le faire, et elle a répondu qu'elle devait d'abord passer prendre des médicaments. Elle avait senti poindre une migraine.

Étant donné que Whitney souffrait effectivement de migraines, on pouvait aisément supposer qu'elle ait eu besoin de médicaments. Néanmoins, le timing était suspect.

— Viens.

Il la prit par la main.

— Allons dans la salle d'observation pour écouter ce qu'elle raconte à Egan.

C'était mieux que, rester là avec toute cette énergie pulsant entre eux.

— Je vais aussi essayer de joindre Mitch, ajouta-t-il.

Avant même qu'il ait fini sa phrase, son portable se mit à sonner. L'appel émanait de Larry Hanson, l'un de ses collègues de l'équipe scientifique. Il mit le haut-parleur en souhaitant que les nouvelles soient bonnes. Ils en avaient déjà eu assez de mauvaises pour la journée.

— C'est au sujet du téléphone, dit aussitôt Larry. J'étais sur le point de l'ensacher quand j'ai vu qu'il y avait un appel manqué sur l'écran. Je n'ai pas le mot de passe pour vérifier s'il y a un message vocal, mais j'ai le nom de l'appelant.

— Qui est-ce ? s'empressa de demander Court.

— Alma Lawton. Vous la connaissez ?

Bon sang !

— Oui, je la connais.

Et il allait la convoquer sans attendre pour l'interroger à nouveau.

— Je suppose que vous ne pouvez pas me dire à qui appartient ce téléphone ? ajouta-t-il.

— Non, pas sans le mot de passe. Mais je vais le déposer au labo pour voir ce qu'ils peuvent en tirer. Il se pourrait aussi que nous ayons bientôt quelque chose sur le corps.

Cette remarque retint l'attention de Court.

— Le fichier dentaire ?

— Nous essayerons, évidemment, mais il semble que l'arrière du corps soit intact. Le légiste pense voir un portefeuille dans une poche arrière du jean de l'homme. Nous n'en saurons plus qu'une fois que nous l'aurons déplacé, ce qui ne devrait plus tarder.

S'il y avait effectivement un portefeuille, il pourrait contenir une pièce d'identité. Et, si le portefeuille en question était celui de la victime, ce pourrait être un élément décisif.

Court remercia Larry et retourna dans la salle commune pour chercher le numéro d'Alma dans l'ordinateur.

— On peut déjà conclure que le téléphone qu'ils ont trouvé n'est pas celui d'Alma, puisque c'est elle qui a appelé, dit Rayna. Mais je ne pense pas qu'elle connaisse aucun des autres suspects. Pas personnellement, en tout cas.

Elle faisait sans doute référence à sa mère, songea Court.

Alma connaissait évidemment son existence, mais ni Helen ni elle n'avaient mentionné le fait d'avoir été en contact.

Dès qu'il eut le numéro d'Alma, il tenta de la joindre. L'appel atterrit directement sur la boîte vocale ; il laissa donc un message lui demandant de venir dès que possible au bureau du shérif pour un interrogatoire. Il appela ensuite Raleigh. Un adjoint répondit et lui apprit que le shérif était occupé à procéder à l'arrestation d'un suspect dans une affaire de cambriolage. N'ayant réussi à joindre ni Alma ni Raleigh, il passa un appel à sa sœur. Rachel répondit à la première sonnerie.

— Vous allez bien ? lui demanda-t-elle avant même qu'il ait dit quelque chose.

— Nous allons bien. Et toi ?

— Aussi bien que possible. Egan a dit qu'il y avait un cadavre, que c'était la raison pour laquelle il devait retourner au bureau.

— C'est vrai. L'équipe scientifique travaille sur son identification en ce moment même.

Il inspira avant de poser la question qui motivait son appel.

— Maman aurait-elle, à tout hasard, un nouveau téléphone ? Pas celui que nous lui avons offert à Noël, mais un appareil bas de gamme.

— Je ne pense pas. Mais je peux regarder dans son sac. J'allais le faire de toute façon puisque tu voulais que je vérifie si elle avait cette carte professionnelle.

— Tu peux le faire maintenant ?

En tant que fille et sœur de policier, Rachel comprit que cette demande n'était pas anodine et qu'elle avait probablement un rapport avec l'enquête.

— À quoi rime tout ça ?

— Je veux juste savoir si elle a appelé quelqu'un.

C'était une explication plutôt minable, et sa sœur émit un son indiquant qu'elle ne la gobait pas. Quoi qu'il en soit, elle cherchait manifestement car, quelques instants plus tard, elle dit :

— Son téléphone n'est pas sur sa table de chevet.

Court l'entendit se déplacer.

— Je cherche à présent dans son sac. Pas de téléphone. Tu penses qu'elle l'a perdu ?

Il espéra que non. Et il espéra encore plus qu'elle n'avait pas acheté un autre téléphone qu'elle aurait utilisé pour appeler Alma. Et, quand bien même l'aurait-elle fait, cela n'expliquait pas pourquoi il avait été retrouvé dans cette ruelle.

— Il y a une carte, ajouta Rachel. Oui, ENQUÊTES STIGLER. Tu penses que Jennifer Reeves travaillait pour cette agence de détectives ?

Non, il n'en avait été question à aucun moment. Il alla à son bureau, coinça son téléphone entre l'épaule et l'oreille, et tapa le nom sur l'ordinateur. C'était une tout autre agence.

Une agence spécialisée dans le constat d'adultère.

Il eut l'impression de recevoir un coup de poing au ventre. Cela signifiait que sa mère avait probablement eu connaissance de la liaison de Warren quelques jours plus tôt, ce qui lui aurait largement laissé le temps d'engager quelqu'un pour tirer ce coup de feu que son père avait reçu dans la poitrine.

— As-tu accès au compte bancaire de papa et maman ? demanda-t-il.

— Non, répondit Rachel, une hésitation dans la voix. Mais je suis sûre que je peux l'obtenir. Pourquoi ?

Court ne lui révéla pas toute la vérité.

— Je veux seulement savoir si maman a éventuellement eu recours, elle aussi, à une agence de détectives. Ça pourrait apparaître sur sa carte de crédit, si elle a engagé quelqu'un par téléphone. Regarde aussi s'il n'y aurait pas un chèque.

— Vas-tu enfin me dire à quoi rime tout ça ? lança Rachel.

— Je veux seulement m'assurer qu'il n'y a pas un autre détective privé en mission qui pourrait interférer avec l'enquête.

En fait, ce qu'il voulait vraiment savoir, c'était s'il manquait assez d'argent pour que sa mère ait pu engager un homme de main.

— Appelle-moi si tu trouves quelque chose.

Rachel le lui assura d'un ton chargé de scepticisme.

Étant donné que cela pourrait lui prendre un moment, Court conduisit Rayna à la salle d'observation. Egan et Whitney se trouvaient encore dans la salle d'interrogatoire, et Whitney pleurait toujours. Il eut envie de lui accorder le bénéfice du doute, non seulement parce qu'elle était l'amie de Rayna, mais aussi parce qu'elle travaillait au bureau du shérif. Il détestait l'idée qu'il avait pu travailler avec une meurtrière potentielle durant toutes ces années.

Rayna regarda fixement son amie à travers le miroir sans tain.

— Whitney n'a plus été la même depuis le procès. Elle est devenue… distante.

Peut-être parce qu'elle avait cru que Rayna était vraiment une meurtrière, mais on pouvait aussi envisager ça sous un autre angle.

— Tu penses que Whitney pouvait avoir des sentiments pour Bobby Joe ?

— C'est possible.

Étant donné qu'elle n'avait pas hésité avant de répondre, elle devait y avoir réfléchi, songea Court.

Elle haussa les épaules.

— Mais il y avait des moments où j'avais l'impression qu'elle aurait voulu que je le largue. Chaque fois que nous avions une soirée entre filles, elle essayait de me brancher avec d'autres types.

Se pouvait-il que Whitney ait voulu Bobby Joe pour elle ? Elle semblait sincèrement bouleversée, ce qui amenait à se demander s'il était possible qu'elle ait eu des relations avec lui.

— Qui, selon toi, a mis le feu ? lui demanda alors Egan.

Whitney releva vivement la tête.

— Tu ne m'accuses pas d'avoir fait ça, n'est-ce pas ?

Il y avait de l'amertume dans sa voix.

— Je pose seulement la question, dit calmement Egan.

— Eh bien, je ne sais pas. Je t'ai dit que les flammes avaient surgi devant moi. Sans ça, j'aurais rattrapé Bobby Joe.

Si elle disait la vérité, quelqu'un avait versé cette traînée d'essence avant même qu'elle soit allée dans la ruelle. Et cette personne pouvait avoir déclenché l'incendie à distance.

Mais pourquoi ?

C'était la question que Court se posait quand son téléphone sonna. C'était Larry.

— Nous avons le portefeuille de notre brûlé, lui annonça-t-il. Et il y avait un permis de conduire au nom de « Dustin Clark », mais je suis sûr que vous le reconnaîtrez sur la photo. Je l'envoie sur votre portable.

Dès l'instant où il téléchargea la photo et vit le visage de l'homme, Court sut que Larry avait raison.

Bobby Joe.

Il était mort, en fin de compte.

Pour la première fois depuis trois ans, Rayna pouvait se dire que Bobby Joe ne représentait plus une menace pour elle. Bien sûr, ils devraient attendre la confirmation du dossier dentaire, mais elle n'avait besoin de rien d'autre.

— Tu devrais t'asseoir, entendit-elle Court lui dire.

Il n'attendit pas qu'elle le fasse ; il l'installa pratiquement sur l'une des chaises de la salle d'observation. C'est alors qu'elle se rendit compte du fait qu'elle avait dû chanceler, car elle ne se sentait pas très stable. Il pensait probablement qu'elle était sur le point de s'écrouler. C'était le cas, mais la cause en était le soulagement.

Ce soulagement fut cependant de courte durée.

— Les gens vont-ils penser à nouveau que j'ai tué Bobby Joe ? demanda-t-elle.

Court secoua la tête, soupira et déposa un baiser léger sur le sommet de sa tête, ce qui apaisa un peu la tension qui lui vrillait les entrailles.

— Tu étais avec Ian et moi quand le feu s'est déclaré, lui rappela-t-il.

Exact. Mais, puisque de nombreux habitants de McCall Canyon la prenaient pour une meurtrière, ils pourraient penser qu'elle avait tout manigancé.

— Qui a pu le tuer ? insista-t-elle.

Court haussa les épaules.

— Pour le savoir, nous allons devoir découvrir ce qu'il a fait durant tout ce temps. Je doute qu'il s'agisse d'un suicide. Donc, soit on l'a tué dans la voiture, soit il était déjà mort quand on l'y a déposé et qu'on y a mis le feu. Dans un cas comme dans l'autre, c'est un meurtre.

En effet, et cela n'excluait pas le mystérieux tireur qui ne cessait de les prendre pour cible. La personne portant cette cagoule de ski aurait eu le temps de provoquer l'incendie avant de lancer contre eux cette dernière attaque. Et, en l'occurrence, il aurait pu s'agir de Mitch, de Whitney et peut-être même d'Alma.

— Attends ici, lui ordonna Court.

Elle n'avait pas le choix, puisqu'elle n'était pas sûre de pouvoir faire confiance à ses jambes. Elle le regarda entrer dans la salle d'interrogatoire et murmurer quelque chose à Egan — sans doute l'informait-il du sort de Bobby Joe. Il n'attendit pas de voir la réaction d'Egan ou de Whitney. Il les laissa et alla dans la salle commune. Quelques instants plus tard, il revint dans la salle d'observation avec une bouteille d'eau et un ordinateur portable.

De l'autre côté du miroir sans tain, Egan apprenait la nouvelle à Whitney. Rayna vit le choc s'inscrire sur le visage de son amie. De nouvelles larmes suivirent, mais elle ne se concentra pas sur cela. Elle reporta son attention sur Court, qui faisait une recherche à l'ordinateur sur Dustin Clark, le nom d'emprunt de Bobby Joe.

— C'est tout ce qu'il y a sur lui, conclut-il en éditant le permis de conduire. Pas de casier. Pas même une contravention.

Probablement parce que Bobby Joe avait fait profil bas, attendant l'occasion de s'en prendre de nouveau à elle. Bien sûr, elle ignorait toujours pourquoi il avait attendu tout ce temps.

— Je vais vérifier l'adresse qu'il a fournie au service des permis et immatriculations, ajouta-t-il.

Il s'interrompit en entendant des voix dans la salle commune. Alma.

— Pourquoi le shérif adjoint m'a-t-il laissé un tel message ? demanda-t-elle d'un ton sec.

Sa voix trahissait sa colère, tout comme son expression, constata Rayna en l'apercevant lorsque Court et elle sortirent dans le couloir.

— Parce que j'ai besoin de vous parler d'un meurtre, répondit Court.

Lui aussi semblait furieux, mais Rayna savait qu'il éprouvait également une énorme frustration. Chaque nouvelle découverte ne semblait les mener qu'à davantage de questions.

Alma lui lança un regard froid.

— Un meurtre ? Vraiment ? Warren est-il mort ?

Court la toisa.

— Pas Warren, mais un homme que vous avez appelé peu avant qu'il soit assassiné.

Alma s'était mise à secouer la tête avant même qu'il ait terminé.

— La seule personne que j'ai appelée aujourd'hui est l'un de mes anciens ouvriers, Dustin Clark.

Bingo ! Eh bien, au moins n'avait-elle pas affirmé qu'il s'agissait d'une machination.

D'un geste, Court invita Alma à le suivre dans le bureau d'Egan et, une fois qu'ils furent tous trois à l'intérieur, il ferma la porte. La photo de Bobby Joe était toujours à l'écran ; il tourna donc celui-ci en direction d'Alma.

— Est-ce l'homme que vous nommez Dustin Clark ?

Alma regarda l'écran de plus près.

— Oui. Il lui est arrivé quelque chose ?

Si cela l'atteignait, elle n'en montrait rien. Elle aurait aussi bien pu parler du temps qu'il faisait.

— Il est mort. À présent, dites-moi comment vous le connaissez et pourquoi vous l'avez appelé. Ensuite, vous pourrez nous expliquer comment vous êtes arrivée ici aussi rapidement. Depuis mon message, vous n'avez pas eu assez de temps pour venir de Durango Ridge.

— J'étais déjà à McCall Canyon, reconnut Alma. Je venais payer à Dustin ce que je lui devais. Il travaille pour moi au ranch.

Cela ne paraissait pas une coïncidence que Bobby Joe ait travaillé avec quelqu'un en lien avec les McCall.

— Rien n'atteste qu'il était votre employé, lui fit remarquer Court.

— Parce que je le payais en liquide. C'était lui qui le souhaitait, et je ne demandais pas mieux. Il était doué avec les chevaux.

Elle jeta à nouveau un coup d'œil à l'écran.

— Vous êtes sûr qu'il est mort ?

— Nous avons un corps que nous croyons être le sien. Quand l'avez-vous vu pour la dernière fois ? enchaîna Court.

Alma soupira et fronça les sourcils.

— Il y a une semaine, peut-être. Il était à mon ranch et il a dit à l'un des autres ouvriers qu'il devait régler des problèmes personnels. Il n'est pas revenu. C'est pourquoi je l'ai appelé, afin d'arranger un rendez-vous pour pouvoir le payer.

— Et il a répondu à cet appel ? voulut savoir Rayna.

— Oui. Comme je l'ai dit, c'est la raison de ma venue en ville.

Alma reporta son attention sur Court.

— Est-ce que ça a un rapport avec votre père ?

Court rejeta les épaules en arrière.

— Pourquoi me demandez-vous ça ?

— Parce que Dustin détestait Warren, voilà pourquoi. Il ne m'a jamais dit pour quelle raison mais, il y a quelques mois, Dustin a vu Warren passer me prendre au ranch. Ensuite, il m'a prise à part pour me dire que l'on ne pouvait pas faire confiance à Warren, que c'était un policier corrompu quand il était encore shérif ici. J'ai eu le sentiment qu'il avait de l'animosité à son égard. Par la suite, quand j'en ai parlé à Warren, il m'a répondu qu'il ne connaissait personne de ce nom.

Forcément, puisque Bobby Joe utilisait un pseudonyme. Cela amena toutefois Rayna à se demander pourquoi Warren ne s'était pas renseigné à ce sujet. Peut-être parce qu'il était détesté de tellement de gens que ça ne l'inquiétait en rien.

— Le véritable nom de Dustin était Bobby Joe Hawley, dit Court. Ne l'avez-vous jamais entendu en faire mention ?

Alma secoua vivement la tête.

— Je le connaissais seulement sous le nom de Dustin Clark.

Elle regarda Rayna.

— C'est l'homme qu'on vous a accusée d'avoir assassiné. Warren était convaincu que vous l'aviez tué, ajouta-t-elle. Puisque vous avez été acquittée, ça implique que vous ne pourriez pas être jugée pour son meurtre.

— Je ne l'ai pas tué, répliqua Rayna en gardant les yeux rivés sur Alma.

— Eh bien, moi non plus. Quel mobile pourrais-je avoir de vouloir sa mort ? ajouta Alma après avoir poussé un soupir.

— Peut-être l'avez-vous engagé pour abattre mon père, répondit Court. Ou peut-être Bobby Joe a-t-il découvert que vous aviez engagé quelqu'un pour le faire et tentait-il de vous extorquer de l'argent. Ça fait une longue route pour venir payer son salaire à un ouvrier agricole. Vous auriez simplement pu lui envoyer l'argent par la poste.

Alma pinça les lèvres.

— Je paye toujours mes dettes.

Comme elle avait dit cela en serrant les dents, ça résonna comme une sorte de menace. Mais elle détourna le regard, et son expression se radoucit légèrement.

— Dustin, Bobby Joe, ou quel que soit son nom, m'a dit ne pas avoir d'adresse ici. Ni de voiture. Il m'a demandé de venir le retrouver.

Court et Rayna échangèrent un regard, et Rayna devina ce qu'il pensait. Il se demandait si Bobby Joe avait projeté de piéger Alma d'une façon ou d'une autre. Mais cela ne leur apprenait toujours pas qui l'avait tué.

— Bobby Joe détestait mon père et Rayna, dit Court à Alma. Il est possible qu'il les ait détestés plus encore parce qu'elle n'a pas été reconnue coupable de son meurtre. À présent, réfléchissez à vos échanges avec Bobby Joe. Ne vous a-t-il jamais posé de questions sur Warren ou sur Rayna ?

— Pas sur Rayna, répondit-elle sans hésiter. Mais, comme je l'ai dit, nous avons discuté de Warren après sa venue au ranch. Bobby Joe était contrarié. En y réfléchissant, après ce que je viens d'apprendre à son sujet, peut-être tentait-il seulement de s'assurer que Warren ne reviendrait pas. S'il était censé être mort, il n'avait sûrement pas envie d'être reconnu.

Exact. En fait, cela avait probablement causé un choc, peut-être même procuré une secrète excitation à Bobby Joe quand il avait vu Warren.

— Mais Bobby Joe a fait mention de Helen, ajouta Alma au bout d'un moment.

Rayna sentit Court se contracter. D'un geste, il invita Alma à poursuivre.

Elle prit d'abord une profonde inspiration.

— C'est arrivé après la visite de Warren. Bobby Joe m'a dit qu'il était marié et que son épouse, Helen, était la coqueluche de McCall Canyon. Il ne l'a pas formulé explicitement, mais j'ai compris qu'il nous soupçonnait, Warren et moi, d'avoir une liaison.

Elle marqua une pause.

— J'ai menti et affirmé que Warren et moi étions des relations d'affaires et qu'il n'y avait absolument rien entre nous.

Si Bobby Joe les avait vraiment suspectés d'entretenir une liaison. Rayna se demanda pourquoi il ne l'avait pas révélée au grand jour. Il n'aurait pas pu le faire personnellement, mais il aurait pu envoyer à Helen ou à une autre personne une note anonyme ou peut-être même des photos de la visite de Warren au ranch Lawton.

— Quoi qu'il en soit, j'ai dit à Warren que ce ne serait pas une bonne idée pour lui de venir de nouveau me rendre visite à la maison, poursuivit Alma. Lui et moi avons mis un terme à notre liaison peu après ça.

Court resta silencieux un moment, assimilant visiblement ces informations.

— Et, avec mon père, vous n'avez plus fait mention de « Dustin » ni de ce qu'il vous avait dit ?

— Non.

Elle marqua à nouveau une pause.

— Je sentais déjà Warren s'éloigner de moi et je ne voulais pas lui donner une raison de rompre.

C'était la première fois qu'Alma admettait avoir voulu poursuivre leur relation.

Et, bien sûr, c'était aussi un mobile pour tenter de tuer Warren.

Il était difficile pour Rayna de se tenir aussi près de la femme qui pouvait avoir tenté de les tuer, Court et elle, mais, si Alma avait vraiment fait cela, les choses ne s'étaient pas déroulées comme prévu. Après tout, Court, Warren et elle étaient toujours en vie.

— Suis-je libre de partir, maintenant ? demanda Alma. Ou dois-je appeler mon avocat ?

Court prit le temps d'y réfléchir.

— Je n'ai pas, pour l'instant, de raison de vous retenir. Mais je vais examiner le relevé de vos appels téléphoniques. C'est le moment de me dire s'il y a quelque chose que vous souhaitez ajouter concernant Bobby Joe ou quoi que ce soit d'autre.

Alma pinça à nouveau les lèvres.

— Je n'ai rien fait de mal et, la prochaine fois que vous voudrez me parler, appelez Simon.

Sur ce, elle sortit.

— Tu la crois ? demanda Rayna.

Court haussa les épaules.

— J'aimerais lui faire endosser ça, mais je ne pense pas être objectif lorsqu'il est question d'elle.

Rayna ne l'était pas non plus. Cette femme avait essentiellement vécu dans le mensonge pendant plus de trente ans ; elle pouvait très bien mentir encore.

— Je ne plaisantais pas en disant que j'allais vérifier son histoire, reprit Court, mais je peux le faire du ranch. Je doute que tu aies envie de rester plus longtemps ici.

En effet, elle était exténuée et subissait à présent le contrecoup de la décharge d'adrénaline.

— Mais... pour ce qui est du tireur ? Je ne parle même pas de l'incendie et de l'agression... Je doute qu'Egan puisse se permettre de nous faire accompagner par l'un de ses hommes.

— Je peux demander à deux ouvriers de venir ici pour nous escorter jusqu'au ranch. Il est déjà sous bonne garde.

Oui, mais y seraient-ils vraiment en sécurité ? Bien sûr, ce n'était pas non plus le cas au bureau du shérif. Quelqu'un pourrait aisément les prendre pour cible à l'intérieur du bâtiment.

— Laisse-moi parler à Egan avant d'appeler les ouvriers, dit Court, la tirant de ses pensées.

Cependant, son téléphone sonna avant qu'il ait pu le faire.

— C'est Larry.

Rayna brûlait d'envie d'entendre ce que le policier de l'équipe scientifique avait à dire ; heureusement, Court mit l'appel sur haut-parleur.

— Nous avons trouvé quelque chose, Court, annonça Larry dès qu'il fut en ligne. Un autre corps.

14

Court regarda par la fenêtre de sa maison. C'était une chose qu'il faisait souvent au coucher du soleil, et cela le détendait généralement. Mais, là, il faudrait plus qu'un paysage familier pour apaiser sa nervosité.

Comme si trois morts ne suffisaient pas ! Un quatrième cadavre s'était ajouté à la liste des meurtres, probablement tous reliés entre eux et pourtant toujours dénués de sens !

Celui de Mitch.

L'un de leurs principaux suspects était mort, tué à bout portant de deux balles dans la tête. Étant donné que la détective privée et Hallie avaient été abattues de façon similaire, il était possible que le tueur ait été le même. Si tel était le cas, il n'en avait pour le moment encore aucune preuve. Tout ce qu'il avait, c'était ces maudites questions qui ne cessaient de se bousculer dans sa tête.

Qui avait tué ces gens ? Et pourquoi ? Bien sûr, la question la plus importante de toutes était de savoir si sa mère était impliquée.

Jusque-là, Rachel n'avait pas trouvé de mouvements de fonds injustifiés sur son compte courant. Il ne manquait pas non plus d'argent liquide dans le coffre de la maison. Il y avait cependant d'autres manières de se procurer de l'argent. Sa mère aurait pu vendre quelques bijoux ou s'être constitué une cagnotte dont personne n'aurait eu connaissance. Le fait qu'elle ait été au courant de la liaison et qu'elle ait reçu cette carte professionnelle de Jennifer étaient des signaux d'alarme qu'ils ne pouvaient ignorer.

Le problème était qu'il faudrait des jours, voire des semaines, avant qu'il puisse l'interroger.

— Tu vas te rendre fou, tu sais ça ?

La voix de Rayna s'immisça dans le tumulte de ses pensées, tout comme le bruit de ses pas quand elle s'avança vers lui. Elle avait pris une douche et semblait moins tendue qu'à leur arrivée au ranch. Dans le cas contraire, il aurait appelé le médecin, car elle avait été très secouée. À juste titre.

Elle était probablement la prochaine cible du tueur.

Et, à en juger par les autres agressions, lui aussi.

Elle s'approcha et il sentit le parfum du savon et du shampoing qu'elle avait utilisés. Ses savon et shampoing, mais l'odeur en était plus agréable sur elle que sur lui. Elle avait enfilé le jean et le top bleu qu'elle avait rapportés de chez elle, et avait à la main l'arme qu'il lui avait donnée.

Cette arme, il avait été réticent à la lui confier, car il voulait éviter de faire quoi que ce soit qui la mette encore plus en danger. S'il devait y avoir une nouvelle agression, il voulait qu'elle se mette à l'abri plutôt que la voir riposter.

Mais ce n'était pas réaliste.

Vu l'étendue de la propriété et bien que les ouvriers surveillent les accès, quelqu'un de mal intentionné pouvait s'introduire sur le ranch, il le savait. Et c'était pourquoi elle avait à présent une arme.

— Du nouveau ? demanda-t-elle.

Elle glissa l'arme à l'arrière de sa ceinture de jean, se versa un café et le rejoignit à la fenêtre.

Ce n'était pas exactement le genre de sujet qui préserverait sa tranquillité d'esprit, mais il comprenait parfaitement son besoin de savoir.

— Nous n'avons pas de correspondance avec la dentition de l'homme mort dans la voiture, mais l'autre corps est bien celui de Mitch. Personne n'a entendu de coups de feu, mais il y avait beaucoup de vacarme avec cet incendie.

— Oui, dit-elle, comme elle réfléchissait à la question. Le tireur aurait pu le tuer. Il aurait pu aussi allumer l'incendie.

— Ou alors Alma ou Whitney auraient pu le faire.

Elle tressaillit, probablement parce qu'il lui était pénible d'entendre que son amie pourrait être une meurtrière de sang-froid. C'était d'autant plus pénible qu'ils n'étaient pas sûrs de savoir quel pouvait être son mobile.

Concernant Alma, c'était une tout autre affaire.

— J'ai examiné le relevé d'appels d'Alma, poursuivit-il. Elle a appelé Bobby, alias Dustin, à trois reprises.

Ce n'était pas excessif et les appels pouvaient être légitimes si Bobby Joe avait vraiment travaillé pour elle.

— Et pour ce qui est de ses relevés de comptes ?

Il secoua la tête.

— Je ne les ai pas encore, mais je n'en espère pas grand-chose. Si Alma avait échafaudé ce plan depuis des mois, elle aurait probablement été assez futée pour ne pas utiliser de fonds qui laisseraient une trace permettant de remonter jusqu'à elle.

— C'est juste.

Court se dit que ce n'était pas son imagination, qu'elle attendait vraiment qu'il lui en dise plus.

— Rien non plus sur ma mère, ajouta-t-il donc. Mon père ne nous a pas été d'une grande aide. Il dit qu'il ignorait que maman avait rencontré la détective privée.

— Tu penses qu'il pourrait couvrir ta mère ? Qu'il serait possible qu'il se sente tellement mal à propos de sa liaison qu'il ne veut pas qu'on la punisse ?

C'était possible, bien sûr, mais il ne pouvait tout simplement pas le croire.

— Si les agressions s'étaient limitées à mon père, il aurait pu la couvrir.

« Aurait pu. »

— Mais il serait inconcevable qu'il reste les bras croisés et refuse de divulguer une information ayant trait à quatre meurtres. Sans compter les agressions contre nous. Mon père n'a sans doute pas honoré ses vœux de mariage, mais il ferait n'importe quoi pour protéger ses enfants.

Rayna but une gorgée de café puis acquiesça.

— Tu as raison.

En entendant cela, Court respira un peu plus librement. Il était déjà assez difficile d'accepter l'idée que sa mère puisse être impliquée dans tout cela sans penser la même chose de son père.

— Et pour ce qui est de Bo et de Whitney ? reprit-elle. Egan a-t-il tiré quelque chose d'eux quand il les a interrogés ?

— Non. Whitney s'en est tenue à sa version, disant qu'elle ignorait totalement ce qui se passait. Et Bo ne nous a rien appris de plus. Le procureur compte l'inculper comme un adulte. Ça pourrait l'inciter à nous dévoiler de nouvelles informations. Si nouvelles informations il y a… Il n'a sans doute été qu'un pion.

Comme Hallie. Et peut-être aussi Jennifer. Et, puisqu'elles étaient toutes deux mortes, Bo aurait besoin d'être placé sous protection rapprochée.

Le soleil finit par descendre sous l'horizon. Court alla alors dans le vestibule pour allumer les lumières extérieures. Il y avait une douzaine de lampes qui entouraient la maison et éclairaient ses abords. Lorsqu'il les avait installées, ce n'avait pas été dans l'idée de repérer un intrus, mais pour tenter d'éloigner les coyotes et autres animaux sauvages. Cela pourrait néanmoins empêcher quelqu'un de tenter de les surprendre. Il vérifia également que le système d'alarme était enclenché. C'était le cas.

— Rachel est à l'hôpital avec ma mère, dit-il en rejoignant Rayna. Egan est dans la maison principale. Ou du moins il y sera quand il aura fini au bureau.

Dieu seul savait à quelle heure. Probablement son frère

travaillerait-il jusque tard dans la soirée, et il en éprouva de la culpabilité.

Quoi qu'il en soit, quelqu'un devait rester avec Rayna au ranch, alors autant que ce soit lui.

Il s'attarda un moment sur cette pensée.

Il avait *envie* d'être celui qui resterait avec elle.

Bon sang ! Ce n'était pas bon signe. Sans parler de ces baisers qu'il n'avait cessé de lui donner. Tout ça révélait une énorme perte de concentration. Il posa les yeux sur elle, s'apprêtant à l'en avertir, mais il lui suffit d'un regard pour comprendre que ce n'était pas nécessaire. Rayna savait exactement ce qui était en train de se passer.

— J'ai parfois l'impression que nous sommes de nouveau au lycée, murmura-t-elle.

Elle posa sa tasse de café sur le comptoir.

— Enfin… si on oublie que quelqu'un essaye de nous tuer.

Elle parvint à dire cela sur le ton de la légèreté, ce qui le fit sourire. Elle lui sourit aussi puis détourna rapidement les yeux, comme si elle venait de se rappeler que lui sourire ou le regarder de cette façon n'était pas une bonne idée.

Et, en effet, ce n'en était pas une.

Il s'éloigna délibérément d'elle. Mieux valait qu'ils gardent leurs distances. Mais Rayna ne sembla pas d'accord. Elle s'avança vers lui d'un pas incertain, à l'image de son langage corporel. Les sentiments qui habitaient Court n'avaient, quant à eux, rien d'incertain.

Il avait envie d'elle.

Et aucune distance entre eux n'y remédierait. Se maudissant intérieurement et maudissant Rayna, il la rejoignit à grands pas et il l'attira contre lui.

Rayna avait eu le pressentiment de ce baiser avant même que la bouche de Court se pose sur la sienne. Toutefois, elle n'était pas préparée au choc des sensations qui l'envahirent. En effet, à certains égards, elle avait l'impression d'être revenue à l'époque du lycée, mais elle n'avait pas le souvenir de quelque chose d'aussi intense lorsqu'ils étaient adolescents.

— Tu sais que c'est une grosse erreur, n'est-ce pas ? demanda Court quand il s'écarta d'elle pour reprendre son souffle.

Oui, elle le savait. Et lui aussi.

Mais, apparemment, le fait de le savoir ne faisait pas une grosse différence, car il lui donna aussitôt un deuxième baiser. Pour le premier, elle avait été hésitante, car il l'avait tout de même un peu prise au dépourvu. Cette fois, elle s'abandonna à l'instant présent et l'embrassa en retour.

Elle noua les mains autour de son cou, le serrant contre elle jusqu'à ce que leurs corps s'épousent. Tout en insufflant en elle un nouvel élan de passion, ce contact réveilla aussi de vieux souvenirs. Des souvenirs d'autres occasions où Court l'avait embrassée.

Et où il lui avait fait l'amour.

Il avait été le premier, chose qu'elle n'aurait pu oublier, même s'il ne lui avait pas donné ces baisers renversants.

Court s'arrêta à nouveau, s'écartant afin d'établir le contact visuel. Un moyen, sembla-t-il à Rayna, de lui laisser une échappatoire. Il lui laissait le temps de mettre un terme à ça. Or, elle n'avait aucunement l'intention d'arrêter, raison pour laquelle elle l'attira contre elle.

Il intensifia le baiser, attisant le feu qui couvait en elle. Et il l'attisa plus encore quand il se mit à déposer des baisers le long de son cou. Il ne fallut pas longtemps à son corps pour lui signaler qu'il en voulait davantage.

Des années plus tôt, Court l'avait ainsi embrassée pendant des heures, jusqu'à ce qu'ils se rendent fous l'un l'autre et deviennent amants. Tout cela se réactiva et augmenta leur frénésie.

Alors qu'elle tendait les mains vers les boutons de sa chemise, elle rencontra les siennes qui lui enlevèrent son top avant de le jeter par terre. Dans le même temps, il embrassa ses seins.

D'abord leur naissance, puis il fit glisser son soutien-gorge pour les embrasser de la manière qu'elle aimait. Il se rappelait quelles étaient ses zones sensibles et s'assurait de lui procurer autant de plaisir que possible.

Mais ce ne fut bientôt plus assez.

Elle s'attaqua de nouveau à sa chemise et, cette fois, défit assez de boutons pour pouvoir lui embrasser le torse. Apparemment, cela l'excita au plus haut point, car il l'entraîna au sol. La pénombre avait envahi la pièce mais, grâce à l'éclairage extérieur, elle vit son visage. Seigneur ! Il était si sexy ! Il l'avait toujours été, et ça n'avait pas changé. Les années l'avaient même rendu plus sexy encore, et elle regretta ce qu'elle avait perdu.

Elle regretta aussi le fait qu'elle pourrait ne plus jamais l'avoir à elle comme ça.

À cette pensée, Rayna sentit son cœur se serrer, mais elle n'avait pas le temps de s'y attarder. Les baisers se poursuivirent donc. Les caresses aussi, et il fut bientôt évident que les préliminaires n'allaient pas durer beaucoup plus longtemps. C'était assez pour elle. En cet instant, elle avait seulement besoin que Court assouvisse le désir intense qui la rongeait. Elle avait besoin qu'il lui fasse oublier toutes les mauvaises choses qui s'étaient produites.

Bien sûr, l'oubli ne serait que momentané, mais ça n'avait pas d'importance.

Tout ce qui comptait, dans l'immédiat, c'était son envie de lui.

Court joua son rôle pour accélérer les choses. Il lui prit son arme, la posa près d'eux sur le sol, puis la dépouilla de son jean. Comme il lui avait déjà enlevé son soutien-gorge et son top, elle se trouva nue alors que lui était encore habillé. Elle le débarrassa donc de sa chemise et entreprit de lui ôter le reste de ses vêtements.

Alors qu'elle était sur le point d'ouvrir sa braguette et de lui enlever son jean, il l'interrompit en posant la main sur la sienne.

— Capote, parvint-il à formuler.

Il fouilla dans sa poche arrière pour en extraire son portefeuille et en sortit un préservatif.

Elle gémit parce qu'elle n'avait même pas pensé à se protéger. Puis elle gémit de nouveau, cette fois de plaisir, quand il se remit à l'embrasser.

Ces baisers enflammés ne lui facilitèrent pas la tâche, mais elle parvint à baisser la fermeture Éclair et Court interrompit le baiser le temps de se débarrasser de son jean et d'enfiler le préservatif.

Il la regarda à nouveau et elle crut percevoir une hésitation dans ses yeux. Mais non. Il n'y eut pas la moindre hésitation quand il la pénétra.

Elle eut un nouvel accès de plaisir intense et sentit venir l'orgasme tandis que Court se mettait à bouger en elle. La sensation lui était à la fois familière et nouvelle. À l'évidence, il en avait appris davantage sur la façon de donner du plaisir à une femme depuis leurs séances de pelotage du lycée. À présent, il semblait savoir exactement comment la toucher. Comment s'y prendre. Comment la rendre folle de désir.

Bien sûr, ce désir appelait le plaisir. Maintenant.

Quand le rythme devint plus intense et rapide, elle se sentit près de jouir.

Elle ne put rien faire d'autre que s'accrocher à Court et s'assurer qu'il jouisse avec elle.

15

— Je commence à être trop vieux pour faire l'amour par terre, grommela Court, quoiqu'il ne s'en plaignît pas vraiment.

Son corps était détendu mais, si Rayna et lui restaient plus longtemps sur ce plancher, cette détente finirait par laisser place à des douleurs dorsales. Il se leva donc, la prit dans ses bras et l'emmena jusqu'à sa chambre.

Rayna poussa un soupir alangui lorsqu'il la déposa sur le lit et elle l'embrassa avant qu'il se rende dans la salle de bains. Il avait la ferme intention de revenir ensuite se glisser entre les draps avec elle et de commettre une nouvelle erreur ce soir-là.

Car ça avait été une erreur.

Malgré cela, il ne voyait pas comment il pourrait s'empêcher de recommencer. Il avait envie d'elle et doutait que quoi que ce soit puisse le dissuader de satisfaire cette envie. Peut-être Rayna aurait-elle un soudain accès de bon sens et le renverrait-elle monter la garde.

Ou peut-être pas...

Quand il revint dans la chambre, elle tapota le lit, près d'elle, l'invitant à la rejoindre. Elle affichait aussi un sourire espiègle. Cela, associé au fait qu'elle était nue, anéantit toute chance qu'il renonce à son projet.

Il se remit au lit, l'attira dans ses bras et l'embrassa. Ce baiser aurait pu durer beaucoup plus longtemps s'il n'avait pas entendu la sonnerie de son téléphone, qu'il avait laissé dans le vestibule. Comme ce pouvait être un appel important, il bondit du lit et courut le chercher.

C'était un appel de Rachel.

— Est-ce que tout va bien ? lui demanda-t-il aussitôt.

— Très bien. Enfin… Tu sais que c'est un mensonge. Je devrais plutôt dire que maman et moi sommes saines et sauves. Qu'en est-il de Rayna et toi ?

— *Idem* pour nous, choisit-il de lui répondre.

Il aurait vraiment voulu admirer plus longtemps le corps nu de Rayna mais, quand elle vint ramasser ses vêtements dans le salon et qu'elle commença à se rhabiller, il fit de même. Il mit également le haut-parleur pour qu'elle entende.

— Bien…

Rachel hésita et Court se demanda si sa sœur se doutait de ce qui venait de se passer. Si ce fut le cas, elle n'en fit pas mention.

— Maman est installée dans sa chambre. Ça ressemble à une chambre d'hôpital normal, mais c'est bruyant. Beaucoup de gens vont et viennent et, de temps à autre, j'en entends qui crient. Apparemment, il y a ici des patients qui deviennent facilement agités.

Sa sœur ne brossait pas un tableau engageant de cet endroit, mais peut-être sa mère ne devrait-elle pas y rester longtemps.

— Et pour ce qui est de la sécurité ?

— Il y a un Texas Ranger dans le hall et un autre devant l'entrée. Je suis descendue un moment à la cafétéria afin que nous puissions parler de cette carte professionnelle qu'elle détient. Maman est sous sédatifs depuis que nous sommes arrivées, mais j'ai pu lui demander si elle avait engagé quelqu'un.

Rachel marqua une pause.

— C'est le cas. Son nom est Abraham Stigler. Mais elle a insisté sur le fait qu'il n'avait vraiment pas fait grand-chose pour elle.

Court fronça les sourcils.

— Mais il a bien fait quelque chose…

Il entendit le soupir frustré de Rachel sur fond de bavardages.

— Apparemment, Stigler voulait essayer d'attirer papa dans une situation compromettante afin de pouvoir le surprendre avec Alma et de prendre des photos. Le but était que maman utilise ces photos pour demander le divorce et obtenir un accord financier plus avantageux. Elle a refusé. Stigler l'a très mal pris et est parti furieux.

Il n'aimait pas ce qu'il venait d'apprendre.

— Est-il possible que ce Stigler soit dérangé ? Tout ça ne ressemble pas au comportement d'un détective privé professionnel. Dans ce cas, il pourrait être à l'origine de ces agressions.

— J'ai posé la question à maman de manière détournée, mais elle ne pense pas qu'il puisse faire preuve de violence. Elle m'a répondu qu'il était simplement frustré qu'elle consente à se laisser traiter ainsi. Apparemment, son père a trompé sa mère, c'était donc pour lui un sujet sensible. J'ai fait quelques recherches sur lui, puisque j'ai mon ordinateur portable ici, et je n'ai rien trouvé.

Cela n'impliquait pas qu'il n'y ait rien à trouver.

— Merci, Rachel. Je te préviendrai si je découvre quelque chose. Tâche de te reposer, ajouta-t-il.

Songeant qu'enquêter sur le détective privé pourrait prendre un moment, il donna un rapide baiser à Rayna. Baiser dont il espéra qu'il lui ferait savoir que… En fait, il ignorait ce qu'il voulait lui faire savoir, car il ignorait totalement où tout cela les mènerait. Le fait qu'il n'avait vraiment pas le temps de se pencher sur la question accrut sa frustration.

— Travaille sur le détective privé, lui dit Rayna. Je vais refaire du café.

Le café ne remplacerait pas vraiment les baisers, le sexe, ni même une discussion sur « là où tout cela les menait », mais elle avait raison. Ça pouvait attendre.

Il appela le bureau du shérif pour demander à quelqu'un d'accéder à l'ordinateur et ce fut Ian qui répondit.

— J'allais t'appeler, dit-il aussitôt. L'homme retrouvé mort dans la voiture avait un reçu dans son portefeuille. Il provient d'un hôtel de la ville, le Lonely Star. L'équipe scientifique a découvert qu'une personne correspondant à la description de Bobby Joe y avait une chambre et ils sont en train de la fouiller. Ils ont trouvé quelque chose, Court.

À en juger par le ton de Ian, ce « quelque chose » n'augurait rien de bon. Il s'efforça de s'y préparer et attendit que son collègue poursuive. Il n'eut pas à attendre longtemps.

— Il s'agit d'enregistrements sauvegardés sur un ordinateur portable, expliqua Ian. Je te les envoie pour que tu puisses voir par toi-même. Euh... Rayna est avec toi ?

— Oui.

— D'accord. Eh bien, les enregistrements vont probablement la bouleverser. Je me suis dit qu'il valait mieux te prévenir.

Bon sang ! Court aurait aimé pouvoir l'épargner, mais c'était impossible. Après tout ce que Bobby Joe lui avait fait subir, elle méritait de connaître la vérité.

Ian lui semblant déjà bien occupé, il décida d'attendre avant de lui demander d'enquêter sur le détective privé. Il raccrocha et, accompagné de Rayna, s'installa devant son ordinateur portable pour accéder aux fichiers envoyés par son collègue. Les images ne tardèrent pas à apparaître à l'écran.

Bobby Joe.

En effet, c'était bien lui. Court en eut la certitude bien que Bobby Joe ne regardât pas directement la caméra. Il avait aussi laissé pousser sa barbe. Court regarda la date de l'enregistrement ; il remontait à trois jours. Ou, plus exactement, c'était à cette date qu'il avait été téléchargé.

— Il est temps de faire payer Rayna, dit Bobby Joe.

Il buvait une bière, appuyé contre une tête de lit.

— Tu sais, la vengeance est un plat qui se mange froid.

Quelqu'un d'autre dans la pièce répondit quelque chose que Court ne saisit pas. C'était un murmure et la personne n'était pas à l'écran.

— Parce qu'elle a fait la promesse de toujours m'aimer, voilà pourquoi, reprit Bobby Joe d'un ton rageur en réponse à ce murmure.

Son ton était chargé de fiel.

— C'est ce qu'on promet quand on accepte une demande en mariage. Ça devient un mensonge quand on rompt cette promesse, et personne ne me mentira impunément.

La respiration de Rayna s'accéléra et elle s'approcha de l'écran.

— Je ne suis pas sûre qu'il sache qu'on l'enregistre.

Court ne l'était pas non plus. Il fut toutefois surpris qu'elle puisse relever ce genre de choses, considérant la haine dont était empreinte la voix de Bobby Joe.

La seconde personne marmonna autre chose, une chose qui amena Bobby Joe à se redresser brusquement.

— Bien sûr que si, c'est important ! vociféra-t-il. C'était amusant de la voir regarder sans cesse par-dessus son épaule. Vivre sur ses gardes parce qu'elle avait trop peur que je vienne soudain m'en prendre à elle.

Rayna frissonna et Court comprit pourquoi. Ça confirmait que Bobby Joe l'avait épiée en permanence durant tout ce temps.

— Elle va devoir payer, grommela Bobby Joe après avoir bu une nouvelle gorgée de bière. Je vais la faire brûler vive, cette garce.

De toute évidence, ce fut un peu plus que Rayna n'en pouvait supporter, car elle détourna les yeux de l'écran. Court l'entoura de son bras pour la réconforter. Dans l'immédiat, il n'y avait pas grand-chose qu'ils puissent faire, si ce n'est finir d'écouter ce que cette vipère avait à dire.

— Ça lui apprendra à porter plainte contre moi, continua de fulminer Bobby Joe. Ça lui montrera ce qui arrive quand elle manque à sa promesse.

L'enregistrement se termina, mais il y avait là plus qu'il n'en fallait pour apprendre à Court que Bobby Joe avait effectivement voulu tuer Rayna.

— Quelqu'un a délibérément laissé cet enregistrement pour que nous le découvrions, dit-il.

— Oui.

Pour répondre aussi rapidement, Rayna devait être arrivée à la même conclusion.

— Y a-t-il une chance que l'on puisse faire analyser la voix de la personne qui était avec lui ?

— Peut-être.

Considérant que l'enregistrement datait de trois jours, il pouvait s'agir de l'un de leurs suspects.

— Ian l'envoie probablement déjà au laboratoire judiciaire des Rangers, mais je vais m'en assurer.

Il marqua une pause.

— Quelle que soit la personne qui se trouvait dans cette pièce, Bobby Joe se sentait assez à l'aise avec elle pour reconnaître qu'il comptait commettre un meurtre.

Elle hocha la tête.

— En plus, l'enregistrement pourrait très bien ne pas être récent.

Elle désigna l'arrière-plan de l'image figée à l'écran.

— Je ne suis jamais allée dans cet hôtel. Il faudrait voir si c'est là que l'enregistrement a eu lieu.

Dans le cas contraire, peut-être quelqu'un était-il venu déposer l'ordinateur portable dans la chambre. Cette personne pouvait avoir également mis le reçu dans le portefeuille.

Le téléphone de Court se mit à sonner. Au vu des récents événements, il s'attendait à ce que ce soit Ian qui le rappelait pour lui donner une autre mauvaise nouvelle concernant une chose découverte à l'hôtel, mais ce ne fut pas le cas. C'était Rachel.

Comme sa sœur pouvait elle aussi avoir sa propre mauvaise nouvelle, par exemple une information qu'elle aurait pu obtenir de leur mère, il prit une profonde inspiration avant de répondre.

— Il faut que tu viennes, tout de suite ! dit Rachel d'une

voix totalement paniquée. Maman a disparu. Je reviens de sa chambre et elle n'y est pas. Mon Dieu, Court, je pense que quelqu'un l'a enlevée !

Rayna se dit qu'il pouvait s'agir d'un piège. D'une ruse visant à les faire sortir, Court et elle, de la maison. Le problème était que ça marcherait. Parce qu'il n'y avait aucune chance que Court reste à ne rien faire si sa mère courait un danger.

C'est pour cette raison qu'ils coururent pratiquement jusqu'à la voiture de police et que Court démarra dès l'instant où ils y furent montés. Il demanda à Rayna d'utiliser son téléphone pour appeler Ian et demander au shérif adjoint de les retrouver sur la route qui menait du ranch à San Antonio. Ainsi, au moins, auraient-ils quelque renfort.

— Rachel, dis-moi exactement ce qui s'est passé, reprit Court.

Il l'avait toujours en ligne et avait mis l'appel sur haut-parleur.

Toutefois, sa sœur ne répondit pas aussitôt, chose qu'elle avait pourtant faite depuis qu'elle avait lâché la bombe de la disparition de Helen. C'était parce qu'elle répondait aussi aux questions pressantes de personnes qui étaient vraisemblablement des membres du personnel ainsi que le Texas Ranger.

— Rachel ! dit Court d'une voix beaucoup plus forte.

Il ne paniquait pas comme sa sœur, mais il n'était pas non plus vraiment calme. Ce manque de sérénité ne se limitait pas à la situation de sa mère. Il regardait partout autour d'eux, aux aguets, et fit signe à Rayna d'en faire autant. Elle s'exécuta tout en tenant fermement l'arme qu'il lui avait donnée.

Elle pria pour ne pas avoir à l'utiliser, mais il y avait presque une heure de trajet jusqu'à San Antonio, et de nombreux incidents pouvaient survenir en cours de route. Avec un peu de chance, il ne faudrait peut-être pas longtemps à Ian pour les rejoindre. Bien sûr, quelqu'un pourrait les attaquer pendant qu'il serait avec eux, mais alors ils disposeraient d'une arme supplémentaire si les choses tournaient mal.

— Non, j'ignore où elle est allée, entendit-elle Rachel

répondre. Je vous l'ai déjà dit une dizaine de fois ! Débrouillez-vous, mais trouvez-la !

Rachel émit ce qui ressemblait à un sanglot avant de reprendre la ligne.

— Court, je ne sais pas où elle est. Ils pensent que je l'ai aidée à s'échapper, mais je ne ferais pas cela !

— Je te crois. Dis-moi ce qui s'est passé.

— Je n'en suis pas sûre.

Elle laissa à nouveau échapper un sanglot.

— J'étais à la cafétéria, occupée à passer des appels. Quand je suis retournée dans sa chambre, maman n'y était plus.

— Mais tu as dit que quelqu'un l'avait enlevée.

— J'en suis convaincue. Je n'aurais jamais dû la laisser seule.

— Tu la pensais en sécurité. Tu n'as rien fait de mal, reprit-il en s'efforçant de parler calmement. Et qu'en est-il du Ranger ? Qui est-il et comment a-t-on réussi à déjouer sa surveillance ?

Sa voix s'était faite plus dure pour poser ces deux questions.

Il fallut un moment à Rachel pour répondre.

— Le Ranger se nomme Marcus Owen. Il a expliqué qu'un homme habillé en infirmier est passé devant lui et l'a agressé avec un Taser. Une fois qu'il est tombé au sol, son agresseur s'est servi d'une bombe lacrymogène.

En entendant cela, Rayna sentit son estomac se nouer. Les souvenirs de sa propre agression affluèrent à sa mémoire ; l'homme qui s'en était pris à elle avait également utilisé un Taser.

— La chambre de maman est un chantier, comme s'il y avait eu lutte, précisa Rachel. Des objets sont tombés de la table de chevet. Ses affaires sont toujours là ; donc, je ne pense pas que le vol ait été le mobile.

Rayna ne le pensait pas non plus.

— Et le Ranger ? Il a vu le visage de l'homme qui l'a agressé avec le Taser ?

— Je ne pense pas. Il tousse encore à cause du gaz

lacrymogène. Il se rappellera sans doute plus de choses une fois qu'il aura les idées plus claires.

Court jura.

— Et pour ce qui est des caméras de sécurité ? Il devrait y en avoir partout.

— C'est le cas, et quelqu'un essaye de se procurer les enregistrements. Ceux du parking, aussi.

C'était un début mais, même s'ils parvenaient à identifier l'individu, cela ne voulait pas dire qu'ils pourraient l'arrêter. Il était possible qu'il ait déjà emmené Helen hors de l'hôpital. De plus, comme elle était sous sédatifs, elle risquait de s'avérer incapable de trouver le moyen de lui échapper. Et, même si elle réussissait à surmonter l'effet de la sédation, son agresseur utiliserait probablement le Taser ou la bombe lacrymogène pour la maîtriser.

— Maman a forcément dû appeler à l'aide ou se débattre, ajouta Court. Il est inconcevable qu'elle ait tout bonnement laissé un inconnu l'emmener.

— Je suis d'accord. C'est pour cette raison, je pense, que la chambre est dans un tel désordre. Oh ! mon Dieu ! Court, tu ne penses tout de même pas qu'il lui a fait du mal ?

— Non, répondit-il aussitôt.

Cependant, à en juger par la soudaine crispation de sa mâchoire et de ses mains sur le volant, il avait pensé à la même chose.

— La personne qui l'a enlevée veut probablement se servir d'elle pour faire pression sur vous, suggéra Rayna. Ce qui implique qu'elle ne lui fera pas de mal.

— Faire pression dans quel but ? demanda Rachel.

— Je ne saurais dire, prétendit Rayna.

En réalité, elle soupçonnait fort que cela avait un lien avec Warren, Court ou elle.

— As-tu informé papa de ce qui se passe ? intervint Court.

— J'ai appelé ses gardes. Je voulais m'assurer qu'il n'avait pas été lui aussi enlevé, mais il va bien. J'ai demandé aux gardes de veiller à ce que ça continue.

— Merci d'avoir fait ça, lui dit Court. La police locale recherche-t-elle l'homme qui a enlevé maman ?

— Je pense. Dans le cas contraire, Egan s'en assurera dès qu'il sera là. Dans combien de temps pourras-tu venir ?

— Je suis en route. Quoi que tu fasses, ne quitte pas l'hôpital et ne te lance pas à la recherche de maman. Ne bouge pas jusqu'à ce qu'Egan et moi arrivions et que nous puissions décider de la marche à suivre. Ne t'inquiète pas, nous ramènerons maman.

Rayna savait que Court ferait tout pour qu'il en soit ainsi, mais cela dépassait peut-être ses compétences. Elle n'avait pas voulu en faire mention quand Rachel était en ligne mais, dès l'instant où il raccrocha, elle lui fit part de ses craintes.

— Ça pourrait se transformer en demande de rançon.

Il hocha la tête.

— Soit pour nous ou pour papa.

Il laissa échapper un juron et reprit, tout en continuant à surveiller les alentours :

— Il y a une autre chose à prendre en considération. Nous ne sommes pas sûrs que le corps calciné soit celui de Bobby Joe. Il pourrait donc être à l'origine de tout ça.

— En effet, reconnut-elle. Mais ça n'explique pas l'enregistrement trouvé à l'hôtel.

Ça l'ennuyait vraiment, mais Rayna devait se forcer à envisager l'éventualité que Bobby Joe puisse être innocent de tout cela.

— L'enregistrement pourrait avoir été fait il y a des années, et quelqu'un pourrait à présent l'utiliser pour piéger Bobby Joe.

— J'en conviens, répondit Court au bout d'un moment. Étant donné que quelqu'un s'est servi de Hallie pour tenter de te piéger puis l'a assassinée, cette personne aurait pu en faire autant avec Bobby Joe.

Elle détestait Bobby Joe pour ce qu'il lui avait fait, mais

il ne méritait pas d'être assassiné. Si toutefois c'était ce qui s'était produit. Il était tout à fait possible que le corps dans la voiture ne soit pas le sien. Peut-être s'agissait-il de celui d'une autre personne que ce meurtrier inconnu avait éliminée pour se débarrasser d'un témoin gênant.

— Appelle Ian afin que nous sachions où il est.

Rayna s'exécuta, mit l'appel sur haut-parleur et tint le téléphone pour que Court puisse parler à son collègue qui répondit à la première sonnerie.

— Nous sommes à huit kilomètres environ de la sortie de l'autoroute, annonça Court d'un ton brusque.

— Je suis moi aussi en route. Je devrais arriver dans quelques minutes à peine. Je vais vous devancer. J'attendrai.

— Bien.

Court ouvrit la bouche pour ajouter quelque chose, puis s'interrompit.

— Nom de Dieu ! s'exclama-t-il.

Il enfonça la pédale de frein, mais trop tard.

Il fallut quelques secondes à Rayna pour comprendre pourquoi il avait fait ça. Quelqu'un avait déployé une herse en travers de la route. C'était ce que faisaient les policiers pour barrer le passage aux fuyards.

Court ne put éviter l'obstacle, dont les pointes déchiquetèrent les pneus.

Les mains crispées sur le volant, il dirigea la voiture vers le bas-côté, s'arrêta et dégaina son arme. Rayna brandissait déjà la sienne et scrutait les environs, s'efforçant de découvrir qui leur avait tendu ce piège.

— Que s'est-il passé ? demanda Ian à l'autre bout de la ligne.

— Une herse. Viens dans notre direction, mais approche-toi avec prudence. Je parie que la personne qui l'a mise là est toujours dans les parages.

Rayna inspira vivement. Bien sûr, elle le savait déjà, mais

c'était probablement déstabilisant de l'entendre le formuler à voix haute.

— J'arrive aussi vite que possible, lui assura Ian.

Court mit fin à l'appel et fourra le téléphone dans sa poche. Ainsi, il serait prêt lorsque Ian arriverait. Il voulait que rien ne le ralentisse quand il ferait passer Rayna de sa voiture à celle de son collègue.

— Tu vois quelque chose ? demanda-t-elle.

Sa voix tremblait, mais il dut reconnaître qu'elle paraissait plus forte qu'il ne s'y serait attendu.

— Non, répondit-il.

Il était difficile de distinguer quoi que ce soit. Il n'y avait qu'un croissant de lune, et les phares leur permettaient seulement de voir droit devant. Au-delà régnait une profonde obscurité. Le fait qu'ils soient cernés par des fossés ainsi que de nombreux arbres et pâtures n'arrangeait rien. Ils offraient une cible idéale. Il serait facile pour quelqu'un de s'y cacher pour attendre de les attaquer.

— Il est impossible que la personne qui a enlevé ma mère puisse déjà être ici, dit Court.

C'était plus à lui-même qu'il parlait qu'à Rayna. Mais il se pouvait que l'homme qui les avait agressés auparavant ne soit pas à l'origine de ceci. Enfin, si c'était lui qui avait enlevé Helen...

— Ça pourrait être un autre homme de main, murmura Rayna.

Oui. Un autre tueur à gages qui se délectait de les voir se tourmenter. Maintenant que leur voiture était inutilisable, pourquoi ne lançait-il pas l'assaut ? Pourquoi attendre alors qu'il ou elle devait se douter que des renforts étaient en chemin ?

Le téléphone de Court sonna à nouveau et il jeta un coup d'œil à l'écran. Rachel. Il se demandait s'il allait ou non répondre quand il aperçut quelque chose. Un mouvement furtif sur leur droite, du côté passager.

Il y avait quelqu'un dans la pâture.

— Baisse-toi ! ordonna-t-il à Rayna.

— Tu as besoin que je surveille, répliqua-t-elle.

Ça l'ennuya, mais elle avait raison. Et avoir besoin de son aide pour se sortir de là l'ennuya plus encore.

Comme lui, elle regardait en direction de la pâture, mais il ne voyait plus rien bouger de ce côté. Il continua à surveiller. Pas seulement là, mais aussi autour d'eux, pour le cas où il y aurait plusieurs personnes embusquées.

— Là ! fit soudain Rayna en désignant la route, vers l'avant. Je crois que quelqu'un vient de sauter dans ce fossé.

Il n'avait rien vu, mais c'était possible, d'autant que les phares n'étaient pas braqués sur le fossé. Il démarra, conscient qu'il n'irait pas loin, mais il voulait déplacer la voiture juste assez pour éclairer cette zone spécifique.

Bingo !

Il vit alors un mouvement. Qui que ce soit, quelqu'un se trouvait effectivement dans le fossé.

— Je pourrais baisser assez ma vitre pour essayer de tirer, suggéra Rayna.

Il secoua la tête avant même qu'elle ait fini de parler.

— Aucune chance. Contente-toi de surveiller sur le côté et derrière nous.

Ainsi, il pourrait se charger de cette vermine.

Les vitres étaient à l'épreuve des balles, ce qui était à la fois une bonne et une mauvaise chose. La personne dans le fossé ne pourrait pas les atteindre d'un seul tir. Elle devrait d'abord réussir à transpercer le verre blindé, mais cela ne facilitait pas non plus la tâche pour Court.

Malgré le risque que cela représentait, il baissa sa vitre de quelques centimètres et visa par l'étroit espace, le doigt sur la détente.

Son attention rivée sur l'endroit où il avait vu bouger pour la dernière fois, il attendit. Il doutait qu'il puisse s'agir d'un chasseur ou de quelqu'un sorti faire une balade nocturne.

Non, c'était la personne qui avait posé la herse. Celle qui voulait probablement leur mort.

Quelques secondes s'écoulèrent, puis il perçut une odeur suspecte.

De l'essence.

Rayna la sentit manifestement, elle aussi, car elle tourna vivement la tête dans sa direction.

— Il se peut que ça vienne de la voiture, lui dit-il.

Bien que les probabilités soient minces, il se pouvait que la herse ait percé le réservoir d'essence. Il se raccrocha donc à cet espoir.

Son téléphone sonna ; c'était à nouveau Rachel. Le moment était malvenu, mais il décrocha et mit le haut-parleur.

— Nous avons reçu un appel, annonça Rachel dès qu'il répondit. Seigneur, Court, ça va vraiment mal !

Sa gorge se noua tellement qu'il lui fut difficile de respirer.

— Est-ce que maman va bien ?

— Je n'en sais rien ! L'appelant a dit qu'il l'échangerait contre Rayna.

Cela n'apaisa pas sa tension.

— Je veux qu'on remonte la piste de cet appel.

— Le Ranger Owen s'y efforce en ce moment même.

Sa sœur paraissait encore plus désespérée qu'elle ne l'avait été plus tôt.

— Le kidnappeur a dit qu'il tuerait maman si nous ne lui livrons pas Rayna dans les trente minutes.

— Je ne peux pas arriver aussi vite, intervint Rayna.

Court comprit qu'elle avait réellement l'intention de se rendre au ravisseur pour sauver sa mère.

— Il n'y a aucune garantie que le kidnappeur vous laisse la vie sauve à ma mère ou à toi, lui fit-il remarquer.

— Nous devons essayer ! Quelqu'un a rendu inutilisable la voiture de Court, ajouta-t-elle d'une voix plus forte à l'adresse de Rachel. Mais, dès que Ian sera ici, je pourrai aller à San Antonio. Dis-le au kidnappeur quand il rappellera.

Elle regarda Court.

— Nous devons tenter de sauver ta mère.

Il s'apprêtait à argumenter quand il vit des phares devant eux. Puis un message de Ian arriva sur son téléphone.

— Rachel, je vais devoir te rappeler.

Il afficha le message.

Quelque chose à signaler ?

Court répondit :

Quelqu'un dans le fossé, à ta gauche.

Étant donné que son collègue était beaucoup plus près qu'eux de cette section du fossé, il devrait voir la personne.

Au moment où cette pensée lui traversait l'esprit, il y eut un autre mouvement furtif.

Il entendit alors un *vlouf !* tandis qu'un mur de flammes se dressait juste devant eux.

16

Depuis le moment où la voiture de police avait rencontré la herse, ils étaient en danger, Rayna en avait pleinement conscience. Et le danger venait d'empirer.

— Je ne peux pas nous emmener bien loin à cause des pneus à plat, grommela Court entre ses dents avant de jurer.

Si le feu se propageait dans leur direction, ils n'auraient d'autre choix que de sortir de la voiture pour s'enfuir. Ce qui rendrait sans nul doute plus aisé le fait de les abattre.

Enfin, si la fumée et les flammes ne les rattrapaient pas d'abord.

Ils se rendirent vite compte que la fumée venait vers eux, rendant la visibilité encore plus difficile.

Le téléphone de Court se mit à sonner. Il répondit sans quitter les alentours des yeux.

— Je vais essayer de rouler à travers les flammes pour arriver jusqu'à vous, dit Ian. Peut-être vous dissimuleront-elles assez pour que vous puissiez sauter dans ma voiture.

Court ne sembla pas très optimiste à ce sujet et Rayna ne le fut pas davantage. Tout espoir disparut d'ailleurs quand ils entendirent un coup de feu. Comme aucun impact ne toucha leur voiture, ils comprirent que c'était celle de Ian que l'on visait. Quelques instants plus tard, un autre son succéda au coup de feu.

Le sifflement de nouvelles flammes qui s'élevèrent entre Ian et eux.

À côté d'eux également. Le fossé du côté du conducteur s'embrasa, lui aussi.

Il y avait à présent deux nouveaux murs de flammes et de fumée, plus hauts encore que le premier. Les traverser serait trop dangereux pour Ian parce que, s'il se retrouvait piégé, cela pourrait faire exploser son réservoir.

Court jura à nouveau et se mit à tousser.

L'auteur de l'embuscade avait dû verser plus que de l'essence sur la route. Il devait y avoir ajouté un accélérant, et sans doute des dispositifs de mise à feu. Ceux-ci devaient probablement avoir été actionnés à distance, car Rayna ne vit personne d'assez proche pour allumer le feu manuellement. Mais la personne en question devait être à proximité, en train de les épier.

Elle n'eut pas à s'interroger longtemps sur sa position.

Il n'y avait qu'un passage, sur sa droite, qui n'était pas la proie des flammes. C'était certainement là que leur assaillant voulait qu'ils aillent, là qu'il devait les attendre.

La fumée commença à l'asphyxier et à lui brûler les yeux. C'était aussi exactement ce qu'il avait prévu. Ils ne pourraient pas rester sur place beaucoup plus longtemps.

— J'ai appelé les pompiers, dit Ian.

Sa voix trahissait de la frustration et de la peur. Il toussait aussi à cause de la fumée.

— Quand ils arriveront, ils pourront sans doute s'approcher assez pour éteindre les flammes.

C'était peu probable, car ils ne pourraient pas approcher s'il y avait des coups de feu.

Et cela impliquait que Court, Ian et elle devaient trouver le moyen de débusquer l'incendiaire et de le neutraliser. Si le feu franchissait la route et le fossé, il pourrait commencer à incendier les pâtures et les ranchs voisins. Bien sûr, ce danger ne semblait pas aussi pressant que celui qui les menaçait directement.

— Tu peux rouler en marche arrière ? demanda Court à Ian.

— Oui, mais il vaudrait mieux que je m'approche de Rayna et toi. Je peux peut-être vous aider.

— C'est trop dangereux. Mets de la distance entre le feu et toi.

— Je vais essayer. Attends, j'ai un autre appel, dit Ian.

Court aussi. C'était à nouveau Rachel et Rayna vit qu'il hésitait à répondre. Il voulait probablement éviter de faire part de leur situation à sa sœur. Rachel était déjà assez perturbée par celle de leur mère et cette information ne l'aiderait pas. Il appuya néanmoins sur la touche de prise d'appel et mit le haut-parleur comme il l'avait fait avec Ian, tout en restant aux aguets.

— Où es-tu ? lui demanda-t-elle aussitôt.

Il hésita un instant, cherchant manifestement comment formuler cela.

— Rayna, Ian et moi sommes piégés sur la route. Quelqu'un a allumé des incendies. Je ne vais donc pas pouvoir te rejoindre tout de suite.

Un sanglot étouffé échappa à Rachel.

— Tu vas bien ?

Il n'essaya même pas de mentir.

— Non. Si le kidnappeur rappelle, négocie pour obtenir un délai concernant maman. Je te rappellerai quand je le pourrai.

Il mit fin à l'appel au moment même où une autre vague de fumée les assaillait. Il était à présent impossible de distinguer quoi que ce soit, et même si les flammes n'avançaient pas sur eux il faisait de plus en plus chaud dans la voiture.

— Nous ne pouvons pas rester ici.

Court regarda Rayna droit dans les yeux en prononçant ces mots et elle lut dans son regard les excuses qu'elle espéra ne pas l'entendre formuler.

Parce que ce n'était pas sa faute.

C'était la faute de cette vermine, là-dehors, qui avait orchestré tout ça. Elle espéra seulement qu'elle en apprendrait la raison. Mais, plus encore, elle voulait que tout cela cesse une bonne fois pour toutes.

— Que veux-tu que je fasse ? demanda-t-elle avant qu'il puisse ajouter un : « Je suis désolé. »

— Mets ton téléphone dans ta poche pour éviter de le perdre et change de place avec moi, dit-il entre deux quintes de toux.

Il inclina la tête en direction du fossé situé du côté passager.

— Je vais sortir le premier. Tu me suivras immédiatement. Nous nous mettrons à couvert et nous tenterons d'abattre ce type avant qu'il ne nous abatte.

C'était un plan assez simple, et il était possible qu'ils aient de la chance. « Possible ». Cependant, de nombreuses choses risquaient de mal tourner. Vu l'épaisseur de la fumée, si leur assaillant les attendait déjà de l'autre côté de la portière, ils ne le sauraient que lorsqu'il serait trop tard.

Court envoya un message à Ian, sans doute pour l'informer de ce qu'ils étaient sur le point de faire. Peut-être Ian serait-il en mesure de les aider, quoique, à ce stade, le shérif adjoint ait surtout besoin de trouver le moyen de sortir sain et sauf de ce brasier.

Rayna recula autant que possible son siège afin de laisser à Court de l'espace pour manœuvrer. Ce n'était pas aisé, maintenant qu'ils toussaient sans relâche. De plus, elle se sentait près de céder à la panique. Avec la chaleur qui augmentait et l'adrénaline, elle avait du mal à respirer. Il lui fut plus difficile encore de reprendre sa respiration quand Court lui effleura les lèvres d'un baiser fugace.

— Fais attention à toi, dit-il.

Elle lui dit la même chose et pria pour que Ian et eux s'en sortent sains et saufs.

Court ouvrit la portière et ils furent aussitôt confrontés à une nouvelle vague de fumée. Il n'y eut toutefois pas de tirs ; peut-être la visibilité était-elle aussi mauvaise pour le tireur.

Utilisant la portière pour se mettre à couvert, Court sortit et, tout en restant accroupi, s'approcha prudemment du fossé. Il regarda autour de lui, mais elle vit, à la manière dont il clignait les paupières, que la fumée lui piquait les yeux.

— Allons-y, maintenant, murmura-t-il.

Il lui saisit le poignet et l'entraîna hors de la voiture. Dans le même temps, il s'élança en direction du fossé.

Un coup de feu claqua.

Court poussa Rayna dans le fossé aussi vite qu'il le put.

La balle se logea dans le sol, faisant voler la terre et lui en envoyant dans les yeux. Il avait déjà assez de mal à voir pour n'avoir pas besoin de ça en plus. Et son cœur battait tellement vite qu'il avait l'impression que ses côtes allaient se briser. Cela parce qu'il n'était pas sûr que la balle n'ait pas ricoché et atteint Rayna, qui pourrait être blessée.

Elle émit un bref cri de douleur alors qu'il venait de plonger avec elle dans le fossé. Les dernières pluies avaient ameubli la terre, et cela aida à amortir un peu leur chute. Néanmoins, l'atterrissage fut rude.

— Je vais bien, dit Rayna.

Sa voix n'en donnait pas l'impression.

— Je me suis seulement cogné la tête.

Ce n'était pas une bonne chose, étant donné qu'elle y avait déjà une blessure, mais c'était toujours mieux que si elle avait reçu une balle. Ils auraient pu être tués. Bon sang ! Comment avait-il permis qu'ils en arrivent là ?

Parce qu'il était stupide, voilà comment.

Il avait laissé la nouvelle de la disparition de sa mère lui obscurcir l'esprit et, maintenant, Rayna risquait de payer cette erreur.

Ignorant où se trouvait le tireur, il ajusta sa position de façon qu'elle soit adossée d'un côté au fossé et se plaça devant elle, face à la pâture. Leur position, au ras du sol, les aidait à supporter la fumée et, par chance, le vent, qui semblait avoir tourné, commençait à la dissiper un peu. Ce changement était le bienvenu, car ils avaient besoin de pouvoir reprendre leur souffle pour le cas où ils devraient se mettre à courir.

Court tenta de percer du regard la fumée et l'obscurité afin de repérer leur assaillant. Rien. Il n'y avait plus eu de coup de feu. Pas de quoi se réjouir toutefois, car il était peu probable que leur agresseur soit tout simplement parti. Il était plus probablement en train de se rapprocher et de chercher à se positionner pour les abattre.

Son téléphone vibra, annonçant l'arrivée d'un message. C'était Ian à nouveau. Mais Court ne répondit pas. Il ne voulait pas se laisser distraire, ne serait-ce qu'un instant ; il le passa donc à Rayna pour qu'elle puisse le lui lire.

— Ian dit qu'il va essayer de remonter la route en marche arrière et de trouver un accès à la pâture où nous nous trouvons, chuchota-t-elle.

C'était plus que dangereux mais, à ce stade, tout ce qu'ils faisaient l'était. Si Court avait été seul, il aurait dit à Ian de se mettre en lieu sûr mais, comme Rayna était impliquée, il était prêt à accepter toute l'aide qu'il pourrait recevoir.

Non loin d'eux, le feu crépitait et sifflait, sans paraître faiblir. Les flammes pouvaient encore atteindre le réservoir de la voiture. S'il explosait, Rayna et lui étaient encore assez près pour être blessés ou tués.

— Nous devons bouger, dit-il en parlant le plus bas possible.

Et il n'y avait qu'une direction dans laquelle le faire. Il était regrettable que cela implique de s'éloigner de Ian, mais il devait écarter Rayna de l'incendie.

— Reste derrière moi et essaye d'ouvrir l'œil, ajouta-t-il.

Elle hocha la tête et il sentit la tension qui l'habitait, son souffle trop rapide sur sa nuque. Étant policier, il affronterait le danger, mais Rayna n'aurait pas dû avoir à endurer cela. Malheureusement, ils n'avaient pas le choix.

Restant devant elle, il l'entraîna vers la droite. Pas à pas. Ils avançaient très lentement, car ils devaient rester accroupis. Ils avaient parcouru moins d'un mètre lorsque Court vit quelque chose.

Une personne surgit de derrière un arbre à peu de distance, juste devant eux.

À cause de la fumée, il ne put distinguer s'il s'agissait d'un homme ou d'une femme, mais il vit nettement l'arme que l'individu brandissait. Un fusil.

Un instant plus tard, une détonation retentit et une balle se logea dans le fossé. Si Rayna et lui ne s'étaient pas vivement baissés, elle les aurait atteints. Il s'en était vraiment fallu de peu.

Et ce ne fut pas un tir isolé. Une deuxième balle arriva. Puis une troisième. Toutes firent voler la terre juste au-dessus d'eux. Court n'eut d'autre choix que de plaquer à nouveau Rayna au sol, ce qui impliqua qu'il perdit de vue le tireur.

Il entendit derrière eux un sifflement et, presque aussitôt, de nouvelles flammes s'élevèrent dans les airs. Ce feu était plus imposant encore que les autres et il surgit juste à la droite du fossé. Si le sol s'affaissait plus encore sous l'effet des tirs, les flammes pourraient venir jusqu'à eux.

— Combien de munitions as-tu ? demanda Rayna.

Ce n'était pas une question qu'il avait particulièrement envie d'entendre, car elle lui donnait à penser que Rayna songeait à faire quelque chose qu'il n'apprécierait pas.

— Deux chargeurs, plus ce qu'il y a dans mon arme, répondit-il. Pourquoi ?

— Parce qu'il ne faut pas rester ici. Si nous pouvons immobiliser ce type, nous pourrons avancer dans le fossé et nous éloigner du feu.

Elle avait indubitablement raison, mais il était hors de question qu'il la laisse s'exposer pour riposter. Il eut cependant une idée.

Risquée.

Mais elle ne pourrait fonctionner qu'avec un seul tireur. Si leur agresseur avait un ou des complices, les choses iraient sans doute de mal en pis.

Ce n'était toutefois pas comme s'ils disposaient de nombreuses options et celles-ci se firent plus rares encore lorsque leur assaillant se remit à tirer dans leur direction. Chaque balle s'enfonçait dans cette terre qui menaçait de les enfouir dans les flammes.

Court fit un signe de tête vers la droite.

— Reste baissée, mais avance aussi vite que tu peux, dit-il à Rayna.

Il ne vit pas son expression, mais la sentit se tendre plus encore, chose qu'il n'aurait pas crue possible.

— Que vas-tu faire ?

À présent, sa voix tremblait.

— Je serai juste derrière toi.

Du moins le serait-il une fois certain d'avoir suffisamment immobilisé le tireur pour ce faire. Dans l'immédiat, son seul objectif était d'éloigner autant que possible Rayna de cet incendie.

Il douta qu'elle ait cru la partie « juste derrière toi », mais elle passa devant lui.

— Fais attention à toi, murmura-t-elle.

Il hocha la tête et lui recommanda la même chose.

— Vas-y, lui ordonna-t-il ensuite.

Il se redressa, levant la tête et son arme assez haut pour tirer, au jugé, dans la direction où il avait repéré leur assaillant.

Celui-ci riposta.

Court se baissa et, du coin de l'œil, vit Rayna qui faisait exactement ce qu'il attendait d'elle. Elle courait le long du fossé, pratiquement à quatre pattes, s'éloignant de lui. Elle était d'ailleurs presque assez loin ; il se mit donc à nouveau à découvert et il tira un autre coup de feu.

C'est alors qu'il entrevit le tireur qui fonçait vers un arbre derrière lequel il disparut. Malheureusement, il y avait beaucoup d'arbres et de fourrés à proximité, ce qui empêcha Court de déterminer de quel côté il irait ensuite. Des lumières vives apparurent brièvement sur sa gauche et il tourna son arme dans cette direction. Il ne pensa toutefois pas que c'était un agresseur, mais songea que ce pouvait être Ian et que, peut-être, il verrait les phares de la voiture de police qui étaient restés allumés.

Il jeta un coup d'œil pour voir où en était Rayna. Elle continuait d'avancer, toujours baissée. Quant au tireur, il n'avait pas bougé. Il tira un coup de feu dans la direction où il l'avait aperçu pour la dernière fois, mais l'autre ne riposta pas.

Il douta que l'homme ait disparu, quoique la lueur des phares ait pu l'amener à éviter de s'exposer pour tirer.

La lumière se rapprocha ; c'était bien Ian. Peut-être son collègue serait-il en mesure de les aider. Mais à peine cet espoir se fut-il formé dans son esprit qu'il y eut un nouveau sifflement.

Beaucoup plus bruyant que les autres. Des flammes jaillirent. Pas seulement sur la route, cette fois.

Mais à l'intérieur du fossé.

Une barrière de feu s'érigea entre Rayna et lui. Et les flammes venaient droit sur lui.

17

— Attention ! lança Rayna à Court.

Mais c'était trop tard.

Elle avait vu le nouvel éclat lumineux, mais n'avait pas été capable de prévenir Court à temps pour qu'il évite le tir. Elle se retourna pour se ruer vers lui et se rendit alors compte qu'elle ne le pouvait pas.

Parce que le rideau de feu avançait aussi dans sa direction.

La personne qui avait allumé ce dernier feu projetait manifestement de les faire brûler vifs, Court et elle, dans le fossé. Eh bien, elle n'avait pas l'intention de mourir et elle voulait s'assurer que ça n'arriverait pas non plus à Court.

Comme elle ne pouvait pas progresser très vite à quatre pattes, elle se redressa et se mit à courir. Elle détestait devoir s'éloigner de Court, mais peut-être parviendrait-elle à gagner la pâture et à revenir ensuite vers lui. Elle espéra qu'il en faisait autant, car elle ne voulait pas qu'il reste à proximité du feu. Bien sûr, la pâture n'était pas non plus précisément un lieu sûr.

Le feu cessa enfin d'avancer derrière elle. Probablement parce qu'il n'y avait plus d'accélérant pour l'alimenter. Elle s'arrêta et se baissa à nouveau dans le fossé. Assez pour être à couvert, mais de façon à tout de même pouvoir repérer le tireur.

Rien.

La fumée et l'obscurité agissaient tel un épais rideau

étouffant, la cernant de toutes parts. Si quelqu'un tentait de la surprendre, non seulement elle ne le verrait pas, mais le ronflement des flammes pourrait masquer le bruit de ses pas. Ce fut pourquoi elle continua de faire face à la pâture. Si l'agresseur s'en prenait à elle, il viendrait probablement de cette direction.

Elle vit la lueur des phares de la voiture de Ian sur sa gauche, mais elle ignorait totalement où se trouvait le shérif adjoint. Peut-être Court réussirait-il à le rejoindre et pourraient-ils utiliser sa voiture pour venir la chercher. Au moins, alors, seraient-ils à l'abri des tirs.

Un message arriva sur son téléphone et, même si cela impliquait de quitter la pâture des yeux, elle regarda l'écran, car ça pouvait être important.

Ça l'était. Court lui écrivait :

Éloigne-toi autant que possible du feu. Je te rejoins bientôt.

En dépit de leur situation désespérée, elle sentit le soulagement l'envahir. Court allait bien. Pour l'instant, du moins. Elle pria pour que cela continue, mais ça ne dura pas.

Une détonation retentit.

La balle n'était pas tirée dans sa direction, mais plutôt dans celle où se trouvait Court. Elle douta que ce soit Ian ou lui qui l'ait tirée. Cela semblait plutôt provenir du secteur des arbres.

Il y eut un autre coup de feu.

Puis encore un.

Elle se recroquevilla dans le fossé mais, au quatrième tir, elle fut davantage en mesure de localiser le tireur. Celui-ci s'éloignait de Court et venait dans sa direction. Étant donné que la rangée d'arbres s'étendait presque jusqu'au fossé, elle devait surveiller non seulement face à elle, mais aussi sur le côté.

Elle entendit, au loin, des sirènes. Les pompiers, probablement. Ils ne pourraient pas l'aider, mais au moins seraient-ils assez près pour éteindre les feux une fois que le tireur ne serait plus une menace. Dieu seul savait quand cela arriverait.

Son téléphone sonna à nouveau. Le message n'émanait pas cette fois de Court, mais de Ian ; il lui causa un choc.

Court a été touché.

Elle se retint de hurler et de se précipiter hors du fossé pour aller le retrouver. C'était exactement ce que le tireur espérait, et il l'abattrait alors. Tandis qu'elle se contraignait à ne pas bouger, elle ne put réprimer le gémissement étranglé qui monta de sa gorge.

Non ! Ça ne devait pas se passer ainsi !

Il fallait qu'elle trouve le moyen de le rejoindre, de l'aider. Mais elle ne pouvait pas s'élancer purement et simplement dans la pâture. Elle s'astreignit à réfléchir, à respirer, afin de trouver une solution. C'était difficile avec les scénarios catastrophe qui défilaient dans sa tête. Soudain, elle prit conscience d'une chose.

Elle était amoureuse de Court.

C'était la raison pour laquelle elle réagissait de cette manière. La raison pour laquelle l'idée de le perdre lui semblait intolérable.

Peut-être une part d'elle n'avait-elle jamais cessé de l'aimer, mais il avait fallu des circonstances telles que celles-ci pour le lui faire constater. Et voilà qu'elle risquait de ne même pas avoir l'occasion de lui dire ce qu'elle éprouvait. Elle répondit au message de Ian.

C'est grave ?

Il était inconcevable pour elle de demander si Court était mort. Elle refusait d'envisager cette éventualité.

Les secondes s'égrenèrent, se transformant en ce qui lui parut une éternité. Tout à coup, elle eut l'impression que ses jambes ne supportaient plus son poids. Elle s'accroupit pour s'appuyer contre la paroi du fossé et patienta. Bien qu'elle s'y attendît, la sonnerie de son téléphone la fit sursauter.

Il dit que ce n'est pas grave, juste une blessure superficielle. Il va s'en sortir.

Elle ignorait totalement si c'était vrai ou si Court tentait seulement de l'empêcher de paniquer. Si tel était le cas, ça ne fonctionnait pas.

Vous pouvez le faire monter dans votre voiture ?

La réponse ne se fit pas attendre.

Non. On a tenté de la rejoindre. C'est comme ça qu'il a été touché. Mais il veut que j'essaye de venir vous retrouver.

Ça ne l'étonna pas. Elle refusa en inventant un demi-mensonge.

Je suis en sécurité là où je me trouve.

Elle ne voulait surtout pas que Ian laisse Court seul alors qu'il n'était peut-être pas en mesure de se défendre.

Au bout d'un moment, Ian ajouta :

Thea et John seront bientôt là.

Bien. Deux policiers supplémentaires pourraient aider à mettre un terme à tout ça. Quoique eux non plus ne pourraient peut-être pas approcher à cause du feu.

Elle mit son téléphone dans sa poche pour se libérer les mains et balaya à nouveau la pâture du regard. Il n'y avait plus de coups de feu, et elle n'aperçut personne. Cela ne signifiait pas qu'il n'y avait personne, mais pour l'instant leur assaillant demeurait caché.

Cela la surprit.

Elle aurait pensé que leur agresseur voudrait prendre les devants et finir ce qu'il avait commencé, car il devait bien se douter que des renforts étaient en chemin. Peut-être l'homme avait-il renoncé et s'était-il enfui ? Même si elle souhaitait attraper cette vermine, sa priorité était d'aider Court.

Lorsqu'une minute de plus se fut écoulée sans autre détonation, Rayna estima que c'était le moment ou jamais de rejoindre Court. Puisqu'elle ne pouvait prendre le risque de s'aventurer dans la pâture devant elle, elle devait suivre un autre itinéraire. Elle pourrait se ruer dans celle qui se trouvait de l'autre côté de la route en contournant le feu jusqu'à ce qu'elle trouve une percée pour revenir.

Son arme à la main, elle regarda, par-dessus son épaule, la route derrière elle. La seule chose qu'elle vit fut une épaisse fumée et elle sut que, dès l'instant où elle y entrerait, elle se mettrait à tousser, ce qui la ralentirait. Elle prit donc une profonde inspiration et se retourna pour s'extraire du fossé.

Mais elle n'alla pas plus loin.

Quelqu'un portant un masque à gaz émergea de cette fumée, et ce quelqu'un avait un Taser. Avant qu'elle ait pu faire un mouvement ou émettre un son, on le lui appliqua dans le cou.

Le choc lui parcourut le corps. La douleur aussi et, bien qu'elle entendît un message arriver sur son téléphone, elle ne put rien y faire.

Elle retomba dans le fossé.

— Rayna n'a pas répondu, dit Ian.

Court sut que c'était de mauvais augure. En particulier parce qu'elle avait répondu aux autres SMS. Et celui-ci avait été important, puisqu'il lui ordonnait de ne pas bouger.

Où pouvait-elle être ? Et pourquoi n'avait-elle pas répondu ?

Il grimaça et ravala un juron. Il sentait le sang pulser dans son bras. Il sentait la douleur aussi, là où la balle l'avait touché. L'entaille n'était pas profonde, mais il lui faudrait des points de suture. Quand tout serait terminé. Pour l'instant, il avait seulement besoin de retrouver Rayna.

Tout en lui l'exhortait à la retrouver. Parce qu'il savait qu'il y avait un problème.

Ian avait envoyé ce premier message avant qu'il puisse l'en empêcher et, maintenant, elle savait qu'il avait été touché. Bien que Ian lui ait garanti que c'était sans gravité, elle pensait probablement qu'il se mourait et tenterait de l'aider. Cela la mettrait en danger. Contrairement à lui, elle n'avait personne pour assurer ses arrières. Bon sang ! Il n'était même pas certain qu'elle sache comment se défendre si la situation l'exigeait.

— Tu sais que tu ne devrais pas faire ça, l'avertit Ian quand il se hissa hors du fossé.

Oui, il le savait, mais ça ne l'arrêta pas. Rien ne l'arrêterait.

— Tu devrais attendre ici, dit-il à Ian, tout en sachant que c'était peine perdue.

C'était risqué, mais Ian ne le laisserait pas s'aventurer seul au-dehors.

Chose que lui avait permis qu'il arrive à Rayna. Il maudit le feu qui avait surgi entre eux. Il maudit aussi leur assaillant pour les avoir mis dans cette situation. Mais, dans l'immédiat, il se contenta de prier pour parvenir à temps jusqu'à elle et mettre un terme à ce qui se tramait.

Tant bien que mal, il arriva à s'extraire du fossé profond et atterrit sur l'herbe de la pâture. Il fut aussitôt confronté à une vague de fumée. Il n'eut d'autre choix que de tousser, ce qui le fit souffrir plus encore de son bras. Ignorant à la fois la douleur et la toux, il se mit à avancer. Il resta baissé autant qu'il le put tout en surveillant la zone arborée où il avait repéré le tireur.

Aucun signe de qui que ce soit.

Cela ne le rassura pas pour autant, car cela pouvait vouloir dire que l'agresseur avait rattrapé Rayna.

Cette pensée l'amena à se hâter. Enfin, à se hâter dans la mesure du possible… Tout semblait travailler contre lui et le fait d'ignorer jusqu'où elle avait réussi à avancer ne l'aidait pas. Il espéra qu'elle était restée dans le fossé, là où il pourrait la trouver. Même si elle était à proximité, il ne serait pas aisé de la localiser dans l'obscurité et avec toute cette fumée.

Le feu faiblissait en partie, mais il y avait encore par endroits des flammes attisées par le vent. Le tireur représentait également une menace toujours suffisante pour l'empêcher de donner aux pompiers le feu vert pour entrer dans cette zone.

Mais, quand Thea et John arriveraient, ils approcheraient certainement autant qu'ils le pourraient.

À certains égards, cela rendrait la situation encore plus dangereuse. Il ne faudrait pas que les uns et les autres se tirent dessus par méprise.

Court et Ian étaient tous deux tendus et prêts à en découdre. Ce n'était pas les meilleures conditions pour que d'autres policiers débarquent sur les lieux. En particulier étant donné que Ian et lui devaient tout surveiller autour d'eux.

Quelque chose attira son attention. Ça ressemblait à un léger cri, et provenait de juste devant lui. Il s'arrêta pendant un instant pour voir s'il pouvait le localiser, et entendit alors autre chose. Un choc sourd. Comme si quelqu'un était tombé.

Bien qu'ayant conscience qu'il pouvait se précipiter dans une embuscade, il accéléra l'allure. Au moins y avait-il sur sa gauche des arbres derrière lesquels il pourrait éventuellement se tapir si le tireur les attendait.

Un brusque coup de vent dégagea en partie la fumée et il vit un mouvement dans le fossé. Il entendit aussi un autre gémissement.

Bon sang ! Rayna devait être blessée.

Dès cet instant, plus rien n'aurait pu l'arrêter. Il brandit son arme et courut en direction de ce son. Le vent cessa cependant de coopérer et la fumée reprit sa place juste devant lui, lui brûlant les yeux et lui bloquant la vue.

Après avoir dépassé le feu, il redescendit dans le fossé. La fumée était moins dense, et il distingua alors davantage qu'un simple mouvement.

Il vit Rayna.

Elle se tenait debout et il crut d'abord qu'elle allait bien. Puis il vit quelqu'un derrière elle. Et ce quelqu'un avait une arme pointée sur sa tête.

Avant même qu'il puisse réagir, ce quelqu'un appuya sur la détente.

Horrifié, il la vit s'effondrer. Pendant une seconde, la croyant morte, il resta pétrifié.

Mais ce n'était pas le cas.

Elle s'était laissée tomber au moment précis où le coup de feu avait été tiré. Elle se déplaçait, tentant de s'échapper, mais c'était comme si elle était dans un état second. Son agresseur n'eut aucun mal à la rattraper et à la traîner devant lui.

Excepté que ce n'était pas un homme.

Le canon de l'arme à nouveau posé contre la tête de Rayna, la femme retira le masque à gaz qu'elle portait et il vit distinctement son visage.

Whitney !

Rayna se retourna pour la regarder elle aussi, mais Court n'aperçut qu'une fraction de seconde à la fois Rayna et Whitney avant que celle-ci tourne son arme vers lui.

Et tire.

Rayna tenta de crier pour avertir Court, mais sa bouche ne fonctionnait pas encore normalement. Le Taser avait causé un spasme musculaire et, si Whitney ne l'avait pas hissée sur ses pieds, elle serait probablement encore étendue par terre.

Mais elle lutterait pour sauver Court.

Par chance, Court et Ian, qu'elle aperçut derrière lui, sortirent du fossé et se ruèrent vers des arbres proches. Toutefois, avant qu'ils aient pu se mettre à couvert, Whitney tira à nouveau sur eux. L'arme se trouvant juste à côté de l'oreille de Rayna, le son fut assourdissant et elle poussa un gémissement de douleur. Elle pria cependant pour que ce gémissement n'incite pas Court à revenir vers elle. Parce que Whitney l'abattrait certainement.

Mais pourquoi ?

Elle ignorait pourquoi une femme qu'elle avait naguère considérée comme son amie voulait leur mort, à Court et elle. Ce qu'elle savait, c'était que Whitney était piégée, chose qu'elle n'avait probablement pas prévue. Sans doute avait-elle pensé pouvoir les tuer et s'échapper.

— Les renforts sont en chemin ! cria Court. Laisse partir Rayna et nous pourrons discuter.

— Discuter ? répéta Whitney comme s'il s'agissait d'une obscénité. Il est un peu tard pour ça ! Rayna devrait déjà être morte mais, si je l'abats maintenant, tu m'abattras à ton tour.

Rayna n'avait pas cru un seul instant que Whitney bluffait en la mettant en joue. Dieu merci, elle avait réussi à se laisser tomber juste à temps. Elle pourrait ne pas avoir à nouveau cette chance.

Elle remua les doigts et les orteils, cherchant à retrouver ses sensations corporelles afin de pouvoir combattre Whitney si elle tentait à nouveau d'appuyer sur la détente.

— Pourquoi fais-tu ça ?

Il fallait qu'elle sache. Mais, dès qu'elle eut posé la question, elle se dit qu'elle connaissait la réponse.

— Bobby Joe. C'est toi qui l'as aidé à se cacher durant tout ce temps.

Whitney ne nia pas.

— J'étais amoureuse de lui, reconnut-elle. Et il m'a jeté au visage qu'il revenait en ville pour tout avouer.

Ça n'avait pas de sens.

— Tu veux dire, avouer qu'il avait tenté de me faire accuser de son meurtre ?

— Non. Avouer que j'avais tenté de te faire accuser de son meurtre.

— Oh ! Seigneur !

Elle ne pouvait imaginer que ce soit vrai. Jusqu'à ce qu'elle se rappelle à quel point Whitney avait changé après la disparition de Bobby Joe. Et cela parce qu'elle était tombée amoureuse de lui.

— Au début, Bobby Joe m'a aidée à te piéger, ajouta Whitney un moment plus tard, puisqu'il a dû recueillir un peu de son sang. Mais, par la suite, il a eu « un remords de conscience »

C'est ainsi que ce salaud a appelé ça. Un remords de conscience ! Et il venait ici pour tenter de te récupérer.

Rayna sentit le dégoût l'envahir.

— Ça n'aurait pas marché. Je ne serais jamais retournée avec Bobby Joe parce que je n'ai jamais cessé d'aimer Court.

Une brusque expiration s'échappa des lèvres de Whitney. Un rire, mais totalement dénué d'humour.

— Quel dommage que Bobby Joe ne l'ait pas su avant de mourir !

— Tu veux dire avant que tu le tues, rétorqua Rayna.

Cette fois encore, Whitney ne nia pas.

Pour Rayna, toutes les pièces manquantes semblèrent soudain se mettre en place. Enfin, la plupart, en tout cas. Whitney avait eu la chance d'obtenir à la fois un double de la clé de sa maison ainsi que le code de son système d'alarme. Cela lui avait facilité la tâche pour envoyer un homme de main s'introduire chez elle, la droguer puis la faire accuser de l'agression contre Warren. Ce même tueur à gages avait probablement été l'individu qui leur avait tiré dessus à l'hôpital.

Celui-là même, peut-être, qui avait enlevé la mère de Court.

À moins qu'il ne soit quelque part dans les environs. Cependant Whitney ne semblait pas attendre ses propres renforts. Ses mouvements et son souffle saccadés apprirent à Rayna qu'elle se trouvait acculée et cherchait à présent un moyen de s'en sortir.

— Tu t'es dit que, si j'étais en prison pour le meurtre de Warren, Bobby Joe n'essayerait pas de se remettre avec moi, conclut-elle.

Une fois de plus, Whitney ne nia pas et ce silence frappa Rayna en plein cœur. Elle avait été idiote de faire confiance à cette femme !

— Whitney ? lança à nouveau Court. Ceci est mon dernier avertissement. Pose cette arme !

Rayna n'en fut pas certaine parce qu'elle était encore étourdie, mais elle eut l'impression qu'il s'était déplacé plus à droite. Whitney dut le penser elle aussi, car elle les fit changer de position ; elle se positionna dos au fossé tout en la gardant devant elle.

— Si tu tentes quoi que ce soit, Rayna mourra, lui répondit-elle. Comme elle vient de m'avouer qu'elle t'aime, je doute que tu veuilles qu'elle meure.

À ces mots, Rayna sentit son cœur se serrer plus encore. La révélation que venait de divulguer Whitney n'était pas une chose qu'elle avait envie que Court entende. Pas comme ça. Pas en cet instant. Il n'avait pas besoin de distractions supplémentaires.

— Je ne voulais pas qu'on tire sur mon père. Ni que Jennifer ou Hallie meurent, d'ailleurs, lui répliqua Court. Mais tu les as tuées. Tu as aussi tué Mitch et Bobby Joe. Tu sais ce que ça fait de toi, Whitney ? Une tueuse en série. Et les gens ne vont pas t'épargner parce que tu travailles pour le bureau du shérif.

Whitney laissa échapper un sanglot sonore et Rayna jugea qu'elle ne simulait pas. Son émotion était réelle et sans doute se rendait-elle compte, maintenant seulement, des choses horribles qu'elle avait faites. Une série de meurtres qui avait débuté parce qu'elle voulait garder Bobby Joe éloigné de celle dont elle se prétendait l'amie.

Il y eut un mouvement du côté des arbres. Bien que s'étant mise à pleurer, Whitney pointa son arme dans cette direction, visant Court ou Ian. Il était hors de question qu'elle la laisse prendre une autre vie.

Rayna savait qu'elle ne tenait pas encore très bien sur ses jambes, mais ça ne l'arrêta pas. Elle vit, à la façon dont Whitney tendait le bras, qu'elle était sur le point d'appuyer sur la détente. Rassemblant toutes ses forces, elle lui donna un coup de coude dans l'estomac.

Whitney poussa un cri de douleur et pointa son arme sur elle.

Malgré la quasi-obscurité, Rayna vit la haine dans les yeux de la femme. Elle vit qu'elle allait la tuer.

Le coup de feu claqua, déchirant l'air. Curieusement, Rayna

ne ressentit aucune douleur. C'est sur le visage de Whitney qu'elle s'inscrivit. Ainsi que l'état de choc. Puis elle vit la tache de sang qui s'élargissait sur le devant du T-shirt de Whitney.

Au même moment, Court sortit du couvert des arbres, son arme pointée sur Whitney.

Celle-ci regarda le sang puis posa les yeux sur Court et émit à nouveau un petit rire. Comme le précédent, il était dénué d'humour.

Mais il exprimait quelque chose. Quelque chose de malveillant.

— Tu m'as peut-être mis une balle dans le corps, dit-elle, mais tu ne reverras jamais ta mère. Le temps que tu arrives jusqu'à elle, elle sera morte.

Puis elle s'abattit sur le sol en rendant son dernier souffle.

18

Le cœur de Court battait follement. Le temps pressait. Il fallait qu'il retrouve sa mère, la sauve, mais il devait aussi s'assurer que Rayna était en sécurité.

Whitney semblait être morte.

Semblait.

Comme cette femme avait déjà assassiné quatre personnes au moins, il ne voulait prendre aucun risque. Il se précipita dans le fossé afin d'en sortir Rayna.

— Ta mère, dit-elle. Nous devons la trouver.

Oui, mais ils devaient d'abord contrôler que Whitney était hors d'état de nuire. D'un coup de pied, il la désarma puis posa les doigts sur son cou pour vérifier s'il sentait son pouls.

Rien.

Elle était bel et bien morte.

— Elle m'a agressée avec un Taser, murmura Rayna.

Cela expliquait pourquoi elle était si chancelante, mais ça aurait pu être pire ; Whitney aurait pu faire usage de son pistolet. La seule raison pour laquelle elle s'en était abstenue était qu'elle comptait utiliser Rayna comme bouclier humain pour tenter de s'échapper. Et, maintenant, bien qu'elle ne soit plus une menace, elle pouvait encore faire une autre victime.

Sa mère.

Ian était sorti de derrière les arbres à la suite de Court, mais il ne descendit pas dans le fossé avec eux. L'arme à la main, i resta dans la pâture, montant la garde. Il donna aussi le feu vert aux renforts et aux pompiers pour qu'ils approchent.

Avec l'espoir de trouver quelque chose qui permettrait de mettre la main sur l'homme qui avait kidnappé sa mère, Court fouilla les poches du jean de Whitney et en sortit deux téléphones. L'un était probablement celui qu'elle utilisait régulièrement, et l'autre un appareil prépayé. Il les fourra dans ses propres poches.

— Tu saignes, lui fit remarquer Rayna quand il la souleva pour la hisser hors du fossé.

Il réprima une grimace. La douleur pulsait toujours dans son bras, mais il devait l'emmener à la voiture de police afin qu'elle ne soit pas à découvert.

Soudain, la nuit s'illumina des éclats clignotants des gyrophares des voitures de police et du camion de pompiers qui approchaient. Tenant toujours Rayna dans ses bras, Court se mit en marche, suivi par Ian.

— Tu ne devrais pas me porter, protesta-t-elle. Tu as reçu une balle.

C'était vrai, mais elle n'était pas en état de courir et ne le serait probablement pas avant au moins plusieurs minutes. Durant ce temps, il voulait éviter qu'elle reste dans la pâture.

Il l'installa sur le siège arrière et s'assit près d'elle. Ian se mit au volant et contacta les renforts par radio pour les informer qu'ils étaient sur le point de quitter les lieux. Bonne initiative. Court ne voulait pas que leurs collègues les prennent pour des criminels tentant de s'enfuir.

Bien que Rayna tremblât encore, elle entreprit d'examiner son bras. Il saignait toujours, ce qui fut sans doute à l'origine du petit cri qu'elle laissa échapper.

— Voilà une trousse de premiers secours, dit Ian en lui tendant celle qu'il venait de prendre dans la boîte à gants.

Elle s'attela aussitôt à la tâche et lui appliqua un pansement sur le bras pour ralentir le saignement.

— Dois-je t'emmener directement à l'hôpital de McCall Canyon ? demanda Ian.

— Non. À San Antonio. Je dois aider Egan à chercher notre mère.

Ni Rayna ni Ian ne tentèrent de le dissuader. Probablement parce qu'ils savaient que cela ne servirait à rien.

Parce qu'il en avait besoin, Court déposa un baiser furtif sur les lèvres de Rayna.

Elle leva les yeux vers lui et leurs regards restèrent rivés l'un à l'autre pendant quelques secondes avant qu'il sorte son téléphone ainsi que les deux qu'il avait pris à Whitney.

— Regarde dans ceux-ci qui Whitney a appelé, lui dit-il.

Il avait mis son propre téléphone sur vibreur quand il s'était mis à couvert derrière les arbres et avait manqué trois appels. Deux émanant de Rachel et un autre d'Egan. Il composa le numéro de son frère. Son cœur se serra, car Egan ne répondit pas. Il essaya ensuite de contacter sa sœur, qui, elle, répondit à la première sonnerie.

— Court, dit-elle, le souffle court. Vous allez bien, Rayna et toi ?

Il s'était attendu à ce qu'elle lui annonce une mauvaise nouvelle à propos de leur mère ; sa question lui procura donc un certain soulagement.

— Nous allons bien, Ian aussi.

Il marqua une courte pause.

— C'est Whitney qui a fait kidnapper maman.

— Whitney ? répéta Rachel.

Son ton en disait long. Elle était aussi choquée qu'ils ne l'avaient été, Rayna et lui.

— Pourquoi ferait-elle une telle chose ? Et où est maman

Il ne voulut pas s'engager dans la question du « pourquoi » il avait espéré que Rachel saurait où se trouvait leur mère.

Bon sang !

— Seigneur, Court ! Pourquoi Whitney a-t-elle fait ça répéta-t-elle.

— Pour se venger de Rayna. Peut-être de moi aussi, parce que je l'ai aidée.

Ou alors Whitney avait pensé piéger Helen d'une manière ou d'une autre et lui faire endosser les meurtres.

— Quand as-tu parlé à Egan pour la dernière fois ? Il ne répond pas au téléphone.

— Il y a un quart d'heure environ. Il a dit qu'il s'apprêtait à rencontrer le ravisseur.

Ce fut au tour de Court d'être sous le choc.

— Le rencontrer ? Comment a-t-il découvert où il se trouvait ?

— Le kidnappeur l'a appelé pour demander une rançon. C'était un homme, et il semblait dans tous ses états, comme si les choses ne se déroulaient pas comme prévu.

Peut-être parce qu'il s'était rendu compte que la femme qui l'avait engagé était morte ou sur le point de mourir.

Rayna tendit le téléphone qu'elle étudiait pour que Court puisse regarder.

— C'est le numéro du ravisseur ? demanda-t-elle.

Court lut le numéro à Rachel.

— Oui, c'est ça, répondit-elle.

Whitney avait appelé l'homme à de multiples reprises au cours des deux dernières heures. Et aussi en dehors de ce laps de temps. Quand Court fit défiler l'historique, il vit qu'elle avait souvent appelé l'homme durant les dernières quarante-huit heures. C'était le lien qu'il leur fallait pour prouver qu'elle l'avait engagé. Et c'était sans nul doute la raison pour laquelle elle avait utilisé le second téléphone. Le numéro n'était certainement pas enregistré sous son véritable nom.

— Le kidnappeur se sert d'un téléphone prépayé. Egan n'a donc pas pu en remonter la piste, poursuivit Rachel. Mais l'homme veut qu'il aille le rencontrer et qu'il lui donne de l'argent.

C'était à la fois une bonne et une mauvaise nouvelle. Bonne, parce que le ravisseur garderait certainement leur mère en vie s'il voulait l'échanger contre la rançon. Mauvaise, parce que cela signifiait qu'Egan pourrait être blessé ou tué au cours de l'échange.

Court se demanda s'il devait appeler le numéro du ravisseur, et décida d'attendre quelques minutes. Jusqu'à ce qu'il ait des nouvelles de son frère. S'il appelait maintenant, il risquerait de le distraire à un moment critique. Cela pourrait rendre les choses plus dangereuses qu'elles ne l'étaient déjà.

— Je t'en prie, dis-moi qu'Egan n'y est pas allé seul, reprit-il.

— Non. Griff et un autre Ranger sont avec lui. Egan a dit que je devais attendre ici, mais je vais devenir folle. Il faut que je fasse quelque chose pour aider maman, pour mettre fin à tout ça !

— Tu peux aider en ne bougeant pas de là où tu es.

Court avait veillé à employer le ton d'un policier qui donne un ordre, et pas seulement celui d'un grand frère.

— Rayna et moi sommes en route pour l'hôpital. Je l'y laisserai avec toi et je repartirai prêter main-forte à Egan. Tu sais où il est ?

— Non. Il a refusé de me le dire.

Probablement parce qu'il avait voulu éviter qu'elle essaye de le suivre. Toutefois, il pourrait le localiser grâce à son portable puisque ce n'était pas un téléphone prépayé.

— Court a reçu une balle, intervint Rayna. Il devrait voir un médecin.

— Ça peut attendre, répliqua-t-il au moment même où Rachel s'exclamait :

— Tu as reçu une balle ? Tu as dit que tu allais bien !

— Ça va, dit-il à sa sœur. Et ça ira encore mieux une fois que maman et Egan seront tirés d'affaire.

Et une fois qu'il se serait assuré que Rayna allait bien. Ensuite, il aurait le temps pour les points de suture.

— Il y en a pour environ trente minutes.

— Quarante, rectifia Ian.

— Mets les sirènes en marche et conduis-nous là-bas en trente, lui lança Court. Reste là où tu es, répéta-t-il à Rachel.

Il mit fin à l'appel pour tenter à nouveau de joindre Egan.

Toujours pas de réponse.

Rayna ajusta son pansement et, quand il la regarda, il vit des larmes dans ses yeux.

— Je vais bien, vraiment, répéta-t-il.

Elle secoua la tête et refoula ses larmes.

— Tout ça est ma faute.

Il avait su qu'elle dirait ça avant même que les mots franchissent ses lèvres. Étant donné que ce n'était pas sa faute et qu'il ne voulait pas l'entendre continuer de s'excuser, il l'embrassa.

Ce fut un moyen efficace d'y mettre fin. Un moyen efficace, aussi, de le faire se sentir instantanément mieux. Il avait toujours mal, mais ça n'avait plus d'importance. Au bout d'un moment, Rayna sembla ne plus y accorder d'importance elle non plus, parce qu'elle s'abandonna sans réserve à ce baiser et qu'elle ne l'interrompit que pour inspirer une grande bouffée d'air.

— Tu essaies de me distraire, dit-elle, sa bouche encore très proche de la sienne.

Assez proche pour qu'il l'embrasse à nouveau, ce à quoi il s'employa.

— Oui, reconnut-il. Mais j'ai moi aussi besoin de distraction.

Après tout, sa mère était retenue en otage et son frère était parti tenter de la secourir. Chose qu'il aurait voulu être en train de faire.

Rayna hocha la tête, recula encore, et il vit dans son regard qu'elle était sur le point de s'excuser à nouveau. Cette fois, ce serait sans nul doute à propos de sa mère.

— Rien de tout ça n'est ta faute, dit-il. La seule responsable est Whitney.

Elle hocha à nouveau la tête, mais son assentiment ne lui parut pas très convaincant.

— Je n'aurais pas dû lui faire confiance. J'ai toujours su qu'elle avait des sentiments pour Bobby Joe, mais je pensais que c'était seulement une toquade. J'ignorais totalement qu'elle était amoureuse de lui.

— Ça semble être dans l'air, murmura Court.

Elle écarquilla les yeux. Sans doute avait-elle compris qu'ils ne parlaient plus de Whitney, à présent. Ils parlaient d'elle.

— Tu as dit à Whitney que tu m'aimais, lui rappela Court, bien que certain que c'était inutile.

Ces paroles étaient sans doute encore aussi présentes à l'esprit de Rayna qu'au sien. Cependant, cela pouvait ne pas être vrai. Cela aurait pu lui échapper sous l'effet de la peur et de l'adrénaline.

— Oui, répondit-elle.

Elle regarda Ian, à l'avant, mais celui-ci était au téléphone avec Thea. De plus, il avait certainement entendu ce que Whitney avait crié à Court.

— C'est vrai. Je t'aime.

Sa voix n'avait été qu'un murmure, cependant Court l'entendit haut et clair.

— Tu m'aimes ? reprit-il, juste pour être sûr.

Il n'avait aucune envie qu'elle revienne sur ce qu'elle avait dit.

Elle hocha la tête, mais n'ajouta rien, car un téléphone se mit à sonner. Ce n'était pas celui de Court, mais un de ceux de Whitney. Et ce fut le numéro du kidnappeur qui apparut à l'écran.

Court s'arma de courage. Bien qu'il brûlât de colère, il se maîtrisa et appuya sur la touche de prise d'appel.

— Whitney ? dit quelqu'un.

Ce n'était pas la voix du ravisseur. C'était une voix que Court reconnut.

— C'est Court, répondit-il. J'ai le téléphone de Whitney. Elle est morte.

— Bien. Parce que je viens de trouver la petite ordure qu'elle a engagée.

Court espéra que cela voulait dire qu'Egan avait non seulement le kidnappeur, mais aussi leur mère.

— Maman va bien ?

— Elle est secouée, mais ça va. Elle n'a pas une égratignure, bien qu'elle ait tenté de se défendre. Griff la ramène à l'hôpital en ce moment même.

— Elle est vivante, dit Rayna dans un souffle.

— Oui, dit Egan. Et ça fait plaisir d'apprendre que, Court et toi, vous l'êtes aussi. Que s'est-il passé ?

Ne faisant de toute évidence pas confiance à sa voix, Rayna lui fit signe de donner l'explication. Il s'en chargea mais, comme il voulait éviter de le faire trop en détail devant elle, il opta pour une version simplifiée.

— Whitney a tué Jennifer, Hallie, Bobby Joe et Mitch. Ensuite, elle a tenté de nous tuer, Rayna et moi. Elle a d'ailleurs presque réussi.

— C'est ce que j'ai pu tirer de son homme de main. Au fait, son nom est Burris Hargrove et il a commencé à parler avant même que je lui aie lu ses droits.

— Bien.

Parce que Court avait la certitude qu'ils auraient besoin de remplir quelques blancs et Hargrove était le seul qui pourrait le faire.

— Comment l'as-tu attrapé ?

Egan commença par inspirer profondément.

— J'ai rencontré Hargrove au lieu de rendez-vous qu'il m'avait indiqué. C'était une station-service à environ trois kilomètres de l'hôpital. Nous étions convenus que j'apporterais trente mille dollars en espèces.

Considérant que les McCall valaient des millions, ce n'était pas beaucoup. Peut-être Hargrove avait-il demandé une somme aussi modeste parce qu'il s'était dit qu'Egan pourrait la rassembler rapidement. Il aurait alors pu s'en servir pour disparaître au plus vite.

— Quand je suis arrivé à la station-service, poursuivit Egan, j'ai demandé à Griff et au Ranger Beckett de prendre Hargrove à revers. Il retenait maman ligotée et bâillonnée dans sa voiture. Griff l'en a fait sortir avant même que Hargrove comprenne ce qui se passait. Pendant ce temps-là, Beckett a pris position derrière notre homme, qui s'est trouvé coincé. Je ne lui ai pas laissé le choix. Il pouvait lâcher son arme, sinon je l'abattais.

La voix d'Egan vibrait de colère.

— Il a lâché son arme.

Egan avait donc réussi à libérer Helen sans qu'un seul coup de feu soit tiré à proximité d'elle. C'était déjà ça, mais Court était certain que ces souvenirs cauchemardesques poursuivraient sa mère pendant longtemps. En tout cas, ils le poursuivraient, lui, et il pourrait y ajouter le fait d'avoir failli perdre Rayna.

— Maman a-t-elle dit quelque chose ? demanda-t-il.

— Des tas des choses. Elle était furieuse que Hargrove l'ait enlevée, et elle a essayé de lui flanquer un coup de poing. Je l'ai laissée faire avant de la retenir.

Court détestait le fait que sa mère ait dû traverser cette épreuve, mais se réjouissait qu'elle ait réagi ainsi. C'était sûrement plus positif que si elle avait fondu en larmes. Peut-être pouvait-on en conclure que ce qui venait de se passer n'interférerait pas avec son traitement et sa guérison tandis qu'elle essayerait de remettre de l'ordre dans son esprit.

— Et papa ? reprit-il. C'est Hargrove qui lui a tiré dessus ?

— Il prétend que non. Il dit que la seule chose qu'il a faite a été de tirer sur Rayna et toi, mais qu'il n'avait pas l'intention de vous tuer... C'est ça, ajouta Egan d'un ton narquois en réponse au son dubitatif émis par Court. Moi non plus, je n'y crois pas. Je pense que Whitney s'est énervée parce que son plan visant à piéger Rayna ne fonctionnait pas et qu'elle a donné à Hargrove l'ordre de la tuer. Cet ordre t'incluait probablement si tu te mettais en travers de son chemin. Ce que tu as fait.

Absolument. Il aurait été hors de question qu'il reste les bras croisés pendant qu'une vermine agressait Rayna.

Rayna fronça les sourcils.

— Mais pourquoi Whitney a-t-elle interrompu l'attaque à l'hôpital ? demanda-t-elle. Hargrove nous avait acculés. Il aurait pu mettre son ordre de nous tuer à exécution.

Court pensait connaître la réponse à cette question.

— Des renforts seraient intervenus rapidement. Ça aurait été l'affaire de quelques minutes avant que les adjoints du shérif lui tombent dessus. Whitney voulait sans doute éviter que nous capturions — et interrogions — son homme de main, parce qu'il risquait de l'impliquer.

Rayna approuva.

— De cette façon, Hargrove pouvait se ressaisir et s'en prendre de nouveau à nous. Ce qu'il a fait.

Oui, il l'avait fait. Ou peut-être ne l'avait-il pas fait. Il se pouvait qu'ils ne sachent jamais si c'était Whitney ou Hargrove qui avait tiré sur eux près du bureau du shérif. Ou qui avait allumé l'incendie dans la ruelle. Mais ça n'avait vraiment pas d'importance. Whitney était morte et, que Hargrove en ait pris conscience ou non, il serait accusé de complicité de meurtre, ce qui entraînerait les mêmes sanctions qu'un meurtre. L'homme écoperait probablement de la peine maximale.

Court comptait bien s'assurer qu'il en serait ainsi.

— L'équipe scientifique est encore en train d'examiner la chambre d'hôtel de Bobby Joe, expliqua Egan. Je vais aussi envoyer des hommes chez Whitney. Je parie que nous y trouverons d'autres pièces du puzzle.

Probablement. Et l'une de ces pièces pourrait expliquer l'enregistrement découvert sur l'ordinateur portable de Bobby Joe. Court aurait mis sa main au feu que Whitney avait fabriqué cet enregistrement pour faire croire qu'il voulait toujours s'en prendre à Rayna.

Ce qui n'était pas le cas.

L'idée que Bobby Joe était venu en ville pour tenter de reconquérir Rayna le rendait malade. Il n'y avait eu aucune chance que cela se produise, et Bobby Joe aurait pu redevenir violent quand Rayna l'aurait éconduit. Jamais Court n'aurait laissé l'homme s'en tirer s'il avait fait quelque chose de ce genre.

— Je dois emmener Hargrove en prison, poursuivit Egan au bout d'un moment. Le Ranger Beckett va m'aider. Vous êtes en chemin pour l'hôpital, n'est-ce pas, pour que tu puisses voir comment va maman ?

— Oui. Nous y serons dans vingt minutes environ, peut-être moins. Et, avant que Rayna dise quoi que ce soit, j'ai probablement besoin de un ou deux points de suture. J'ai été égratigné par une des balles qu'a tirées Whitney.

— L'entaille est profonde et il saigne, corrigea Rayna.

Egan jura.

— Assure-toi que mon entêté de frère voit un médecin dès qu'il arrivera à l'hôpital.

— Ne t'inquiète pas, je le ferai, répondit-elle juste avant qu'Egan mette fin à l'appel.

Comme elle semblait catégorique sur ce point, Court se dit qu'il ne pourrait repousser le moment de recevoir ces points de suture. Il devait donc en finir dès à présent avec ce qu'il comptait dire à Rayna car, lorsqu'ils arriveraient à l'hôpital, les choses pourraient vite devenir mouvementées.

— Je suis heureux que tu aies dit à Whitney que tu m'aimes, dit-il. Et surtout heureux que tu le penses. Ça m'épargne d'avoir à te demander ce que tu ressens à mon égard.

Elle le regarda fixement, attendant manifestement quelque chose. Il savait ce qu'était ce « quelque chose ».

— Je t'aime depuis longtemps, ajouta-t-il.

Avant qu'il puisse en dire plus, elle l'interrompit :

— Oui, mais ça a cessé quand tu as cru que je m'en étais sortie en toute impunité.

— Non, ça n'a jamais cessé.

Il en était certain.

— Ce n'est pas exactement un coup de foudre. C'est plutôt que j'ai fini par retrouver mon bon sens et que j'ai compris une chose que j'aurais dû t'avouer il y a longtemps... Je t'aime moi aussi.

Il était vraiment sûr qu'elle s'attendait à ce qu'il dise ça. À en juger par son expression choquée, ce n'était pas le cas.

— Euh... Je dois feindre de ne pas entendre ? demanda Ian.

— Oui, répondirent Rayna et Court à l'unisson.

Rayna continua de le regarder et, lentement, un sourire éclaira son visage. Puis elle se pencha vers lui et l'embrassa. Ce fut un baiser vraiment torride qui se prolongea beaucoup plus longtemps qu'il ne l'aurait dû, compte tenu du fait que Ian se trouvait à moins d'un mètre d'eux.

Quand elle s'écarta de Court, elle souriait toujours.

— Tu m'aimes, dit-elle, comme si c'était une sorte de miracle.

— Oh oui ! lui assura-t-il.

Mais ça n'avait rien d'un miracle. Elle était une personne très facile à aimer, et pas seulement en cet instant. Pour toujours.

C'est la raison pour laquelle Court l'attira tout contre lui pour lui donner un autre baiser.